BASTEI
LÜBBE

CHRISTOPHER FOWLER

RUNEN

Eine neue Dimension von Horror

Roman

Ins Deutsche übertragen
von Inge Holm

BASTEI
LÜBBE

BASTEI-LÜBBE-TASCHENBUCH
Band 13 579

Erste Auflage:
Oktober 1994

Deutsche Lizenzausgabe 1991/1994
by Bastei-Verlag Gustav H. Lübbe
GmbH & Co., Bergisch Gladbach
Originaltitel: Rune
Lektorat: Dr. Edgar Bracht
Titelbild:
Bavaria Bildagentur GmbH
Umschlaggestaltung:
Quadro Grafik, Bensberg
Satz: KCS GmbH,
Buchholz/Hamburg
Druck und Verarbeitung:
Brodard & Taupin, La Flèche,
Frankreich
Printed in France

ISBN 3-404-13579-2

Der Preis dieses Bandes
versteht sich einschließlich der
gesetzlichen Mehrwertsteuer.

Ich bin M. R. James für seine Kurzgeschichte ›Casting the Runes‹ und Jacques Tourneur für deren ausgezeichnete Umsetzung in dem 1958 gedrehten englischen Film *Night Of The Demon* zu großem Dank verpflichtet. D. Jason Coopers Buch *Using The Runes* war ebenfalls ein großer Ansporn. Besonders möchte ich David Coultas bei Xerox, Martin ›Monkey‹ Butterworth und Mia Matson im Studio sowie Graham Humphries auf Leinwand und Gerry Brady auf Empfang danken.

Je ein Mega-Dankeschön gebührt Ann Suster und Deborah Beale für ihr unheimliches, ja, fast schon gespenstisch genaues Überarbeiten. Gedankt sei auch Jane Selley und Rosie Cheetham für ihre Ratschläge zu beruflichen Fragen und Problemen.

Ein Dankeschön von der Größe eines Atomschlags wie immer an meine Agentin, Serafina Clark, die bereits die Antworten wußte, während ich noch über die Fragen grübelte.

Mein spezieller Dank gilt Richard Woolf, weil er so ist, wie er ist.

Für Jim Sturgeon, den guten Freund und aufbauenden Kritiker.

All through this hour, Lord, be my guide,
And by Thy power no foot shall slide.
(In all diesen Stunden sei du, Herr, mein Führer,
Durch dessen Macht niemand ins Straucheln kommen möge.)

– von Denison für die Glockenspiele des Big Ben benutzter Spruch.

1

Willie

In den Straßen von London fällt ein laufender Mann nicht weiter auf.

Dieser hier bildete eine Ausnahme. Er war alt, etwa Ende Sechzig, und er hatte Angst. Er war quer durch Soho gelaufen und stand jetzt keuchend vor einem Baugerüst, das die Häuser der Carnaby Street überragte. Der scheußliche Sprühregen hinterließ häßliche dunkle Flecken auf den Schultern seiner Anzugjacke. Der Mann blickte hektisch nach links und rechts, überquerte die Straße erneut und lief neben dem Stau her, wobei er wieder in den alten Rhythmus verfiel. Er wußte, daß er für solche Strapazen zu alt war, aber die Angst trieb ihn weiter – er durfte nicht langsamer werden.

Anfang des Jahrhunderts hatte sich der Verkehr mit annähernd achtzehn Kilometer in der Stunde durch die Hauptstadt gequält. Neunzig Jahre später war die Durchschnittsgeschwindigkeit auf knapp zehn Kilometer in sechzig Minuten gesunken.

Und an diesem verregneten Apriltag kam er auf der Regent Street um ein Uhr mittags völlig zum Erliegen. Der Regen trommelte auf die schwarzen Dächer der Taxis, die versuchten, sich einen Weg über die verstopften Kreuzungen zu bahnen. Umgeben von einem See dampfenden Stahls schlängelten sich gereizte Fußgänger zwischen den glänzenden Kotflügeln hindurch den fernen Bürgersteigen entgegen, wo die Rettung ihrer harrte.

In der Great Marlborough Street verfinsterte die Sintflut die Holzfassade des Liberty's. Die großen, mit Wrackteilen eines Schiffes seiner Majestät des Königs möblierten Tudor-Zimmer warfen ein safrangelbes Licht auf den Verkehr unter ihnen. Es war ein lausiger Frühlingstag, wie er für London typisch war, und es schien, als sei die Nacht bereits angebrochen.

An der Ecke Kingly Street hatte der alte Mann so unerträgliches Seitenstechen, daß er mitten auf dem Bürgersteig in die Knie ging.

Es wurde ihm immer wärmer, während seine Haut sich eisig anfühlte. Der absurde Gedanke schoß ihm durch den Kopf, daß er sich erkältet hätte. Oder war das schon ein Herzanfall? Er blieb noch eine Minute auf den Knien, bis der Schmerz abgeklungen war. Eine ältere Frau ging an ihm vorüber, zögerte und kam wieder zurück und fragte, ob es ihm gut ginge.

Er wollte antworten: Danke, ja, es geht mir gut. Stattdessen warf er ihr lauter Unverschämtheiten an den Kopf, worauf die Frau ihn entgeistert anstarrte und sich entsetzt zurückzog, genauso wie vor wenigen Minuten die Inderin in der Frith Street.

Er fragte sich, ob er noch einmal versuchen sollte, Harry anzurufen, doch dann erinnerte er sich, daß ihm das Telefongeld aus den zitternden Händen gefallen war. Und außerdem: Würde der Sohn es überhaupt nachvollziehen und glauben können, was für ein Grauen sein Vater durchlitt? Als der Alte aufzustehen versuchte, zuckten Feuerströme durch seine Beine. Alle Zeichen standen auf ›Nicht gehen‹. Er humpelte weiter und erreichte den gegenüberliegenden Bürgersteig unter Schmerzenstränen, die ihm die Sicht nahmen. Jeder einzelne Muskel in seiner Brust brannte, verkrampfte sich und schnürte ihm das Blut ab. Sein Atem ging stoßweise.

Er konnte sich vage daran erinnern, daß es nicht mehr

weit war, bevor er – wo? – sein würde. In Sicherheit? Eine Möglichkeit, an die er bis jetzt nicht zu denken gewagt hatte.

Er näherte sich dem anderen Ende der Straße und sah ein verwirrtes Gesicht hinter einer Windschutzscheibe. Autohupen kreischten auf, als der Fahrer versuchte, einen Zusammenstoß mit dieser seltsamen Gestalt zu vermeiden. Jetzt können alle sehen, dachte der alte Mann, daß ich von Teufeln besessen bin! Ich muß wie ein ausgerissener Irrer wirken.

Hätte er innegehalten und einen Blick über seine Schulter geworfen, hätte er eine Schar kleiner Teufel gesehen, die sich aus einer schwarzen Regenwolke lösten, um ihn zu quälen. Er wurde langsamer, während er durch den aufgeweichten Müll lief, der aus den Touristenfallen der naheliegenden Carnaby Street strömte. Er zerrte an seinem Jackengürtel, um ihn enger zu schnallen, aber der nasse Stoff gab nicht nach. An der Ecke zur Beak Street schäumte wirbelndes Wasser über Gullys, die mit McDonalds-Verpackungen verstopft waren, und überschwemmte den Rinnstein. Auch hier war die Straße mit zum Stillstand gekommenen Personen- und Lastwagen verstopft, deren resignierte Fahrer sich auf eine lange Wartezeit eingestellt hatten.

Der alte Mann stürmte so schnell um die Ecke, daß er vom Bürgersteig auf die Straße rutschte. Als er in die Gasse einbog, die zu einem mehrstöckigen Parkhaus in der Brewer Street führte, spürte er, wie ihn seine Kräfte verließen. In seiner Panik hatte er sich übernommen, aber das war ihm jetzt egal. In der Gasse parkten ein paar Autos. Ein breiter Lastwagen war zwischen den Wänden eingekeilt. Zwei seiner riesigen Räder standen auf dem Bürgersteig.

Durch den Nebel konnte der alte Mann das Parkhaus

am Ende der Gasse gerade eben ausmachen. Seine Hand glitt in die Jackentasche, in der sich die Schlüssel für den kleinen Renault befanden. Das Bewußtsein, bald in Sicherheit zu sein, überschwemmte ihn mit einer Woge der Erleichterung. Er schob sich mit klopfendem Herzen eine nasse Haarsträhne aus dem Gesicht und verlangsamte sein Fluchttempo zu einem gemächlichen Schritt.

Er bahnte sich seinen Weg zwischen der Mauer und dem Laster hindurch. Als er am Führerhaus vorbeikam, entging ihm, daß die Seitenlichter aufleuchteten, der Fahrer den Zündschlüssel drehte und der Motor grollend zum Leben erwachte.

Erst als er halb am Lastwagen vorbei war, merkte er, wie die Stahlwand zu seiner Linken sich stetig zurückzog. Der Wagen rollte rückwärts. Die riesigen Räder rollten die Bordsteinkante entlang, als versuchten sie, wieder mit der Straße Kontakt aufzunehmen.

Der alte Mann hielt an und blickte nervös nach vorn. Von den Seiten des Lastwagens standen Streben ab, die eigentlich zum Befestigen der Seile dienten, jetzt aber eine tödliche Gefahr darstellten. Sie näherten sich ihm mit erschreckender Geschwindigkeit.

Es sah so aus, als könne der alte Mann es schaffen. Er hielt sich dicht an die unverputzte Mauer und lief weiter. Dann spürte er den Schatten des Todes, der über ihm lastete. Eine der Streben fuhr ihm in die breite Gürtellasche und riß ihn von den Füßen. Er schwang auf und ab, bevor er mit dem Gesicht voran gegen die Backsteinmauer gepreßt und sechs Meter weit mitgeschleppt wurde. Sein Schrei verlor sich im Lärm des Dieselmotors. Er war bereits verhallt, als der Fahrer aus dem Führerhaus sprang und die Ursache des Lärms entdeckte. In der düsteren Gasse konnte er nur noch eine undefinierbare, hängende Gestalt erkennen, zerfetzt und bluttriefend, die aus geschundener Haut und vom Regen ausgewaschenen Knochenstücken bestand.

2

Harry

Darren Sharpe war ein schwergewichtiger, verkniffen wirkender, quadratschädeliger Mann mit eckigen Schultern und Händen wie rohe Frikadellen, die er ständig an den Hosenbeinen abwischte. Er stand vor dem Fenster, von dem aus man die grüne Ecke des St. James Square überblicken konnte, und verdunkelte dadurch die kränkelnde Nachmittagssonne.

In der letzten Dreiviertelstunde hatte die vor ihm versammelte Mannschaft geduldig seinen Vortrag über Statistikanalysen, Marktforschungstabellen, Diätberichten und Zufallsdatentests über sich ergehen lassen. Ein Sammelsurium von Prozenten und Schätzungen, einzig ersonnen, um zu beweisen, daß die Welt hier und jetzt, in der letzten Dekade des zwanzigsten Jahrhunderts, mehr als alles andere einen neuen mit Kohlensäure versetzten Fruchtsaft brauchte.

»Harry, Sie waren während des Vortrags ungewöhnlich ruhig. Möchten Sie noch etwas Konstruktives hinzufügen, bevor wir unsere Sachen packen?« Sharpe saugte an seiner kubanischen Zigarre, dann nahm er sie aus dem Mund und begutachtete das Ende. Sie war wieder einmal ausgegangen.

Harry Buckingham blickte erschrocken von seinen Notizen auf wie ein schuldbewußter Schüler, der von seinem Lehrer ertappt wurde. Die Luft im Zimmer war trocken und viel zu warm. Harry war kurz davor gewesen, in Trance zu fallen, als ihn Sharpes Stimme aus seinen Träumen gerissen hatte. Das Problem war ihm so vertraut, daß es ihn bereits langweilte. Er begriff nicht, weshalb der Kunde so stur war.

Harry schob den Notizblock beiseite, drehte sich auf dem Stuhl herum und studierte den Kunden. Manchmal waren Kerle wie dieser ein Kinderspiel. Man laberte sie mit Sprüchen voll, und schon schoben sie das Geld rüber. Sieh ihn dir nur an: ein müder Typ mit schütterem Haar und einem Anzug von der Stange. Eine Herausforderung.

»Danke, Darren«, begann er und setzte sich so hin, daß seine Körpersprache Entspannung und Selbstvertrauen signalisierte. »Von den negativen Ergebnissen des Random-Produkt-Testes einmal abgesehen, denke ich, wir sind alle der Meinung, daß ein natürliches Fenster auf dem C2-Pre-Teen-Markt existiert. Der NRG-Bericht kommt zu dem Ergebnis, daß die Kids von der Gesundheitsidee die Nase voll haben. Doch ich bin sicher, unser Kunde zieht es vor, wenn wir ihm nach einer Werbekampagne mit etwa dreißig Anzeigen und regionalen TV-Spots nach zwei Monaten die ersten Schätzungen zeigen.«

Doppelzüngigkeit war Harry zur zweiten Natur geworden. Er war ein Meister der nichtssagenden Rede und konnte im Handumdrehen geheimnisvoll dunkle Sätze aus dem Hut zaubern, auf die Henry James, wäre er im Marketing-Geschäft gewesen, hätte stolz sein können. Seine Begabung hatte ihn schon weit gebracht, und Harry zweifelte nicht daran, daß sie ihn noch weiter bringen würde. Er lächelte dem Kunden ermutigend zu. Ein Lächeln, das ›Ich stehe auf Ihrer Seite. Vertrauen Sie mir‹ suggerieren sollte, wobei ›Vertrauen Sie mir‹ so viel wie *Du kannst mich mal* bedeutete.

Sharpe schien mehr daran interessiert zu sein, seine Zigarre wieder anzuzünden, als eine Antwort zu geben. Der Kunde saß nur träge herum wie eine Pflanze. Während er darauf wartete, daß etwas geschah, studierte Harry die Bilder, die den Raum beherrschten. Riesige Pastellgouachen trieben in geschmackvoll dahinströmenden Kurven die Wände entlang. Die Bilder waren nicht dafür geschaffen, daß man sie direkt betrachtete. Sie sollten, aus den Augenwinkeln heraus wahrgenommen, für einen harmonischen Hintergrund sorgen, genauso wie die Musik in den Aufzügen. Der Kunde setzte gerade zu einer Antwort an, als es klopfte und Eden eintrat. Die Stille im Raum vertiefte sich, als die versammelten Männer wie ein Mann auf Edens freischwingende Brüste starrten. Normalerweise mußte ein Todesfall eingetreten sein, ehe eine Kundenrepräsentation unterbrochen wurde.

»Jemand möchte Mr. Buckingham sprechen«, hauchte Eden, als stünde sie in einer Kathedrale. Harry drehte sich verwirrt um. Seines Wissens hatte er heute nachmittag keinen weiteren Termin. Er hatte gehofft, nach der Präsentation noch eine Runde Golf spielen zu können. »Wer ist es?« flüsterte er zurück, obwohl es offensichtlich war, daß jeder Mann im Zimmer zuhörte.

»Die Polizei«, erwiderte die Sekretärin verlegen.

Die Polizei stellte sich als eine einzige und noch dazu außergewöhnliche Polizistin heraus. Großgewachsen und blaß, kräftig, aber nicht dick, erinnerte sie ihn an ein Nachkriegs-Pin-up-Girl. Ihr kastanienbraunes Haar trug sie auf eine bezaubernde Weise nach oben gekämmt, die zuletzt in den frühen fünfziger Jahren modern gewesen war. Selbst ihr Lippenstift sah aus, als hätte sie ihn in einem verfallenen Technicolor-Studio gefunden. Sie stellte sich ihm als Sergeant Janice Longbright von der Bow-Street-Polizeiwache vor.

»Mr. Buckingham.« Sie schüttelte seine Hand mit festem, trockenem Griff. Ihre Stimme klang dunkel und aufregend heiser. »Wo können wir uns ungestört unterhalten?«

»Tut mir leid, wir haben nur Großraumbüros«, entgegnete Harry. »Hier ist es so gut wie überall. Um was handelt es sich?« Mein Gott, dachte er, vielleicht haben sich die Strafzettel in der letzten Zeit so angehäuft, daß sie mich deswegen verhaften können. Sergeant Longbright suchte seine Augen und betrachtete ihn wie eine Frau, die es von Berufs wegen gewöhnt war, schlechte Nachricht zu überbringen.

Normalerweise hätte sie einem ihrer Untergebenen die Arbeit überlassen können, aber aufgrund der ungewöhnlichen Umstände dieses Falles hatte sie sich entschlossen, den nächsten Verwandten des Verstorbenen persönlich zu informieren.

»Es geht um Ihren Vater. Er hatte einen Unfall.«

»Was für einen Unfall? Ist er verletzt?«

»Setzen Sie sich bitte.« Die Polizistin führte Harry zu einem Stuhl. »Schlimmer. Tut mir leid. Er ist tot.«

Kurze Stille. Harry starrte sie ungläubig an. »Was ist passiert?« flüsterte er.

»Er wurde heute mittag kurz nach ein Uhr überfahren, als er eine Straße überqueren wollte. Es dauerte eine Weile, bis wir Sie ausfindig machen konnten.« Longbright wandte sich an eine Sekretärin. »Könnten Sie uns bitte einen starken Tee machen?« Die Sekretärin eilte davon.

»Kann ich . . . ihn sehen?«

»Mr. Buckingham erlitt sehr schwere Verletzungen. Normalerweise würden wir Ihnen davon abraten, die Leiche zu sehen. Aber wenn Sie sich stark genug fühlen, könnte man es arrangieren?«

»Wer war schuld? Der Fahrer? Mein Vater ist ein alter Mann, der nicht mehr so gut sehen kann.« Er bemerkte, daß er die falsche Zeitform benutzte, aber er verbesserte sich nicht. »Er ist kurzsichtig«, schloß er.

»Es gibt mehrere Zeugen«, antwortete Longbright ruhig. »Drei oder vier Leute haben den Unfall gesehen.«

»Warum haben sie nichts getan?«

»Sie haben den Unfall durch die Fenster eines Büros gesehen. Es bestand nicht die geringste Chance, ihren Vater zu retten.« Sie warf Harry, der mit gesenktem Kopf, an der Oberlippe kauend, seinen Gedanken nachhing, einen langen Blick zu.

»Wenn es Sie tröstet, kann ich Ihnen versichern, daß er kaum gelitten hat. Er starb augenblicklich.« Longbright fragte sich, ob sie ihm noch mehr erzählen sollte. Er schien die Nachricht gefaßt aufzunehmen. Der Unfall war so seltsam gewesen, daß im *Evening Standard* wahrscheinlich eine kurze Notiz darüber erscheinen würde.

Was Harry betraf, so war er sicher, daß er von den Angestellten in besagtem Büro bald schon Einzelheiten erfahren würde. Viele Leute genossen es, in den schaurigen Details eines Unfalls zu schwelgen.

»Ich könnte mir vorstellen, daß Sie jetzt gerne für eine Weile allein sein möchten«, sagte Longbright schließlich. »Wir können uns später weiter unterhalten.«

»Wann?« Harry hob den Kopf und sah sie müde an. »Ich habe die Kundenpräsentation verlassen. Ich kann jetzt nicht mehr dort hineingehen. Wo ist der Fahrer?«

»Auf der Polizeistation. Aber ich würde Ihnen nicht empfehlen, mit ihm zu reden, es sei denn, Sie halten es für unbedingt notwendig.«

»Ich werde nicht ausrasten, wenn es das ist, was Sie

befürchten. Ich möchte nur alles so schnell wie möglich hinter mich bringen. Ich komme mit Ihnen.«

»Gut. Mein Wagen steht draußen.«

»Ich muß erst noch in den Waschraum«, sagte Harry.

Im Spiegel über dem Waschbecken suchte er in seinem Gesicht nach sichtbaren Zeichen des Verlustes, aber nichts hatte sich geändert. Die Schatten unter den schiefergrauen Augen, die Hilary vermutlich so faszinierend fand, waren schon vorher so tief gewesen, genauso wie die paar Falten bereits dort gewesen waren.

Das glatte schwarze Haar war ein wenig von der Stirn nach hinten gewichen, und das Kinn wurde durch einen Hauch von Bartstoppeln verdunkelt. Aber es war keine plötzliche Veränderung eingetreten. Nichts wies darauf hin, daß er im Alter von zweiunddreißig Jahren zum ersten Mal in seinem Leben aller Sohnespflichten ledig war.

Harry beugte sich schuldbewußt über das Becken und spritzte sich kaltes Wasser ins Gesicht. Dann band er sich die Krawatte neu und ging zu der wartenden Polizistin zurück. Eine Minute später eilten sie gemeinsam die Treppe hinunter und stiegen in den Polizeiwagen.

3

Dorothy

Jemand hatte dem öffentlichen Gebäude einen grausamen Streich gespielt. Die Bibliothek war in dem Jahr erbaut worden, in dem man Oscar Wilde vor Gericht gestellt hatte, und ihre gegenwärtige Situation spiegelte – Ironie des Schicksals – die damalige Niederlage der Ästhetik wider. Der viktorianische Bau kauerte unter dem weitschwingenden Betonflügel einer modernen Überführung und vegetierte in ständigem Zwielicht dahin. Die schweren Schwaden, die sich zitternd über die rote Backsteinfront schlängelten, hielten die Besucher vom Eingangsportal fern. Dennoch blieb die Bücherei geöffnet, als eine der letzten Bastionen des Geistes in dieser gottverlassenen Gegend.

Der unebene Parkettboden auf den Fluren roch nach Lavendelpolitur. In den Gängen zwischen den Regalen herrschte eine wohltuende Dunkelheit, doch die Abteilung mit den Nachschlagewerken wies bereits erhebliche Lücken auf. Viele, zu viele der übriggebliebenen Bücher bestanden nur noch aus spröden, staubigen Rücken und feuchten Seiten und knarrten jedesmal, wenn man den Deckel aufschlug, wie die Türen eines leeren Hauses.

Für Dorothy Huxley war die Bibliothek eine Stätte, die den Respekt vor Büchern widerspiegelte und den modernen Schnickschnack fernhielt. Hier gab es keine marktschreierischen Parolen, um desinteressierte Jugendliche zum Lesen zu animieren. Dieser Ort war nicht zum Vergnügen, sondern zu schwerem, augenschädigendem Studium geschaffen worden. Und daß der Stadtrat kein Geld für die Renovierung übrig hatte, schmälerte ihre Liebe zu diesem Gebäude nicht im geringsten.

Früher war es nur der Unterstützung hiesiger Hilfsgruppen zu verdanken gewesen – eine Hilfe, für die Dorothy ewig dankbar sein würde –, daß die Bücherei der ständig im Hintergrund lauernden Gefahr der Schließung entgehen konnte.

Dorothy arbeitete bereits seit über zwanzig Jahren als leitende Bibliothekarin in diesem Gebäude, und jetzt, wo die Regale weniger wurden und die Mitgliederzahl schrumpfte, fragte sie sich manchmal, was sie tun würde, wenn die Axt niederfiel.

Ein lautes Geräusch ließ sie aufschauen. Zwei westindische Jungen spielten zwischen den Bücherregalen der Kinderabteilung mit quietschenden Turnschuhen Nachlaufen. Sie warf dem Älteren einen tadelnden Blick zu, der beide verstummen ließ. Sie hatte Jahre gebraucht, um diesen bösen Blick zu kultivieren, aber im allgemeinen wirkte er nicht.

Heutzutage hielten die meisten Kinder einen Besuch in der Bücherei (für Dorothy war es ihre eigene Bücherei – hatte sie sie nicht verdient?) für eine Strafe. Es war nur natürlich, daß sie lieber draußen spielten als im freudlosen Halbdunkel eingesperrt zu sein. Die Überführung blockte das Sonnenlicht ab und ließ den Leseraum wie ein düsteres Grab erscheinen.

Die Kinder von heute wußten zwar den Namen jedes Schauspielers, der in einer Seifenoper im Fernsehen auftrat, aber nicht, wer Robinson Crusoe war, oder was man auf der Schatzinsel finden konnte, und es verlangte sie auch nicht danach, es zu erfahren. Passives Lernen war so gefährlich . . .

Dorothy warf einen Blick auf die Uhr. Noch drei Stunden. Heute war kaum jemand da gewesen. Sie mußte etwas finden, um sich die Zeit zu vertreiben.

»Hier ist noch was für Sie.« Frank Drake schob ihr die Zeitungsmeldung über den Schreibtisch. Dorothy beäugte sie über den Rand ihrer Brille hinweg. Zweite Ausgabe des *Evening Standard*, heutiges Datum. FUSSGÄNGER AUF LONDONER STRASSE ZU TODE GEQUETSCHT, lautete die Überschrift, darunter: *Abgeordneter des Unterhauses fordert höhere Bußgelder für Bürgersteigparker.*

»Einfach plattgewalzt«, meinte Drake genüßlich. »Der

beste Fall in dieser Woche. Aber wir haben ja erst Montag.« Dorothy blieb stumm. »Nun«, räumte der Hilfsbibliothekar ein, »wenigstens gehört er in den Aktenordner. Es ist der sechste Fall seit Mitte letzter Woche.«

»Zeigen Sie mir die anderen.« Dorothy deutete auf die Zettel, die über die andere Seite des Schreibtisches verstreut waren. Drake schob alle in ihre Richtung.

»BODENPOLIERMASCHINE VERWANDELTE SICH IN ELEKTRISCHEN STUHL. MANN HINGERICHTET. Eigentlich nicht ungewöhnlich.«

»Für einen Mann schon«, meinte Drake.

»GEFANGENEN MIT FÜLLFEDERHALTER DURCH HERZ GESTOCHEN. Ich dachte, Morde zählen nicht«, sagte Dorothy.

»Es war kein Mord. Er rutschte aus und fiel genau darauf.«

»Das sagen sie im Gefängnis immer.« Sie wandte sich dem nächsten Artikel zu. »ENGLISCHE TOURISTIN FIEL VON FREIHEITSSTATUE. Also wirklich, Frank. Das können Sie nicht mitzählen. Ein Fall ist nur ein Fall, egal von wo.«

»Sie haben unrecht.« Drake kam näher. Er sprach in diesem halbgeflüsterten Ton, den sich Bibliothekare schnell zulegen. »Sie müssen weiterlesen. Die Frau war übergewichtig. Die Freiheitstatue ist schuld an ihrem Tod. Eine Geländerstrebe gab nach, als sie sich anlehnte, um ein Foto zu machen.«

»Und deshalb soll es in die Akte kommen? Frank, Sie werden Ihren Regeln untreu. Die Engländerin starb einzig und allein an ihrem Übergewicht und ihrer eigenen Dummheit. Genauso wie die Frau, die in Blackpool aus der Achterbahn fiel. Sie war so dick, daß ihre Begleiter es nicht schafften, ihr einen Sicherheitsgurt anzulegen. Ich erinnere mich noch genau – in der Zeitung stand, daß sie aus der ersten Kurve schoß wie ein Champagnerkorken aus der Flasche.«

»Und – habe ich die Notiz behalten?« fragte Frank.

»Nein, Sie sagten, sie zähle nicht.«

»Okay, ich gebe mich geschlagen.« Drake riß die Seite mit dem Zeitungsartikel entzwei. »Aber wenn Sie weiter so kritisch sind, werde ich das verdammte Ding nie schreiben.«

»Doch, das werden Sie, Frank.« Dorothy tätschelte ihm beruhigend die Hand. »Sie sind von dem Projekt besessen, und das ist gut so.«

Drake deutete auf sie. »Sie müssen begreifen, daß alle natürlichen und von Menschen herbeigeführten Katastrophen von den Gesetzen der Wahrscheinlichkeit abhängen, und daß diese Gesetze durch politische Entscheidungen geschaffen wurden. Ich kann beweisen, daß die Regierung . . .«

»Ich weiß, Frank«, unterbrach Dorothy ihn seufzend. »Sie haben mir bereits alles über die große Verschwörung erzählt.«

»Mit genügend Belegen und genauen Koordinaten läßt sich jede Theorie beweisen.« Drake kam richtig in Fahrt, obwohl Dorothy sich sichtlich desinteressiert zeigte. »Einer meiner Freunde kennt einen Labour-Abgeordneten, der bereit ist, unter Eid auszusagen, daß die Regierung wissenschaftliche Experimente in bezug auf die Wahrscheinlichkeitsgesetze finanziert. Stellen Sie sich nur vor, wie nützlich es für die Politiker wäre, wenn man Katastrophen voraussagen könnte. Der Kanaltunnel führt durch das Kernland der Tories. Man muß nur jeden Unfall verschweigen, damit die Wähler nicht erfahren . . .«

»Frank, manchmal frage ich mich ernsthaft, ob wir beide auf derselben Welt leben.«

Drake hatte sie wieder einmal ermüdet. Sein Enthusiasmus war grenzenlos, leider aber auch meist fehlgeleitet. Während sie einen Stapel Bücher auf ihre angestammten Plätze in der wissenschaftlichen Abteilung zurückbrachte, warf sie einen Blick zwischen die Regale. Ihr Mitarbeiter saß wie ein viktorianischer Buchhalter über seinen Schreibtisch gebeugt und kritzelte etwas in sein Notizbuch. Er tat ihr leid.

Manchen Menschen fehlt es am nötigen geistigen Rüstzeug, um der Härte und den Anforderungen des Lebens Paroli bieten zu können. Frank Drake gehörte dazu. Theoretisch hellwach und in der Praxis ein Versager, war er dazu verdammt, ein ewiger Student zu sein, vollgestopft mit Ideen, wie man die Welt verändern konnte, aber unfähig, eine Zündkerze auszuwechseln.

Dorothy schaute traurig zu den Nachschlagewerken hinüber. Die Kinder stahlen wie die Raben. In einer kleinen Zweigstelle der Bibliothek zu arbeiten, war nicht gerade ein befriedigender Job, aber Dorothy wußte, daß sie allen Grund hatte, Drake zu feuern. Er besaß eine Menge Talente, aber seine ständig wechselnden Interessen zerstörten die Aussicht auf eine Karriere. In seinem Verstand herrschte ein Chaos guter Vorsätze. Ein Durcheinander unausgegorener Pläne, die sich beständig zwischen ihn und seine Arbeit drängten. Frank war achtundzwanzig Jahre alt, schmächtig, und sein Haar begann sich zu lichten. Er sah aus, als hätten seine mittleren Jahre zehn Jahre früher als normal begonnen. Dorothy wußte, daß sie ihn nicht auf die Straße setzen konnte. Wohin sollte er gehen? In dieser Gesellschaft gab es keinen Platz für Menschen wie ihn.

Sein neuester Plan war, sein wissenschaftliches Talent dazu zu nutzen, ein Buch mit dem Titel *Politik, Paradoxa und Wahrscheinlichkeit* zu schreiben, eine Studie über die

Anwendung mathematischer Erkenntnisse im Alltag. Er erklärte Dorothy immer wieder seine Idee, mit unterschiedlichem Erfolg. Es war ihm gelungen, sie zu überreden, ihm beim Sammeln von Informationen zu helfen und Artikel über seltsame Todesfälle aus den Zeitungen auszuschneiden.

Dorothy wußte, daß er sein Projekt nie zu Ende bringen würde. Nein, er würde sich einer neuen Verschwörungstheorie zuwenden und die alte Akte, genauso wie alle anderen, in der Pappschachtel hinter seinem Schreibtisch verschwinden lassen.

Dorothy atmete tief ein und kletterte mit einem Arm voller zerlesener Stephen-King-Romane die Leiter hoch, während sie sich wegen der bösen Gedanken über ihren Kollegen Vorwürfe machte. Und außerdem war sie es, die von den meisten Menschen für verrückt gehalten wurde. Vermutlich gab sie ihnen dazu auch allen Grund. Sie, mit ihren Büchern im Keller und den Hexen . . .

Nun, sie würden beide hier ausharren müssen, die verrückte alte Dame und der misanthropische Student, bis der erste Bulldozer die Geister vertrieb und die Sonnenstrahlen sich ihren Weg durch die düsteren, leeren Flure bahnten.

4

Grace

Sergeant Longbright nahm die Stufen zur Bow-Street-Polizeiwache mit federnden Schritten. Harry hatte Mühe, ihr zu folgen. Die Polizistin bahnte sich einen Weg durch die überfüllte Wartehalle und hatte eben die Klappe zu ihrem Schreibtischplatz hochgehoben, als einer der Officer sie zurückrief.

»Ihr Fahrer ist vor ungefähr zehn Minuten gegangen, Sarge.« Er deutete auf eines der Sprechzimmer. »Hatte keine Lust, länger als nötig hier rumzuhängen. Ohne Haftbefehl konnten wir nicht ...«

»Schon gut«, antwortete Longbright, »solange Sie seine Aussagen in den Akten haben.« Sie wandte sich an Harry. »Tut mir leid, daß Sie sich vergebens hierher bemüht haben, Mr. Buckingham. Kommen Sie mit in mein Büro. Ich werde Ihnen die Telefonnummer des Arztes geben, der Ihren Vater untersucht hat. Der Rest kann warten.«

Während er Sergeant Longbright den Flur hinunter folgte, wurde Harry immer wütender. Wie konnte man einem Mann, der gerade einen tödlichen Unfall verursacht hatte, erlauben, dieses Gebäude so frei wie ein Vogel zu verlassen?

»Ich verstehe nicht, wie Sie den Fahrer einfach laufenlassen konnten«, beschwerte er sich, während sie das Büro betraten. »Hier geht es doch nicht um einen einfachen Verkehrsunfall. Es könnte zu einem Prozeß kommen. Und Sie lassen ihn einfach gehen.«

»Mr. Buckingham, wir haben ihn nicht einfach gehen lassen. Es existiert eine vollständige Aussage. Und wir haben eine Reihe ergänzender Zeugenaussagen, die die Einzelheiten des Unfalles bestätigen. Ich bin gern bereit, Ihnen eine Kopie zukommen zu lassen, sobald der Bericht fertig ist.«

»Bevor ich gehe, möchte ich die Adresse des Fahrers haben.« Harry lehnte sich auf seinem Stuhl zurück. Sein Gesicht war unbeweglich, die Stimme hart.

Sergeant Longbright setzte sich hinter ihren Schreibtisch und suchte nach einem Stück Papier. »Ich würde es vorziehen, wenn Sie die Gespräche mit den in den Unfall verwickelten Parteien hier führen würden. Wir meinen, daß hier die Wellen nicht so hoch schlagen.«

»Ich möchte genau wissen, was passiert ist, bevor die Beteiligten Einzelheiten vergessen. Um meiner Seelenruhe willen.«

Longbright beobachtete den vor ihr sitzenden verärgerten Mann. Er zupfte am Armband seiner Uhr, was darauf hinwies, daß er Angst hatte. Er war der Typ, der einen Wirbel veranstaltete, wenn man ihm nicht das gab, was er wollte. Sie zog einen alten, marmorierten Füllfederhalter aus der Brusttasche und begann zu schreiben. »Kann ich Ihnen vertrauen, Mr. Buckingham?«

»Ich möchte das Ganze einfach nur begreifen«, antwortete Harry. »Mehr nicht.«

»Lassen Sie es mich nicht bereuen.« Sie schrieb eine Adresse auf einen Zettel und händigte ihn Harry aus. Er faltete das Papier zusammen und stand auf. Sie fing ihn an der Tür ab. »Sollten Sie irgendwelche Probleme haben, rufen Sie mich umgehend an. Sind Sie verheiratet?«

»Nein. Ich verstehe nicht, was das . . .«

»Es ist gut, wenn man in Zeiten wie diesen jemanden hat, mit dem man sprechen kann. Es gibt Gruppen, die Ihnen dabei helfen könnten, die ungewohnte Situation zu bewältigen. Wenn Sie möchten, kann ich Ihnen die Adressen geben.«

Der Blick, den er ihr beim Verlassen des Büros zuwarf, deutete darauf hin, daß ›die Situation bewältigen‹ das letzte war, was er wollte.

Vielleicht hätte er besser vorher anrufen sollen. Aber er hatte beschlossen, es nicht zu tun, obwohl er nicht genau wußte, weshalb. Es war, als ob ein Teil von ihm der Meinung sei, er könnte mehr erreichen, wenn er Mr. – Crispin, so war doch der Name? – unvorbereitet antraf. Er warf noch einen Blick auf Sergeant Longbrights adrette, runde Schrift. Flat 3, 27 Inkerman Road, NW5, North London. Nicht mehr als zwanzig Minuten Fahrzeit.

Die fragliche Straße erwies sich als eine kleine Sackgasse, die von der Kentish Town Road abzweigte. Die gedrungenen Ziegelsteinsiedlungen waren Ende 1860 für die Arbeiter errichtet worden, die das labyrinthische Eisenbahnnetz von Nord-London aufbauten. Die meisten Straßen trugen die Namen bedeutender Schlachten des Krimkrieges. In den letzten Jahren, als es mit der Wirtschaft wieder aufwärtsging, hatten sich die motorisierten, in der Stadt arbeitenden Berufstätigen hier eingekauft. Doch jetzt war der Boom vorbei. Man hatte die Häuser wieder in Mietwohnungen verwandelt.

Harry klingelte und trat ein Stück zurück. Es schien niemand zu Hause zu sein. Er sah auf die Uhr und stellte fest, daß er innerhalb der nächsten fünf Minuten sein Büro anrufen mußte. Die Tatsache, daß er wegen eines privaten Unglücksfalles der Agentur fernblieb, würde Sharpes kaltes Herz nicht erweichen. Er hörte, wie über ihm ein Fenster geöffnet wurde.

»Was ist los, Kumpel?« fragte eine junge Frau. Ihr Kopf war kahl, bis auf einen breiten Streifen dunklen Haares in der Mitte. In jedem Ohr trug sie ungefähr fünfzehn Federohrringe. Sie schien ziemlich wütend zu sein.

»Wohnt hier ein Mr. G. Crispin?« Harry ärgerte sich darüber, daß er schreien mußte.

»Crispian. Grace Crispian. Das bin ich.« O mein Gott, dachte Harry. Laß es nicht dieses ... Gespenst sein.

»Wer sind Sie?« brüllte sie so laut, daß die Menschen auf der anderen Straßenseite sich umdrehten.

»Ich heiße Buckingham. Sie haben gerade meinen Vater überfahren.«

»Oh, Scheiße. Warten Sie.« Der Kopf verschwand; das Fenster wurde geschlossen. Einen Augenblick später erschien Grace an der Haustür. Sie war klein, nicht größer als ein Meter vierundsechzig, ungefähr Mitte Zwanzig und trug einen schwarzen Rollkragenpullover und Jeans. Man hätte sie attraktiv nennen können, wenn nicht die Ohrringe und der verwirrende Haarschnitt gewesen wären.

»Kommen Sie lieber rein. Ich werde uns einen Tee kochen. Ich weiß nicht, was ich sagen soll. Es ist alles so schrecklich. Ich glaube nicht, daß ich heute nacht schlafen kann.« Sie führte ihn durch die Diele eine steile Treppe hoch. Es roch nach frischer Farbe. Harry hielt seinen Simpson-Mantel von den Wänden fern.

»Ich nehme an, die Polizei hat Ihnen meine Adresse gegeben.«

»Als ich auf der Wache eintraf, waren Sie schon über alle Berge«, entgegnete Harry.

»Tut mir leid. Mir ging es nicht gut. Ich mußte an die frische Luft. Wissen Sie, ich war noch nie in einen Unfall verwickelt und habe zusehen müssen, wie jemand genau vor mir abkratzt. Ich mußte einfach etwas trinken.« Sie deutete den Flur hinunter. »Da geht's rein. Ich komme gleich mit dem Tee.«

Harry ließ sich vorsichtig auf das billige, mit Hundehaaren übersäte Sofa nieder. Die Wände des kleinen Vorderzimmers waren mit Kinoplakaten aller Größen und Farben gepflastert. Nachdrucke von *This Island Earth* und *Eraserhead* hingen über dem Kamin. Über dem Sofa machten es sich *Barbarella* und der *Witchfinder General* bequem. Auf einem elektrischen Heizkörper schlief doch tatsächlich ein unwahrscheinlich alter, mottenzerfressener Hund unbestimmter Rasse, dessen Fell bestimmt schon angebrannt war, doch das Tier schien es nicht zu bemerken. Den einzigen Hinweis, daß der Hund noch unter den Lebenden weilte, bekam Harry, als das Tier aus beiden Körperöffnungen Geräusche von sich gab. Harry beschloß, das Gespräch so kurz wie möglich zu halten.

»O Gott, das mit dem Hund tut mir leid.« Grace stellte das Teetablett auf einem Stapel Zeitschriften ab und reichte ihm einen Becher mit einer dampfenden, braunen Flüssigkeit. »Er ist sehr alt.« Sie schob ihn mit der Stiefelspitze fort. »Haben Sie den Sergeant gesehen? Die große Frau? Longbright?«

»Sie besuchte mich in meinem Büro.«

»Sie hat Ihnen bestimmt gesagt, daß es nicht meine Schuld war.«

»Ja. Aber ich möchte von Ihnen selbst hören, was passiert ist.« Harry nippte am Tee und war überrascht, wie gut er schmeckte.

Grace starrte verlegen auf ihre Schnürsenkel.

»Wissen Sie, ich arbeite für dieses Kunststudio«, erklärte sie. »Ich will damit nicht sagen, daß ich als Fotomontage-Künstler arbeite, dafür ist meine Mappe noch nicht gut genug. Manchmal muß ich mit dem Lastwagen etwas ausliefern. Er ist riesig. Er wurde gebaut, um Theaterrequisiten zu transportieren.« Sie trank einen Schluck Tee und sah zum Kamin, um seinen Blick zu vermeiden.

»Ich machte also meine Lieferung und kletterte wieder in das Führerhaus. Ich schaute zuerst in den Rück- und dann in die Seitenspiegel. Niemand da. Ich habe mich sogar noch aus dem Fenster gelehnt, um nachzusehen, ob hinter mir alles frei ist. Ich schwöre, da war niemand. Ich startete den Motor und begann langsam herauszurollen. Dann hörte ich dieses schreckliche Geräusch, als wenn . . .« Sie senkte den Kopf. »Der alte Mann rannte genau zwischen der Mauer und dem Wagen hindurch. Die Leute, die in den Büros gegenüber arbeiten, sagten, er sei in die Lücke gerannt, nachdem ich in die Spiegel gesehen hatte. Er tauchte aus dem Nichts auf. Es ging alles so schnell, daß sie nicht einmal mehr Zeit hatten, die Fenster zu öffnen und ihn zu warnen.«

»Das verstehe ich nicht«, sagte Harry. »Warum ist er gerannt?«

»Ich weiß es nicht. Vielleicht hat er sich verspätet. Er muß doch mitgekriegt haben, daß ich dabei war, loszufahren, aber er blieb nicht stehen.«

»Das ergibt keinen Sinn.« Der Becher in seiner Hand war glühend heiß, aber er merkte es nicht. »Mein Vater ist nie gerannt. Er machte alles langsam und bedächtig. Damit konnte er meine Mutter zur Weißglut bringen. Er riskierte nie etwas, blieb immer seinem alten Trott treu, verpaßte nie den Bus oder die Bahn. Er hätte eher eine Verabredung abgesagt, als zu spät zu kommen.«

»Ich weiß, es ist eine grausame Art zu sterben, aber wenigstens . . .«

»Bitte sagen Sie jetzt nicht, wenigstens sei es rasch gegangen.« Er sah ihr ins Gesicht. »Sehen Sie – Grace –, um die Wahrheit zu sagen, wir standen uns nicht sehr nahe. Ich hasse nur die Vorstellung, daß er auf diese dumme, vermeidbare Weise zu Tode kam.« Er stellte den Becher ab und erhob sich. Das Mädchen war sichtlich nervös. Eine Fortsetzung des Gesprächs würde nichts bringen. Es konnte alles nur noch schlimmer machen. Er wischte sich geistesabwesend die Hundehaare vom Mantel.

»Danke, daß Sie mir Ihre Zeit geopfert haben, Miss Crispian. Ich möchte, daß Sie wissen, daß ich Ihnen keine Vorwürfe mache.«

»Danke.«

Harry hatte bereits die Haustür geöffnet, als Grace ihn an der Schulter berührte. »Ich fühle mich schrecklich. Wenn Sie mit mir reden wollen...«

»Ich habe Ihre Adresse.« Er sah ihr ins Gesicht, dann drehte er sich um.

»Fast hätte ich es vergessen. Hat man Ihnen bei der Polizei auch gesagt, daß er mit jemandem gesprochen hat?«

»Bitte?«

»Ihr Vater. Kurz bevor er starb...«

Harry blieb auf der Treppe stehen und starrte sie an. »Sie meinen, nachdem es passiert war?«

»Nein, ich glaube, ein paar Minuten vor dem Unfall. Ich hörte, wie einer der Constables es erwähnte. Offensichtlich hat Ihr Vater jemanden auf der Straße angehalten.«

»Wissen Sie auch, was er gesagt hat?«

»Keine Ahnung. Aber vielleicht möchten Sie es herausfinden. Ich schätze, es waren seine letzten Worte.«

Er entfernte sich mit einem unwohlen Gefühl im Magen. Während er die Autotür aufschloß, warf er einen Blick zurück. Grace stand immer noch vor der Haustür und sah ihm nach.

5

Bryant und May

»Das mit dem Ruhestand ist doch nicht dein Ernst, Arthur. Kannst du dir vorstellen, wie du im Garten herumwerkelst und Spaliere für die Rosen ziehst? In einem Jahr wärst du tot.«

»Sei nicht so zynisch, John. Ich bin durchaus in der Lage, den Ruhestand zu genießen, ohne mich in eine Pflanze zu verwandeln. Millionen normaler Menschen machen das.«

»Normale Menschen? Pah!« Feuchter Nebel trieb über das Wasser heran, und John May schnürte seinen Mantel enger. »Normale Menschen stehen mit ihren Rentenbüchlein auf den Postämtern Schlange oder sitzen auf Bänken und füttern Tauben. Sie erzählen sich Geschichten über den Krieg. Aber sie stehen nicht um halb sieben Uhr morgens auf, um zuzusehen, wie man eine Leiche aus dem Kanal fischt.« Er zog ein Taschentuch hervor und schneuzte sich. »Ich kenne dich zu gut. Deine Vorstellung von einem gemütlichen Abend ist, für eine wunderschöne Frau zu kochen und ihr vom Brighton-Trunk-Mord zu erzählen, während sie ißt. Du solltest den Tatsachen ins Gesicht sehen. Du kannst es nicht lassen, selbst wenn du wolltest.« John wußte, daß sein Kollege trotz aller gegenteiliger Proteste wenigstens zwei Jahre über dem für Polizisten festgesetzten Rentenalter lag, aber wie gewöhnlich ließ er diesen Punkt unerwähnt. Arthur drohte ständig damit, sich in den Ruhestand versetzen zu lassen. Niemand in der Abteilung nahm noch Notiz davon. Aber in letzter Zeit hatte sich ein ernsthafter Ton eingeschlichen.

»Meine Arbeit stand immer an erster Stelle, John, das weißt du genau. Ich habe nie Zeit gehabt, etwas für mich zu tun.« Arthur Bryant stapfte durch einen überschwemmten Abschnitt des Treidelpfades und stellte sich neben seinen alten Freund. »Die Überstunden, die der Job mit sich bringt, sind etwas, das man akzeptieren muß. Ich konnte nie ein normales Familienleben führen. Ich mußte sogar meine Hochzeit absagen.«

»Weil der Krieg ausgebrochen war, Arthur. Du kannst

doch nicht der Polizei die Schuld dafür in die Schuhe schieben.«

Vor ihnen standen drei junge Polizisten bis zur Taille im eiskalten Wasser und versuchten, eine Leiche vom Grund des Kanals zu lösen. Alles, was sie vom Leichnam sehen konnten, war ein schmutziger brauner Kamelhaarmantel und ein Stück Hosenbein. Eine Handvoll Schaulustige beobachtete die Szene von einer nahen Brücke aus. May schraubte seine Thermosflasche auf und goß seinem Partner einen Kaffee ein.

»Und noch etwas, John. Ich werde auch nicht jünger. Ich hasse es, zu spüren, wie ich den Kontakt verliere.« Bryant starrte auf das träge fließende, dunkle Wasser.

May wirbelte erstaunt herum. »Wer behauptet, du würdest den Kontakt verlieren, du verrückter alter Narr? Wie lange arbeiten wir schon zusammen?«

»Siebzehn Jahre.«

»Genau. Und in weiteren zehn Jahren werden wir befördert.« May grinste Arthur an, der weiter stumm auf das nebelverhangene Wasser starrte. »Wie dem auch sei, du hast noch gut sechs Monate Zeit. Jetzt trink erst einmal einen Kaffee und dann Kopf hoch. Dir geht es immer noch besser als dem armen Teufel dort.« Er zeigte aufs Wasser, dann ging er an den Rand des Pfades und rief einem der Constables zu: »Beeilung, Junge! Mein Kollege hier hat Angst, an Unterkühlung zu sterben, ehe ihr die Leiche geborgen habt.«

»Sie steckt fest, Sir!« rief der Polizist. Sein Gesicht hatte die Farbe einer Eissplittertorte. Das schmutzige Wasser hatte sein Hemd verfärbt.

»Versucht, den Mantel aufzuschneiden«, schlug May vor. »Holt das Messer aus dem Wagen.« Begierig, dem kalten Naß zu entfliehen, watete einer der Contables mit Riesenschritten ans Ufer.

May hatte während der Frühschicht gerade die Akten der als gestohlen gemeldeten Autos durchgeblättert, als der Anruf kam. Eine Putzfrau hatte etwas, was sie für eine Leiche hielt, mit dem Gesicht nach unten im Wasser treibend entdeckt, und zwar in der Nähe der Brücke bei Camden Lock. Unfähig, einer kriminalistischen Szene zu widerstehen, die sich noch dazu ganz in der Nähe abspielte, hatte er umgehend seinen Partner angerufen, und zwanzig Minuten später waren sie gleichzeitig auf dem Treidelpfad eingetrudelt.

Jetzt standen sie nebeneinander und inhalierten die kühle Aprilluft, während sie darauf warteten, einen ersten Blick auf das neueste Opfer eines Mordanschlags zu werfen. May war nur wenig größer und mit seinen vierundsechzig Jahren fast drei Jahre jünger als Bryant, aber im Grunde waren sie wie ein Mann. Daß einer ohne den anderen arbeitete, war nicht nur undenkbar, sondern unmöglich.

Sie hielten sich noch an der kriminalistischen Front auf, als sie von Rechts wegen bereits hinter ihren Schreibtischen hätten hocken müssen. Das war einer der Gründe, weshalb sie von den jüngeren Kollegen der Nord-Londoner Detective-Truppe so bereitwillig akzeptiert wurden. Der andere war, daß ihre Erfolgsrate bei der Lokalisierung und Festnahme von Mördern phänomenal war. Niemand hatte je begriffen, wie sie es machten; ihre Arbeitsmethoden schienen unberechenbar. Aber solange die Verbrechenstatistik ihren Eifer rechtfertigte, beschwerte sich niemand.

Und als schließlich auch für Bryant und May die Zeit gekommen war, sich ins Büro zurückzuziehen, wählten sie nicht Scotland Yard, sondern ließen sich in Kentish Town nieder, im Herzen eines notorischen Unruheherdes.

Die Männer im Wasser schnitten den widerspenstigen

Mantel durch, warfen ihn ans Ufer und traten zurück, als die Leiche langsam an die Oberfläche stieg. Wie bei einer Puppe, die zum Leben erwacht, hoben sich die Glieder. Ein grauer Haarkranz erblühte um den noch immer im Wasser befindlichen Schädel. Einer der Constables schnappte sich einen Fuß und zerrte die Leiche in Richtung Ufer.

»Ich denke, Selbstmord kann ausgeschlossen werden«, sagte Bryant, der zunehmendes Interesse an der Leiche zeigte. »Man muß schon sehr lebensmüde sein, um sich in solch einem seichten Gewässer umzubringen.«

»Es sei denn, er ist von der Brücke gesprungen und hat sich den Kopf auf dem Grund eingeschlagen. Der Kanal sieht tiefer aus, als er ist.«

»Hmm. Zuerst müssen Schädel und Halswirbel untersucht werden.« Bryant neigte den Kopf und nahm das Gesicht des Toten in Augenschein. »Nicht mehr jung. Weder Säufer noch Penner. Mir scheint, er trägt ein Turnbull-&-Asser-Hemd. Manschettenknöpfe. Und manikürte Hände.«

Die Polizisten versuchten, ihren Fund den Blicken des Publikums mittels einer orangefarbenen Plane zu entziehen, die sie um den Toten wickelten. May kniete neben der Leiche nieder. »In der Jacke steckt eine Brieftasche.« Er zog die vollgesogene kalbslederne Brieftasche vorsichtig heraus und klappte sie auf. »Die Visa-Karte wurde auf den Namen Henry Dell ausgestellt. Und hier sind noch fünfundvierzig Pfund. Warte einen Augenblick.«

Er fingerte in der Jackentasche herum und brachte einen tropfenden englischen Paß zum Vorschein. »Sieht aus, als sei er viel unterwegs gewesen. Scheußliches Foto. Sieht ihm gar nicht ähnlich. Wie üblich. Anscheinend hat er über Nacht im Wasser gelegen. Hallo – das ist ja interessant.« Er beugte sich über die halbgeschlossene Plane.

»Komm her und sieh dir das einmal an, Arthur. Er hält etwas in der linken Hand.«

Die Polizisten traten zur Seite, um den anderen Detective durchzulassen.

»Hier bekommen wir seine Finger nicht auf«, sagte Bryant. »Das kalte Wasser hat die Totenstarre beschleunigt.« Er wandte sich an einen Polizisten. »Sorgen Sie dafür, daß der Treidelpfad gesperrt bleibt, bis der Rest meiner Männer eingetroffen ist. Ich möchte Abgüsse vom Schlamm neben dem Weg und Fingerabdrücke von beiden Schleuseneingängen.«

»Anderson soll auch Abdrücke von den Torstangen und Klinken nehmen«, fügte May hinzu. »Möglicherweise ist er darüber geklettert. Und laß die Jungs das Gras und die Hecke vom Tor bis zu der Stelle, wo der Leichnam zum ersten Mal gesichtet wurde, in zwei Zentimeter große Felder aufteilen und untersuchen.«

»Und weshalb?« fragte der Polizist, während er den im Schatten liegenden Toten beäugte.

»Werfen Sie einen Blick auf den Kragen. Die Jacke wurde aus rauhem Tweed hergestellt. Am Revers hängen Kletten und etwas, was wie Stroh aussieht. Wenn das Zeug von hier stammt, wissen wir wenigstens, wo er starb und können als wahrscheinlich annehmen, daß es einen Kampf gegeben hat, in dessen Verlauf er in die Büsche geworfen wurde.«

»Was ist mit dem Mantel?«

»Aufgeknöpft.«

»Glaubst du?«

»Hab' ich überprüft.«

»Keine sichtbaren Einstiche oder Schnitte in der Kleidung. Aber das Gesicht ist ganz schön zerschlagen.« Bryant bedeutete den Polizisten, die Leiche umzudrehen, dann bückte er sich, um sich die schwärzlichen Striemen, die sich von der angeschwollenen linken Wange bis zum Hals hinzogen, genauer anzusehen. »Multiple Quetschungen am Hinterkopf. Ich könnte mir vorstellen, daß er sich die erst im Wasser zugezogen hat.«

»Die Hosen scheinen im Kniebereich beschädigt worden zu sein.« May stand auf und streckte sich. Seine Knie krachten. »Sollen Finch und seine Männer den Rest erledigen.«

»Was meinst du, John? Erschlagen und ertränkt? Oder zuerst ertränkt? Es scheint keine Stichwunden zu geben.«

»Ja. Seltsam, nicht wahr? Sollte er gestern nacht ums Leben gekommen sein, wäre ich für eine durchbohrte Lunge dankbar.«

»Und warum, Sir?« fragte ein junger Constable. Man hielt es allgemein für eine ausgezeichnete Idee, in Hörweite zu bleiben, wenn die beiden Detectives laut dachten.

»Das Opfer ist gut gekleidet und ungefähr Ende Fünfzig. Wir können mit an Sicherheit grenzender Wahrscheinlichkeit annehmen, daß er nicht in eine Rauferei mit Betrunkenen verwickelt gewesen war. Eher in einen Raubüberfall. Zu diesem Zweck wird meistens ein Messer oder ein ähnlich scharfes Instrument benutzt. Aber es wurden weder Geld noch Kreditkarten gestohlen. Und es gibt keine Stichwunden. Wir stehen vor einem Rätsel.«

Bryant und May sahen zu, wie man die Leiche für den Abtransport fertigmachte. Auf der Brücke hinter ihnen hatte sich eine neugierige Menschenmenge versammelt.

»Nun sieh dir nur einmal an, wie heruntergekommen der Kanal ist.« Bryant deutete auf die Kunststoffschachteln und Coke-Dosen, die auf dem öligen Wasser tanzten und sich an den Ecken der Schleusentore an einer braunen Gezeitenmarke aus Geröll stauten. »Als ich noch ein

Junge war, war es hier wunderschön. Wir machten Picknick und schauten zu, wie die bunten Boote vorbeitrieben.«

»Klar, Arthur, damals saß ja auch noch Queen Victoria auf dem Thron.« Dann nahm er Bryants Arm und führte ihn zum Treidelpfadtor. »Hoffentlich entdeckt Finch was Interessantes«, bemerkte er. »Es ist schon eine Weile her, daß wir mal einen Fall hatten, an dem wir uns so richtig festbeißen konnten.«

Arthur drehte sich um und beobachtete, wie sich die Polizisten mit ihrer gräßlichen Last den Treidelpfad hinunterkämpften. »Weiß Gott, wir könnten beide etwas Bewegung gebrauchen.«

6

Geflüstertes Geheimnis

An diesem Abend trafen Harry und Hilary sich in einem teuren Restaurant hinter der Kensington Church Street zum Essen. Bei Anbruch der Dunkelheit hatte ein heftiger Regen eingesetzt, und als Harry im Foyer den nassen Mantel ausschlug, bedachten die Kellner ihn mit mißbilligenden Blicken. Er haßte ihre Arroganz und die übertriebene Art, mit der sie die *nouvelle cuisine* kredenzten, aber Hilary liebte diesen Ort. Sie hatte vorgeschlagen, den Termin nicht zu verschieben; vielleicht würde ihn das Treffen auf andere Gedanken bringen.

Statt dessen erinnerte Harry sich an das letzte Beisammensein mit seinem Vater. Sie hatten sich gestritten, wie noch bei jedem ihrer Treffen, und Harry hatte schon vor dem Hauptgericht das Weite gesucht. Er fragte sich, wie das Gespräch verlaufen wäre, wenn sie gewußt hätten, daß sie sich das letzte Mal sahen ...

Hilary saß bereits am Tisch und wartete auf ihn. Der übliche Badoit stand unberührt vor ihr. Er beugte sich vor und küßte sie auf die Wange, aber nicht wie jemand, der seinem romantischen Verlangen Ausdruck verleiht, sondern wie jemand, der sich einer Reliquie in Ehrfurcht nähert.

Es stimmte, er betete sie an. Hilary war die perfekte Partnerin für einen Werbemenschen, fehlerlos und eiskalt, ihr Gesicht eine Maske ungetrübter Schönheit. Sie trug immer dasselbe distanzierte Lächeln zur Schau, ganz gleich, ob sie eine Oper besuchte oder von einem Penner angebettelt wurde. Als er am Tisch angekommen war, führte sie die schmale Hand zum Glas und schaute ihm in die Augen. Mitgefühl huschte über ihre Züge, aber nur kurz, ohne Spuren zu hinterlassen.

»Die Sache mit deinem Vater tut mir leid, Harry. Du weißt, wir hätten den Termin verschieben können, wenn du gewollt hättest.« Sie nippte am Wasser und stellte das Glas wieder zurück. Es roch nach Zitrone.

»Nein, ich wollte dich sehen. Ich habe auch gedacht, daß es vielleicht helfen würde.« Sogar in seinem Savile-Row-Anzug fühlte er sich neben ihr heruntergekommen und schmutzig. So war es immer. Hilary saß kerzengerade auf ihrem Stuhl, das glatte blonde Haar zu einem Knoten geschlungen. Eine Perlenkette schmückte den bleichen Busen.

Er drehte sich um, um einem Kellner zu winken, aber die gesamte Belegschaft wieselte mit ihren silbernen Tabletts auf der anderen Seite des Restaurants herum, wo sie geräuschvoll jemanden aus einer höheren Gesellschaftsschicht bedienten.

»Von einem Lastwagen überfahren zu werden –

unglaublich.« Hilary klang, als seien ihr die Umstände peinlich, unter denen Harrys Vater gestorben war; als stünde diese Methode nicht auf ihrer Liste der gesellschaftlich anerkannten Todesarten.

»Kurz bevor es passierte, hat er noch mit jemandem gesprochen.«

»Mit wem?«

»Einer Frau. Ich habe die Polizei angerufen. Sie haben mir ihre Nummer gegeben.«

»Was hat er zu ihr gesagt?« fragte Hilary interessiert.

»Ich weiß es nicht. Ich werde es morgen erfahren.«

»Weißt du schon, wann die Beerdigung sein soll?«

»Donnerstag. Ich glaube nicht, daß sehr viele Trauergäste kommen werden. Meinst du, du könntest es einrichten?«

»Ich weiß nicht. Ich glaube, ich habe einen Termin.«

»Ich habe eine Nachricht bekommen, daß ich diese Cleveland anrufen soll.«

»Du hast früher kaum über sie oder deinen Vater gesprochen«, sagte sie mißtrauisch. »Ich nehme an, du konntest ihr Zusammenleben nicht gutheißen.«

»Sie hatten einander verdient«, schnaubte Harry wütend. »Er war ein tölpelhafter, alter Kerl. Wir haben uns nach dem Tod meiner Mutter nicht mehr viel zu sagen gehabt. Sie war alles, was uns verband. Nach ihrem Tod konnte er tun und lassen, was er wollte.« Er sah Hilary an und stellte fest, daß er bereits zu viel gesagt hatte. Sie hatte ihn nur aus purer Höflichkeit gefragt und studierte bereits die Speisekarte.

»Ich nehme heute nur ein Hauptgericht.« Sie führte mit militärischer Präzision Krieg gegen die Korpulenz. »Der Steinbutt wird mit einer Honigsoße serviert. Nichts für mich.«

Herbeigerufen durch den Klang, den das Schließen der

Speisekarte an ihrem Dekolleté verursachte, schwirrte ein Kellner aus dem Nichts herbei und nahm Hilarys Bestellung auf. Dann wartete er mit gezücktem Kugelschreiber und erhobener Braue auf die Bestellung ihres Begleiters.

»Was würdest du davon halten, wenn wir übers Wochenende aufs Land fahren würden, Hilary?« Harrys Absicht, ihre Hand in die seine zu nehmen, wurde durch eine plötzliche Rückzugsbewegung ihrerseits zunichte gemacht. Der Kellner wartete.

»Du weißt doch, daß das nicht geht, Schatz. Die Handelsmesse fängt nächste Woche an. Samstag ist der entscheidende Tag für mich. Displayständer. Diese Japaner sind unverbesserlich.« Sie wandte sich an den Kellner. »Er nimmt den Steinbutt.«

Es gab immer einen Grund, weshalb sie nicht allein sein konnten. »Möchtest du nicht mit mir allein sein?« fragte er verärgert. »Fort von Telefonen, Faxgeräten und Piepsern? Ich will den Steinbutt nicht.«

»Wirklich, Harry, das sieht dir gar nicht ähnlich. Ich dachte, wir hätten bereits ausgiebig über mich und meine Karriere diskutiert.« Sie beugte sich vor. »Ich weiß, wie sehr dich das alles mitnimmt, aber mach hier bitte keine Szene. Nimm den Steinbutt, dann kann ich ein Häppchen probieren.« Sie entfaltete die Serviette, legte sie sich über den Schoß und wartete darauf, daß er das Thema wechselte.

»Ich will den beschissenen Steinbutt nicht«, zischte er.

Das Essen kam. Er starrte das dreieckige Fischstückchen an, das in einer Pfütze aus zinnoberroter Soße schwamm. Die Portion war gerade groß genug, um im Schnabel einer vorbeifliegenden Seemöwe Platz zu finden.

»Nur einen kleinen Bissen.« Hilary langte mit der Gabel über den Tisch, spießte ein Häppchen Fisch auf und ließ es zwischen den korallrot glänzenden Lippen verschwinden.

»Für ein Paar, das vorhat, Karriere in der sozialen Kommunikation zu machen«, bemerkte er, während er sie beobachtete, »scheinen wir nicht gerade viel miteinander zu sprechen.«

»Sei nicht albern, Harry. Natürlich reden wir miteinander.«

»Aber nicht über wichtige Themen.« Die Gesprächs-Sackgasse war ihm wohlvertraut, aber er konnte nicht verhindern, daß er auch heute wieder voll hineinraste.

»Weil wir unsere Standpunkte zu allen wichtigen Fragen kennen. Ich weiß, daß du mich liebst. Ich weiß aber auch, daß ich im Moment nur bereit bin, mich emotional zu binden.« Sie kaute nachdenklich auf ihrem Stückchen Fisch herum. »Schmeckt gut. Wir wissen, daß wir uns vertrauen können, ohne uns über Sex Gedanken machen zu müssen. Und dann haben wir auch noch unsere Jobs.«

»Warum mußt du nur immer so vernünftig sein?« Harry zupfte an seinem Steinbutt herum und zerstörte dabei das Soßenarrangement. »Empfindest du je so etwas wie Leidenschaft? Brennst du manchmal vor Begierde?«

Hilary dachte einen Augenblick darüber nach. Sie schien unglaublicherweise noch immer an demselben winzigen Fischhäppchen herumzukauen. »Nein, eigentlich nicht«, antwortete sie schließlich. »Frauen können ihre Gefühle besser kontrollieren als Männer. Sie haben nicht dieselben Triebe. Dein Problem ist, daß du noch immer mit dem Penis denkst.« Sie bedachte ihn mit einem nachsichtigen Blick. Es war der Blick eines Tierarztes, der einen kranken, alten Hund betrachtet. »Du lebst noch immer in den sechziger Jahren. Heutzutage verlaufen die

Liebesgeschichten anders. Man muß mehr in Erwägung ziehen.«

»Wie die Tatsache, daß du nicht mit mir schlafen willst, weil du Angst vor AIDS hast«, erwiderte er und schob den Teller beiseite.

»Kondome zerreißen. Das ist eine Tatsache. Und HIV-Tests sind nicht zuverlässig. Ich weiß nicht, mit wem du zusammen warst. Ich bin nicht prüde, aber manche Ärzte halten selbst das Küssen für ein Risiko. Du würdest nicht glauben, wie viele Bakterien sich in einer einzigen Unze Speichel befinden.« Hilary hörte sich an, als spräche sie aus Erfahrung. Sie lächelte ihm kurz zu wie ein ratgebender Apotheker.

»Und umgekehrt weiß ich nichts über dein Sex-Leben«, wandte Harry ein.

»Sei nicht albern. Ich bin faktisch noch Jungfrau. Ich denke, wir sollten das Thema wechseln. Dein Vater ist gerade gestorben.«

»Hilary, er ist nicht gestorben, um uns beim Bumsen zu beobachten.«

Das war's dann. Wieder einmal hatte er seine Chance verspielt. Sie lehnte den üblichen Espresso mit einem angedeuteten Kopfschütteln ab und bewahrte bis zum Aufbruch eisiges Schweigen. Die Rechnung war Pornographie in Zahlen. Er warf den Kellnern seine goldene Kreditkarte zu, und sie stürzten sich darauf wie Seehunde auf einen Korb Fische.

Draußen auf dem Bürgersteig taute Hilary ein wenig auf. Sie küßte ihn kurz, aber zärtlich, bevor sie in einem wartenden Taxi verschwand. Er wußte, daß er mehr Geduld mit ihr haben mußte. Sie kannten sich erst seit drei Monaten. Verglichen mit der Langlebigkeit der sexuell übertragbaren Bakterien war das nicht gerade lange.

In dem endlos scheinenden Korridor des Hochhauses suchte Harry nach der Türnummer. Das Gebäude war ein Monument der Bausünden des Stadtrats. Harry blickte sich um. Niemand zu sehen. Vor der Wohnungsnummer 47 hielt er an, hob die Faust und ließ sie wieder sinken. Es gab keinen vernünftigen Grund für sein Zögern. Der Fall war praktisch abgeschlossen. Das hier war nur ein loses Ende, das man verknoten und dann wieder vergessen konnte. Warum also zögerte er?

Er atmete tief durch und klopfte zweimal. Zuerst hörte er ein schlurfendes Geräusch, dann leichtfüßige Schritte. Eine Sicherheitskette wurde beiseite geschoben, die Tür öffnete sich, und eine kleine Asiatin Anfang Fünfzig äugte ängstlich durch den Spalt, bereit, ihm die Tür sofort vor der Nase zuzuschlagen, falls er Schwierigkeiten machen sollte.

»Mrs. Nahree?« Er streckte seine Hand aus, wurde aber durch den Türrahmen behindert. »Ich habe mit Ihnen wegen meines Vaters telefoniert.«

»Ach ja, Mr. Buckingham. Bitte kommen Sie herein.« Sie nahm die Kette ab und führte ihn durch den dunklen Flur, wobei sie sich öfters umdrehte, um zu sehen, ob er ihr folgte. Sie bewegte sich mit den fahrigen, abgehackten Bewegungen eines mißhandelten Vogels.

»Ich muß vorsichtig sein. Mein Sohn arbeitet, und ich bin ganz allein zu Hause. Mir geht es gesundheitlich nicht gut. Hier ist es nicht sicher. Aber wohin sollen wir gehen? Möchten Sie einen Tee?« Sie öffnete die Tür zu einem aufgeräumten Raum, der mit glänzendem Messingzierat angefüllt war, offensichtlich das Gästezimmer.

»Nein, danke. Ich kann nicht lange bleiben.« Sie führte ihn zu einem Sessel. »Ich muß wieder zur Agentur. Ich wollte nur hören, was mein Vater zu Ihnen sagte.«

Mrs. Nahree stand mit verschlungenen Händen vor

ihm, voller Eifer, ihn zufriedenzustellen. »Ich werde Ihnen erzählen, wie ich Ihren Vater getroffen habe«, begann sie. »Wissen Sie, ich hatte gerade meinen Sohn besucht – er arbeitet für einen Juwelier in der Regent Street –, als ein älterer Mann auf mich zulief. Nicht auf dem Bürgersteig, sondern im Rinnstein. Es regnete stark, und sein Anzug« – sie deutete auf das Vorderteil ihres Saris – »war sehr naß. Zuerst habe ich mir nichts dabei gedacht. In London laufen immer irgendwelche Leute aufgeregt durch die Gegend. Aber als ich in sein Gesicht schaute, oh – er sah aus, als sei der Teufel selbst hinter ihm her! Als ich die Straße überqueren will, biegt er um die Ecke und läuft direkt auf mich zu!« Während sie erzählte, wurden ihre Augen immer größer. »Aber er achtet nicht darauf, wohin er rennt, sondern schaut die ganze Zeit hinter sich. Und plötzlich liege ich auf dem Boden.«

Mrs. Nahree zog sich einen Sessel heran und ließ sich darauf nieder, als hätte sie der Bericht über den Zusammenstoß erschöpft. Sie zupfte nervös an ihrem Sari. »Ich habe mich nicht verletzt, nur erschreckt. Er half mir auf die Füße, aber er schaute mich immer noch nicht an. Es sah aus, als fürchte er, daß sich wilde Tiere aus dem Nichts auf uns stürzen würden.« Ihre Augen blieben unbeweglich, während sie eine Pause einlegte, in der Erinnerung gefangen. »Er starrt mich wie ein Verrückter an, greift nach meiner Hand und packt meinen Mantel. Dann sagt er etwas, das ich zuerst nicht verstanden habe. Ich denke: Wer ist dieser Mann? Ist er vielleicht hinter deiner Handtasche her? Das ist normal. Doch dann verstehe ich, was er sagt.«

»Und was hat er gesagt?« Harry beugte sich vor.

»Die Teufelsgebete«, sagte er. *»Bald werden die Teufelsgebete überall sein.* Ich denke, der Mann ist verrückt. Ich

habe große Angst, aber er läßt mich los und rennt weiter, läuft quer über die Straße, in den Verkehr. Ich gehe schnell weg. Zwei Straßen, drei Straßen, dann fühle ich mich besser. Als ich um die nächste Ecke komme, ist dort ein großer Tumult, und Ihr Vater liegt tot auf dem Boden, als wäre er von wilden Tieren zerrissen worden.«

»Und das haben Sie auch der Polizei erzählt?«

»Genauso wie Ihnen.« Sie faltete die Hände. Harry lehnte sich verwirrt zurück.

»Können Sie sich vorstellen, was er damit gemeint haben könnte.«

»Ich weiß nicht, ich weiß nicht.« Sie schüttelte bestimmt den Kopf. »Vielleicht nichts. Er sah sehr erschrocken aus und sprach sehr schnell. Das habe ich auch dem Sergeant gesagt.«

»Gut. Vielen Dank, daß Sie mir Ihre Zeit geopfert haben.« Er stand auf, um keinen Deut klüger als zuvor. »Falls Ihnen noch etwas einfallen sollte, rufen Sie mich bitte an.« Er gab ihr die Karte der Agentur. »Meine private Telefonnummer steht auf der Rückseite.«

In der Firma versuchte er, Mrs. Nahrees Beschreibung eines stammelnden, durchnäßten Verrückten mit der eleganten, kleinen Gestalt in Einklang zu bringen, der er vor zwei Wochen im Restaurant gegenübergesessen hatte. Sein Vater hatte dieses Treffen angeregt, nicht zuletzt, um über ein bestimmtes Geschäft zu sprechen, an dem er offensichtlich interessiert war. Noch bevor das Essen eintraf, hatte Willie bereits das Besteck neu geordnet, die Ecken der Leinenserviette gefaltet, stirnrunzelnd dem Weinkonsum seines Sohnes zugesehen und gejammert, er würde sich ohne Beth Cleveland unwohl fühlen. Weswegen Harry, dem das Verhalten seines Vaters auf die Nerven ging, übersehen hatte, daß etwas seinem Vater ernsthaften Kummer bereitete. Er hätte bei ihrem letzten Gespräch aufmerksamer zuhören sollen.

7

Geschäftige Teufel

»Ist es Ihr erstes Gespräch?« fragte die Empfangsdame.

Das Mädchen vor dem Schreibtisch nickte und lächelte schüchtern.

»Nun, Sie haben keinen Grund, nervös zu sein. Sie werden Mr. Meadows *lieben*.« Sie betonte jedes Wort, für den Fall, daß jemand zuhörte. »Alle lieben ihn. Er ist ein Schatz, wirklich. Ein Charmeur der alten Schule, könnte man sagen. Er trägt eine von diesen reizenden, kleinen halbmondförmigen Brillen. Ich habe ihn noch nie ohne Schlips und Kragen gesehen. Er hat stets ein freundliches Wort für seine Mitarbeiter.« Sie schaute hinter sich auf die Uhr. »Es kann nicht mehr lange dauern. Er führt gerade ein Ferngespräch.«

Das Mädchen setzte sich hin und wartete mit der Handtasche auf den Knien. Die Dame am Empfang, eine freundliche Frau mittleren Alters, kehrte zu ihrer Schreibarbeit zurück. Fünf Minuten später warf sie einen zweiten Blick auf die Uhr.

»Es scheint länger zu dauern. Das Lämpchen ist noch an.« Sie tippte mit ihrem manikürten Fingernagel auf die Telefonkonsole. »Ein Käufer aus Übersee. Die können stundenlang reden. Meadows ist zwar Geschäftsführer, aber er liebt es, Gespräche selbst anzunehmen. Er ist so pflichtbewußt.« Sie schürzte die Lippen. »All die Stunden, die er dem Geschäft opfert. Ich bin sicher, der Papst hat mehr Freizeit als er.«

Dann wurde es wieder still. Das Mädchen änderte seine Haltung, starrte die gegenüberliegende Wand an und räusperte sich. Aus Mr. Meadows' Büro drang ein dumpfes Geräusch, als wäre etwas zu Boden gegangen.

»Aha.« Die Empfangsdame sah auf die Telefonkonsole. »Er hat aufgehört zu telefonieren. Er weiß, daß Sie da sind. Er wird Sie nicht warten lassen.« Beide Frauen starrten zur Tür. Sie hörten den Klang zerbrechenden Porzellans.

»Jedes Jahr spielt er für die Waisenkinder den Weihnachtsmann«, fuhr die Empfangsdame fort. Aus dem Büro drang gedämpftes Gebrüll.

»Ein lebender Heiliger«, fügte sie lahm hinzu.

Plötzlich sprang die Tür angelweit auf, und der seit fünfunddreißig Jahren im Geschäft tätige Meadows erschien wild um sich blickend, mit zerrissenem Anzug und blutend auf der Bildfläche.

Das Büro hinter ihm war ein einziger Trümmerhaufen, die weißen Wände blutverschmiert.

Mr. Meadows warf den Kopf zurück und schrie. Seine scharlachroten Lippen hingen in Fetzen. Das Mädchen und die Empfangsdame schrien ebenfalls. Mr. Meadows stürzte an ihnen vorbei auf den Flur. Sekretärinnen flohen in alle Himmelsrichtungen. Ein junger Angestellter mit einem Papierbündel wurde gegen die Wand geschleudert.

»Mr. Meadows ist wahnsinnig geworden!« kreischte die Empfangsdame. »Jemand muß ihn aufhalten!«

Meadows schwang einen Brieföffner und ließ eine Welle der Zerstörung hinter sich. Es sah so aus, als hätte er sich mit dem Brieföffner mehrere Male selbst verletzt. Er brüllte und bedrohte jeden, der es wagte, sich ihm in den Weg zu stellen. Als seine Mitarbeiter sich ihm mit ausgestreckten Armen näherten, wurden seine Augen schmal. Er raste zwischen ihnen hindurch ins Treppenhaus.

»Ruft den Sicherheitsdienst!« brüllte jemand. »Man muß ihn aufhalten, bevor er jemanden tötet!«

Im Parkhaus neben dem Bürogebäude ließ das Geräusch des startenden V-8-Motors Walter von seinem Kreuzworträtsel aufblicken. Dem alten Wärter kam das Geräusch bekannt vor. Er stand auf und sah aus seinem Wachhäuschen, konnte aber in der spärlich von Neonlampen erhellten Finsternis nichts erkennen. Er wollte sich gerade wieder hinsetzen, als ein durchdringendes Quietschen durch den leeren Betonklotz hallte. Das kann unmöglich Mr. Meadows sein, dachte er. Der würde nie die Kurven so nehmen.

Und während er noch darüber nachsann, raste der schnittige grüne Jaguar in das Wachhäuschen und ließ die Scheiben zerbersten. Walter konnte gerade noch Meadows' vom Wahnsinn gezeichnetes Gesicht hinter dem Steuer erkennen, bevor er in einem Glas- und Metallregen zur Seite geschleudert wurde.

Der Jaguar knallte mit metallischem Kreischen auf die Straße und erschreckte die Autofahrer fast zu Tode. Meadows raste mit kreischender Hupe über zwei Spuren, brauste die Cannon Street entlang und fuhr ab Ludgate Circus auf der falschen Straßenseite.

West End Central bekam den ersten Bericht, nachdem der Jaguar einen Doppeldeckerbus gezwungen hatte, auf den Bürgersteig auszuweichen, und in die Scheibe einer überfüllten Kneipe gedonnert war. Als es endlich gelungen war, alle Polizeiwagen zum Einsatzort zu beordern, schlitterte Meadows' Wagen über den nassen Asphalt der Hauptkreuzung vor dem Tower. Fußgänger und Autos zerstreuten sich in alle vier Himmelsrichtungen, als der Jaguar eine rote Ampel nach der anderen beschädigte. Der Wagen schlitterte an der Bordsteinkante entlang, daß die Funken sprühten, und raste durch den zusammengebrochenen Verkehr in Richtung Tower Bridge. Ein Streifenwagen stellte sich quer auf die Straße, um ihn an der Auffahrt zur Brücke zu hindern.

Mit irrem Gebrüll schraubte Meadows die Geschwindigkeit auf hundertachtzig Stundenkilometer hoch. Die Geschwindigkeitsbegrenzung für die Brücke betrug fünfundzwanzig Kilometer in der Stunde. Ein Brückenpolizist sah verdutzt, wie der Wagen an ihm vorüberraste. Sein Unterkiefer fiel herunter, als ihm klar wurde, daß der Fahrer überhaupt nicht auf die Brücke wollte. Er stellte sein Funkmikrophon an. Seine Stimme ging in der nachfolgenden Kakophonie unter.

Der Jaguar schoß die schlüpfrige Straße neben der Brücke entlang, schlug aus dem Tower Hotel kommende Touristen in die Flucht, brach durch das niedrige Geländer am Ende der Straße und klatschte in den wirbelnden Fluß.

Sekundenbruchteile später war weder von Meadows noch von seinem Wagen etwas zu sehen, außer blubbernden Bläschen, die auf der Themse glitzerten.

8

Todesursache

Daily Mail
Donnerstag, 17. April

AMOKFAHRENDER GESCHÄFTSMANN
›WAR CHRONISCH DEPRESSIV‹:

Der Geschäftsführer einer erfolgreichen Postversand-Firma, der gestern nachmittag wie ein Berserker durch die Stadt raste, wurde von seinen Mitarbeitern als ›freundlicher, glücklicher Mann‹ beschrieben. Doch unter der glücklichen Oberfläche lauerten mörderische Triebe.

Arthur Meadows, 57, befürchtete, für die Firma überflüssig zu werden, sobald sie im Sommer mit der ›Umstrukturierung‹ beginnen würde.

Erst kürzlich wurde Meadows' Firma von der expandierenden englischen ODAL-Gesellschaft übernommen. Insider warnten, daß sowohl Meadows' Abteilung als auch die anderer leitender Angestellten in nächster Zeit ›wegrationalisiert‹ werden sollten.

Ein Firmenarzt enthüllte, daß er den Mann, der von seinen Mitarbeitern als ›freundlicher Onkel‹ bezeichnet wird, wegen einer chronischen Depression behandelt hatte.

Meadows ließ auf seiner Todesfahrt drei Tote und siebzehn Verletzte zurück, bevor er mit seinem Wagen durch das Ufergeländer brach und in die Themse stürzte. Der Fahrer war sofort tot.

Polizeitaucher erwarten, Meadows' Leiche im Laufe des heutigen Tages bergen zu können.

* *Abgeordneter des Unterhauses fordert Leitplanke am Fluß* siehe Seite 7

Arthur liebte es, zu Beginn eines Arbeitstages in der Zentrale zu sitzen und zuzusehen, wie die Aktivitäten der letzten Nacht eingetragen und bearbeitet wurden. Wie gewöhnlich ließ er sich mit einem Becher bitteren, mahagonifarbenen Tees hinter einem leeren Schreibtisch nieder und hörte die eingegangenen Anrufe mit gesenktem Kopf ab, während er sich geistesabwesend über den kahlen Kopf strich. Das war eins der Rituale, die er vermissen würde, wenn er die Polizei verließ.

An diesem Morgen sprachen alle vom Meadows-Selbstmord. Die Zeitungen waren voll davon. *The Times* hatte einen Plan mit Meadows' verhängnisvoller Route veröffentlicht, und die *Sun* ließ sich lang und breit über die Unterwäsche vorführende Schwester der Witwe aus.

Bryant war gefesselt von dem Erfindungsreichtum der Berichte, die alle in einer einzigen Frage mündeten: Wie kann jemand so etwas tun?

John May zog seine Jacke aus und warf sie über einen freien Stuhl. Dann blickte er zu seinem Partner hinüber, der unter einem riesigen Wollschal in den voluminösen Falten seines rattenbraunen Mantels verborgen war. Bryant hob unwillig ob der Unterbrechung den Kopf. Mit den Falten um die Augen und der kleinen, platten Nase sah er wie eine mitten aus dem Winterschlaf gerissene Schildkröte aus. Er warf May einen kurzen Blick zu, bemerkte den eleganten grauen Anzug und das füllige weiße Haar, das ihm bis zum Kragen reichte.

»Weißt du was, Arthur? Ich glaube, du schrumpfst«, begann May gutgelaunt. »Du bist definitiv kleiner als letzten Sommer. Oder kaufst du dir jetzt deine Sachen eine Nummer größer?«

»Ich versuche, in Würde älter zu werden. Das hier ist ein klassischer Anzug«, antwortete Bryant und suchte in den Mantelfalten herum, bis er das Tweedrevers gefunden hatte. »Maßgeschneidert. Nicht so ein Oxford-Street-Fummel von der Stange, den du trägst. Ist dein Friseur gestorben? Was willst du?«

»Verzeih, wenn ich störe.« May ließ sich neben seinem Kollegen nieder. »Ich weiß, du hast jetzt deine beschauliche halbe Stunde.«

»Schon gut.« Bryant schob die Zeitungen beiseite. »Ich habe nur die Berichte über diesen Meadows gelesen. Ungewöhnlicher Fall. Da steckt mehr dahinter, als es den Anschein hat. Schade, daß er seinen Wagen nicht hier versenkt hat.« Unglücklicherweise lag der Fall außerhalb ihrer Gerichtsbarkeit.

»Keine Sorge, wir haben genug zu tun. Wir haben jetzt die Bestätigung, daß unser Mann aus dem Kanal wirklich Henry Dell ist. Seine Ex-Frau hat ihn gerade identifiziert.«

»Wann hat sie ihn zuletzt gesehen?«

»Vor drei Wochen. Ihr wurde das Sorgerecht über die Kinder zugesprochen. Er besuchte sie. Er lebte allein, hatte ein kleines Geschäft . . .«

»Läuft es?«

»Er hat keinen Konkurs angemeldet. Die Ex-Frau meint, er wäre nicht der Typ für Selbstmord. Videohändler mit ein paar gut gelegenen Läden. Ich würde mir gern mit dir seine Wohnung ansehen, wenn du Zeit hast.«

»Warum? Erwartest du, etwas Ungewöhnliches zu finden?«

»Das kannst du laut sagen. Der Laborbericht über die Kleidung ist gerade reingekommen.«

»Gehe ich recht in der Annahme, daß du bereits geschnüffelt hast?« Bryant sah seinen Kollegen an und entdeckte ein ungewöhnliches Glitzern in seinen Augen.

»Erinnerst du dich noch an die Strohstückchen, die in seiner Jacke steckten? Laut Gerichtsmedizin sind sie nicht mit den Proben identisch, die von den Büschen am Kanalufer genommen wurden. Aber es gelang dem Labor, mit Hilfe des Computers einige der Mikroben in den Strohstückchen zu identifizieren.« Er beugte sich mit einem schiefen Lächeln vor. »Und jetzt kommt etwas, was dir gefallen wird, Arthur. Erzähl mir alles, was du über die Impala weißt.«

»Impala ist ein Modell von Chevrolet.«

»Ich meine das Tier, du verrückter Hund.«

»Nichts. Warum?«

»Laut diesem Bericht« – er klopfte auf die Aufzeichnungen – »gehört die Impala, die sogenannte Schwarzfersenantilope, zur Familie der *Bovidae*, ›eine schnellaufende Antilope, in den Savannen Zentral- und Südafrikas zu Hause‹.«

»Wirklich faszinierend. Und was, um alles in der Welt, hat das mit unserem Fall zu tun?«

»Es sieht so aus, als hätte Mr. Dell einen dieser Orte in den letzten vierundzwanzig Stunden besucht. Gib mir einen Schluck.« Er beugte sich vor und nahm Bryant den Teebecher aus der Hand. »Es gibt einen mikroskopisch kleinen Parasiten, der auch Menschen mag und den man nur bei den Impalas findet. Er scheint harmlos zu sein. Dell war voll davon.« May leerte den Teebecher seines Partners und stand auf. Bryant versuchte, es ihm gleichzutun, hatte aber Schwierigkeiten, sich von seinem Stuhl zu trennen und kämpfte wie ein Baby mit zu vielen Windeln um seine Freiheit, bis May ihm zu Hilfe kam.

»Wo gehen wir hin?«
»Zu Finch.«

Oswald Finch zeigte bei jedem Menschen, mit dem er zu tun hatte, die gleiche Wirkung – er entmutigte ihn. Finch war ein ausgezeichneter Pathologe, ein Mann, der es vorzog, seinem eigenen Urteil und seiner eigenen Erfahrung zu trauen. Es war eine Schande, daß er so entsetzlich stank. Billiges Rasierwasser, wenigstens eine Gallone, schätzte Bryant, während er zusah, wie Finch etwas über dem Biopsie-Becken ausspülte.

Er stank so penetrant, um den strengen Geruch der Chemikalien zu verdecken, die seinen Laborkittel zierten. Statt dessen umhüllte nun der schwüle Duft verblichener Veilchen seine Person mit brechreizerregender Intensität. Der hoch aufgeschossene, dünne Finch mit der langen Nase und den ungekämmten, von der Stirn zurückweichenden Haaren erinnerte Bryant an Stan Laurel nach einer Behandlung auf dem Streckbett.

Die beiden Detectives hatten insgeheim gehofft, Finch in seinem Büro anzutreffen. Ihnen mißfiel der Gedanke, sich mit ihm über einen frisch geöffneten Leichnam hinweg unterhalten zu müssen. Für gewöhnlich konnte man darauf vertrauen, daß die Mitarbeiter der Gerichtsmedizin Diskretion walten ließen, wenn Besucher anwesend waren. Aber Finch schien nicht viel davon zu halten.

»Arthur, John«, begrüßte sie der Pathologe, nachdem er sich die Hände abgetrocknet hatte. »Sie haben Glück. Ich habe Ihren Mann gerade wieder zugemacht. Offen gesagt, ich habe mich gerade gefragt, wie ich den Bericht schreiben soll, ohne daß es verrückt klingt. Ich glaube, Sie werden sich wundern, was wir alles zutage gefördert haben.« Er führte sie vom beschaulich-ruhigen, grünweißen Seziersaal mit seinen Stahltischen in ein kleines, mit Glaswänden abgeteiltes Büro. Seine Beine knackten protestierend, als er sich auf die Kante seines Schreibtisches niederließ.

»Sie hatten recht. Er ist nicht ertrunken. Wie Sie sicher wissen, bedeutet Ertrinken Ersticken, das heißt, die Sauerstoffzufuhr zum Gehirn wird unterbrochen. Es ist möglich, an einem Kehlkopfkrampf zu sterben, während man ins Wasser fällt. Wir bezeichnen das als ›trockenes‹ Ertrinken. Wenn ein Schiff sinkt, sterben die Passagiere manchmal beim Aufprall auf das Wasser an einem Herzstillstand. Nebenbei bemerkt, wußten Sie eigentlich, daß man in Süßwasser schneller ertrinkt? Salzwasser hat einen höheren osmotischen Druck als Blut, deshalb kann es nicht durch die Atmungsmembrane dringen, obwohl die Chloridkonzentration natürlich ...«

»Ich bin sicher, daß Ihnen Ihre Arbeit Spaß macht, Oswald, aber ist das alles wirklich notwendig? Wir wissen, daß er in Süßwasser gefunden wurde, obwohl ich bezweifle, ob das Kanalwasser diese Bezeichnung verdient.«

»Tut mir leid, ich dachte, Sie wären interessiert. Okay, nun zu Ihrem Mann. Normalerweise dringt nur wenig Wasser in die Lunge ein, weil sich der Schleim in den Luftwegen durch die Atemversuche des Opfers in dicken Schaum verwandelt. Wenn Wasser in die Lunge eindringt, schwillt sie wie ein Ballon an. Aber in diesem Fall weist weder die Ausdehnung der Lunge noch der Zustand des Herzbluts auf Ertrinken hin. Für gewöhnlich befindet sich bei einem Ertrunkenen feiner Schaum am Mund und an den Nasenlöchern. Da Dell eine ganze Nacht im Wasser gelegen hat, konnten keine Spuren mehr festgestellt werden, sollte eine Schaumbildung eingetreten sein. Durch eine Untersuchung der Haut an Händen und

Füßen konnten wir den Zeitpunkt des Eintauchens genau bestimmen. Ich würde sagen, er fiel ungefähr um neun Uhr gestern abend in den Fluß. Als nächstes führten wir einen Diatomee-Test durch . . .«

John hob den Zeigefinger. »Um zu bestimmen, ob Dell schon tot war, oder ob er noch lebte, als er in den Kanal fiel, stimmt's?«

»Richtig. Diatomeen sind mikroskopisch kleine Algen mit harten Siliziumschalen, sogenannte Kieselalgen. Es gibt über fünfzehntausend verschiedene Arten. Sie tauchen in den verschiedensten Gegenden auf. Beim Todeskampf eines Ertrinkenden dringen die Kieselalgen über die Lunge in den Blutkreislauf ein und werden durch den Körper zum Herzen gepumpt. Wenn Dell also bereits tot war, als er ins Wasser fiel, würde man die Kieselalgen nur im Bereich der Atemwege finden. Und jetzt kommt etwas, was ich nicht verstehe. Dell *lebte* noch, als er mit dem Wasser in Berührung kam. Aber ich bin ziemlich sicher, daß er nicht ertrunken ist. Er hat nur eine kleine Menge Algen verschluckt, und die gehörten zu dem Typ, der im Kanal zu Hause ist.«

»Wollen Sie damit sagen, daß wir den Namen des Opfers, Zeit, Ort und die Art und Weise, aber nicht den Grund seines Todes kennen?« fragte Bryant.

»Nicht ganz, Arthur.« Finch nahm einen Bleistift und betrachtete dessen Ende, als verwirre ihn etwas.

»Wollen Sie damit sagen, Sie *haben* einen Grund?«

»Nun ja. Aber es scheint keinen Sinn zu ergeben. Wissen Sie, es lag an seinen Händen.«

»Seinen Händen?« May beugte sich vor. »Was ist mit seinen Händen?«

»Zuerst konnte man wegen der Runzeln kaum etwas sehen. Beide Hände sind mit winzigen Punkten übersät.«

»Vielleicht klammerte er sich, während er fiel, am

Unterholz fest«, bemerkte Bryant, »im – wie heißt es doch gleich . . .?«

»Todeskampf«, erklärte Finch. »Ich glaube nicht. Für mich sieht es eher nach Stichen aus. Es gibt eine Menge Gewebebeschädigungen, die wie Insektenstiche aussehen. Ich ließ den Computer einen Giftvergleich machen und erhielt das hier.« Finch griff hinter den Schreibtisch und brachte einen Computerausdruck zum Vorschein. *»Latrodectus mactans.«*

»Was, zur Hölle, ist das?«

»Die Schwarze Witwe. Es gibt nur noch eine Handvoll Giftspinnen. Die meisten von ihnen sind in den Tropen beheimatet. Normalerweise ist ihr Gift für den Menschen nicht tödlich. Der Stich der braunen Spinnen und der Schwarzen Witwen verursacht zwar heftige Bauchschmerzen, aber das ist auch alles. Ihr unglückliches Opfer muß von einer beträchtlichen Anzahl Spinnen angegriffen worden sein. Das Gift drang in sein Nervensystem und lähmte ihn.«

»Er bekam einen Magenkrampf und stolperte in den Kanal. Und als er nicht mehr atmen konnte, drang das Wasser in die Luftröhre.«

»Ich denke, das ist die wahrscheinlichste Erklärung.«

»Gibt es in Zentral- und Südafrika Schwarze Witwen?«

»Ich weiß nicht genau«, antwortete Finch. »Ich glaube, sie sind eher in Amerika zu Hause, in den wärmeren Ländern. Warum?«

»Weil wir es hier mit einem toten Video-Verleiher zu tun haben, der noch kurz vor seinem Tod in der Weltgeschichte herumgereist ist«, sagte Bryant, wobei er Mays unausgesprochene Gedanken in Worte faßte.

9

Trauernde

Die Trauerfeier für Willie Buckingham fand am Donnerstagmorgen statt. Es war eine trostlose Angelegenheit, nicht zuletzt, weil sie bei strahlendem Sonnenschein stattfand. Harrys Meinung nach gehörten zu einer anständigen Beerdigung fernes Donnergrollen und erste Regentropfen, die aus einem düsteren, aufgewühlten Himmel fielen, sobald der Vikar zu seiner traurigen Litanei ansetzte. Wie es aussah, mußte man heute auf derlei atmosphärische Störungen verzichten. Der an diesem Morgen diensttuende Kirchenmann schien nicht älter als fünfundzwanzig zu sein. Er hatte dünne, blonde Haare und ein rundes, gerötetes Gesicht, das aussah, als hätte man es wiederholt mit Stahlwolle geschrubbt. Vermutlich anläßlich jüngst veröffentlichter Richtlinien trug er die ganze Zeit über eine aufreizend freundliche Miene zur Schau.

Von seinem günstigen Standpunkt in der ersten Reihe der Kirchbänke aus studierte Harry den Vikar voller Widerwillen. Natürlich ist das hier eine traurige Sache, schien er zu sagen, aber Kopf hoch, Jungs; sie passiert jedem von uns einmal, darum wollen wir uns über die Gelegenheit freuen, in Gottes guter Stube ein wenig plaudern zu können.

Harry betrachtete die Kirchenwände. Sie waren wie Ostereier mit Fingerzeichnungen vollgeschmiert. Hier starrten keine gequälten Heiligen aus den Schatten auf die Gläubigen nieder, um sie zur Reue zu gemahnen. Die Kirche schien in den späten sechziger Jahren erbaut worden zu sein. Von außen hätte man sie für eine Hamburger-Bude halten können. Das war das Schlimmste an der englischen Kirche: Sie war so benutzerfreundlich. Was die religiöse Verehrung anging, war sie ein ungefähres Äquivalent zum Agnostizismus. Außer gelegentlich einer Stunde Unaufmerksamkeit an einem Sonntagmorgen forderte sie wenig Opfer von ihren Anhängern.

Der Vikar gab eine Geschichte über einen gemeinen alten Geizhals zum besten, der seine Esel schlug. Offensichtlich ließ ihn Gott dennoch in den Himmel.

Während er dem Sermon lauschte, wünschte sich Harry plötzlich, ein Jude zu sein. Die wußten wenigstens, wie man mit Würde und Ehrerbietung um einen Toten trauerte. Er hatte seinem Vater zwar nicht besonders nahegestanden, aber er hatte zu dessen Trauerfeier doch mehr als einen flotten Galopp durch verstümmelte, modernisierte Kirchenlieder und eine dreiminütige Zusammenfassung der Lebensgeschichte des alten Mannes erwartet.

Als die spärliche Gemeinde sich in den respektlosen Frühlingssonnenschein hinausschleppte, studierte Harry die übrigen Trauergäste. An einem Ende des Grabes standen zwei verhutzelte alte Damen in Fuchsmänteln, sie wirkten wie abgehärtete Berufstrauernde. Er konnte sich vage daran erinnern, daß es Cousinen seines Vater waren, die er zum letzten Mal vor sieben Jahren auf der Beerdigung seiner Mutter gesehen hatte. Er war überrascht, daß sie immer noch lebten. Neben ihnen stand eine übergewichtige junge Frau, ein Mädchen aus Willie Buckinghams Büro. Sie bemerkte, daß er sie ansah und schenkte ihm ein Lächeln, bevor sie die Augen niederschlug.

Etwas weiter stand Beth Cleveland, die schreckliche Xanthippe, mit der sein Vater jahrelang eine Affäre gehabt hatte. Es ging das Gerücht, daß ihr Verhältnis bereits aus der Zeit vor dem Tod seiner Mutter datierte. Wie ein steinerner Wächter ragte Miss Cleveland neben dem Grab auf. Ihr Schatten fiel auf die wenigen Kränze und beraubte sie ihrer Farbenpracht.

Harry hatte sie nur ein einziges Mal getroffen, wobei sie ihm ein für allemal klar gemacht hatte, daß sie nicht vorhatte, ihre Existenz ihm gegenüber zu rechtfertigen. Er fragte sich, weshalb die beiden nicht geheiratet hatten. Sie hatte seinen Vater überragt, aber nur körperlich. Er konnte sich nicht vorstellen, wie sie miteinander gefrühstückt und noch weniger, wie sie miteinander geschlafen hatten.

Hinter ihr stand ein elegant gekleideter Mann Mitte Fünfzig. Er trug einen Kaschmirmantel, einen marineblauen Anzug, dazu eine schwarze Krawatte und auf Hochglanz polierte derbe Schuhe. Vielleicht einer von Willies Mitarbeitern? Harry wandte seine Aufmerksamkeit wieder dem Vikar zu, der mit seiner Litanei zu einem abrupten Ende gekommen war und jetzt ungeduldig auf die Uhr sah, als erwartete er, daß die Versammelten sich hinter ihm in einer Reihe aufstellten.

Der Leichenschmaus fiel aus. Beth hatte darauf bestanden, alle Vorkehrungen zu treffen. Er stellte sich vor, wie sie jetzt die Rolle des treuen alten Hundes spielte, der das Grab seines Herrchens niemals verließ.

Während sich die kleine Gruppe – nachdem sie vom Vikar keine gegenteilige Instruktion bekommen hatte – langsam verlief, näherte sich der elegant gekleidete Herr Harry.

»Wenn ich Sie einen Augenblick sprechen dürfte«, bat er und streckte zögernd die Hand nach Harrys Schulter aus. »Was für eine schreckliche Tragödie. Sie müssen der Sohn sein.«

»Stimmt. Ich hatte noch nicht das Vergnügen, Sie kennenzulernen.«

»Bitte um Verzeihung. Mein Name ist Brian Lack.« Sie

schüttelten sich die Hände. »Sie haben uns einmal in unserem Büro besucht. Leider war ich zu dem Zeitpunkt nicht anwesend. Ich hatte die Ehre, mit Ihrem werten Herrn Vater zu arbeiten. Ich bin einer der Teilhaber.« Brian legte das zurückhaltende Benehmen jener aussterbenden Rasse von Gentlemen an den Tag, die, wenn man ihnen eine Tasse Tee anbot, zu antworten pflegten: »Aber nur, wenn Sie sich auch eine machen.«

»Ein reichlich armseliger Rest, meinen Sie nicht auch?« Harry sah sich um. »Ich dachte, es würden mehr von euch kommen.«

»Es geschah alles so plötzlich«, erwiderte Brian reumütig. »Einige Mitarbeiter hatten heute morgen wichtige Termine. Das Geschäft muß weitergehen. Wir alle vermissen Ihren Vater natürlich schrecklich.«

»Willie arbeitete doch nicht mehr ganztägig in der Firma, oder?«

»Nein, das stimmt. Aber er führte noch die Oberaufsicht, ein dynamischer Mann, ein Vorbild für alle.« Während des Gottesdienstes war ein Wind aufgekommen, der Brian durch die Haare fuhr, die er sorgsam über eine kahle Stelle gekämmt hatte. Das Ergebnis peinigte beide. Harry entschied, das Gespräch so kurz wie möglich zu halten.

»Ich glaube, Mrs. Cleveland kümmert sich um die persönlichen Angelegenheiten meines Vaters. Ich werde sicherstellen, daß sie Sie wegen des Aufräumens seines Büros anruft. Darf ich Sie etwas fragen?«

»Gewiß«, antwortete Brian, begierig zu helfen.

»Wann haben Sie meinen Vater zuletzt gesehen?«

»Er kam letzten Freitag ins Büro. Er zeigte ein paar von unseren Jungs, wie man mit den Geräten umgeht.«

»Haben Sie mit ihm gesprochen?«

»Natürlich. Wir haben zusammen Mittag gegessen.«

»Und was für einen Eindruck machte er auf Sie?«

»Oh. Er war sehr vergnügt. Eigentlich ungewöhnlich, habe ich noch gedacht.«

Harry runzelte die Stirn. Dann streckte er die Hand aus. »Hat mich gefreut, Sie kennenzulernen, Mr . . .«

»Ich fürchte, Sie werden noch ein paar Papiere unterschreiben müssen«, wandte Brian ein. »Sein Anteil an der Gesellschaft muß noch auseinanderdividiert werden.«

»Mein Anwalt wird sich mit Ihnen in Verbindung setzen. Hier.« Er fischte eine Visitenkarte aus der Tasche und überreichte sie seinem Gegenüber. »Rufen Sie mich an, wenn irgendwelche Probleme auftreten sollten.«

Brian drehte sich um und setzte zum Gehen an, dann hielt er inne. »Wissen Sie, daß Sie Ihrem Foto überhaupt nicht ähnlich sehen?«

»Welchem Foto?«

»Auf dem Schreibtisch Ihres Vaters steht eine gerahmte Fotografie von Ihnen. Und von Ihrer Mutter.«

Auf dem Weg zum Wagen kam Harry ins Grübeln. Der alte Mann hatte sich also ihre Fotos auf seinen Schreibtisch gestellt. Er war verblüfft und ein wenig gerührt.

»Hallo.«

Sie lehnte gegen die Motorhaube seines Wagens. Der blauschwarze Mohikanerhaarschnitt stand wie das Gefieder eines exotischen Vogels von ihrem Schädel ab. Sie trug einen Herrenregenmantel aus Gabardine, weiße Strümpfe und schwarze Militärstiefel mit breiten Kappen. Harry ertappte sich dabei, wie er sich umschaute, um festzustellen, ob jemand sie gesehen hatte. Er war ihr dankbar, daß sie nicht am Gottesdienst teilgenommen hatte.

»Ich schätze, ich wäre bei der Beerdigung nicht gerade

willkommen gewesen, deshalb habe ich von hier aus zugesehen. Hat nicht lange gedauert, oder?«

»Wahrscheinlich ging es gleich mit einer anderen weiter. Ich möchte nicht unhöflich erscheinen, Miss Crispian, aber ich muß zur Arbeit . . .«

Grace stieß sich von dem schimmernden BMW ab und knöpfte ihren Mantel auf. »Ich muß mit Ihnen sprechen. Können Sie mich mitnehmen?«

Harry, der gerade dabei war, die Tür aufzumachen, drehte sich um. »Sehen Sie, Miss Crispian, ich glaube wirklich nicht, daß wir uns nach dem, was geschehen ist, noch viel zu sagen haben.«

»Sie wissen, daß es nicht meine Schuld war. Die Polizei hat gesagt . . .«

»Ich weiß, was die Polizei gesagt hat. Ich glaube Ihnen, und ich glaube der Polizei. Es ist nur nicht recht, sehen Sie das denn nicht?«

»Ich denke ja. Es ist nur – wenn ich nicht mit jemandem darüber reden kann . . .« Sie ließ den Rest des Satzes im Raume stehen. »Ich habe Angst davor, wieder in den Lastwagen zu steigen. Der Gedanke daran macht mich ganz krank. Aber ich muß es tun, oder ich verliere meinen Job. Das Unglück geht mir nicht aus dem Sinn.«

»Ich bin sicher, daß die Erinnerung daran mit der Zeit schwächer wird.« Er öffnete die Wagentür, blickte auf und sah, wie ihre bleiche Hand zu den Augen fuhr. »Sie steigen besser ein«, sagte er schließlich.

Er rief Darren Sharpe in der Agentur an und hinterließ die Nachricht, daß er wegen der Beerdigung etwas später kommen würde.

Er parkte den Wagen in einer Seitenstraße in der Nähe der Waterloo Station und führte Grace in eine kleine überfüllte Bar. Sie entdeckten einen freien Tisch im Hintergrund, setzten sich und bestellten Rotwein und Frikadellen.

Auf dem Bildschirm über der Bar lief ein körniges, von einem Touristen gedrehtes Video, das zeigte, wie Meadows' Jaguar das Geländer durchbrach.

»Es ist zwar nicht gerade der beste Platz, um etwas zu essen, aber in dieser Gegend hat man nicht viel Auswahl!« brüllte Harry über die aus einem Kassettenrecorder schallende Flamenco-Musik hinweg.

»Das macht nichts«, erwiderte Grace. Ihre dunklen Augen waren matt, als hätte sie nicht gut geschlafen. »Ich habe noch nie genug Geld gehabt, um draußen essen zu gehen.«

»Mir geht es genau umgekehrt. Zu viele Kundenessen.« Er klopfte auf seinen Bauch und lächelte schief, als ihm klar wurde, wie tief die Kluft war, die sie trennte. Sie sah schrecklich aus. Die abgetragenen Sachen, die Frisur, die schlechte Haltung. Geldmangel war nur eines ihrer Probleme. Er nahm an, daß sie mit ihrem Äußeren die Gesellschaft schocken wollte, um zu beweisen, daß es dem System nicht gelungen war, ihre Individualität zu zerstören.

»Sie sollten sich keine Gedanken mehr darüber machen«, begann er. »Es ist vorbei. Wir müssen es beide vergessen.«

»Das ist nicht leicht. Ich habe ihn getötet. Bei der Polizei wußte man genau, wie ich mich fühlte. Sie haben mich nicht einmal verwarnt, weil ich auf dem Bürgersteig geparkt habe. Sie wußten, daß es in den Straßen dort keine andere Möglichkeit gibt, wenn man etwas auszuliefern hat. Wenn ich den Motor nicht gerade in dem Augenblick gestartet hätte . . .«

»Die Chance, daß so etwas passieren würde, stand eine

Million zu eins.« Harry goß ein Glas Wein ein, schob es in ihre Richtung und sah ihr beim Trinken zu. »Wissen Sie, mein Vater war Mitbesitzer einer kleinen Firma. Sie beschäftigt sich mit fotografischen Duplikationsverfahren. Ich habe ihn einmal dort abgeholt. Wie ich gehört habe, wirft die Firma einen ordentlichen Gewinn ab. Es ergibt alles keinen Sinn.«

Er nippte nachdenklich an seinem Wein. »Er hatte etwas auf dem Herzen, sonst hätte er sich nicht so aufgeführt. Ich habe seinen Arzt angerufen und ihn gefragt, ob er irgendwelche Medikamente genommen hat. Abgesehen von einer leichten Arthritis war er kerngesund. Es sieht fast so aus, als hätte er Halluzinationen gehabt, bevor er starb. Vielleicht hat er Jesus gefunden.«

»Wie kommen Sie darauf?«

»Die Teufelsanbeter.«

Sie warf ihm einen fragenden Blick zu. Er berichtete ihr von seinem Besuch bei Mrs. Nahree und von dem, was die alte Dame ihm erzählt hatte.

»Vielleicht hat er etwas eingeschmissen, wovon man Wahnvorstellungen kriegt? Oder jemand hat ihm Gift gegeben?«

»Das hört sich ein bißchen unwahrscheinlich an, meinen Sie nicht auch?« Harry füllte ihre Gläser auf. »Mehr nach Agatha Christie. Wahrscheinlicher ist, daß ihm etwas im Kopf herumging, über das er mit niemandem sprechen konnte.«

»Genau wie ihm«, erwiderte Grace und deutete auf den Fernseher, in dem die Wochenschau lief. Die Polizei hatte Meadows' Route mit Lichtsignalen und orangefarbenen Plastikbändern abgesperrt. Ein bizarres Gedenkritual, das der Nachwelt Zeugnis von Meadows' letzter Reise gab.

»Sollte er nicht seinen Job verlieren?«

»Seine Firma wurde von einer anderen übernommen. Den Zeitungen nach konnte er sich mit dieser Vorstellung nicht anfreunden. Vielleicht sollten Sie sich einmal die Leute ansehen, mit denen Ihr Vater zusammengearbeitet hat. Möglicherweise hatte er ein ähnliches Problem.« Grace beugte sich vor und wartete auf eine Antwort. Harry wurde plötzlich gewahr, daß man ihn bat, ein familiäres Problem mit einer im Grunde genommen ihm völlig fremden Person zu teilen.

»Würde das etwas für Sie ändern?«

»Ich würde gerne wissen, ob er Selbstmord begehen wollte«, erwiderte sie. »Dadurch ändert sich meine Rolle. Ich kann erst wieder arbeiten, wenn ich die Wahrheit weiß. Ich bin mit dem Essen fertig . . .« Harry beäugte skeptisch ihren leeren Teller. »Seltsam, ich habe nicht einmal mehr das Gefühl, als wäre ich in einem Film, so wie ich es sonst immer hatte. Begreifen Sie denn nicht? Sie möchten wissen, wo Sie stehen. Nun, genau dasselbe möchte ich auch.«

10

Schoß

Arthur Bryants Büro spiegelte seinen Geisteszustand wieder. Es war ein ordentlicher, symmetrisch geschnittener Raum; eine sanft erhellte Insel, die sich trotzig von den Glasverschlägen, Neonröhren und Computern abhob, die den Rest des dritten Stockwerkes einnahmen. Das Mobiliar entstammte der Vorkriegsära; die Wände waren mit düsteren Drucken nicht sonderlich beliebter viktorianischer Künstler vollgepflastert.

Bryants eine ganze Wand aufüllendes Bücherregal wies alarmierende Schwankungen hinsichtlich der Bücherinhalte auf, so daß sich die *Toxicology Data Review* und *Advanced Courses in Cryptanalysis* von *The Annotated Gilbert & Sullivan* und *Hancock's Half Hour: The Collected Scripts* flankiert sahen.

In der Ecke leierte ein primitives Dansette-Grammophon eine alte Aufnahme des Mendelsohnschen »Elias Elijah« herunter. Die Platte war so abgenutzt, daß sie sich allmählich wie ein Scratch-Dub-Remix anhörte.

»Muß die Musik so laut sein?« fragte John May, als er sich auf die grüne Ledercouch neben dem schäbigen Schreibtisch seines Partners niederließ. »Hier vergeht dir noch das Denken.«

»Im Gegenteil, John, es ist das einzige, was mir hier ausgezeichnet gelingt. Kannst du dich noch daran erinnern, daß unser Mann ein Stück Papier in der Hand hielt, als er aus dem Wasser gezogen wurde?«

»Tut mir leid, er war schon in der Gerichtsmedizin, bevor ich die Möglichkeit hatte, es mir genauer anzuschauen.«

»Aber ich habe es gesehen. Sehr interessant. Ich habe einen der Männer gebeten, mir eine Zeichnung davon zu machen.« Bryant hatte das Resultat vor sich liegen, aber auf der falschen Seite wie ein Zauberer, der eine Karte zurückhielt. Seine Augen blitzten, als er das Blatt langsam herumdrehte.

»Was ist das? Eine fremde Sprache?«

»Ich weiß nicht genau.« Er studierte die seltsamen Hieroglyphen, die über das Papier tanzten. »Es war auf eine dünne, ungefähr acht Zentimeter lange Karte gedruckt. Ein paar Buchstaben wurden durch Wassereinwirkung zerstört.«

»Gib es mir, Arthur. Ich werde es durch den Computer laufen lassen.«

»Nein«, weigerte sich Bryant, der plötzlich hellwach war. »Zur Hölle mit deinem verdammten Computer. Ich bin in der Lage, herauszubekommen, was es ist, ohne ein elektrisches Orakel zu konsultieren.« Er schwenkte das Blatt. »Sollte es eine Sprache sein, dann keine der heute noch gebräuchlichen. Es sieht wie Sanskrit aus. Oder Urdu.«

»Urdu ist nicht tot«, meinte May maliziös. Es war nicht leicht, Arthur bei einem Fehler zu ertappen, deshalb ergriff er freudig die Gelegenheit, die sich ihm bot. »Urdu ist die offizielle Schriftsprache Pakistans. Weißt du, wie Sanskrit aussieht?«

»Nein. Ich schätze, es sieht so aus wie diese Zeichen hier.«

»Verstehe.« Er lehnte sich amüsiert zurück. »Und wenn ich dir jetzt erzählen würde, daß mein PC die Originalsprache innerhalb von Sekunden finden und übersetzen kann, würdest du immer noch die Technik als teuflischen Fluch für die Menschheit bezeichnen, oder?«

»Natürlich.«

»Das liebe ich so an dir, Arthur. Deine Beständigkeit.« May lachte. Vor ein paar Monaten hatte Bryant eine Tüte mit von Fingerabdrücken übersäter Dinge, die aus einem Mordfall stammten, auf Mays Computerkonsole gestellt. Darunter befand sich unter anderem auch der magnetische Wischer eines Fensterreinigers. Das Magnetfeld löschte alle Daten über den Fall. Bryant hatte Computern nie getraut. Nach diesem Vorfall blieb er ihnen fern.

»Wie dem auch sei. Während du mit deinen Floppy disks herumspielst, bin ich dabei, den Fall Henry Dell abzuschließen.«

»Abzuschließen? Willst du damit sagen, du hast eine Idee?«

»Mehr als nur eine Idee. Ich weiß, wo er sich in den Stunden vor seinem Tod aufgehalten hat und wie er in den Kanal gelangte.« Bryant griff hinter sich und nahm die Nadel von der Platte. Dann stand er auf, zog sich den Hut über den Kopf und ging zur Tür.

»Warte. Wohin willst du?« fragte May.

»Ich will ein wenig in Henry Dells Wohnung herumschnüffeln. Kommst du mit?«

»Nur wenn wir die U-Bahn oder ein Taxi nehmen. Du weißt doch, wie ich mich fühle, wenn du fährst.«

»Unsinn«, gab Bryant über die Schulter zurück. »Ich brauche die Praxis. Komm, fahr mit.«

Mit einem resignierten Schulterzucken folgte May seinem Partner.

Hinter dem rostigen Mini Minor, der mit fast fünfundzwanzig Kilometern in der Stunde durch die Marylebone Road zockelte und sich nicht entscheiden konnte, in welche Seitenstraße er abbiegen sollte, hatte sich eine beträchtliche Autoschlange gebildet. Bryant fand die sich ständig wiederholenden Verkehrszeichen langweilig. Das ganze System schien ihm bar jeglicher Kreativität und Phantasie zu sein. Er machte bei jeder Fahrt das Beste daraus, indem er die Verkehrszeichen auf eine interessante, aber nicht ganz legale Weise für sich umdeutete.

Er liebte es, im Schneckentempo durch die Straßen zu schleichen und sich an der Architektur zu erfreuen. Er verabscheute gedruckte Instruktionen jeglicher Art und verlangsamte das Tempo, um die riesigen Reklamewände zu kritisieren, die so viele hübsche Häuser in den Schatten stellten. Taub und blind gegen das Gehupe und die

Gesten der motorisierten Meute, trödelte er auf der Straße herum und lamentierte über Kunst, Geschichte und die Richtungslosigkeit der modernen Gesellschaft. Bezüglich des letzten Punktes schien er besonders qualifiziert zu sein, war er doch in den letzten zehn Minuten zweimal in eine Einbahnstraße eingebogen.

May hatte Mühe, Bryants Ausführungen mit der nötigen Aufmerksamkeit zu lauschen, während sich Lastwagenfahrer aus ihren Kabinen lehnten und lautstark Zweifel an der Abstammung des Fahrers bekundeten. Er war froh, daß sie genug Zeit hatten, um an ihr Ziel zu gelangen.

»Hattest du die Möglichkeit, dir einmal die Karte von diesem Stadtteil zu Gemüte zu führen?« fragte Bryant seinen Kollegen, während sie von zwei Bussen in die Zange genommen wurden, die das Innere des Wagens verfinsterten.

»Willst du wissen, wo die Kanäle liegen?« fragte May, während er sich vergewisserte, daß alle Fenster fest verschlossen waren. »Nein. Warum?«

»Schon beim ersten Blick wurde mir klar, daß Dell nicht im Ausland gewesen ist. Die Tatsache, daß er einen Paß dabei hatte, als er starb, weist lediglich darauf hin, daß er vorhatte, zu verreisen. Der Paß war weder abgestempelt, noch hatte unser Mann ein Visum dabei. Sein Name stand in keinem Flughafen auf der Passagierliste, so daß wir davon ausgehen können, daß die Entscheidung in allerletzter Minute getroffen wurde.«

Er übersah bei seinen Ausführungen leider die rote Ampel an der Kreuzung Baker Street und gab so Anlaß zu einem spontanen Hupkonzert. May schloß die Augen.

»Es ist einleuchtend«, begann Bryant, der den Wagen wie ein Floß durch den Verkehr steuerte. »Als ich mir auf dem Stadtplan dieses Viertel hier ansah, stellte ich fest, daß der Regent-Kanal mitten durch den Nordteil des Zoos verläuft. Ich machte mich also auf den Weg, um mir das Ganze einmal genauer anzusehen. Das Insektenhaus befindet sich in der oberen Hälfte, während das Impala-Gehege direkt am Kanalufer eingerichtet wurde. Ein hilfreicher Zoowärter informierte mich darüber, daß sie einen Schaukasten mit Schwarzen Witwen im Insektenhaus haben – oder besser gesagt, hatten, denn Montag nacht sei jemand eingebrochen und habe die Vitrine zerstört. Irgendwie hat Dell es geschafft, von den Dingern gebissen zu werden. Dann torkelte er davon, fiel über die niedrige Mauer des Impala-Geheges und rollte die Uferböschung hinunter, wobei Strohstückchen an seiner Jacke hängenblieben. Wie er über den Zaun am unteren Ende des Geheges kam, ist mir ein Rätsel, aber er hat es geschafft. Vermutlich ist die vermehrte körperliche Aktivität schuld daran, daß das Gift schneller in die Blutbahn geriet. Und so fiel er in den Kanal.«

»Aber der Zoo liegt doch bestimmt einen Kilometer vom Tatort entfernt, und es gibt keine direkte Verbindung zwischen den beiden. Wie also kam Dell nach Camden Look?«

»Überleg mal«, antwortete Bryant. »Was fährt regelmäßig vom Zoo zur Schleuse und wieder zurück?«

»Natürlich!« May riß entsetzt die Augen auf, als sein Kollege mit der rechten Hand ein Zeichen gab und gemächlich nach links abbog. »Das Touristenboot – wie heißt das Ding doch gleich? – die *Jenny Wren*.«

»Genau. Wasserleichen treiben gewöhnlich mit dem Gesicht nach unten. Dells Leiche war vermutlich gerade unter die Oberfläche gesunken, als sich die Jacke im Boot verhakte. Er wurde bis zum anderen Ende des Kanals mitgeschleppt, was die Risse an den Hosenbeinen erklärt.

Die Leiche löste sich vom Boot, als es die Rückreise antrat. Ende des Rätsels.«

»Oder der Beginn eines neuen«, murmelte May. »Was, um alles in der Welt, suchte er nach Betriebsschluß im Insektenhaus?«

Henry Dells Wohnung lag im dritten Stock eines Wohnblocks in St. John's Wood. An der Rückseite des von Gold und Marmor nur so funkelnden Foyers saß ein livrierter Portier, der die beiden Detectives willkommen hieß und ihnen einige Nachschlüssel aushändigte.

»Wer war bis jetzt in der Wohnung?« fragte Bryant im Aufzug. May lehnte sich gegen die goldgesprenkelten Wände aus marmoriertem Kunststoff.

»Ich glaube, niemand. Seine Ex-Frau hat keine Schlüssel. Ohne einen Passierschein von Sergeant Longbright konnte keiner hinein.«

»Janice Longbright aus der Bow Street? Reizende Frau. Wenn ich sie sehe, stelle ich mir immer vor, wie sie mit strahlendem Lächeln und einem Strandball in den Händen für ein Plakat posiert, auf dem ›Komm nach Brightsea‹ oder etwas anderes steht. Wie ich hörte, soll sie nach Kentish Town kommen, um das Material in diesem Fall zu koordinieren.«

»Ich habe sie darum gebeten.«

Dells Wohnung lag genau dem Aufzug gegenüber. May schloß die Tür auf.

»Mein Gott.«

Die Tür fiel hinter ihnen ins Schloß. Bryant und May wollten ihren Augen nicht trauen. Sie standen in einem schmalen Flur, den man radikal seines ursprünglichen Äußeren beraubt hatte. Riesige Gipsbahnen zogen sich vom Teppich zu den Wänden und von dort zur Decke und ließen den Flur wie einen finsteren, ovalen Tunnel erscheinen. Sie tasteten sich vorsichtig zum Wohnzimmer vor, wo Boden, Wände und Decke gleichfalls voller Gips waren, so daß das Zimmer vage an ein Ei erinnerte.

Die Fensterecken auf der gegenüberliegenden Seite, ja selbst die Streben, die die Scheiben voneinander trennten, hatte man eingegipst. Das Fehlen jeglicher eckiger Form ließ den Raum organisch wirken. Die beiden Detectives hatten das Gefühl, unter den Wurzeln einer exotischen Pflanze zu stehen. Das Zimmer war unmöbliert.

»Wirklich seltsam. Man kommt sich vor wie im Mutterschoß. Sieht es in allen Zimmern so aus?« Bryant trat durch eine mit Gips abgerundete Türöffnung in das Schlafzimmer, das dem Wohnzimmer ähnelte.

»Er ist noch frisch.« Er grub die Nägel in den Gips. »Das Ganze ist bestimmt nicht mehr als eine Woche alt.«

»Woher weißt du das?« May trat ins Zimmer und sah sich um. Eine schmale Matratze und ein Bettuch lagen auf dem Boden.

»Spürst du es nicht?« fragte Bryant. »Die Wohnung ist feucht. Sieh dir nur mal das Kondenswasser auf den Scheiben an. Der Gips ist noch nicht trocken.«

»Es gibt keine Türen; es gibt keine Möbel. Und wie sieht es mit Schränken aus?« May ging durchs Schlafzimmer und untersuchte die eingebauten Kleiderschränke, die wegen ihrer rund gearbeiteten Ecken nicht mehr richtig schlossen und wie die Requisiten eines surrealistischen Films wirkten.

»Verrückt«, murmelte Bryant. »Sieht aus, als hätte Dell seine Wohnung nach geheimnisvollen Gesetzen umgebaut. In den Schränken befinden sich nur ein einziger Anzug und ein Paar Schuhe, sonst nichts. Wir wissen, daß Dell vor drei Wochen noch geistig auf der Höhe war. Danach muß er mit den Umbauarbeiten angefangen haben.«

Sie überprüften die Küche. Alles war herausgerissen und von seinem angestammten Platz entfernt worden. Ein Topf, eine Milchflasche und ein Kaffeebecher standen auf dem Boden.

»Komm mal her und sieh dir das an, Arthur.« May stand am anderen Ende der Küche und deutete auf die mit Kreisen und Quadraten bedeckte Tapete.

»Warum hat er sich die Mühe gemacht?« Jemand hatte mit einem schwarzen Filzstift peinlich genau jede freie Stelle mit allen möglichen Formen ausgefüllt. Alle vier Wände waren mit winzigen Zahlen versehen.

»Das muß ihn Jahre gekostet haben.« Bryant schüttelte traurig den Kopf. »Das Werk eines Psychopathen.«

»Es wurden Säcke mit Gips hinein- und bestimmt eine Tonne Schutt hinausgetragen«, gab May zu bedenken. »Jemand muß ihn dabei gesehen und ihn gefragt haben, was er da treibe.«

»Der Hausmeister.«

Bryant war schon auf dem Weg zur Tür.

11

Von der Vernunft geblendet

Mrs. Nahree war eine fromme Frau, doch ihr inbrünstiger Glaube erhielt durch die Praxis einen Dämpfer. Das Hochhaus, in dem sie eingesperrt war, stand weit entfernt von jedem Gotteshaus, und wie die meisten ihrer Mitbewohner war sie nicht bereit, das Risiko auf sich zu nehmen, allein durch das mit Stahlrolläden versehene und mit Kot beschmierte Betonlabyrinth zu gehen, in dem sie wohnte. Sie zog es vor, zu Hause zu beten; vor einem kleinen, mit Kerzen erhellten Altar, der in einem der Küchenschränke stand.

Harry Buckingham war außer ihrem Sohn Rasheed der erste Mensch gewesen, mit dem sie in der Wohnung seit fast einem Monat gesprochen hatte, und sein Besuch brachte Kummer.

Als sie ihre Manteltaschen leerte, fiel ein Stück Papier zu Boden. Sie hob es auf und studierte die seltsamen, aufgedruckten Buchstaben. Dieser Zettel gehörte ihr nicht, soviel war sicher. Aber woher stammte er?

Dann erinnerte sie sich, daß sie den Mantel an dem Tag getragen hatte, als sie mit Harrys Vater zusammengestoßen war. War es möglich, daß der verrückte, alte Mann ihn ihr zugesteckt hatte, als sie ihm beim Aufstehen half?

Sie sah sich das Stück Papier genauer an, und eine große Finsternis erfüllte ihr Innerstes. Ohne den Sinn der Symbole zu verstehen, begriff sie intuitiv deren Bedeutung, die sie tödlich erschreckte.

Mrs. Nahree war eine praktisch veranlagte Frau. Sie gebot ihrer Angst Einhalt und zwang sich, in Ruhe nachzudenken. Sie machte sich eine Tasse Tee, ging ins Wohnzimmer zurück und wartete bei zugezogenen Vorhängen darauf, daß ihre Hände zu zittern aufhörten. Dann beschloß sie, zur Tat zu schreiten.

Sie brauchte fast den ganzen Nachmittag, um ihre Wohnung zu verbarrikadieren. Rasheed hatte Hammer und Nägel unter der Spüle liegenlassen, nachdem er ihr ein paar Regale gebaut hatte. Sie benutzte die Bretter, um die Fenster zu sichern. Die Eingangstür war leichter abzuriegeln. Sie schnitt mit einem Brotmesser Keile von dem übriggebliebenen Holz ab und trieb sie mit Füßen und Hammer unter die Tür.

Dann riß sie zuerst den Telefon- und schließlich den TV-Stecker heraus – was eine Schande war, denn sie mochte die Nachmittagsshows –, ging in die Diele zurück und leerte eine ganze Tube Alleskleber über dem Briefkastenschlitz aus.

Der Vorratsschrank war mit Dosen gefüllt, aber es gab kein Brot und, was noch schlimmer war, keine Milch. Egal, dachte sie. Dann mußte es eben ohne gehen. Wahrscheinlich würde Rasheed versuchen, sie anzurufen, und merken, daß etwas nicht stimmte. Sie würde ihn natürlich nicht in die Wohnung lassen können, aber sie könnten sich durch die Wohnungstür unterhalten. Dann würde sie ihm ihre mißliche Lage erklären. Er wird mir bestimmt helfen können, dachte sie zuversichtlich. Wenn nicht, würde sie sterben.

Mrs. Nahree legte den Zettel auf eine Untertasse, riß ein Streichholz an und hielt die Flamme an ein Ende. Das Papier entzündete sich augenblicklich und verbrannte mit kleiner blauer Flamme. Augenblicke später war nur noch graue Asche zu sehen, die sie in den Ausguß kippte und fortspülte, wobei sie beide Hähne gleichzeitig laufen ließ.

Die Nacht verstrich nur langsam. Wenigstens waren die Zimmer warm. Sie wagte nicht, das elektrische Licht einzuschalten. Ihr Kerzenvorrat würde wahrscheinlich zwei Nächte lang vorhalten, aber bis dahin wäre Rasheed bestimmt bei ihr.

Dann schoß ihr ein neuer entsetzlicher Gedanke durch den Kopf. Angenommen, die Anrufung hätte bereits begonnen, und man sammelte sich bereits im Schutz der Finsternis? Sie schlug die Hand vor den Mund, kletterte aus dem Bett, lief ins dunkle Wohnzimmer und kroch hinters Sofa. Zu spät. Nahm da nicht bereits etwas Unsägliches Gestalt an? Ein Halbschatten. Eine schwarze Wolke, die ihre Energie aus der Nacht zog; das lebendige Böse, das dort in der Ecke seine Kräfte sammelte? Ein Paar gelbe Augen funkelten in Kopfhöhe. Die Temperatur fiel, während die übernatürliche Erscheinung an Größe und Kraft gewann.

Sie stand auf und torkelte auf den Flur. Würde das Ding ihr folgen? Solange sie es sehen konnte, konnte es sie töten. Sie lachte bitter. Die Antwort lag auf der Hand. Der Altar, ihr Altar, würde sie schützen. Sie lief in die Küche und riß den Küchenschrank auf. Die Streichhölzer lagen neben der Spüle. Sie nahm sie und zündete hastig die Kerzen an, eine nach der anderen, bis eine flackernde Lichtpyramide erstrahlte.

Sie sank betend auf die Knie und beobachtete mit zunehmendem Entsetzen, wie die Kerzen, eine nach der anderen, von unsichtbarer Hand gelöscht wurden. Vor ihren schreckgeweiteten Augen brach das Christusbild in Stücke und wurde durch etwas Älteres und weit weniger Tröstliches ersetzt.

Harry schüttelte die Aktentasche über dem Bett aus und sortierte den Papierkram, der sich im Laufe der Woche dort angesammelt hatte. Seine Wohnung umfaßte die untere Hälfte eines viktorianischen Hauses im vornehmeren Teil von Highgate. Die Schlafzimmerfenster gewährten eine atemberaubende Aussicht auf die Stadt, die seinen Gästen klarmachte, weshalb die Vierzimmerwohnung so ungewöhnlich teuer gewesen war. Der Raum war in einem dem *fin de siécle* entlehnten Lumpengrau gestrichen und beinhaltete sowohl eckige Gipsleuchter als auch freistehende, mattschwarze Halogenlampen. Ein Design, das nach spätestens einem Jahr überholungsbedürftig ist. Das finstere, einfarbige Badezimmer mit seinen schwarzen Holzläden sah aus, als wäre es für eine Rasierklingenreklame entworfen worden. Das Schlafzimmer, in dem Harry gerade in der Unterwäsche hockte, litt an einem ähnlich geschmacklosen Design, einem vergänglichen Triumph des Stils über die Bequemlichkeit.

Harry studierte die neuesten Untersuchungsberichte bezüglich des kohlensäurehaltigen Fruchtsaftgetränks ohne jede Begeisterung. Seine Gedanken schweiften von den Computerbögen mit den tabellarischen Konsumentenreaktionen zu seinem Vater.

Die schreckliche Beth Cleveland war vorbeigekommen, um ein paar Briefe und Fotokopien abzuliefern, die sein Vater ihm vermacht hatte. Sie wollte nicht über die Türschwelle treten und hatte die erste sich bietende Entschuldigung benutzt, um wieder zu verschwinden. Dennoch, dachte Harry, war es nett von ihr gewesen, sich überhaupt hierher zu bemühen.

Die meisten Bilder hatte er seit Jahren nicht mehr gesehen, einige noch nie. Letztere stammten aus den späten Fünfzigern und zeigten eine glückliche Buckinghamfamilie: Fahrten durch Kent mit Motorrad und Beiwagen; seine Großmutter beim Hopfenpflückerfest; Vater und Mutter, engumschlungen vor einem Country-Pub – so hatte er sie als Kind nie gesehen. Er konnte sich nur noch an die Zeit danach erinnern, an die gegenseitigen Anschuldigungen und die Kämpfe beim Mittagessen, die ein Jahr vor dem Tod seiner Mutter begonnen hatten. Er steckte die Fotografien in einen Umschlag und verschloß ihn in seinem Schreibtisch.

Die Briefe sagten wenig aus. Die Handschrift verriet mehr als der Inhalt. Sie war klein und gestochen scharf. Die Seiten waren so akkurat gefaltet, daß sie genau in den Briefumschlag paßten, ein typisches Beispiel jenes Eifers, mit dem Willie sich dem kleinsten Detail widmete und mit dem er andere Leute zur Raserei bringen konnte. Er schloß die Briefe ebenfalls fort.

Das half nicht weiter. Er mußte etwas unternehmen.

Harry beschloß, am Wochenende auf jeden Fall dem Kollegen seines Vaters einen Besuch abzustatten, um herauszufinden, ob Brian Lack Licht auf das seltsame Verhalten des alten Mannes werfen konnte.

Grace hatte gefragt, ob sie ihn begleiten dürfe. Sollte er sie anrufen? Er überlegte kurz und entschied sich dagegen. Das letzte, was er jetzt brauchte, war eine fremde Person, die sich um seine Angelegenheiten kümmerte. Besser wäre es, er würde Hilary die weiße Fahne zeigen und sie trotz seiner wachsenden Überzeugung, daß die fürchterliche Anspannung, die sich aus dem Zusammensein mit ihr ergab, sich für seine Genitalien bald als unerträglich herausstellen würde, für morgen abend zum Essen einladen.

Für Hilary bedeutete Safer Sex, sich für Punkt elf Uhr abends ein Taxi zu bestellen, mit dem sie allein in ihre Wohnung zurückfuhr. Ihre Reduzierung des sexuellen Aktes auf biologische Begriffe zwang ihn dazu, an sie ähnlich distanziert zu denken, wie er etwa an einen weiblichen Nachrichtensprecher denken würde. Die Anziehungskraft ihres Parfüms wurde allmählich von dem scharfen Geruch des Desinfektionsmittels überdeckt.

Er wischte die Aktentasche vom Bett und nahm sich fest vor, die Berichte morgen früh durchzuarbeiten. Nachdem das Licht gelöscht und sein Kopf auf das Kissen gesunken war, erschien das eigenwillige Gesicht seines Vaters vor seinem inneren Auge.

Du bist doch ein intelligenter Mann, sagte es. Entdecke mich, bevor es zu spät ist.

Mrs. Nahree wurde von Teufeln verfolgt.

Sie konnte sie nicht sehen, doch sie wußte, daß sie überall waren. Der Altar lag zerschmettert auf dem

Küchenboden. Die letzte tropfende Kerze war dabei, der Finsternis anheimzufallen. Sie stand mit geschlossenen Augen auf und tastete sich zur Tür. Sie mußte die Geräusche ignorieren und nachdenken.

Hätte sie Mr. Buckinghams Notiz nicht gesehen, wäre sie nicht verflucht worden. Das bedeutete: Wenn sie die Teufel nicht sehen konnte, würden diese sie auch in Ruhe lassen. Sie durfte sie nicht sehen. Die Teufel forderten ein Opfer für ihren Rückzug.

Ihr Sohn Rasheed arbeitete bei einem Juwelier. In seiner Freizeit verdiente er sich nebenbei ein wenig Geld, indem er Goldketten und Broschen reparierte. Sein Arbeitsgerät befand sich auf dem Schrank im Hobbyraum. Es gab keine andere Möglichkeit, sie würde es mit geschlossenen Augen suchen müssen.

Am schwersten war es, den Stecker des Lötkolbens einzustöpseln. Sie fand die Steckdose, indem sie über den Boden kroch und an der Leiste entlangstrich. Um sie herum erhob sich das ohrenbetäubende Gebrüll Tausender gehässiger Stimmen. Giftspeiende Kreaturen erfüllten die fiebrige Luft und versuchten ihre Augen zu öffnen, sie zu zwingen, in ihre abstoßenden Gesichter zu schauen, aber sie widerstand der Versuchung.

Es gab nur einen Weg, festzustellen, ob der Lötkolben heiß genug war: ihn am Handrücken auszuprobieren. Als das Fleisch zischte, schrie Mrs. Nahree auf, doch ihr Schrei verlor sich im Geschnatter unzähliger kleiner Teufel. Zwei Sekunden Agonie, das war alles. Es war die einzige Möglichkeit.

Sie hob den Lötkolben in die Höhe und preßte die glühende Spitze durch das rechte Augenlid auf die Hornhaut. Nach dem ersten Schmerz fühlte sie nichts mehr. Sie zog den zischenden, klebrigen Kolben zurück und wiederholte die Prozedur am linken Auge. Diesmal erblühte der Schmerz wie eine giftige Blume. Mit ihren zarten Händen umfaßte sie den Griff des Kolbens und preßte ihn in die Augenhöhle, bis ihr Hirn zu explodieren schien.

Dann erst merkte sie, daß sie schrie, laut schrie. Als sie das Bewußtsein verlor und zu Boden sank, glitt der Lötkolben aus ihrer Hand und fiel gegen den Schlafzimmervorhang, dessen Fasern er ebenso rasch auflöste wie ihre Hornhaut.

12

Todesengel

Am Freitagmorgen stand Grace früh auf. Einmal auf den Beinen, nahm sie das grelle Plakat ab, auf dem Russ Meyers Film *Faster, Pussycat, Kill Kill!* angekündigt wurde, und ersetzte es durch Dan O'Bannons *Dead and Buried,* wobei sie darauf achtete, daß die Feuchtigkeitsflecken auf der Tapete über ihrem Bett verdeckt wurden. Die Wohnung befand sich in einem lausigen Zustand, aber sie sah keine Möglichkeit, den Vermieter davon zu überzeugen, daran etwas zu ändern – wenigstens nicht, bevor sie die rückständige Miete bezahlt hatte. Grace kletterte vom Stuhl und schob ihn in die Ecke. Dann schnüffelte sie argwöhnisch und bugsierte den Hund in den Flur.

Sie hatte fürs Wochenende noch keine Pläne, und, was noch schlimmer war, nicht genug Geld, um ins Kino zu gehen. Vielleicht sollte ich Harry anrufen, überlegte sie, und ihn um ein paar Pfund angehen, obwohl er damals nach der Beerdigung nicht gerade begeistert gewesen war, mich zu sehen. Sie mußte zugeben, daß er nicht unattraktiv war. Anscheinend brauchte er nicht jeden Pfennig umzudrehen. Er sah nicht so aus, als sei er schon mal mit einem Bus gefahren oder als ob er seine Wäsche selbst bügelte.

Grace rollte das Russ-Meyer-Plakat zusammen und warf es unters Bett. Er trug keinen Ehering. Sie fragte sich, ob er eine Freundin hatte. Auf sie wirkte er wie der Typ Mann, der es genoß, an der Seite einer ausgemergelten Blondine mit gedehntem Kensingtonakzent gesehen zu werden, die den Mund voller von der Steuer absetzbarer Brücken hatte.

Wie konnte man einem Mann trauen, der seinen Lebensunterhalt dadurch verdiente, daß er miese Produkte in den Himmel lobte? Sein Leben bestand aus Rollenspielen und Stereotypen. War er je ehrlich, auch nur sich selbst gegenüber? Zur Hölle, dachte sie, während sie die Bettdecke zurückschlug, vielleicht sollte ich versuchen, seine Seele zu retten. Ich könnte seine letzte Chance sein. Möglicherweise war unser Zusammentreffen vorherbestimmt. Ein vertrautes Glitzern trat in ihre Augen. Sie setzte sich aufs Bett, ließ sich von der Telefonauskunft Harrys Nummer geben und wählte.

Er reagierte nach dem dritten Läuten. Nein, meinte er mürrisch, er könne heute abend nicht mit ihr zum Essen gehen. Ob sie sich darüber im klaren sei, daß es halb acht Uhr morgens war? Harry teilte ihren Kummer wegen der unglücklichen Umstände, sah aber keinen Grund, weshalb er sich mit ihr treffen sollte.

»Nennen Sie mich Grace«, sagte Grace.

»Okay, Grace. Aber ich kann trotzdem nicht mit Ihnen essen gehen. Abgesehen davon habe ich eine Freundin.«

»Das ist besser, als verheiratet zu sein.«

»Für Sie vielleicht. Auf Wiedersehen, Miss . . .«

»Grace. Wissen Sie, Sie können dem Schicksal nicht entkommen.«

»Wie bitte?«

»Vielleicht war unser Treffen vorherbestimmt?«

»Und deswegen mußte mein Vater sterben? Eine schöne Art, an eine Verabredung zu kommen, Grace. Auf Wiedersehen.«

Das wird härter, als ich gedacht habe. Sie legte den Hörer auf die Gabel, lehnte sich zurück und kaute am Fingernagel. An ihn heranzukommen, wäre eine Herausforderung.

Aber es würde Spaß machen.

Wie jeden Morgen fuhr Dorothy Huxley mit dem Bus zur Arbeit. Sie starrte gedankenverloren aus dem Fenster und fragte sich, ganz im Sinne eines alten Beatles-Songs, ob sie mit vierundsechzig noch gebraucht würde. Sie fühlte sich körperlich fit, aber geistig zunehmend zerbrechlicher.

Dorothy besaß einen wachen Geist – einen wacheren, als ihr guttat –, aber je mehr sie über die Welt erfuhr, in der sie lebte, je mehr sie in den Zeitungen las und im Fernsehen sah, desto weniger wollte sie ein Teil davon sein. Die Bücherei war ihr wirkliches Zuhause, mehr als das Apartment, in das zu ziehen ihre Tochter sie ermutigt hatte. Ihre Wohnung war zu modern, zu hell, zu luftig. Die Aluminiumfenster verschluckten das Sonnenlicht, warfen es in senkenden Streifen über den Teppich und klatschten es gegen die Wände, als versuchten sie ihr weiszumachen, daß das Gebäude an der Küste Spaniens statt im Süden Londons stünde. Zu viel Licht ließ Bücher welken und sterben. Deshalb zog sie sich zur Arbeit lieber in die modrigen

Tiefen der Bücherei zurück. Hier konnten Bücher in Würde altern, genau wie sie.

Ihre Tochter hatte sie einmal gefragt, ob sie an Gott glaube. Nicht an einen Gott, hatte sie geantwortet. Kein Gott hat das Recht, einen Glauben zu beanspruchen, der allen Göttern gehört. Die verblüffte Tochter hatte ihr beruhigend die Hand getätschelt und war mit ihrer neuen Familie nach Australien zurückgekehrt, um sie dort der sengenden Sonne auszusetzen. In ihrem Leben gab es nicht den Schatten eines Zweifels. Während Dorothy allein lebte und nach dem Sinn ihres Lebens suchte.

Nachts, wenn die Nachttischlampe die Schatten in Schach hielt, lehnte sie sich gegen die Kissen und studierte Bücher über die eleusischen und orphischen Mysterien, die Rosenkreuzer und den Tempel Salomons. Aber sie fand, vergraben unter den Ritualen vergessener Religionen, verborgen unter den Ausschmückungen übernatürlicher Erfahrungen, nur bruchstückhafte Hinweise. Ihre Suche führte zu kurzfristigen Erleuchtungen und Geistesblitzen und hatte mit der Zeit die gleiche Gestalt wie Frank Drakes Mappe mit Paradoxa und Wahrscheinlichkeiten angenommen. Die mit Kugelschreiber gemalten Kreuze auf seinen Plänen offenbarten, daß auch er bei seiner Suche nicht weiterkam; sie beide hatten nicht genügend Koordinaten, um zu einer unangreifbaren Schlußfolgerung zu gelangen. Vielleicht würde sie eines Tages beim Lesen ihrer geliebten Bücher die Natur des wahren Glaubens verstehen lernen.

»Guten Morgen, Frank.«

Als sie an seinem überfüllten Schreibtisch vorbeikam, ließ sie den *Independent* fallen. »Sie haben sich verfrüht. Die Bücherei wird erst in zwanzig Minuten geöffnet.«

»Ich habe die Akte auf den neuesten Stand gebracht.« Er rückte die Brille zur Nasenspitze. »Regnet es?«

»Hat gerade angefangen. Auf Seite vier ist etwas für Sie. Kaffee?«

»Bitte.« Frank schlug die Zeitung auf und fand die Notiz. »Es handelt nur von der Identifizierung eines Ertrunkenen«, bemerkte er enttäuscht. »Der Kerl, der seinen Jaguar in die Themse jagte, bleibt in dieser Woche unschlagbar. Der Fall hier ist zu gewöhnlich.«

»Nicht ganz«, erwiderte Dorothy. »Dort steht, er wäre in Camden im Kanal ertrunken. Dort ist das Wasser sehr flach, kein Ort für einen Selbstmord.«

»Man kann auch in einer Pfütze ertrinken.«

»Ich weiß, aber das hier sieht mir nach Mord aus.« Nachdem sie mit dem Kaffee zurück war, sah sie zu, wie Frank die Notiz vorsichtig ausschnitt, sie auf ein Stück Karton klebte und zu den anderen legte wie ein Kind, das sein Sammelalbum mit Erinnerungen füllte. »Haben Sie schon mit dem Schreiben angefangen?« fragte sie.

»Noch nicht. Ich fange an, wenn ich mit dem Sammeln der Daten fertig bin. Das Dumme ist nur, daß ich jedesmal, wenn ich eine Zeitung aufschlage, auf neue Fälle stoße. Es ist wie eine Sintflut. Sehen Sie sich das an.« Er hielt ihr ein Stück Papier vor die Nase. »Scotland Yard hat gerade ein paar Zahlen veröffentlicht.«

Dorothy rückte die Lesebrille gerade und studierte die mehrfarbige Tabelle.

»Im letzten Jahr wurde über ein Drittel der Mordopfer in England und Wales erstochen. Von den restlichen Opfern kam ein Viertel durch Erwürgen und Ersticken um. In abnehmender Zahl gefolgt von Tod durch Einwirkung stumpfer Gegenstände, Treten, Schlagen, Erschießen, Verbrennen, dann weiter unter Ertränken und ganz zum Schluß Vergiften.«

»Soviel zu Agatha Christie.«

»Was?«

»Sie pflegte ihre Opfer vorzugsweise durch Gift aus dem Leben scheiden zu lassen. Ich schätze, heutzutage ist Gift zu leicht nachzuweisen. Heute käme keiner ihrer Mörder mehr ungeschoren davon.«

Frank hörte nicht zu. Er erwärmte sich nur für sein Thema. »Im letzten Jahr gab es siebenhundert Morde in Großbritannien. Neunzig davon in Schottland, über hundert in London, aber die meisten davon wurden in den Midlands verübt. In diesem Jahr haben sich die Zahlen, verglichen mit demselben Zeitraum des Vorjahres, fast verdoppelt. Warum?«

»Keine Ahnung. Das sind eine Menge toter Engel.«

»Was soll das heißen?«

Dorothy lächelte ihn an. »Ein Sprichwort lautet, jedesmal wenn ein Leben vergeudet wird, stirbt ein Engel. In Gebieten mit großer Bevölkerungsdichte ist die Mordrate höher. Das hat verschiedene Gründe. Niedriges Einkommen, Arbeitslosigkeit und so weiter. Wußten Sie, daß es sieben verschiedene Stufen von Gewalt gibt?«

Frank sah von seiner Tabelle auf.

»Immer ausgelöst durch Veränderungen im sozialen und finanziellen Bereich. Es gibt Gewalt, die auf einem puren Mangel und dem Versuch beruht, ihn zu beheben: dem Verlangen zu atmen, zu essen, am Leben zu bleiben. Am anderen Ende der Skala befindet sich eine subtile, kultivierte Grausamkeit, wie sie von gewissen Religionen praktiziert wird. Davon gibt es jede Menge belegbarer Beispiele.«

Frank sah sie überrascht an. »Was Sie alles im Kopf haben.«

»So etwas sammelt sich über Jahre hinweg dort oben an.« Sie lächelte entschuldigend und tippte sich an den Kopf. »Mein Verstand ist ein Lager für überflüssige Information, genau wie dieser Ort hier. Weder die Bücherei noch ich sind von großem Nutzen. Vielleicht werden die Bücher im Keller einmal nützlich sein.«

»Ach, ja. Der Keller. Wann werden wir Ihre Freunde vom Camden Town Coven wiedersehen?« fragte Frank mit wohlwollendem Spott. Dorothy zuckte nur mit den Schultern.

Als sie an diesem Morgen einem gleichgültigen Publikum die Pforten öffnete, schlug in ihrem Kopf ganz leise eine Alarmglocke an. Sie fragte sich, ob sie je aufgefordert werden würde, die Bibliothek in ihrem Kopf zu benutzen.

Dave Coltis hatte in seinem siebenundzwanzig Jahre währenden Leben schon einigen Todesgefahren ins Auge geblickt, aber noch nie einer wie dieser. Er wendete das Blatt Papier hin und her und versuchte die Schrift zu entziffern.

Welche Feinde hatte er im Augenblick? Er ließ die Leute Revue passieren, mit denen er in letzter Zeit Streit gehabt hatte. Da gab es die Hosteß aus dem Mayfair-Club, die er nicht mehr besuchte, nachdem sie es abgelehnt hatte, ihm Geld zu leihen. Und die alte Queen aus der Sauna in der St. Martin's Lane, die er erpreßt hatte und die sich weigerte, zu zahlen. Und dann gab es noch seinen kriminellen Ex-Partner, dem er seit dem Reinfall mit dem Computerprogramm-Betrug, der sie beide so viel Zeit gekostet hatte, aus dem Weg ging.

Nein, der Brief konnte unmöglich von einem dieser Leute kommen.

Sein Partner saß zur Freude Ihrer Majestät noch immer in Parkhurst ein, und die Handschrift auf dem Umschlag war zu feinziseliert, um von einer der beiden Ladies zu stammen. Er hatte niemandem seine neue Adresse gegeben. Dennoch hatte der Absender sogar die richtige Postleitzahl angegeben.

Er zerknüllte den Umschlag und warf ihn in den Rinnstein. Dann ließ er das Blatt mit den merkwürdigen Hieroglyphen in seine Jackentasche gleiten, um es sich später genauer anzusehen. Zuerst die Arbeit, dann das Vergnügen.

In der letzten halben Stunde hatte er nach einem Wagen Ausschau gehalten, den er stehlen könnte. Er suchte nach einem Cabrio, vorzugsweise einem neuen BMW. Wenn er in Hampstead keinen fand, konnte er seinen Beruf an den Nagel hängen.

Freitag morgens waren die Straßen vom Hampstead voll mit hochhackigen Frauen, die einkaufen gingen. Früher wurden in den Geschäften Wachteln und Fenchel und Kiwis verkauft; heute waren es Kleider. Die Männer, die noch nicht auf dem Weg ins Büro waren, besorgten sich Haargel, Schuhe und die Morgenzeitung. Dave reinigte seine Fingernägel, während er an einem Baum lehnte und dem geschäftigen Treiben zusah. Dann warf er einen Blick nach oben. Der Himmel verfinsterte sich. Es begann zu regnen.

Eine lockenköpfige Frau mit grüner Steppjacke stand in einem Ladeneingang und brüllte ihrem Nachwuchs zu: »Jonquil! Tarquin! Pippa ist *sehr* böse!« Dave drehte sich um und starrte sie an. Dumme Nutten wie diese hatten keine Ahnung von der wirklichen Welt. Hatte sie vielleicht etwas, das zu stehlen sich lohnte? Er kannte diese Typen. Sie hatten ihr Geld immer ›angelegt‹. Weiter den Hügel hinab konnte man sie sehen, wie sie mit gezücktem Wohlfahrtsausweis am Schalter Schlange standen. Er grinste schief. Sie taten so fein, aber die meisten von ihnen hatten keinen Pfennig. Die Miete für ihr Rattenloch ließ kaum genug Geld übrig, um die Privatschule für die kleine Jocasta zu bezahlen. Sie hatten Glück, daß er heute nicht hinter Barem her war.

In diesem Augenblick bremste hinter ihm ein brandneuer, grüner BMW und schrammte mit den Radkappen am Rinnstein entlang. Das Motorengeräusch war ihm vertraut. Er trat einen Schritt zurück, um einen Blick auf den Wagen zu werfen.

Er hatte Glück. Der Fahrer sah wie ein blöder, reicher Fatzke aus. Nachdem er sich mit seinem feinen Designeranzug aus dem Wagen geschwungen hatte und zu einem Zeitungskiosk trabte, machte Dave seinen ersten Zug.

Dem Fahrer die Wagenschlüssel zu stehlen, während der sich durch Ständer voller Möbelzeitschriften wühlte, war, als nähme man einem Baby ein Bonbon fort. Danach brauchte man nur noch selbstbewußt auf den Wagen zuzugehen, so, als gehöre er einem, die Tür aufzureißen und hineinzuschlüpfen. Während er sich in den fließenden Verkehr einfädelte, sah er, daß die einzige Person, die sein Verschwinden bemerkt hatte, ein Mercedesfahrer war, der auf der Suche nach einer Parklücke Ausschau gehalten hatte.

Der BMW fuhr durch eine Allee großer, knospender Ulmen in Richtung Belsize, während Dave im Handschuhfach nach ruhiger Musik suchte und nichts als Andrew-Lloyd-Webber-Kassetten und New-Age-Jazz fand. Das war das Unangenehme bei den Leuten von heute. Sie hatten keine Klasse. Dann eben Radio. Er erwischte ein Stück Barockmusik, das sich wie Vivaldi anhörte.

Ein mit riesigen Baumstämmen aus der nahen Heide beladener Lastwagen zog mit kreischenden Gängen an ihm vorbei. Am längsten Stamm flatterte eine rote Fahne wie eine flackernde Warnlampe. Dave fuhr langsamer.

Die Ampel zeigte grün, als der Laster Gas gab und sich genau vor ihn setzte.

Vivaldi gab den Geist auf und wurde durch ein Geräusch ersetzt, das entsteht, wenn man Nägel in elektrische Gitarren schlägt. Sekunden später waren nur noch statische Geräusche zu hören. Er tippte auf den Sensor, doch die Störungen wurden immer stärker. Er hat bestimmt daran herumgepfuscht, dachte Dave. Er hat es nicht verdient, ein so empfindliches Gerät zu besitzen.

Die Rücklichter des Lasters leuchteten auf. Dave reagierte automatisch und trat leicht auf die Bremse, dann widmete er sich wieder dem Radio.

Zu seiner Linken lag die U-Bahn-Station Belsize Park. Während er daran vorbeifuhr, zog er das mit fremden Symbolen bedeckte Papier hervor und sah es sich noch einmal genauer an. Was hatte das zu bedeuten?

Erst jetzt bemerkte er die seltsamen Zeichen auf der Rückseite. Er hielt das Papier gegen die Windschutzscheibe. Die Rücklichter offenbarten, daß die Bedeutung der kabbalistischen Zeichen, die getrennt voneinander keinen Sinn ergaben, sich erst offenbarte, wenn man sie miteinander kombinierte.

Der junge Dieb runzelte die Stirn, während er die Nachricht langsam in sich aufnahm. Dann schüttelte er den Kopf, als wolle er die fremden Gedanken verbannen. Er bemerkte, daß der BMW vom Kurs abgekommen war und bewegte das Steuer.

Und als das Stimmengewirr sich in seinem Kopf breitmachte, wußte Dave genau, was er zu tun hatte.

Am Freitag abend hockte Grace auf dem Sofa und sah sich die Sieben-Uhr-Nachrichten auf Kanal Sieben an. Der Reporter stand mit einem Schirm in der Nähe der

U-Bahn-Station Belsize Park und sprach direkt in die Kamera.

»An dieser Stelle hielt der Autodieb an.« Der Reporter deutete auf den Eisenwarenladen hinter sich.

»Er kam herein und verlangte nach einem starken Nylonseil. So eins wie das hier.«

Der Eisenhändler hielt ein Muster hoch. »Er schwankte und hielt sich den Kopf.«

»Und was geschah dann?« wollte der Reporter wissen.

»Er kaufte das Seil und ein Taschenmesser. Ich packte beides ein. Dann ging er.«

»Als nächstes wurde der Dieb auf der Hauptstraße gesehen.« Er hielt das Mikrophon einer jungen Chinesin vors Gesicht.

»Ich sah, wie er aus dem Wagen stieg. Dahinten«, erklärte das Mädchen und deutete auf die regennasse Straße. »Zuerst konnte ich nicht genau erkennen, was er machte. Dann sah ich, daß er ein Seil um einen Laternenpfahl band. Er prüfte den Knoten und lief mit dem Seil zum Wagen. Die ganze Zeit über brüllte er.«

Die Kamera schwenkte zu einem älteren Mann, der einen Hund auf dem Arm trug. »Er setzte sich auf den Fahrersitz. Der Wagen stand etwa fünf Meter vom Laternenpfahl entfernt.«

»Und was geschah dann?«

»Er legte sich das andere Ende des Seiles um den Hals.«

»Warum?«

Der alte Mann sah den Reporter an, als sei er ein hoffnungsloser Fall. »Er machte eine Schlinge. Dann drehte er den Zündschlüssel und ließ den Motor aufheulen. Ich hätte nicht gedacht, daß er wirklich losfahren würde, mit dem Seil um den Hals.«

Die Chinesin sah aus, als würde sie gleich anfangen zu weinen. »Er raste mit röhrendem Motor los.«

»Haben Sie gesehen, was als nächstes geschah?«

»Ich werde es nie vergessen«, antwortete die Chinesin. »Das Seil war nicht sehr lang. Die Schlinge zog sich zusammen; sein Kopf wurde von den Schultern gerissen.«

»Sie hätten die Schweinerei sehen sollen«, fügte der alte Mann unnötigerweise hinzu.

Die Fernsehkameras waren nicht früh genug zur Stelle gewesen, um die entsetzten Fußgänger zu zeigen, die sich dem Unglücksort näherten und gebannt zusahen, wie eine Blutfontäne aus dem Hals des jungen Mannes schoß wie Wasser aus einem geborstenen Wasserrohr. Die Mikrophone der Fernsehgesellschaft kamen zu spät, um die Vivaldiklänge aufzunehmen, die plötzlich aus dem Autoradio drangen und eine unpassende Hintergrundmusik zu dem stetigen Tropfen von Blut auf Stahl bildeten.

Auf dem Bildschirm deutete der Reporter gerade auf die Überreste des grünen BMW. Grace schlug die Hand vor den Mund.

»Oh, mein Gott!« schrie sie. »Es ist Harrys Wagen.«

13

Instant Image

»Du hast richtig gehört. Man hat mir meinen verdammten Wagen gestohlen.«

»Oh, Darling, das ist ja schrecklich.« Hilary klang aufrichtig besorgt. »Wo hast du ihn denn geparkt?«

»Hampstead, Hauptstraße. Ich war auf dem Weg zur Arbeit und hielt kurz an, um mir eine Zeitung zu kaufen. Und das mitten am Tag!« Harry nahm sich eine Zigarette aus der Packung, erinnerte sich, daß er mit dem Rauchen aufhören wollte, und zündete sie trotzdem an.

»Ich dachte, der Wagen hätte eine eingebaute Alarmanlage.«

»Ich bitte dich, die stellt man doch nicht an, wenn man sich nur mal schnell eine Zeitung kaufen will. Wie dem auch sei, der Kerl hat es irgendwie geschafft, an meine Wagenschlüssel zu kommen.«

»Wirklich, Harry . . .« Der Ton war ihm vertraut. Sie gab ihm die Schuld und deutete an, daß er tatenlos zugesehen habe, wie sich der Dieb aus dem Staube machte.

»Und was sagt die Polizei dazu?«

»Einiges. Der Kerl, der meinen Wagen gestohlen hat, beförderte sich einen Kilometer weiter auf wirklich spektakuläre Weise ins Jenseits.«

»Willst du damit sagen, er hätte sich mit deinem Auto umgebracht?«

»Ja. Und dann raste es mit rund achtzig Stundenkilometern gegen eine Backsteinmauer.«

»Oh, mein Gott.« Dann wurde es still. »Ich hoffe, du bist versichert.«

»Natürlich.«

»Kann man dir die Schuld daran geben?«

Harry war einen Augenblick sprachlos. »Wo . . . wovon redest du eigentlich, Hilary? Warum, zur Hölle, soll ich schuld daran sein?«

»Vielleicht stimmte etwas mit den Bremsen nicht.«

»Das glaube ich einfach nicht. Irgend so ein Idiot klaut meinen Wagen, baut einen Selbstmord damit, und du versuchst mir einzureden, *ich* sei schuld an seinem Tod.«

»Das ist kein Grund, unhöflich zu werden«, nörgelte sie. »Mir gefällt dein Ton nicht, Harry. Ich halte es für keine gute Idee, daß wir uns heute abend treffen.«

»Mein Gott, Hilary, gib mir eine Chance.« Harry fuhr

sich gereizt durchs Haar. »Ich habe noch einen weiteren Tag verloren, an dem ich eigentlich im Büro am Schweppes-Konzept hätte arbeiten sollen.«

»Warum? Wo warst du?«

»Wo soll ich schon gewesen sein? Ich habe den ganzen Nachmittag in der Kentish-Town-Polizeiwache verbracht. So eine Woche habe ich noch nie erlebt! Sogar Janice meinte, ich hätte eine schlimme Zeit hinter mir.«

»Wer ist Janice?« fragte sie mit eisiger Stimme.

»Die Polizistin, die damals Willies Unfall bearbeitet hatte. Glücklicherweise wurde sie von der Bow Street nach Lentish Town versetzt. Sie hat mich gesehen, als ich hereinkam.«

»Wie schön für dich. Nun, Harry, da du offensichtlich sehr beschäftigt bist, möchte ich dich nicht länger aufhalten.«

»Nein, Hilary, warte. Wegen heute abend ...«

Aber sie hatte schon aufgelegt.

»Ich weiß nicht, weshalb ich Sie überhaupt mitnehme«, begann Harry, als sie auf den leeren Autobahnzubringer einbogen.

»Nicht Sie nehmen mich, ich nehme Sie mit. Sie haben gar kein Auto mehr, erinnern Sie sich? Sie können von Glück sagen, daß ich Sie noch einmal angerufen habe.«

Als der Lastwagen den Verkehrskreisel am Sherperd's Bush erreicht hatte, legte Grace einen anderen Gang ein. Der Himmel hinter ihnen hatte sich aufgelockert. Die tiefstehende Sonne warf bernsteinfarbene Speere über die Straße.

»Haben Sie sich nicht gefragt, weshalb er sich gerade Ihren Wagen ausgesucht hat, um Selbstmord zu begehen?« Sie warf ihm einen kurzen Blick zu. Erst jetzt bemerkte er, welche Farbe ihre Augen hatten. Sie waren dunkelgrün wie die kälteste Stelle des Meeres. »Vielleicht steckt mehr als nur ein Zufall dahinter.«

»Das glaube ich nicht.« Harry hielt nicht viel von Verschwörungstheorien. Er beobachtete, wie geschickt Grace die Kurve nahm und weiter in Richtung Fluß fuhr. Ihr lässig-eleganter Fahrstil gefiel ihm. Sie spürte, daß er sie beobachtete.

»Warum müssen wir diesen Mann ausgerechnet am Freitagabend besuchen?« fragte sie.

»Wieso? Hatten Sie etwas Besseres vor?«

»Klar. Ins Kino gehen. Ich gehe jeden Freitag ins Kino. Samstags und Sonntags meistens auch.«

»Und was sehen Sie sich an?«

»Alles. Thriller, Science-fiction, künstlerisch wertvolle Filme, Horror. Ich habe mir noch nie eine Karte gekauft.«

»Und wie kommen Sie dann hinein?«

»Ich gehe rein, wenn die anderen rauskommen. Es funktioniert. Sie sollten es auch mal versuchen.«

»Das habe ich nicht nötig.«

»Ein Grund mehr, es zu tun. Ich sammle die Plakate.«

»Die Sie wahrscheinlich aus dem Foyer stibitzen, wenn Sie gehen.«

»Genau. Unheimliches, Aufregendes und Fragwürdiges zieht mich magisch an. Wahrscheinlich gefallen Sie mir deshalb so. Hier muß es sein.«

Trotz der Enge der Vorortstraßen manövrierte Grace den Laster geschickt in eine enge Parklücke. Sie stiegen aus der Fahrerkabine und prüften die Hausnummer. Harry bezweifelte, daß Brian Lack Licht auf die Umstände werfen konnte, durch die sein Vater zu Tode gekommen war. Er öffnete das Gartentor, dann drehte er sich um. »Am besten, Sie halten den Mund und tun gar nichts. Wir wollen keinen Ärger.«

Sie warf ihm einen wütenden Blick zu und klingelte. Im Flur ertönte ein Glockenspiel.

»Für einen Freitagabend ist das eine ausgezeichnete Zeit«, begrüßte sie Brian. Er trug eine Plastikschürze, auf der *Sie ist der Boß* stand. »Der Berufsverkehr auf dem Westway kann selbst die Geduld eines Heiligen erschüttern.« Er zog einen Gummihandschuh aus und schüttelte Harrys Hand.

»Tut mir leid, ich bin gerade beim Spülen.«

»Das ist Miss Crispian«, stellte Harry seine Begleiterin vor.

»Sehr erfreut«, erwiderte Brian unsicher. Er geleitete sie ins Wohnzimmer zu einem Paar grotesk aussehender Sessel. »Meine Frau ist gerade bei ihrem Batikkurs«, sagte er, »aber ich schätze, ich schaffe es, einen Tee zu kochen.« Er zog sich in die Küche zurück und ließ das Paar unter einem Regal voll selbstgemachter Kinkerlitzchen zurück.

»Ich glaube, er verbringt seine Wochenenden damit, DIY-Supermärkte abzugrasen«, flüsterte Grace. »Bringen Sie mich sofort hier raus, Harry.« Grace tat, als sei ihr übel. »Jemand muß die Ästhetik-Polizei anrufen und sagen, wir hätten einen Notfall.«

»Reißen Sie sich noch eine halbe Stunde zusammen. Vielleicht finden wir etwas heraus«, beschwor Harry sie, während er sich umsah. »Ich weiß, was Sie meinen.«

Der Tee wurde serviert und heiß getrunken. »Ihr Vater wird noch immer schmerzlich vermißt«, begann Brian.

»Sie haben ihn doch kurz vor seinem Tod gesehen, nicht wahr? Sie sagten, es sei ihm ausgezeichnet gegangen.«

»Oh, ja. Wirklich. Ausgezeichnet. Genau.«

»Dennoch handelte er am Tag des Unglücks so, als sei er über irgend etwas beunruhigt. Ich kann mir nur vorstellen, daß er ein Problem hatte, das ihm keine Ruhe ließ. Haben Sie eine Idee, was es gewesen sein könnte?«

»Willie hatte keinen Grund, sich aufzuregen.« Brian schüttelte den Kopf.

»Im Gegenteil.«

»Was meinen Sie damit?«

»Jemand hatte gerade ein sehr großzügiges Angebot auf unsere Firma gemacht, und wir waren mehr oder weniger bereit, es anzunehmen. Der dritte Direktor, oder besser gesagt, die Direktorin, wird am Montag wieder im Büro zurückerwartet. Sie hat mir gegenüber bereits angedeutet, die Übernahme solle beschleunigt werden.«

»Was genau stellt Ihre Firma her?« fragte Grace, während sie angeekelt das handgearbeitete Tablett unter der Teetasse betrachtete.

»Instant Image ist ein Videokopierdienst. Wir können zum Beispiel von einem Ein-Zentimeter-Mastertape hundert identische Kopien machen.«

»Wie viele Mitarbeiter haben Sie?«

Brian zählte sie an den Fingern ab. »Sekretärin, Buchhalter, Versandarbeiter und drei Kopierer plus den drei Direktoren, von denen zwei – Ihr Vater und Mrs. Cleveland – halbtags arbeiteten.«

»Sie sprechen doch nicht von Beth Cleveland, der Frau, die die Beerdigung meines Vaters organisiert hat?«

»Genau die meine ich. Willie führte sie letztes Jahr ins Geschäft ein. Sie ist eine sehr gute Organisatorin. Ich nehme an, Sie kennen sich.«

»Ich weiß nur, daß sie etwas mit dem Alten hatte.«

»Ja, ich glaube, sie lebten zusammen«, korrigierte Brian seine Ausdrucksweise.

»Sie sagten, Miss Cleveland käme erst am Montag wieder.«

»Ja. Beth hat sich ein paar Tage frei genommen . . . Sie verstehen. Die ganze Aufregung. Die Firma hat zur Zeit viel zu tun. Wir haben auch Teilhaberschaften an einer Reihe von Videoläden in Soho.«

»Stellt der Verkauf einer einzelnen Firma aus dem Gesamtpaket denn kein Problem dar?«

»Ganz im Gegenteil. Es springt eine Menge Geld dabei heraus. Das ist nicht das Problem. Das Problem liegt beim Anteil Ihres Vaters. Wie Sie wissen, sind Sie nach seinem Tod berechtigt, seine Geschäfte wahrzunehmen.«

»Nein«, antwortete Harry, »das wußte ich nicht. Darüber haben wir nie gesprochen.«

»Um es einmal so auszudrücken: wir brauchen Ihre Unterschrift. Erst dann können wir bezüglich der Übernahme weiterverhandeln. Es ist nur eine Formalität.«

Brians Augen glänzten bei dem Gedanken an den zukünftigen Geldsegen. Grace schnitt Harry eine Grimasse. Sie schien begierig darauf zu sein, dem vollgestopften Wohnzimmer zu entfliehen. Er dankte Brian für den Tee und ging zur Tür.

»Ich kann es nicht fassen«, sagte Harry während der Fahrt in die Stadt. »Willie war gerade dabei, durch den Verkauf seines Anteils ein Vermögen zu machen. Er hatte allen Grund, glücklich zu sein.«

»Es sei denn, er wollte seinen Anteil aus einem bestimmten Grund nicht verkaufen.«

»Sie kannten meinen Vater nicht. Wenn ein Räuber ihm die Pistole an den Kopf gesetzt und ›Geld oder Leben‹ gefordert hätte, hätte Willie noch versucht, mit dem Knaben zu handeln.«

»Das ist es. Jemand bedrohte sein Leben.«

Harry winkte ab. Aber während der Fahrt ging ihm der Gedanke nicht mehr aus dem Kopf.

14

Flamme

»Deine Vermieterin war sicher, daß ich dich hier finden würde.«

Eine hochgewachsene Gestalt in einem eleganten marineblauen Blazer und cremefarbenen Hosen näherte sich dem freien Platz zwischen den mit Abfall gefüllten Springbrunnenbecken. John May war es gelungen, ihn ausfindig zu machen. Und das an einem Sonntag.

»Mrs. Sorrowbridge?« Arthur Bryant erwachte aus der Trance, in die ihn das diffuse Nachmittagslicht versetzt hatte, und gab widerstrebend einen Teil der Bank für seinen Partner frei. »Alma scheint immer genau zu wissen, wo ich bin. Die alte Tratschtante. Langsam frage ich mich, ob die neuesten Nachrichten über meine jeweiligen Aufenthaltsorte nicht irgendwo angeschlagen sind.« Er setzte sich gerade hin und schob sich den alten Filzhut aus der Stirn, gänzlich ungerührt, daß man ihn in seinen alten Gartenklamotten erwischt hatte.

Hinter ihnen klatschte Wasser gegen Stein, als die Flut die Themse steigen ließ. Ihr Blick fiel auf zerfallenen Beton. Rostige Springbrunnen wuchsen wie riesige Metallgräser zwischen Pflastersteinen. Nur wenige Menschen verirrten sich in diesen Teil des Battersea Parks. Die meisten bevorzugten die Spielplätze und die blumengesäumten Wege im Westen.

Bryant lebte ganz in der Nähe in einer kleinen, aber fein möblierten Wohnung. Er war einer der wenigen alteingesessenen Mieter in einer Gegend, die jetzt von desinteressierten, jungen Berufstätigen in Beschlag genommen wurde.

»Hier fand einst das *Festival of Britain* statt«, sagte er

und deutete auf die Einöde vor ihnen. »'einundfünfzig. Ich hab' es mir angesehen. Pavillons, Ausstellungen, Erfindungen. Es gab eine Allee, über der riesige Papierdrachen schwebten. Genau vor uns befand sich ein See mit Springbrunnen, aus denen trübes, blaues Wasser spritzte. Und was ist daraus geworden?« Er stieß die Fäuste in die Taschen.

May ließ ihn in der Vergangenheit schwelgen und hielt die neuesten Nachrichten aus der Gegenwart zurück. »Wir lebten damals noch in Whitechapel«, antwortete er. »Irgendwie haben wir es nicht geschafft, uns das Festival anzusehen. Weiß auch nicht, warum. Muß großartig gewesen sein.«

»Gott bewahre! Überhaupt nicht!« rief Bryant entrüstet, plötzlich hellwach. »Es war fürchterlich. Überall hingen Sprüche wie: ›Energie und Licht‹, ›Vorwärts mit Großbritannien‹ und ›Schau in die Zukunft‹. Noch nie in meinem Leben habe ich so etwas Häßliches gesehen. Große Eisenschnörkel in den Farben des Union Jack. Riesenmoleküle, italienische Schilder und spitze Betontöpfe. Sollten wohl die Formen der Zukunft sein. Sah aber aus, als hätten sich die Russen ein paar Dan-Dare-Comics zu Gemüte geführt und dann versucht, mit niedrigem Budget die Zukunft zu gestalten.« Bryant erhob sich und winkte seinem Partner zu, ihm um den ausgetrockneten Betonsee zu folgen. »Klar, man hatte es gut gemeint. Man wollte uns nach dem Krieg eine Freude machen. Das Neue Elisabethanische Zeitalter war angebrochen. Ein unförmiger Phönix aus Zinn erhob sich aus der Asche. Nie gab es je eine so armselige und deprimierende Epoche wie die fünfziger Jahre in Großbritannien.«

»Nun komm schon, Arthur, so schlimm war es nun auch wieder nicht.«

»Meinst du? Dort hinten stand ein lächerliches Ding.«

Bryant deutete in Richtung Park. »Eine sogenannte Raumnadel. Das ›Skylon‹, über neunzig Meter hoch. Es wurde von Drähten gehalten. Man konnte es kilometerweit sehen. Für die Zyniker stellte es England nach dem Krieg dar – aufrechtgehend, ohne sichtbare Unterstützung.«

»Aber in Wirklichkeit war es das Symbol deines unbezwingbaren Geistes«, konterte May. »Eine Darstellung nationaler Unverwüstbarkeit. Und was passierte mit der Allee?«

»Weg.«

»Oh. Und mit den restlichen Gebäuden?«

»Aus den Stücken, die noch nicht zusammengebrochen waren, machten sie einen Vergnügungspark. Funktionierte aber nicht. Jetzt kann man nur noch hier herumsitzen und sich überflüssig vorkommen.«

May hielt es für angebracht, die Gegenwart zur Sprache zu bringen. Er versuchte, seiner Stimme einen ganz normalen Klang zu geben. »Ich habe noch einmal über unseren Fall nachgedacht«, begann er, »über den Mann im Kanal, und versucht, zwei Dinge zu begreifen.«

»Was hat er nachts im Insektenhaus getrieben?«

»Nummer eins.«

»Warum hat er sich in seiner Wohnung eingeschlossen und sie derartig umgebaut?«

»Nummer zwei.«

»Das habe ich mich auch gerade gefragt, bevor du auf der Bildfläche erschienen bist.« Bryant schien der Themenwechsel willkommen zu sein. »Der Hausmeister war keine große Hilfe, stimmt's?«

»Er meinte, Dell hätte aufgrund des Mietvertrages das Recht gehabt, seine Wohnung umzubauen. Es konnte ja niemand ahnen, wie drastisch der Umbau werden sollte. Er erwartete bestimmt keine Besucher.«

»Im Gegenteil. Ich glaube, er versuchte, jemanden oder etwas fernzuhalten. Niemand ruiniert freiwillig seine Wohnung, es sei denn, er ist verrückt – oder er hat Angst. Übrigens, das Ergebnis im Zoo war gleich Null. Niemand hat gesehen, wie Dell das Insektenhaus betrat. Es gibt Fußabdrücke an der Außenmauer. Der Wärter ist auch der Meinung, daß Dell da rübergeklettert sein muß. Das Hauptschloß wurde aufgebrochen. Die Vitrine mit den Spinnen zerstört. Auf einigen Glasstücken sind noch Dells Fußabdrücke zu erkennen. Ich verstehe nur eins nicht. Wenn er Selbstmord begehen wollte, wieso dann auf diese umständliche Art?«

»Willst du damit sagen, daß wir es hier nicht mit einem Verbrechen zu tun haben, sondern nur mit einem einfachen Einbruch mit Vandalismus?«

»Ja. Sieht so aus.«

May zog ein Stück Papier aus der Tasche. »Ich habe die Karte mit den seltsamen Zeichen, die Dell in der Hand hielt, durch den Computer gejagt. Keine Reaktion.«

»Hört! Hört!« Bryant strahlte. Wieder einmal hatte die Technik ihre Nutzlosigkeit bewiesen.

»Was nur heißt, daß es sich hierbei nicht um eine Sprache im landläufigen Sinne handelt. Ich habe versucht, sie mit alten Sprachen zu vergleichen. Nichts. Wir brauchen einen Fachmann.«

»Du meinst also, du brauchst jemanden, der es noch auf die altmodische Tour macht, indem er in ein Buch schaut. Pah!«

Bryant ging weiter. May sah ihm mit zusammengekniffenen Augen nach.

»Und noch etwas. Da ich die Schriftdaten schon mal im Computer hatte, beschloß ich, alle das Verbrechen betreffende Daten in das LAN einzugeben, ein Spezialprogramm, zusammen mit den im letzten Monat im Großraum London verübten Verbrechen.«

»Weshalb? Ich verstehe nur noch Bahnhof, John.«

May seufzte. »Ich fragte den Computer, ob er irgendwelche Ähnlichkeiten entdecken könnte. Er spuckte das hier aus.« Er reichte Bryant ein Blatt Papier.

»David Coltis, siebenundzwanzig, Vorstrafenregister so lang wie dein Arm. Tötete sich, indem er sich den Kopf abreißen ließ. Arthur Meadows, siebenundfünfzig, blütenreine Weste, keine Vorstrafen – nicht einmal ein Bußgeldbescheid wegen Falschparkens –, tötete sich und drei andere während einer Amokfahrt. Bei beiden fand man in den Taschen Stücke Papier, auf denen die gleichen Zeichen standen wie auf Henry Dells.«

»Du redest von Ausgeflippten, John. *Selbstmördern*. Nicht von Mord.«

»Ich weiß. Das ist es ja gerade, was mich so irritiert. Es wäre schön, wenn du mir eine Stunde deiner kostbaren Zeit schenken würdest und mit mir gemeinsam Dells Videoladen einen Besuch abstatten würdest.«

»Ich denke, unsere Leute waren schon da. Der Laden ist sauber. Ich habe den Bericht gelesen.«

»Die Zeichen auf dem Stück Papier, das wir bei Dell fanden, wurden auf ein spezielles Hochglanzpapier gedruckt: 250 GSM. Daraus werden die Reklamehüllen der Videokassetten hergestellt. Dell hat über sechshundert Filme in seinem Laden. Die möchte ich mir gerne einmal ansehen.«

Bryant streckte sich. »Ich werde fahren.«

May sah ihm in die Augen. »Wir nehmen die U-Bahn.«

Als sie aus der U-Bahn-Station auftauchten und die verlassene Finchley Road betraten, fiel ihr Blick direkt auf den Videoladen. Sie konnten ihn gar nicht verfehlen.

Auf dem überfluteten Bürgersteig vor dem Laden schlängelten sich Schläuche. Das Haus war nur noch eine Ruine. Noch immer drang Rauch aus den eingeschlagenen Fenstern und erfüllte die Luft mit dem beißenden Gestank schmelzenden Kunststoffs. May bahnte sich einen Weg durch die neugierige Menge und hielt einem Feuerwehrmann seinen Dienstausweis vor die Nase.

»Was ist passiert?« schrie er. »Wann wurde Alarm gegeben?«

»Vor ungefähr einer Stunde. Das ganze Gebäude ist beschädigt. Wir glauben, daß das Feuer im Keller oder im Erdgeschoß angefangen hat. Dort wurden die Flammen zuerst gesichtet.«

»Sie meinen, im Videoladen?«

»Genau.«

May wußte, daß der Laden nach dem Tod des Besitzers versiegelt worden war. Der Plastikgestank verriet, daß man ihn nicht leergeräumt hatte. »Haben Sie eine Ahnung, was die Ursache war?«

»Wahrscheinlich eine defekte elektrische Leitung«, erwiderte der Feuerwehrmann. »Aber es ist noch zu früh, etwas zu sagen. Wir waren noch nicht im Keller. Zwei von meinen Männern sind im Augenblick da drin, um festzustellen, ob die Kellertreppe sicher ist.«

May kämpfte sich zu der zusammengeschrumpften Gestalt mit dem schäbigen Filzhut durch. »Sieht so aus, als seien wir zu spät gekommen. Haben unsere Jungs denn nichts Verdächtiges entdeckt? Keinen illegalen Handel? Keine Pornos, schmutzige Videos oder ähnliches Zeug?«

»Soweit sie sehen konnten, nein. Ich habe sie gebeten, alle Videoverleihe aufzuschreiben, die auf den Hüllen standen, damit wir eine doppelte Überprüfung machen können.«

»Damit können wir morgen anfangen.«

»Wir sollten einen Blick hineinwerfen.« Bryant näherte sich einem der Feuerwehrmänner, die gerade aus dem Laden auftauchten, und unterhielt sich ein paar Minuten mit ihm. Dann winkte er seinen Partner heran. »Sie meinen, es sei in Ordnung, wenn einer ihrer Männer uns begleiten würde.«

»Nicht die Wände berühren«, warnte sie ihr Führer. »Die sind noch heiß.«

Der Laden war voll schwarzer Asche und beinahe so formlos wie Dells Wohnung. Weder Regale noch Theken hatten die Flammen überlebt. Von der Decke tropfte Wasser. Es war, als hätten sie eine unterirdische Höhle betreten.

»Ich glaube nicht, daß wir hier noch irgend etwas finden«, sagte May. Der Boden unter seinen Füßen verwandelte sich in schwarze Pfützen. Der Feuerwehrmann beschien mit der Taschenlampe die Treppe vor sich und betrachtete sie zweifelnd.

»Können wir runter?« fragte Bryant.

»Das sind Stahlstufen«, erklärte er. »Die sind solide. Aber an Ihrer Stelle würde ich es nicht tun. Die Decke sieht nicht sehr haltbar aus.«

Die letzten Worte des Feuerwehrmannes kamen zu spät. Bryant war bereits auf dem Weg nach unten. Die Luft im Keller war noch ätzender als oben und trieb ihnen Tränen in die Augen. Der Schein der Taschenlampe bestrich schwarze Plastikstalaktiten.

»Hier befand sich ein Großteil des Lagers«, sagte Bryant. »Ist nicht mehr viel übriggeblieben. Kannst du mir mal deine Lampe leihen?« Er ließ das Licht suchend über den nassen Boden gleiten, dann kroch er zwischen den stählernen Regalen hindurch.

»Sie sollten besser in unserer Nähe bleiben, Mr. Bryant«, wies ihn der Feuerwehrmann zurecht. »Die Decke kann jederzeit herunterkommen.«

»Nur eine Minute.«

Er kroch zu einem zerstörten Regal und zerrte an einem weißen Quadrat, das im Licht aufleuchtete. Dann hob er den feuchten Fetzen in die Höhe. Die Symbole waren ihm vertraut.

»Sieh dir das an, John. Die gleichen Zeichen wie bei Dell, Meadows und Coltis.« Er wollte sich gerade umdrehen, um sich den Fetzen Papier genauer anzusehen, als ein schwarzer Arm auf seine Schulter fiel. Bryant schrie erschreckt auf, verlor das Gleichgewicht und setzte sich rücklings in eine Pfütze, während der verbrannte Körper zwischen den Regalen auf sie zurollte.

»Mein Gott. Wo kommt denn der her?« fragte der Feuerwehrmann, der sofort an die Seite des Opfers eilte. May folgte ihm und kniete nieder. Die geschmolzenen Videokassetten waren auf der Haut des Jungen geronnen, sein Haar war verbrannt. Sie rissen ihm das Hemd vom Leibe und prüften seinen Herzschlag.

»Das gibt es doch nicht«, stieß der Feuerwehrmann hervor. »Er lebt. Wenn auch nur gerade eben noch.«

»Warum ist er nicht erstickt?«

»Er hat sich zwischen den Regalen versteckt.« May deutete auf die Stelle, wo der Junge gelegen hatte. »In der Mauer dahinten gibt es einen Ventilator. Der hat ihm das Leben gerettet.«

»Wollen wir hoffen, daß es dabei bleibt«, bemerkte Bryant.

15

Rätsel

Janice Longbright setzte sich hinter ihren Schreibtisch, schlug die nahtbestrumpften Beine übereinander und beobachtete, wie John May seinen Weg durch das mit geschäftigen Menschen gefüllte Großraumbüro nahm, kurz anhielt, um seine Kollegen zu begrüßen, und einen großen Umschlag von einer jungen, asiatischen Programmiererin entgegennahm, die mit gebeugtem Rücken vor der Tastatur hockte. Daß er eine freundlich-gelbe Krawatte trug, sah sie als nette Geste an. Sie hatte sie dem stets eleganten Detective anläßlich ihrer letzten Zusammenarbeit geschenkt.

»Normalerweise weigere ich mich, den Männern Tee zu kochen«, stellte sie klar, als er eintrat, »aber heute werde ich eine Ausnahme machen.«

»Wegen meines Charmes, nicht wahr?« fragte May lächelnd.

»Nein, der Teejunge hat ein Krampfaderekzem. Kommt Arthur noch?«

»Mein Kollege ist fest entschlossen, einen Teil der Untersuchungen im Fall Dell allein durchzuführen«, erwiderte er, während er den Umschlag aufriß. Er hatte entschieden, Bryant seinen Willen zu lassen, wenn auch nur, damit er sich voll auf den Job konzentrierte und keine Zeit mehr hatte, über seine Pensionierung nachzudenken. Im übrigen hatte er mit Sergeant Longbright bereits einige große Ermittlungen durchgeführt und fand es erfrischend, daß sie sich stets weigerte, die erstbeste Lösung zu akzeptieren.

Longbright war bei ihren Kollegen zwar beliebt, dennoch wich man ihr auf gesellschaftlicher Ebene wegen ihrer langjährigen Affäre mit dem härtesten Senior Officer der Station aus. Jedermann stellte Vermutungen über ihre heißen Nächte mit Detective Inspector Ian Hargreave an. Die Affäre war keinem verborgen geblieben, obwohl die beiden sich immer noch jeden Morgen aus verschiedenen Richtungen in das Gebäude schlichen und so taten, als ahnten sie nicht, daß jedermann wußte, daß sie die Nacht miteinander verbracht hatten.

»Ich habe die Akte gelesen«, begann Longbright. »Sagen Sie mir nur, was ich tun soll.«

May legte den Inhalt des Umschlags auf den Schreibtisch. »Ich muß ein paar Verbindungen knüpfen. Wir müssen den roten Faden finden, der einen Schmalspurdieb mit einigen ehrbaren, erfolgreichen Geschäftsmännern verbindet. Prüfen Sie nach, ob Coltis oder Meadows je in Henry Dells Laden Videos gekauft oder geliehen haben. Schnüffeln Sie in ihrer Vergangenheit herum und stellen Sie fest, ob sich ihre Wege irgendwann gekreuzt haben. Dann möchte ich gerne, daß Sie alle Firmen überprüfen, die Henry Dell mit Videos versorgten. Stellen Sie fest, ob sie in zwielichtige Geschäfte verwickelt sind. Bryant kontaktiert gerade einen Experten in esoterischen Sprachen und alten Handschriften, einen – wie heißen sie doch gleich?«

»Einen Paläographen.«

»Genau. Arthur will ihm die Hieroglyphen zeigen, die wir in Dells Keller gefunden haben. Sie sehen denen auf den Papierstücken, die man bei den Leichen fand, sehr ähnlich. Leider sind sie bei der Gerichtsmedizin gelandet. Wir müssen feststellen, aus welcher Zeit das Original stammt; natürlich wäre es schön, wenn wir außerdem erführen, was darauf steht. Sie bleiben am besten mit Arthur in Verbindung. Aber ich muß Sie warnen. Er hat seltsame Arbeitsmethoden und hängt sein Telefon aus.«

»Ich werde sehen, ob ich ihn dazu bringen kann, einen Piepser zu tragen.«

»Vergessen Sie's. Das habe ich oft genug versucht. Den letzten hat er in die Toilette geworfen und mir versichert, es sei ein Unfall gewesen.«

Janice lachte. »Keine Angst. Ich werde schon einen Weg finden, mich auf dem laufenden zu halten. Was ist hiermit?« Sie deutete auf die Papiere, die auf ihrem Schreibtisch lagen.

»Etwas, was mir Sorgen macht. Ich habe den Datenvergleich der Todesfälle im Großraum London auf die letzten beiden Monate ausgeweitet, weil ich dachte, wenn unsere Selbstmorde etwas miteinander zu tun haben, könnten wir vielleicht mehr Beweise bekommen, wenn wir auch die sogenannten Grenzfälle untersuchen. Der Computer spuckte eine Reihe von Unfällen mit Todesfolge aus, von denen aber noch keiner als Totschlag eingestuft wurde.«

»Wollen Sie damit sagen, einige davon könnten miteinander in Beziehung stehen?«

»Ja. Wenn wir es hier mit drei eindeutigen Morden zu tun hätten – was wir nicht haben, da der Meadows-Fall nicht in unsere Gerichtsbarkeit fällt –, wären wir nicht überrascht, Indizien dafür zu finden, daß sie miteinander in Beziehung stehen. Aber jedes der Opfer starb durch eigene Hand. Dell vergiftete sich, indem er, wie es aussieht, in den Zoo einbrach und seine Hand in eine Vitrine mit giftigen Spinnen steckte. Mein Gott, wer macht so etwas? Es sei denn, man zwang ihn mit vorgehaltener Waffe dazu, aber das ist unwahrscheinlich. Dennoch muß ihn etwas von außen bedroht haben. Warum sollte er sich sonst in seiner Wohnung einmauern?«

»Sie haben recht. Es ergibt keinen Sinn«, bestätigte Longbright. »Wie viele andere möglicherweise verwandte Todesfälle spuckte der Computer denn aus?«

May hielt das Endlospapier hoch und ließ ein Ende los. Die perforierten Bögen reichten bis zum Boden.

Arthur Bryant zog sich den Schal fester um die Nase und klopfte noch einmal. Er wußte, daß jemand zu Hause war. Er konnte den Doktor schlurfen hören. Es war kalt. Warum Kirkpatrick sich weigerte, ihn hereinzulassen, war ihm ein Rätsel. Er hämmerte zum dritten Mal gegen die Kellertür. Plötzlich tauchte ein hageres graues Gesicht hinter den Vorhängen auf und verschwand sofort wieder. Einen Augenblick später wurden Riegel beiseite geschoben, und die Tür schwang auf.

»Tut mir schrecklich leid, alter Knabe! Bitte reumütig um Verzeihung!«

Der Doktor umklammerte mit beiden Händen Bryants Arm. »Was für eine Überraschung!« Dann führte er ihn ins Haus.

»Ich habe eine Ewigkeit vor Ihrer Tür gestanden«, brummte Bryant. »Heute morgen ist es unter null Grad, falls Sie es noch nicht bemerkt haben sollten.«

»Konnte nichts hören, hatte den Walkman an.« Er deutete auf den Kopfhörer, der seinen faltigen Hals zierte. Das Kellergeschoß sah wie Aladins Höhle aus und wirkte wie eine Erweiterung des Gehirns seines Mieters. Bücher jeglicher Größe, Farbe und Themen türmten sich wie das Colorado-Gebirge im Raum. An allen vier Wänden standen von Büchern überquellende Regale, die das Licht zu absorbieren schienen und klaustrophobische Gefühle bei Bryant erzeugten.

Der Doktor wischte einen Stapel der *Scientific Review* vom Sessel und gab Bryant zu verstehen, er möge Platz nehmen. »Sie sollten sich auch so ein Ding zulegen«, schwärmte er, während er seine höchst private Stereoanlage ausschaltete. »Ich höre gern Musik, während ich forsche.«

Bryant beäugte das Gerät mißtrauisch. »Ich schätze, ein hübsches Stück von Mendelssohn hilft einem dabei, sich zu konzentrieren.«

»Mendelssohn? Mein Gott, nein! Heavy Metal. Bringt den Blutkreislauf in Schwung. Früher stand ich auf Meatloaf, ›Bat out of Hell‹ und so. Aber jetzt tendiere ich mehr zu Def Leppard.«

Dr. Raymond Kirkpatrick grinste breit, ohne im mindesten verrückt auszusehen. Groß, grauhaarig und gebeugt, mit einem abgerissenen alten Sweater bekleidet, sah er im wahrsten Sinne des Wortes verstaubt aus, obwohl sich diese Vorstellung bei einer genaueren Inspektion als Illusion herausstellen würde.

Der Doktor verließ seine vollgestopfte Höhle kaum noch. Er war eine liebenswerte Seele, die nur für das Studium der Semantik lebte, und ein anerkannter Fachmann, dessen Thesen über die sich ändernde Rolle der modernen englischen Sprache in der Welt Furore gemacht hatten. Die Polizei suchte ihn immer dann auf, wenn sie mit den neusten Wendungen des Straßenslangs überfordert war.

»Was kann ich für Sie tun?« fragte er. »Ich bin stets bereit, euch Kerlen zu helfen, obwohl ich natürlich totalitäre Systeme wie die Polizei per se nicht gutheißen kann. Wo ist der andere?«

»Welcher andere?« fragte Arthur verwirrt.

»Sie treten doch für gewöhnlich als binäre Einheiten auf. Doppelt. Als Paar. Wie Bücherstützen. Castor und Pollux.«

»Oh, Sie meinen John, meinen Partner. In diesem Fall folgt er seiner eigenen Spur.« Bryant zog das Blatt mit den seltsamen Zeichen aus der Manteltasche. »Ich möchte Ihre Meinung dazu hören. Alles was ich weiß, ist, daß es sich um keine gebräuchliche Sprache handelt.« Er gab es Kirkpatrick, der sich eine Brille mit dicken Gläsern aufsetzte und die Symbole so intensiv studierte, daß seine lange Nase fast das Papier berührte.

»Ein Rätsel! Ein Rätsel in Geheimschrift! Echt Horror, wie man heute zu sagen pflegt.« Er ging zu einem Bücherregal und ließ die Finger über die Buchrücken gleiten, als läse er Blindenschrift. »Ich denke, ich habe hier etwas, das uns weiterhelfen kann.«

Es gelang ihm mit großer Mühe, ein schweres Werk aus dem Regal zu zerren, das er auf den Tisch donnern ließ. »Diese Zeichen sind alt, sehr alt.« Er blätterte geschickt durch die Seiten und hielt an einer bestimmten Stelle inne. Bryant beugte sich vor, als Kirkpatrick mit der Spitze seines Kugelschreibers vorsichtig über die fotokopierten Zeilen strich.

»Es weist verschiedene Merkmale einer alten Sprache auf. Das Alphabet sieht etruskisch aus, wahrscheinlich erstes oder zweites Jahrhundert vor Christus, aber die Satzstruktur – wenn es sich um eine solche handelt – ist mir nicht vertraut.«

»Von welchem Gebiet sprechen sie, geographisch gesehen?«

»Die Etrusker lebten in Norditalien.« Er prüfte die Schrift noch einmal und verglich sie mit der Buchseite. »Nein. Es sind etruskische Buchstaben, aber die Sprache ist eine andere. Möglicherweise gotisch. Die Goten waren Nachbarn der Etrusker, so daß diese Verbindung gut möglich ist. Ich weiß es nicht. Meiner Meinung nach handelt es sich hier überhaupt nicht um eine *Sprache*. Auch ohne es übersetzt zu haben, kann man erkennen, daß die Wortgruppierungen irgendwie falsch wirken, wie aus dem Gleichgewicht gebracht. Sie sind sehr eckig, was äußerst ungewöhnlich ist.« Das hatte Bryant übersehen. »Etwas Derartiges findet man eigentlich nur noch in den ganz alten Alphabeten wie dem Hebräischen. Mit Gewißheit läßt sich sagen, daß es aus vorchristlicher Zeit stammt.«

Kirkpatrick sah von der Fotokopie auf und nahm die Brille ab. »Können Sie mir das hierlassen?« fragte er. »Ich bezweifle zwar, daß mir eine Übersetzung gelingt, aber ich würde es gerne versuchen. Wo haben Sie es gefunden?«

»Nicht es – sie. Wir fanden sie bei Leichen.«

»Sind alle Texte identisch?«

»Die Schrift sieht überall gleich aus, aber die Texte sind verschieden lang«, erwiderte Bryant, erhob sich und stieß mit den Armen einen Taschenbücherstapel um. »Vermutlich sind es Drohungen, die die Opfer in Panik versetzten. Da sie nicht identisch sind, müssen sie für jeden Empfänger eine andere Bedeutung haben. Übrigens, zwischen den Empfängern gibt es keinerlei Gemeinsamkeiten.«

»Sind Sie sicher?« Kirkpatrick schien daran zu zweifeln. »Wie seltsam.«

»Wirklich seltsam. Ein Autodieb, ein Videohändler und ein Geschäftsmann, keiner von ihnen mit Universitätsabschluß, töten sich, nachdem sie einen etruskisch-gotischen Text gelesen haben. Was ist nur mit den guten, alten, leicht zu lösenden Morden passiert?«

»Das sollten Sie doch am besten wissen, Arthur. Ich rufe Sie an, sobald ich etwas entdeckt habe. Sie kommen so selten. Man sieht Sie und John kaum noch.«

»Das liegt daran, daß *Sie* kaum noch jemanden sehen, Sie verdammter alter Eremit.«

Kirkpatrick sah zu, wie der alte Detective die schmalen Treppenstufen hinaufging. Dann eilte er in die schattigen Arme seiner Bibliothek zurück, als sei der kurze Blick auf das Tageslicht bereits zuviel für ihn gewesen.

16

Mr. Slattery

Eden war die leibhaftige Verkörperung der späten Sechziger. Sie sah aus, ging und sprach wie ein Technicolor-Starlet, das die Hauptrolle in einer romantischen Riviera-Komödie spielte; Erkennungsmelodie von Matt Monroe. Lippenstift und Nagellack waren vom blassesten Korallenrot. Die Brüste unter der gepunkteten Bolerobluse wogten frei. Sie stöberte in Second-Hand-Läden nach alten Kleidern und füllte ihren Garderobenschrank mit den Fetischen der Vergangenheit.

Sie posierte in einer dreiviertellangen Torerohose und einer unter der Brust verknoteten kunstseidenen Bluse hinter ihrem Schreibtisch. Eden tippte nicht gerade schnell und konnte kein Steno lesen. Kaffee zu kochen bereitete ihr Schwierigkeiten. Sie trug die Haare honigblond gefärbt und hochtoupiert wie Jane Fonda in *Barbarella*. Eden war siebzehn Jahre alt und nicht so dumm, wie sie aussah.

Sie hätte gern für ein Modehaus gearbeitet. Immerhin arbeitete sie jetzt tatsächlich in einer Position, in der mehr Wert auf das Äußere gelegt wurde als auf eventuelle Fähigkeiten. Als Sekretärin der Werbeagentur tippte sie für Harry und seine Kollegen Berichte. Viele der an ihrem Schreibtisch vorbeidefilierenden Männer, deren Moral der Job getötet hatte, machten ihr schöne Augen. Eden war klug genug, zu erkennen, daß sie dadurch die Freiheit hatte, zu tun, wozu sie Lust hatte. Und alles, worauf sie im Augenblick Lust hatte, war, ihr Magazin in Ruhe weiterzulesen.

»Nun komm schon, Edie, du mußt mich decken. Lügen zu erzählen, gehört praktisch zu deinem Job.« Harry sah auf die Uhr und warf einen Blick zum Empfang, um zu sehen, ob Sharpe schon aufgetaucht war. Eden, die am Vorabend auf einem extrem lauten Rockkonzert gewesen war, hatte Schwierigkeiten, Harrys Flehen zu verstehen. Er sah verzweifelt aus. Ein Ausdruck, den sie des öfteren in den Gesichtern älterer Männer entdeckte. Eden kannte sich mit älteren Männern aus. Sie ging mit einem Zwanzigjährigen.

»Er muß jeden Augenblick hier sein. Hör mir genau zu. Wenn Sharpe erfährt, daß ich nicht aufzufinden bin, kriegt er wieder einen seiner Wutanfälle. Er will immer wissen, wo ich bin. Sag ihm, ich sei krank.«

»Und wenn er mich fragt, was Sie hätten?«

Er überlegte. »Magenkrämpfe.«

»Er wird toben. Ich hasse es, wenn er tobt; er flucht dann immer so.«

»Ich werde es wieder gutmachen, Edie. Ich lade dich zum Essen ein.«

»Ich esse nicht, Harry. Wegen der Taille.«

Da kam ihm ein Geistesblitz. »Ich kaufe dir ein Paar Schuhe.« Ihre Augen strahlten. Harry wußte, daß keine Frau neuen Schuhen widerstehen konnte.

»Ich habe da ein paar schöne Satinschuhe gesehen.«

»Gut. Dann steh auf, geh hinein und lüge.«

»Alles klar.«

Im Taxi ging er die Papiere noch einmal durch. Er wußte, daß man ohne sein Votum nicht weitermachen konnte, aber die Tatsache, daß die Direktoren von Instant Image eine Sondersitzung anberaumt hatten, zeigte, daß sie einen Trumpf in ihrem kollektiven Ärmel hatten. Unglücklicherweise überschnitt sich das Treffen mit Sharpes Fruchtsaft-Präsentation.

Je länger Harry über Graces letzte Bemerkung nachdachte, desto sicherer war er, daß Willie auf etwas gestoßen war, daß ihn veranlaßt hatte, sich bis zum Schluß zu weigern, seinen Anteil zu verkaufen. Diese Entdeckung war an seinem seltsamen Verhalten und letztlich auch an seinem Tod schuld. So mußte es gewesen sein. Eine andere Erklärung konnte es nicht geben. Ergo würde auch er sich, bis eine andere Lösung in Sicht war, gegen eine Fusion stellen.

Brian Lack war wütend. Sein freundliches Gehabe war eisiger Höflichkeit gewichen. Harry lehnte dankend ab, als man ihm den einzig freien Stuhl im Büro in der Wardour Street anbot, und erklärte den Anwesenden seine Gründe für seine Zurückhaltung bei der Abgabe des Votums.

»Ich habe nicht vor, den Preis in die Höhe zu treiben«, begann er, »aber ich wäre gern sicher, daß ich bei diesem Geschäft auch im Sinne meines Vaters handle. Natürlich bin auch ich bestrebt, die Angelegenheit so schnell wie möglich zu klären.«

Brian Lack hielt ihn offensichtlich für verrückt. Dieser Mann hatte in der Vergangenheit nie das geringste Interesse für die Geschäfte seines Vaters gezeigt; warum fing er gerade jetzt damit an? Lack kam zu dem Schluß, daß Harry wahrscheinlich unter dem schlechten Einfluß dieses seltsam aussehenden Mädchens stand.

Von der gegenüberliegenden Seite aus beobachtete Beth Cleveland sie kühl und schrieb etwas in den Kalender.

»Ich halte Ihre Entscheidung für etwas übereilt, Mr. Buckingham«, beklagte sich Brian, »zumal Sie den Wortlaut des Angebots nicht einmal kennen. Der Beauftragte der interessierten Partei wird in wenigen Minuten hier sein, und eine Verzögerung wird ihm überhaupt nicht gefallen. Er hat uns ein großzügiges Angebot gemacht.

Wir haben nur noch begrenzte Zeit, darauf einzugehen.«

»Wie lange?«

»Bis morgen nacht«, tönte es von der Tür her. Harry drehte sich um und sah einen glatzköpfigen, ingwerfarbenen Mann in den späten Vierzigern. Selbst seine Augen schienen ingwerfarben zu sein, als hätte jemand Pfeffer hineingestreut. Er hatte einen großen schwarzen Attaché-Koffer dabei, den er wie eine Satteltasche trug.

»Ich bin instruiert, das Angebot Punkt Mitternacht zurückzuziehen. Und es wird nicht noch einmal gemacht, das kann ich Ihnen versichern.«

Die Arroganz in der Stimme des Fremden machte Harry wütend. »Wer sind Sie?«

»Das ist Mr. Slattery«, beeilte sich Brian, ihn vorzustellen. »Er ist der Anwalt der ODAL Corporation.«

»Soll das heißen, daß ODAL hinter dem Angebot steckt? Der Medienkonzern?«

Beth Cleveland nickte.

»Wieso interessiert sich ein so großer multinationaler Konzern wie ODAL für eine so kleine Firma wie Instant Image?«

Slattery nahm sich einen Stuhl. Er schien mit den Gegebenheiten vertraut zu sein. Nachdem er sich gesetzt hatte, unterzog er Harry einer eindringlichen Prüfung. Es war offensichtlich das erste Mal, daß jemand diesen Aspekt zur Sprache brachte. »Und Sie sind . . .?«

»Harry Buckingham. Mein Vater war Teilhaber dieser Firma.«

»Ach so, verstehe.« Slatterys Benehmen wies darauf hin, daß er bereits von Harry gehört hatte. Offensichtlich nichts Gutes. »Nun, Instant Image ist ein solides, rentables Unternehmen mit einem ansehnlichen Kundenstamm. Wenn Sie uns besser kennen würden, wüßten Sie, daß es genau die Art Firma ist, die ODAL bevorzugt.«

»Unsinn«, erwiderte Harry. »Ich habe mir die Zahlen angesehen. Bei allem Respekt den Teilhabern gegenüber, Instant Image ist eine armselige Bruchbude. Die Umsätze sind gering und die meisten Geräte meiner Meinung nach veraltet.« Er war froh, daß die Cleveland ihm die Papiere seines Vaters ausgehändigt hatte. »In Soho findet man Dutzende von Firmen wie dieser. Wie hoch ist das Angebot?«

Slattery warf Brian Lack einen langen Blick zu, bevor er antwortete. »Anderthalb Millionen Pfund.«

Harry brach in schallendes Gelächter aus. »Sind Sie verrückt? Wer, um alles in der Welt, hat Sie autorisiert, so hoch zu gehen?«

»Der geschäftsführende Direktor persönlich«, entgegnete Slattery. »Daniel Carmody.«

Das wird ja immer besser, dachte Harry. Carmodys Foto erschien regelmäßig in *Campaign, Broadcast* und ähnlichen Magazinen. Der Mann war ein *Fortune 100*-Schwergewicht; der Designeranzüge tragende Kapitän der Unterhaltungsindustrie. Mit ihm war nicht zu spaßen. Harry brauchte Zeit zum Nachdenken.

»Sagen Sie, Mr. Slattery, ist es eigentlich unter Geschäftsleuten üblich, jemanden mit derartig hohen Summen zum Verkauf zu animieren?«

»Ich glaube nicht, daß Sie das etwas angeht«, erwiderte der Anwalt. »Soviel ich weiß, haben Sie Ihren Anteil geerbt, ergo wissen Sie nichts über diese Firma. Und Sie haben kein Recht, den anderen Direktoren die Möglichkeit vorzuenthalten, einen anständigen Gewinn zu machen.«

»Aber ich habe das Recht, mich nach den Wünschen meines Vaters zu richten.«

»Dann liegt es bei den anderen Teilhabern, Sie zu einem Meinungswechsel zu bewegen.«

»Wie stellen Sie sich das vor? Sollen sie mich verprügeln?«

Brian schien sich in seiner Haut unwohl zu fühlen. Das Gespräch hatte die Grenzen des guten Geschmackes gesprengt. »Ich bin sicher, wir können Mr. Buckingham auf zivilisierte Weise dazu bewegen, nochmals über seinen Standpunkt nachzudenken«, versicherte er lahm.

»Das hoffe ich«, entgegnete der sichtlich verärgerte Anwalt. »Mr. Carmody gehören über sechzig Firmen und fast vierzig registrierte Wohlfahrtseinrichtungen. Obwohl er ein sehr beschäftigter Mann ist, hat er persönliches Interesse an dieser Transaktion und möchte, daß man sich so schnell wie möglich einigt.«

»Was ich nicht verstehe, ist, weshalb er uns eine Summe anbietet, die weit über dem Marktpreis liegt? Was hat er vor? Läuft hier irgend etwas Illegales ab, von dem ich keine Ahnung habe?«

Die Augen des Anwalts röteten sich, seine Geduld schwand.

»Daniel Carmodys Integrität als Geschäftsmann ist über jeden Zweifel erhaben. Er hat es nicht nötig, seine Generosität in den Schmutz ziehen zu lassen und ist bereit, seine Reputation notfalls gerichtlich schützen zu lassen. ODAL ist ein angesehener Konzern. Ich verbitte mir derartige anmaßende Angriffe. Ich bin heute hier erschienen, um Mr. Carmodys Interessen zu vertreten. Sie haben noch bis morgen nacht Zeit, Ihre Meinung zu ändern.«

»Lassen Sie mich Ihnen eines sagen, Mr. Slattery. Langsam begreife ich die Vorbehalte, die mein Vater gegen Ihren Klienten hatte. Wie Sie sehen, brauchen wir noch etwas Zeit, um zu einem einstimmigen Beschluß zu kommen. Ich möchte Sie deshalb um eine Verschiebung des Termines bitten.«

Als Slattery fort war, weigerte sich Brian Lack, mit ihm zu sprechen, während sich Mrs. Cleveland im Nebenzimmer Notizen machte.

Harry wußte, daß er für alle Beteiligten ein Hindernis darstellte. Die Situation gefiel ihm nicht. Er hatte gehofft, mit den anderen über seine Bedenken sprechen zu können, obwohl der verräterische Glanz, der in Brian Lacks Augen trat, wann immer von Geld die Rede war, ihn nicht gerade ermutigte.

Er beschloß, lieber nach Hause zu fahren, statt es zu riskieren, Sharpe nach der Kundenpräsentation über den Weg zu laufen, und rief Eden an.

»Sharpe ist völlig durchgedreht«, warnte sie ihn. »Er mußte die Präsentation selber machen. Ist in die Hose gegangen. Dann hat er in den Nachrichten gesehen, was vom Firmenwagen übriggeblieben ist. Ich habe ihm gesagt, Sie hätten sich krankgemeldet.«

»Und wie hat er es aufgenommen?«

»Er sprach davon, Sie in die Buchhaltung zu versetzen.«

»Vielleicht sollte ich ihm alles erklären. Wo steckt er im Augenblick?«

»Hat sich mit einer Flasche Scotch in seinem Büro eingeschlossen und zieht sich alte Neil-Diamond-Kassetten rein.«

»Klingt nicht gut.«

»Scheint ihm aber zu gefallen.«

»Reizend. Das macht er immer, wenn er jemanden feuern will. Ich schulde dir was, Edie. Vergiß nicht, mir deine Schuhgröße zu geben.«

Er legte den Hörer auf die Gabel. Er wollte gerade das Gebäude verlassen, als jemand seinen Namen rief.

»Ich bin froh, daß ich Sie noch erwischt habe«, begann Beth Cleveland in überraschend freundlichem

Ton. »Sie werden verstehen, daß Brian über diese Entwicklung sehr aufgebracht ist. Aber wenn ich ehrlich sein soll, finde ich, daß es richtig war, um weitere Bedenkzeit zu bitten.«

Harry lächelte und streckte ihr die Hand entgegen. »Vielleicht sollten wir einander besser kennenlernen«, begann er. Es wäre nicht schlecht, einen Verbündeten zu haben. »Haben Sie Zeit? Ich möchte Sie zu einem Drink einladen.«

Überrascht, aber keineswegs abgeneigt, willigte sie ein.

Sie gingen in einen kleinen, gemütlichen Club in einer Seitengasse hinter dem Stadion in der St. Martin's Lane. Beth entschuldigte sich. Als sie ein paar Minuten später wieder zurückkam, war der Nackenknoten offenem Haar gewichen, das sie weicher und weiblicher aussehen ließ. Vielleicht gehörte das strenge Gebaren, das sie in der Öffentlichkeit an den Tag legte, zur schützenden Tarnung. Sobald sie ihre Drinks hatten, setzten sie sich in die Ledersessel, die neben einem kleinen Kohlefeuer standen.

»Ich glaube, ich brauche Ihnen nicht zu sagen, daß Ihr Vater kein Mann war, mit dem man leicht auskam.« Sie starrte in die Flammen. »Aber er war gut zu mir, und ich hielt zu ihm. Er freute sich, mich in sein Geschäft aufnehmen zu können. Das hat bisher noch kein Mann getan. Er sah, daß es mir Spaß machte und wollte, daß ich zufrieden war. Als er mir die halbtägige Direktorenschaft anbot, habe ich mit beiden Händen zugegriffen.«

»Wie ist die ODAL-Gruppe an Instant Image herangetreten?« fragte Harry.

»Brian Lack hatte schon einmal mit ihnen zu tun gehabt.«

»Um was ging es dabei?«

»Ich weiß es nicht. Er weigert sich, mit mir darüber zu sprechen. Ich habe das Gefühl, daß es etwas Illegales war.«

»Glauben Sie, daß Brian sich bei der ODAL einschmeicheln will, indem er sich auf ihre Seite stellt?«

Beth zuckte mit den Schultern und nippte am Whisky. »Es ist *die* Gelegenheit. Brian wäre verrückt, wenn er es nicht täte.«

»Und weshalb sind Sie gegen die Fusionierung?«

Beth wurde plötzlich lebhaft. »Die ganze Sache stinkt zum Himmel, Harry. Brian hat mit diesen Leuten ein Geschäft gemacht und sich dabei die Finger verbrannt. Willie wußte mehr darüber, als er mir gesagt hat. Die ODAL benutzte Brian dazu, uns ein Angebot zu unterbreiten, das aussieht, als sei es die Chance unseres Lebens. Slattery nahm sich jeden von uns persönlich vor.«

»Wie sah die Verhandlung aus?«

»Er ging die Zahlen durch und versprach uns den Himmel auf Erden, wenn wir kooperierten. Auf mich wirkte es wie die Verkündigung eines Evangeliums; als wäre man auf einer Feier der Moonies. Wir mußten uns einen fürchterlichen Kurzfilm namens *ODAL – Der Weg in die Zukunft* ansehen. Ich weiß, es klingt seltsam, aber der Film verursachte mir eine Gänsehaut. Willie wollte nicht verkaufen. Ich auch nicht. Dann – verdoppelte Slattery die Summe.«

»Habe ich richtig verstanden? Sie haben abgelehnt, und dennoch kamen sie wieder?«

»Nein. Sie verdoppelten die Summe, nur weil wir einen Moment zögerten. Und wissen Sie was? Ich glaube, sie waren sogar bereit, die Summe noch einmal zu verdoppeln.«

Harry betrachtete die schimmernde Flüssigkeit in seinem Glas. »Vielleicht sollten wir einem geschenkten Gaul nicht ins Maul schauen.«

»Ihr Vater hat es getan.« Beth starrte gedankenverloren in die Flammen. »Willie war sehr stolz auf Sie. Er sprach oft von Ihnen. Ich glaube, ich weiß jetzt, weshalb.« Sie deutete auf Harrys Hände. »Die Art, wie Sie am Uhrarmband zupfen; genau wie er. So vieles an Ihnen erinnert mich an ihn.«

Harry sah auf seine Hände. »Ich muß es von ihm übernommen haben.«

Beide schwiegen und sahen dem Spiel der Flammen zu.

»Ich denke, sie haben Willie umgebracht«, murmelte Beth. »Ich weiß nicht, wie sie es angestellt haben, aber ich bin sicher, daß sie es waren. Ich möchte, daß alle es erfahren. Ich will ihn wiederhaben.«

»Niemand kann ihn zurückbringen«, erwiderte Harry. »Aber wir können dafür sorgen, daß die ODAL nicht bekommt, was sie möchte.« Er sah ihr in die Augen. »Wollen Sie, daß sein Tod einen Sinn gehabt hat?«

»Sagen Sie mir, was ich tun soll.«

Sie verabschiedeten sich vor der Tür des Clubs. Es regnete leicht. Beth hatte sich einverstanden erklärt, Brian Lacks Schreibtisch nach vertraulichen Dokumenten in bezug auf das ODAL-Angebot zu durchsuchen.

»Ich bedauere nur eins«, sagte Harry beim Abschied, »daß ich Sie nicht schon früher getroffen habe.«

»Wenigstens können wir jetzt Freunde sein«, antwortete Beth. »Das hätte Willie gefreut.« Harry lächelte. Vielleicht würde der alte Mann, wenn sie die ganze Sache hinter sich hätten, noch mehr Grund zur Freude haben.

Beth Cleveland machte sich durch den Nieselregen auf

den Weg zur Charing Cross Station. Seit Willies Tod war nichts mehr so wie früher. Aber für Rührseligkeit war keine Zeit. Sie wußte, was sie zu tun hatte; aber sie wußte nicht, in welcher Gefahr sie schwebte.

17

Das Böse erscheint

»Das muß doch jemandem aufgefallen sein.« Dorothy studierte die Liste. Mit ihrem grauen, zu einem Knoten gebundenen Haar und der Strickweste, die sie sich um die schmalen Schultern gelegt hatte, wirkte sie wie eine Pensionärin, die nach dem neuesten Liebesroman Ausschau hält.

Frank sah von den Zeitungsausschnitten auf und rieb sich die Augen. »Ich weiß nicht«, antwortete er. »Es ist genau das, wonach ich suche. Trotzdem . . .« Er ließ den Satz im Raum stehen, von seiner eigenen Entdeckung verwirrt.

Der Regen schlug gegen die Oberlichter. Es war zehn Uhr dreißig an einem trüben Dienstagmorgen. Dorothy hatte sich gezwungen gesehen, das Licht im Hauptsaal anzuschalten. Bis jetzt hatte noch kein Benutzer den Elementen die Stirn geboten.

»Sie haben hier fünfundsiebzig Selbstmorde und Selbstverstümmelungen aufgelistet.« Sie sah sich das Netz aus farbigen Linien genauer an und versuchte, Franks Anmerkungen zu entziffern. Die Traube aus roter Tinte, die das Zentrum der Graphik beherrschte, stellte eine Abweichung dar, die nicht normal war. »In welchem Zeitraum traten die Veränderungen auf?«

»Sechs Wochen. Wenn ich mich in die Krankenhauscomputer oder das Polizeinetz hacken könnte, wäre ich in der Lage, die Lücken aufzufüllen.«

»Können Sie die Zahlen sozialen Kategorien zuordnen?«

»Das ist nicht leicht. Nach den Zeitungsberichten gab es unter den Opfern viele männliche Berufstätige und Geschäftsleute. Ebenso viele waren in der Unterhaltungsbranche tätig.«

»Extrem stressige Berufe. Haben Sie es schon aufgeschrieben?«

»Ich habe mir stapelweise Notizen gemacht. An diesem Wochenende sind wieder seltsame Sachen passiert. Ein Computeringenieur beging Selbstmord, indem er sich Nasenlöcher und Mund mit einem Zweikomponenten-Kleber zuklebte. Die Umstände, unter denen die Opfer zu Tode kamen, klingen meist sehr verwirrend. Ich müßte in eine Datenbank einbrechen, um mehr zu erfahren.«

»Wie Sie vielleicht wissen, ist die Apokalypse etwas, was wir selbst über uns bringen, eine Art Massenselbstmord«, gab Dorothy zu bedenken, während sie die Weste enger zusammenzog.

»Das hier hat nichts mit religiösen Prophezeiungen zu tun. Es ist ein rein soziales Phänomen.«

»Für mich wirkt es wie etwas Okkultes. Eine Art Voodo. Es ist sehr leicht, einen Unfall zu bewerkstelligen, wenn man das Opfer glauben läßt, es sei verflucht. Das ist belegt. Mutter besaß eine Menge Bücher über dieses Thema.«

Sie stand auf und ging auf die dunkle Treppe am Ende der Halle zu. Die meisten Abteilungen waren im Laufe der Zeit geschrumpft. Das Hauptgewicht der Bücherei lag eindeutig auf den Werken über Alte Geschichte und das Übernatürliche, die Dorothys Mutter gesammelt hatte.

Eine rote Kordel trennte diese Abteilung von der dem Publikum zugänglichen. Die Treppe führte zur Abteilung Okkultismus, die man im Keller untergebracht hatte.

»Es besteht kein Grund, nach unten zu gehen, Dorothy.« Frank zuckte mit den Schultern und räumte seinen Schreibtisch auf. Dorothy ignorierte den Einwand. Sie litt an selektiver Taubheit, die nur dann auftrat, wenn man ihr Vorschläge machte, die ihren eigenen Wünschen widersprachen.

Die Neonröhre flackerte auf. Während ihr der Geruch von Moder in die Nase stieg, nahm sie den Raum in Augenschein. In der gegenüberliegenden Wand hatte sich Feuchtigkeit breitgemacht, und die meisten Bücher, die in der Nähe standen, mit Titeln wie *Templer, Tetragramme, Telepathie, Transmutation,* waren über und über mit Schimmel bedeckt. Viele dieser Werke waren okkulte Originale aus den vierziger und fünfziger Jahren und so selten, daß sie für ein paar Sammler von großem Interesse waren, nicht jedoch für die Stadträte, die keinen Grund sahen, diese Bücher vor der Zerstörung zu bewahren.

Vor drei Jahren hatte Dorothy sich die Mühe gemacht, ein paar herausragende Werke zu trocknen, aber die Buchseiten waren brüchig und der Text unlesbar geworden. Jetzt suchte sie nur noch in den Stapeln herum, wenn eine gewisse Organisation (die Frank mit ›Ihre Hexen sind wieder da‹ anzukündigen pflegte) ein bestimmtes Buch brauchte. Es stimmte sie traurig, zu sehen, wie die Sammlung zerfiel.

Aber wer glaubte in diesem erleuchteten, technisierten Zeitalter noch an Tischklopfen und das Zweite Gesicht? Dieser zwielichtige Unsinn war so lange dem gnadenlosen Blick wissenschaftlicher Untersuchungen ausgesetzt worden, bis er sich verflüchtigte. Beweise von der ›anderen Seite‹ wurden als simple viktorianische Salontricks abgetan, Geheimgesellschaften als Freimaurerlogen entlarvt: schäbige Klubs, einzig geschaffen, um zu verhüten, daß unerwünschte Klassen wie Gleichberechtigte behandelt wurden.

Sie betrachtete die überflüssig gewordenen Bücher. Es gab nicht mehr viel, an das sich noch zu glauben lohnte. Heutzutage litt das Übernatürliche am Post-Irangate-Syndrom. Wie konnte man die Geheimnisse vergessener Religionen mit Konzernen in einem Atemzug nennen, die zur Öffnung neuer Märkte selbst vor Völkermord nicht zurückschreckten?

Hier, in einem der wenigen heilen Regale, standen fast dreißig Bücher über die Mythen und Religionen Haitis und der karibischen Inseln. Minderwertiges Geschreibsel zwischen ernsthaften Werken. Das Taschenbuch, das man wahrscheinlich mit Hilfe eines Klebestreifens repariert hatte, löste sich in seine Bestandteile auf, als sie es aus dem Regal ziehen wollte. Doch trotz der feuchten Seiten fand sie den gesuchten Abschnitt.

Mit dem feucht-kalten Buch in der Hand ging sie zur Treppe zurück. Es gelang ihr nicht, Frank zu überreden, den Keller zu betreten. Er sagte, hier unten gäbe es Ratten. Er hätte sie mit eigenen Augen gesehen. Was es allerdings bestimmt hier unten gab, waren Spinnen, große Spinnen. Doch für Dorothy, die sich noch daran erinnern konnte, wie diese Bücher in der Bibliothek ihrer Mutter gestanden hatten, besaß dieser Ort eine magische Anziehungskraft.

»Man kann jemanden verfluchen und dadurch einen Unfall herbeiführen, aber nur, wenn beide Parteien an die Macht der Magie glauben. Hier ist ein Bild davon.« Sie hielt das Buch hoch und deutete auf den Stich, auf dem ein entsetzt aussehender Neger zu sehen war, der von Messern durchbohrt in einer Grube lag.

»Das ist in einer Stadt kaum möglich, oder?« bemerkte Frank. »Ich meine, jemanden mit dem Fluch zu belegen, in ein Loch voller Speere zu fallen.«

»Hier ist noch ein Bild.« Sie zeigte ihm eine Tafel, auf der eine warzengesichtige, alte Frau zu sehen war, die in ein flammendes Herz stürzte. »Hierbei handelt es sich nicht um wirkliche Magie. Alles, was man tun muß, ist, das Opfer so nervös zu machen, bis es sich schließlich selbst verletzt. In einigen okkulten Systemen ruft man zu diesem Zweck einen Dämon an, aber man muß sehr vorsichtig sein.«

»Warum?«

»Weil Dämonen gemeinhin als sehr dumm angesehen werden. Es muß sichergestellt werden, daß der Plan nicht den Planer trifft. Unten liegen noch einige *grimoires*, in denen steht, wie es gemacht wird. Ich glaube, wir haben noch eine Ausgabe des *Pope Honorius*, aber der ist ziemlich obskur und unlesbar.«

»Glauben Sie wirklich daran?« fragte Frank.

»Es ist das Beste, um einen wachen Kopf zu behalten. Ich glaube an – gewisse Kräfte.«

»Die Vorstellung vom Bösen ist im Laufe der Zeit ins Schwanken geraten.«

»Das stimmt. Das Bild von Luzifer, der mit Leopardenkopf und Geierflügeln auf einem Schimmel reitet, verströmt nur noch barocken Charme. Doch immer noch sterben Menschen, weil sie an ein höheres Wesen glauben. Und wo es Gutes gibt, ist das Böse nicht fern.«

»Und was sollen wir jetzt tun, Madame Arcati? Zur Polizei gehen und denen mitteilen, daß eine finstere Verschwörung im Gange ist?«

Dorothy sah verwirrt auf. »Ich schätze, das sollte ein Witz sein. Nein. Wir könnten Mrs. Wagstaff einen Besuch abstatten.«

»Ist sie Statistikerin?«

»Nein, Medium.«

»Ich nehme an, Mrs. Wagstaff praktiziert ihre Schwarzen Künste in einer von Elfen umschwirrten, abgelegenen Waldhütte.«

»Falsch. Sie lebt in einer städtischen Wohnung auf der Isle of Dogs. Sie ist überhaupt nicht so, wie Sie sie sich vorstellen. Glauben Sie an alternative Medizin?«

»Zum Teil.«

»Nun, dann stellen Sie sie sich als alternative Theologin vor. Sie können mitkommen, wenn Sie wollen. Ich werde sie anrufen und fragen, ob sie frei ist.« Frank blieb die Antwort schuldig. Doch als sie zum Telefonhörer griff, bemerkte sie ein interessiertes Funkeln in seinen Augen.

Beth Cleveland schob die Pappschachtel beiseite und warf einen Blick auf die Kaminuhr. Fast halb sieben. Sie hatte das Büro heute früher verlassen, um mit dem Ordnen von Willies Habseligkeiten zu einem Ende zu kommen. Eine melancholisch stimmende Aufgabe, die sie so schnell wie möglich hinter sich bringen wollte. Sie nahm seine Hemden aus dem Kleiderschrank und war gerade damit fertig, sie für den hiesigen Wohltätigkeitsladen in Bündel zu packen, als sie den versiegelten Umschlag an der Rückwand des Schuhschranks bemerkte.

Sie kniete sich hin, beugte sich vor und zog den Fund ans Tageslicht. Der Umschlag trug Willies Handschrift. *Versandkontakt: David Coltis* stand auf der Vorderseite. Auf der Rückseite stand nichts. Neugierig geworden, riß sie den Umschlag auf und ließ den Inhalt in die Hand gleiten.

Um sieben Uhr abends schlossen Dorothy und Frank die Türen der Bücherei hinter sich ab und gingen durch den abfallübersäten Bogengang, der von den Streben der Überführung gebildet wurde. Der Regen war zu einem feinen Nebel geworden.

Während sie auf den Bus warteten, betrachtete Dorothy ihren Begleiter genauer. Sie hatte ihn kaum je anders als hinter seinem Schreibtisch gesehen. Er wirkte schmächtig und melancholisch; ein bleiches Gesicht in der Menge, an das sich niemand erinnern würde.

Vermutlich wurde auch sie von den wenigsten Menschen wahrgenommen. Die Alten stellten eine unsichtbare Klasse dar. Die Welt wich ihnen aus und drehte sich weiter. Nicht mit mir, dachte sie, als sie in den Bus stieg. Noch nicht. Ich muß noch einige Entdeckungen machen.

Die Isle of Dogs war eine Halbinsel, die durch eine Krümmung der Themse geschaffen wurde. Das Mittelalter kannte sie als Stephney Marsh. Niemand wußte, wann und warum der neue Name auftauchte, obwohl das Gerücht ging, hier seien einmal die königlichen Hundezwinger gewesen.

Wahrscheinlich basierte die Namensgebung auf einer simplen Wortentstellung. Anfang des neunzehnten Jahrhunderts waren die westindischen Docks eröffnet und die Gegend war durch einen Kanal in eine richtige Insel verwandelt worden – in die Isle of Docks – mit ihrem düsteren Labyrinth aus verschlammten Kanälen und gebeugten Brücken.

In den letzten Jahren waren die meisten der mit Graffitis besprühten städtischen Siedlungen dem Erdboden gleichgemacht worden, um Platz für die postmodernen Stadthäuser der neuen Cityelite zu schaffen. Zwischen den Bewohnern dieser von Sicherheitskräften bewachten Luxuswohnungen und den alteingesessenen Insulanern herrschte eine Art Bürgerkrieg. Dorothy und Frank nahmen den Weg, der zu der ärmeren der beiden Kategorien führte.

Edna Wagstaff lebte in einem der verwahrlosesten Überbleibsel städtischen Besitztums. Wegen des hier herrschenden Vandalismus waren die Fenster in allen Parterrewohnungen mit Brettern vernagelt. Hier also wohnte die Okkultistin.

Dorothy machte einen großen Bogen um ein paar miteinander kämpfende wilde Hunde, blieb vor einem namenlosen Klingelschild stehen und klopfte.

»Erschrecken Sie sich nicht«, warnte sie ihren Begleiter. »Manche Menschen sind mit einer Kraft gesegnet, die sie kaum kontrollieren können. Edna ist eine gute Frau. Sie hat zwei Ehemänner verloren und nicht einen Tag bei der Arbeit gefehlt, aber sie ist alt geworden und lebt allein mit ihren Geistern. Das ist nicht gesund.« Sie zog Frank näher zu sich heran.

»Sie könnte Ihnen ein wenig – ungewöhnlich vorkommen.«

Man hörte ein protestierendes Stöhnen, bevor die Tür nach innen aufging. »Abendecho sagte mir schon, daß Sie zu spät kommen würden«, begrüßte Edna sie und führte sie durch einen finsteren Flur, in dem es nach Weihrauch roch.

Das Medium war groß und dürr; eine Ansammlung von Stöcken in einem Kleid, gekrönt mit einer eigenwillig frisierten Perücke. Man stellte sich einander vor. »Abendecho?« fragte Frank.

»Sie ist meine geistige Führerin.«

»Klingt eher nach einer Zeitung«, murmelte er in Dorothys Richtung.

»Oh, Liebe, hast du mir wieder einen Ungläubigen mitgebracht? Das könnte Probleme mit sich bringen.« Sie führte ihren Besuch ins Wohnzimmer und knipste eine dunkelgetönte Lampe an.

Das Zimmer war voller ausgestopfter Katzen.

Einige von ihnen standen, auf hölzerne Quadrate geklebt, in unbeholfen menschlichen Posen auf den Hinterbeinen. Andere sahen aus, als tanzten sie Gigue oder Walzer. Auf dem Klavier stand ein Tableau mit vier Schildpattkatzen. Sie saßen mit ausgestreckten Pfoten rings um einen Tisch und spielten Karten. Doch schien ihnen dieses müßige Spiel ganz und gar nicht zu behagen. Ihre aufgerissenen Mäuler und die verdrehten Augen deuteten darauf hin, daß sie ihren Eintritt in die Ewigkeit mit schrecklichen Schmerzen bezahlt hatten. Frank fragte sich, ob sie Flöhe hatten. Dann warf er einen Blick auf Mrs. Wagstaff, die ihre Perücke verkehrt herum aufgesetzt zu haben schien und selbst wie eine ausgestopfte Katze aussah.

»Frank hat versprochen, keine Vorurteile zu haben, Edna.« Dorothy trat zurück und trat mit dem Absatz auf Franks Zehen. »Wie geht es Abendecho?«

»Nicht sehr gut«, antwortete Edna, während sie drei Becher mit karmesinrotem Kräutertee füllte. »Sie versucht noch immer, ihre Stammesältesten auf der Astralebene ausfindig zu machen. Ich benutze sie im Moment nicht mehr so oft. Ich nehme jetzt einen RAF-Piloten namens Smethwick. Ein sehr gefälliger Bursche, obwohl er einem mit seinem Patriotismus manchmal ganz schön auf die Nerven gehen kann.«

»Oh. Wurde er abgeschossen?«

»Nein. Er stürzte im Park von Wimbledon in das Rad einer Fähre.«

Frank konnte nur mit Mühe ein Lachen unterdrücken.

»Nun«, fragte Edna, »womit kann ich Ihnen dienen?«

»Das wissen wir auch nicht so genau«, begann

Dorothy. Sie erklärte den Grund ihres Besuches, wobei sie sich ein wenig albern vorkam. Aber die irreale, erstickende Atmosphäre im Wohnzimmer verlieh ihrer Erzählung eine Art verdrehter Glaubwürdigkeit. Edna wirkte sehr interessiert. Sie hatte sich vorgebeugt, die Hände im Schoß gefaltet, nickte von Zeit zu Zeit zustimmend oder gab spitze Schreie von sich.

»Ich wußte, daß es bald soweit ist. Ich *wußte* es«, unterbrach sie Dorothys Erzählung, als sie sich nicht mehr beherrschen konnte. »Sie haben gerade die ersten Symptome eines Ereignisses beschrieben, das von geachteten Okkultisten in der ganzen Welt schon seit langem prophezeit wird.«

»Jetzt sagen Sie bloß nicht, Armageddon stünde vor der Tür«, meinte Frank skeptisch.

»Nichts so Vulgäres«, erwiderte Edna. »Nein, eine allmähliche, subtile Veränderung nimmt von uns Besitz. Vielleicht gelingt es mir, eines meiner Kinder dazu zu überreden, ihnen etwas darüber zu erzählen.« Sie deutete auf die sie umgebenden Katzen. »Sie sind meine Vertrauten, meine Verbindung zu einer Welt, die jenseits der unsrigen liegt. Ein Ort, wo Vergangenheit, Gegenwart und Zukunft sich treffen. Vielleicht wäre Kelly hier so nett, es uns zu erklären.« Sie klang wie ein Nachrichtensprecher, der das Wort wegen eines Wirtschaftsberichtes an seinen Kollegen in Westminster weitergibt.

Hinter den mit Brettern vernagelten Fenstern konnte Frank die beiden kämpfenden Hunde hören. Edna hatte die Augen geschlossen und war auf ihrem Stuhl zurückgesunken. Sie schien eingeschlafen zu sein. Frank versuchte Dorothys Aufmerksamkeit zu erregen, aber sie wich seinem Blick aus. Fünf Minuten herrschte absolute Stille.

Als die piepsige Stimme ertönte, fiel Frank fast vom

Stuhl. Er drehte sich um und starrte auf ein besonders ekelhaftes Exemplar der taxidermischen Kunst, ein auf einem schmiedeeisernen Fahrrad sitzendes, zusammengequetscht aussehendes, ingwerfarbenes Katzenmännchen.

»Seit langem schon behaupten führende Okkultisten, daß der Herr der Finsternis in der zweiten Hälfte des Zwanzigsten Jahrhunderts zurückkehren wird«, ließ sich die Stimme vernehmen. »Zuerst wird er die skandinavischen Länder von seiner Anwesenheit wissen lassen. Finnland. Deutschland. Großbritannien. Er wird in sterblicher Gestalt erscheinen. Nicht als einer, sondern als viele. Und sein Name wird Legion sein.« Die Stimme wurde durchdringender. Frank rieb sich die Arme. Die Temperatur im Zimmer begann zu fallen.

»Er kommt, folgende Aufgaben zu verrichten: Irreführung der Narren. Korrumpierung der Unschuldigen. Vernichtung der Guten. Verehrung des Bösen.«

»Das wird selbst für Luzifer nicht leicht sein. Er wird feststellen, daß die Menschen heutzutage noch weniger zu glauben bereit sind als früher«, sagte Dorothy. Sie schien es nicht im mindesten seltsam zu finden, mit einer Stimme, die aus einer ausgestopften Katze drang, okkultistische Fragen zu diskutieren. Ganz im Gegenteil – sie schien mit dem System vertraut zu sein.

»Sag uns, wie Er Sein Ziel erreichen wird.«

»Durch den blinden Gehorsam Seiner Jünger.«

»Wie lautet Sein neuer Name?«

Es folgte eine Pause. »Er steht nicht im heutigen Alphabet.«

»Wie wird Er Seinen Willen durchführen?«

»Durch die Macht des Gebets.«

Dorothy warf Frank einen verdutzten Blick zu. Die Temperatur fiel kontinuierlich. Sie konnten ihren Atem sehen. »Meinst du, durch die Gebete Seiner Jünger oder durch christliche Gebete?«

»Teufelsgebete.«

»Welche Form haben diese Gebete?«

»Eine geheime Form, die sowohl alt als auch neu ist. Ein Übel, das die Narren irreführen, die Unschuldigen korrumpieren . . .«

»Und die Guten vernichten wird«, fuhr Frank fort. »Wie wird es die Guten vernichten?«

»Indem es sie sterben läßt.« Die Stimme wurde schwächer.

»Aber wie? Kann Er es wie einen Unfall aussehen lassen?« Er starrte die Katze an, doch diese blieb stumm. Ihre Murmelaugen sahen in verschiedene Richtungen. Die mit spitzen Zähnen gefüllte Schnauze zeigte das kranke Äqivalent zu einem gefrorenen Grinsen.

»Mehr werden wir nicht aus ihm herausbekommen, fürchte ich«, begann Dorothy. Sie rieb sich die Arme, während die kalte Luft weiterhin durch den Raum zirkulierte. Edna schien noch immer zu schlafen. Ihr Kopf war auf die knochige Brust gesunken. Sie schnarchte leise.

»Sobald der Engel des Todes erst einmal herbeizitiert ist«, fuhr die Katze in einem erschreckenden Ausbruch regenerierter Vitalität fort, »wird Er erst wieder verschwinden, wenn Er befriedigt worden ist.« Es wurde still im Zimmer. Während das Medium langsam wieder zur Besinnung kam, beäugte Frank die Katze. Er hatte halb damit gerechnet, sie würde ihre Rede fortsetzen.

»Ich hoffe, Kelly konnte Ihnen helfen«, sagte Edna, die nun wieder ganz bei Sinnen war. »Er ist ein sehr alter, zuverlässiger Vertrauter. Normalerweise irrt er sich nie.« Als sie sich streckte, knackten ihre Arme und Beine hörbar.

»Meiner Meinung nach drückte er sich ein wenig verschwommen aus«, bemerkte Dorothy, während sie ihrer Freundin Tee nachfüllte. Der Raum nahm langsam wieder Zimmertemperatur an. »Wenn man dem, was er sagt, Glauben schenkt, dann sind die Horden Luzifers auf dem Weg zurück zur Erde, um die Menschheit durch die Kraft der Gebete zu bezwingen.«

»Man kann alles Mögliche hineininterpretieren.« Frank hob die ausgestopfte Katze hoch und untersuchte sie nach versteckten Mikrofonen. »Er sprach wie das delphische Orakel, zweideutig und ohne solide Fakten.«

»Ich schlage vor, Sie lesen Ihre Bücher, Mr. Drake. Dort werden Sie die Fakten finden, die Sie brauchen.« Edna stand unsicher auf. Sie war sichtlich beleidigt.

»Verstehen Sie mich nicht falsch«, wandte er rasch ein. »Es war sehr interessant. Aber es hilft uns leider nicht weiter.«

»Sie können nicht erwarten, daß die Geister Ihre Probleme lösen«, schnappte Edna. »Es sind Astralkörper, die nur manchmal die Grenzen zwischen den Lebenden und den Toten überwinden. Es handelt sich hier nicht um einen simplen Telefonanruf.«

»Ich bin sicher, daß sie die Katze mit den Lautsprechern verdrahtet hat«, sagte Frank, als sie das Gebäude verließen. »Vermutlich hat sie einen Mikrochip in seinen Kopf eingebaut und ihn mit der Fernseh-Fernbedienung verbunden.«

»Ednas spirituelle Fähigkeiten waren während des Krieges überall im Süden Londons bekannt«, erwiderte Dorothy. »Sie fand Kinder in zerbombten Häusern und führte Familien zusammen. Ich hätte Sie nicht mitnehmen sollen.«

Frank schüttelte den Kopf. »Das alte Mädchen hatte

recht, ich bin kein Gläubiger. Satan kehrt zur Erde zurück! Ich glaube, sie meint es nur gut. Sie sagt jedem das, was er hören will.«

Dorothy ärgerte sich. Sie hatte Edna vor allem wegen Frank aufgesucht. »Letzte Woche haben Sie sich noch gefragt, ob die Todesengel durch die Selbstmörder angezogen würden.«

»Ich weiß. Aber das war nicht wörtlich gemeint . . .«

»Und jetzt gibt es eine dritte Partei . . .«

»Die man kaum als desinteressiert bezeichnen kann . . .«

»Die uns sagt, daß *genau* das passiert.«

»Kommen Sie, Dorothy, es liegt doch in Ednas Interesse, diese . . . Kräfte zu fördern. Gehört zum Geschäft.«

»Sie nimmt kein Geld für ihre Dienste, wie Sie selbst gesehen haben.«

»Ich wette, ihre Kunden machen ihr Geschenke. Ich schätze, sie bringen ihr Katzen zum Ausstopfen mit. Stimmenprojektion durch Taxidermie. Sie könnte ein Buch darüber schreiben.«

Sie stritten weiter, bis der Bus kam.

Man erwartete von ihr, daß sie die Kassette im Umschlag vernichtete. Die Instruktion war in ihr Gehirn eingebrannt. Beth Cleveland fuhr mit dem Taschentuch über den schweißbedeckten Nacken. Sie hatte vergebens versucht, Harry zu Hause zu erreichen. Sonst kannte sie niemanden, den sie anrufen konnte. Hätte sie das verdammte Ding doch nur nicht angeschaut.

Sie stand in ihrer Wohnung und fragte sich, was sie, verdammt noch mal, als nächstes tun sollte. Draußen war es dunkel. Der Wind trieb Regenbögen gegen die Fenster. Sie wußte jetzt, weshalb Willie gestorben war. Und warum so viele andere würden sterben müssen. Harry war in schrecklicher Gefahr. In der Agentur hieß es, er sei schon nach Hause gegangen. Er war irgendwo in der Stadt, aber wo? Sie rieb sich die Stirn. Sie konnte nicht riskieren, ihm eine Nachricht zu hinterlassen. Man konnte niemandem mehr trauen. Außerdem hatte sie ihre Anweisungen, denen sie Folge leisten mußte.

Beth Cleveland besaß einen logischen Verstand. Zuerst versuchte sie, sich den Befehlen zu widersetzen. Doch als ihr klar wurde, daß es sinnlos war, dagegen anzukämpfen, wurde alles viel leichter. Das Wichtigste war jetzt, den Umschlag samt Inhalt zu vernichten. Aber wie? In ihrem Kopf entstand ein einfacher, unlogischer Plan. Sie gehorchte dem wachsenden Wahnsinn, zog sich einen Regenmantel an, klemmte sich den Umschlag unter den Arm und trat auf die Straße.

Es war nicht leicht, die regennasse, grasbewachsene Böschung hinaufzuklettern. Beth rutschte immer wieder aus. Der Regen trommelte unablässig auf ihren Rücken. Aber es sah so aus, als hätte sie es gleich geschafft.

Ein paar Minuten später stand sie schlammverschmiert auf dem Bahndamm. Wo war der beste Platz dafür? fragte sie sich, während sie über die Betonschwellen hinweg auf eine Geleiskreuzung zuging. Hinter ihr schimmerten die Lichter der King Cross Station. Die Schienen vor ihr verschwanden in der Dunkelheit; Parallelen, die sich im Unendlichen trafen.

Beth kniete sich auf den nassen Schotter und horchte an den Schienen. Gerade verließ der Nachtzug die Station auf diesen Schienen, die vermutlich nach Schottland führten. Beth traf Anstalten, den Umschlag aus der Manteltasche zu ziehen und auf die Schienen zu legen. Die

Kassette bestand höchstwahrscheinlich aus Plastik und würde schnell zerbrechen, aber würde auch der Kassetteninhalt zerstört werden? Einmal angenommen, der Umschlag fiele von der Schiene, bevor die großen Stahlräder die Kassette zermalmten? Beth merkte nicht, wie sich die scharfkantigen Schottersteine in ihre Schienbeine gruben und sie zu bluten begannen. Sie mußte sicherstellen, daß die Kassette vollkommen vernichtet wurde. Das Schwirren der Schienen verriet ihr, daß sich der Zug näherte. Er war nur noch rund vierhundert Meter von ihr entfernt. Sie konzentrierte sich ganz auf das, was sie zu tun hatte.

Doch als sie in die Manteltasche griff, war kein Umschlag mehr da.

Wo war er? Wann hatte sie ihn zuletzt gesehen? War es möglich, daß er ihr aus der Tasche gefallen war? Am Zaun? Am Bahndamm? Als Beth den Zug auf sich zurasen sah, versuchte sie verzweifelt, wieder auf die Beine zu kommen. Der Sog nahm ihr den Atem. Ein riesiger Leviathan teilte die Nacht und löschte die Sterne aus.

Der Nachtzug raste näher, die Geisterschlange stieß auf ihr Opfer nieder. Beth Clevelands Aufprall ging im Getöse ratternder Räder unter. Ihr Körper wurde halbiert. Der obere Teil flog fast drei Meter weit durch die Luft, während die Fahrgäste über ihren Zeitungen dösten; unwissende Teilnehmer an einer mechanischen Exekution.

Der Umschlag lag, im hohen Gras verborgen, neben den Schienen, wo er ein paar Minuten zuvor hingefallen war. Die Videokassette war herausgeglitten. Als der Regen stärker wurde, verschwamm der handschriftliche Vermerk auf dem Etikett.

18

Blutprobleme

Harry warf einen Blick auf die Uhr über dem *AUSGANG*-Schild. Acht Uhr fünfzehn. Er drehte sich auf dem Sitz herum und beobachtete die vollgedröhnten, dümmlich grinsenden Skinheads in der Reihe hinter ihm, die versuchten, auf der Armlehne einen Turm aus leeren Bierdosen zu bauen.

»Wo kommen denn die ganzen Leute her?« fragte er. »Man kann vor lauter Dope kaum atmen. Ich habe heute abend wirklich Wichtigeres zu tun als hier rumzusitzen und mir – was? – anzusehen.«

»*Cannibal Holocaust* und *I Spit on Your Grave*. Für jemanden aus der Werbebranche könnten diese Filme schon aus sozialer Sicht interessant sein.«

»Mit anderen Worten – sie sind schrecklich.«

»Wenn Sie das übliche Programm sehen möchten, können wir ja in ein Kino im West End gehen.«

»Grace, ich war nicht mehr im Kino, seit ich es mir leisten kann, auswärts zu essen.« Minuten nach Hilarys Absage hatte Grace angerufen und ein Treffen vorgeschlagen. Seine zögernde Zusage hatte ihn in ein heruntergekommenes Programmkino in Kings Cross geführt, das Grace während der Woche zu frequentieren pflegte.

»Ihre sogenannte ›Freundin‹ scheint Ihnen aus dem Weg zu gehen«, begann sie. Sie schien Gedanken lesen zu können. »Ich glaube, sie hat einen anderen. Vergessen Sie sie. Sie war es nicht wert.« Als das Licht langsam schwächer wurde, schob sie ihre Hand unter seinen Arm.

»Das können Sie nicht verstehen. Hilary und mich verbindet etwas Besonderes. Wissen Sie, was passiert, wenn wir es nicht hegen und pflegen?«

»Klar. Dann gibt sie alles aus.«

Als die Vorhänge sich öffneten, lehnte er sich seufzend auf dem ungefederten Sitz zurück. Auf der Leinwand erschien der Vorspann zu *Cannibal Holocaust*.

»Anscheinend schlafen Sie nicht miteinander«, flüsterte Grace.

»Was bilden Sie sich – woher wissen Sie das?«

»Eine Frau spürt so etwas.«

Er warf ihr einen skeptischen Seitenblick zu. »Irgendwie gelingt es mir nicht, Sie als Frau zu sehen«, gestand er. »Schauen Sie sich doch nur einmal an.«

»Was stimmt mit meinem Aussehen nicht?«

»Es ist so . . .« Ihm fehlten die Worte, »so gewalttätig. Verschroben. Die Menschen auf der Straße werfen Ihnen befremdete Blicke zu.«

»Sie meinen, ich stimme mit Ihrer Vorstellung von Weiblichkeit nicht überein«, zischte sie wütend. »Nur weil ich mich nicht in Kleider quetsche, bei denen den Männern einer abgeht. Es ist immer dasselbe. Sobald eine Frau anfängt, unabhängig zu denken, beschuldigen die Männer sie, eine kastrationsgeile Hexe zu sein.«

»Ich beschuldige niemanden, eine . . .«

Sie zog einen Schokoladenriegel aus der Tasche, riß die Hülle auf, nahm einen Bissen und kaute lustlos darauf herum, während sie auf die Leinwand starrte. »Es mag Sie überraschen«, stieß sie hervor, »aber einige von uns sind durchaus in der Lage, sich ihren eigenen Lebensstil auszusuchen, ohne daß man sie mit der neuesten Mode vollpumpen muß.«

Einer der vor ihnen sitzenden Zuschauer drehte sich empört herum und zischte, sie sollten doch endlich ruhig sein. »Nun seien Sie doch nicht so empfindlich«, meinte Harry beruhigend. »Mir gefällt es in Ihrer Gesellschaft. Und ich habe keine Lust, mit Ihnen zu streiten. Vielleicht können Sie jetzt, wo Sie entdeckt haben, was für ein böser Ort die Welt doch ist, anfangen, sich an ihr zu erfreuen.«

Dann wandte er seine Aufmerksamkeit dem Film zu. Während der nächsten fünfzehn Minuten saß er wie betäubt in seinem Sitz. Grace begann sich zu fragen, ob sie auch das richtige Programm für einen Horror-film-Novizen ausgewählt hatte.

Auf der Leinwand riß ein Stammesangehöriger gerade einem Krokodil den Kopf ab, schlitzte dann mit einem Messer den Bauch des Tieres auf, legte dunkelrotes Fleisch bloß und ergriff eine Handvoll Eingeweide. Selbst im Dunkeln konnte Grace erkennen, wie blaß ihr Begleiter geworden war.

»Alles okay, Harry?«

Der Eingeborene kaute genüßlich auf den Eingeweiden herum. Andere Stammesmitglieder gesellten sich zu ihm und tauchten gleichfalls ihre Hände in den blutigen Tierleib. Harrys Gesicht wurde wächsern. An der Stelle des Films, wo ein vom Glück verlassener Forscher von den Kannibalen auseinandergerissen und verschlungen wurde, sprang Harry auf und stürzte zum Ausgang.

Kühler Nebel füllte die Straße. Harry stopfte die Hände in die Taschen und atmete tief durch. »Ich muß etwas essen«, sagte er, als sie sich zum Gehen anschickten. Ein Feuerwehr- und zwei Streifenwagen, deren rotierende Lichter die dunstige Luft durchschnitten, blockierten den Eingang zum Kings Cross Endbahnhof.

»Ich hatte keine Ahnung, daß Sie so stark darauf reagieren würden«, begann Grace. »Da ist was passiert.« Sie zeigte in Richtung Bahnhof. Die Polizei sperrte gerade den Zugang zum Bahnsteig ab.

»Ich kann kein Blut sehen.«

»Wirklich? Das hätten Sie mir sagen sollen.«

»Normalerweise werde ich ohnmächtig. Ist psychologisch bedingt. Nicht der Rede wert.«

»Sie können froh sein, daß wir nicht bis zur Kastrationsszene geblieben sind. Die haut einen echt um.«

In den Neonarkaden verspielten Freaks ihre letzten Groschen. Grace führte ihn in eine schmuddelige Snackbar, über deren Tür ein gelbes Plastikschild hing, welches verriet, daß es sich bei dem Laden um ›The Cypriana‹ handelte.

»Wollen Sie damit sagen, daß Sie den Film schon einmal gesehen haben? Warum sehen Sie sich nur dieses Zeug an? Was ist bloß mit Ihnen los?«

»Ich gebe zu, es ist extrem. Auf jeden Fall aufregender als das normale Abendprogramm im Fernsehen.« Grace bestellte Kaffee und zwei Berliner.

»Für die meisten Menschen ist das Fernsehprogramm gut genug«, verteidigte sich Harry. »Warum soll denn alles eine Provokation sein?« Er wischte sich mit einem Kleenex über die Stirn.

»Um uns daran zu erinnern, daß wir leben«, antwortete Grace. »Die meisten Menschen müssen wachgerüttelt werden.« Sie biß in ihren Berliner und ließ sich den Sirup übers Kinn laufen. »Nun, wie geht es in der Sache mit Ihrem Vater jetzt weiter?«

Die Frage traf Harry unvorbereitet. »Slatterys Angebot gilt nur noch bis heute nacht. Ich habe nicht einen einzigen vernünftigen Grund, es abzulehnen. Vielleicht habe ich mich getäuscht.«

»Ich kann verstehen, daß Sie mißtrauisch sind. Mir läuft immer eine Gänsehaut über den Rücken hinunter, wenn ich höre, daß große Konzerne kleine Firmen aufkaufen.«

»Das ist naiv.« Harry trank den Kaffee aus. »Auch Multis haben eine Daseinsberechtigung. Jeder ist auf der

Suche nach Absatzmärkten. Sie meinen, die Konzerne würden allmählich zu mächtig? Wir stehen gerade erst am Anfang. Wußten Sie schon, daß die GEC, die General Electric Company, im letzten Jahr über fünfundvierzig Milliarden Dollar Umsatz gemacht hat? Sie haben Verträge vom Verteidigungsministerium an Land gezogen, die ungefähr neun Milliarden Dollar wert sind. Ihnen gehört der erfolgreichste Sender in den USA, und sie sind dabei, sich in den internationalen Medien breitzumachen. Wie hört sich das an? Unheimlich? Wenn Sie gedacht haben sollten, Zukunft hieße größere Auswahl, dann erklären Sie mir bitte, weshalb es in Amerika nur zwei Bücherketten gibt.« Er schüttelte den Kopf. »Alle schimpfen über McDonalds, aber sie stehen für einen Cheeseburger und eine Coke Schlange.«

»Weil sie keine andere Wahl haben.«

»Falsch. Sie haben mehr Auswahl als früher. Aber soll ich Ihnen mal was verraten? Es ist alles das gleiche. Wir vereinfachen unser Verhalten und unser Denken. Das macht das Leben leichter. Und genau das wollen die Menschen. Wer will etwas anderes? Ein Cheeseburger und eine Coke ist eine Mahlzeit, die dich nie enttäuscht.«

Grace streckte den Arm aus und nahm seine Hand. »Wissen Sie was, Harry. Manchmal hören Sie sich genauso an wie ich. Vielleicht haben wir mehr gemeinsam, als Sie ahnen.« Sie zuckte mit den Schultern. »Und wie geht es jetzt weiter?«

»Ich denke, ich werde die Inderin, Mrs. Nahree, noch mal anrufen. Vielleicht ist ihr etwas eingefallen.«

»Wenigstens ist es ein Anfang.« Sie standen auf und gingen zur nächsten Telefonzelle.

19

Die Natur der Unfälle

Als Harry am Mittwochmorgen in der Agentur eintraf, waren Darren Sharpe und seine Kollegen bereits im Konferenzraum versammelt. Er hatte das Gefühl, daß man ihn von allen größeren Transaktionen innerhalb der Firma ausschloß. Man hatte es nicht für nötig befunden, ihn von dem Treffen in Kenntnis zu setzen, ergo blieb ihm nichts anderes zu tun, als in seinem Büro herumzulungern und darauf zu warten, daß die Versammlung sich auflöste. Außer ihm war nur noch Eden da, die an ihrem Schreibtisch saß und halbherzig Berichte tippte.

Als gestern nacht bei Mrs. Nahree niemand ans Telefon gegangen war, hatte er sich an der Station ein Taxi genommen und Grace – und die sexuelle Spannung, die zwischen ihnen entstanden war – in einem angenehm-ungelösten Zustand zurückgelassen. Während er müßig durch die Zeitschriften auf seinem Schreibtisch blätterte, dachte er über den nächsten Schritt nach.

FRAU VON NACHTZUG HALBIERT

Fahrgäste, die gestern abend um sieben Uhr fünfunddreißig von Kings Cross in Richtung Norden unterwegs waren, mußten entsetzt mit ansehen, wie der acht Waggons lange D-Zug auf eine Person zuraste, die mitten auf den Gleisen stand. Die Leiche wurde als Mrs. Elizabeth Cleveland aus Hackney, Ost-London identifiziert.

Das Opfer, eine gutgekleidete Frau in den frühen Fünfzigern, wurde halbiert, bevor der Zugführer bremsen konnte.

Der Fahrer bestritt energisch, zu schnell gefahren zu sein.

Alle Anzeichen deuten auf Selbstmord hin. Mrs. Cleveland kletterte den Bahndamm hoch und wartete mitten auf den Schienen auf den Zug. Wie wir von Freunden erfuhren, war sie nach einem kürzlich erlittenen Verlust äußerst deprimiert und gefühlsmäßig labil gewesen. Ein Verbrechen wird ausgeschlossen.

* *Abgeordneter des Unterhauses fordert bessere Sicherheitsmaßnahmen im Bahnbereich* siehe Seite 12

Harry war wie vor den Kopf geschlagen. Unfähig, einen klaren Gedanken zu fassen, las er den Artikel ein zweites Mal. Was konnte eine so vernünftige Frau wie Beth dazu gebracht haben, so etwas zu tun? Er wußte, daß er sie kaum kannte, aber konnte er sie so falsch eingeschätzt haben? ›Äußerst deprimiert und gefühlsmäßig labil‹, soll sie nach Aussage ihrer Freunde gewesen sein. Wer waren diese Freunde? War es möglich, daß sie Tabletten genommen hatte?

Er schien in ein alternatives Universum übergewechselt zu sein, wo alltägliche Ereignisse groteske Formen annahmen. Eines wußte er mit Bestimmtheit. Beth Clevelands Tod hing mit dem seines Vaters zusammen, und beide hatten etwas mit den Aufkaufversuchen der Instant-Image-Firma zu tun. Vielleicht war auch der Irre, der seinen Wagen gestohlen hatte, darin verwickelt.

Harry war sicher, daß die Verschwörung bald aufgedeckt würde. Schließlich war die Frist bereits gestern nacht abgelaufen.

Von Arthur Bryants Battersea-Balkon aus hatte man einen herrlichen Blick auf den Park und den dahinterliegenden Fluß. Auf eben diesem Balkon entdeckten John May und Janice Longbright ihren Kollegen, der im bleichen nachmittäglichen Sonnenschein badete. Von Pflanzen jeglicher Art umgeben, döste er auf einem uralten Liegestuhl.

Longbright kam durchs Wohnzimmer, streckte die Hand durch die offene Balkontür und klopfte ihm sanft auf die Schulter. Bryant blinzelte wie eine Schildkröte, die man ins Licht hielt, und bedachte seine Kollegen mit einem mürrischen Blick.

»Wie spät ist es? Wer hat euch in die Wohnung gelassen? Habe ich denn niemals Ruhe?« Er setzte sich auf, sichtlich verärgert über die Störung.

»Es ist halb drei, deine Vermieterin hat uns den Schlüssel gegeben, und nein, du wirst niemals Ruhe finden, solange der englische Steuerzahler deine Rechnungen bezahlt«, antwortete May.

»Alma würde selbst flüchtigen Sträflingen die Schlüssel zu meiner Wohnung aushändigen«, brummte er. »Und alles nur, weil ich meine Miete nicht bezahlt habe.« Dann schlug die Stimmung um, und er wurde rührselig. »Das ist nicht fair. Ich bin ein alter Mann. Im Alter wird der Mensch wieder zu einem Baby, das jeden Tag sein Nickerchen braucht. Sei ein lieber Kerl und verschwinde für eine Stunde. Geh was im Park spazieren.«

»Wir müssen mit Ihnen reden, Arthur«, meldete sich Longbright zu Wort. »Es gibt was Neues im Dell-Fall. Ich werde uns einen Tee machen.«

»Das hört sich schon besser an«, sagte Bryant, der plötzlich über das ganze Gesicht strahlte.

»Meinst du, du könntest die Masche mit dem Senilen fallenlassen?« schnappte May. »Damit kannst du doch niemanden hinters Licht führen.« Dann wandte er sich den Balkonpflanzen zu. »Ich nehme an, du weißt, daß du eine Marihuanapflanze dein eigen nennst?«

»Nein!« rief Bryant schockiert.

May kniff die Augen zusammen und deutete auf eine hochgewachsene Pflanze, an der eine Menge Stengel fehlten. »Sieht aus, als sei sie erst kürzlich geerntet worden«, bemerkte er. »Du solltest dich schämen.«

»Ist Medizin für meine Arthritis. Ich kann verstehen, weshalb es heutzutage von den Ärzten verschrieben wird. Es ist schrecklich einfach zu ziehen.«

»Ich denke, du hättest dich in ein Baby verwandelt, nicht in einen Teenager.« May setzte sich auf einen leeren Liegestuhl. »Es ist jetzt schon über eine Woche her, seit wir den Dell-Fall am Hals haben. Wäre ja egal, wenn nicht das Feuer gewesen wäre. Wir kennen den Namen des Opfers.«

»Wie geht es ihm?«

»Eins nach dem anderen. Hargreave hat wegen deines mangelnden Fortschrittes von oben eins drauf gekriegt. Ich nehme an, du hast nichts Neues zu berichten?«

»Ich dachte mir, ich sehe erst einmal zu, wie ihr beide vorankommt.« Er stand auf und ging ins Wohnzimmer. May sah sich gezwungen, ihm zu folgen. »Wann kommt denn endlich der Tee?«

In Bryants Wohnzimmer sah es wie in seinem Büro aus; es war ein Sammelsurium aus Altem und Uraltem. Ovale Porträts vergessener Verwandten aus dem Kolonialdienst teilten sich die Wand mit gerahmten Liedertexten aus Opern. Ein verfallener Laubsäge-Buddha stand auf einem Art-Nouveau-Kamin. Direkt daneben mokierte sich eine elegante Art-Deco-Anrichte aus dunkler Esche über einen afrikanischen Topf, der so mißgestaltet und unansehnlich war, daß er wahrscheinlich nur deshalb dort stand, weil sein Spender zu den regelmäßigen Besuchern der Wohnung gehörte.

Bryant setzte sich an den Eßtisch, während Longbright den Tee vor ihn hinstellte. Sie und May waren über Bryants unregelmäßiges Erscheinen in der Polizeizentrale leicht verärgert, doch sie beklagten sich nicht. Sie kannten seine ungewöhnlichen Arbeitsmethoden und seine Fähigkeit, auf den seltsamsten Wegen zu einem Ergebnis zu gelangen. May setzte sich seinem Partner gegenüber und öffnete die Aktentasche.

»Übrigens«, fragte Longbright, »was ist eigentlich mit Ihrem Piepser passiert? Wir haben ein paarmal vergebens versucht, Sie zu erreichen.«

»Oh. Äh.« Bryant verdrehte die Augen und starrte die Decke an, als müsse er nachdenken. »Den muß ich in meinem anderen Anzug vergessen haben.«

»Du hast keinen anderen Anzug«, wandte May ein. »Du bist ein lausiger Lügner, Arthur. Laß uns anfangen.« Er öffnete die vor ihm liegende Mappe. »Zum Jungen im Laden. Sein Name ist Ashdown, Mark. Sechzehn Jahre alt. Er arbeitete nur am Wochenende dort, um das Lager auf Vordermann zu bringen und hinter der Theke auszuhelfen. Er war da, weil man vergessen hatte, ihn zu benachrichtigen. Er lebt noch.«

»Wo hat man ihn hingebracht?«

»In die Abteilung für schwere Verbrennungen im Hammersmith-Krankenhaus. Er hat einen bösen Gewebeverlust erlitten. Über die Hälfte seines Körpers wird mit Narben bedeckt sein.«

»Und was ist mit dem Gesicht?« Bryant wußte ebenso wie May, daß der Junge, wenn mehr als neun Prozent von Kopf und Hals verbrannt waren, nicht überleben würde.

»Nicht ganz so schlimm. Aber seine Lippen sind aufgesprungen. Er wird wahrscheinlich kein Wort sagen können.«

»Der psychische Schaden muß extrem sein«, sagte Longbright. »Wie stehen seine Überlebenschancen?«

»Über fünfzig Prozent. Ich warte noch auf den Bericht des Arztes. Wir wissen, daß er bei Ausbruch des Feuers bei Bewußtsein und unverletzt war. Das beweisen die eingeatmeten Kohlepartikel in seiner Lunge.«

»Wäre es möglich, daß er das Feuer gelegt hat?« fragte Bryant.

»Unwahrscheinlich. Sie haben Benzinrückstände an der hinteren Kellerwand gefunden, wo die Hitze am stärksten war. Dells Lager wurde völlig zerstört, aber der Inhalt des Safes blieb heil. Wir fanden in dem Safe nichts, was auch nur im entferntesten illegal war.«

Longbright nahm die Mappe und breitete den Inhalt aus. »Erstens – unser selbstmörderischer Autodieb, Coltis. So weit wir wissen, hat er Dells Laden weder einen Besuch abgestattet noch sich dort einen Videofilm ausgeliehen. Das gleiche gilt für Meadows. Keine der Firmen, die Dell mit Kassetten versorgte, war je in illegale Machenschaften verwickelt. Aber wir sind da auf etwas Merkwürdiges gestoßen. Querschnitte der Papierstücke, die bei Dell, Meadows und Coltis gefunden wurden, zeigen identische Faserstrukturen. Sie entstammten alle der gleichen Quelle. Videohüllen.«

»Genau wie wir vermutet haben. Wissen wir auch, von wem?«

»Leider nein«, erwiderte Longbright. »Die meisten der großen Verleihe benutzen das gleiche Papier, nur die Dicke variiert. Wir lassen gerade die benutzte Druckfarbe überprüfen.«

»Und jetzt kommen wir zu den Selbstmorden und Unfalltoten.« Er zog die vom Computer ausgespuckten

Bögen hervor. »Die Zahlen scheinen sich über Nacht vervierfacht zu haben. Statistisch gesehen ist das unmöglich, es sei denn, ein paar von diesen ›Unfällen‹ wurden von einer oder mehreren unbekannten Personen arrangiert.«

»Willst du damit behaupten, es handle sich um verdeckte Morde?«

May räusperte sich. »Ja. Ich weiß, es klingt verrückt, aber genau darum scheint es sich zu handeln.«

»Du mußt eines bedenken, John. Die Statistik ist nicht unmöglich; nur unwahrscheinlich. In der Welt der Statistiker gibt es kein Wort wie ›nie‹. Wenn die Zahlen in diesem Monat hoch sind, bedeutet das soviel wie nichts.«

»Das verstehe ich nicht«, gestand May.

»Ich will versuchen, es dir zu erklären. Stell dir eine U-Bahn-Station vor, darauf eingerichtet, eine flexible Anzahl von Reisenden abzufertigen. Aber es gibt eine Höchstgrenze für die Menschenmenge, die sie aufnehmen kann. Das System funktioniert nur wegen des Gesetzes des Durchschnitts. Nicht alle, die mit der U-Bahn fahren, treffen zur selben Zeit auf dem Bahnsteig ein. Aber es wäre möglich. Sollte es einmal passieren, würden viele von ihnen zu Tode gequetscht. Statistisch gesehen ist es möglich, aber praktisch nicht. Und zwar wegen etwas, das man als Wahrscheinlichkeitsgrenze bezeichnet.«

»Du meinst also, es sei unmöglich.«

»Von der Vernunft her, ja. Wie will man ein solches System von Massenmördern auf die Beine stellen? Dazu müßte man in der Lage sein, das Gesetz des Durchschnitts zu beeinflussen, ein Naturgesetz. Das wäre genauso, als wolle man der Schwerkraft trotzen.«

Er macht zu viele Worte darum, dachte May. Er hat etwas entdeckt, das ihn beunruhigt. »Wir befahlen dem Computer, jedes Unglück nach Wohnort, Auto, Firma und so weiter zu ordnen«, fuhr er fort, »aber es ergab kein gemeinsames Muster.«

»So wie es aussieht, gibt es eine Verbindung zwischen zwei Unfällen«, bemerkte Longbright, während sie ihre Notizen zu Rate zog. »Der von Coltis gestohlene Wagen gehörte einem Menschen namens Buckingham. Und wie der Zufall es will, habe ich mit diesem Mr. Buckingham in der Woche davor anläßlich des Todes seines Vaters schon einmal zu tun gehabt.«

»Sie sollten dem Kerl besser einen Besuch abstatten«, sagte Bryant. »Finden Sie heraus, ob sein Vater ein ähnliches Stück Papier wie die anderen bei sich hatte.« Dann griff er in eine abgewetzte Ledertasche. »Nun, vielleicht möchtet ihr den Bericht des Paläographen hören. Wenn ich nur Kirkpatricks Notizen finden könnte. Aha.« Er zog ein mit Tinte bekritzeltes Blatt Papier aus der Tasche und schob seine Brille zurecht. »Es sind Flüche. Flüche in Runenschrift.«

»Das kann doch nicht dein Ernst sein.« May ließ ein unsicheres Lachen hören.

»Doch. Es ist mein, oder besser besagt, Kirkpatricks Ernst. Es ist eine Mischung aus den Runen-Alphabeten Deutschlands, Skandinaviens und Englands. Aus der Zeit vor Christi Geburt, natürlich.« Bryant hatte wie immer seinen Spaß daran, Informationen an ein gebanntes Publikum weiterzugeben. »Was Kirkpatrick auf die Idee brachte, es handle sich um Runen, war die eckige Form der Buchstaben. Ein derartiges Alphabet gibt es auf der ganzen Welt nicht mehr.« Er legte die fotokopierten Runen auf den Tisch, damit die anderen sie sich genauer ansehen konnten.

»Es gibt jede Menge Theorien darüber, wann die Runen zuerst aufgetaucht sind. Man nimmt allgemein an, daß sie ein paar Jahrhunderte vor Christi Geburt zum ersten

Mal in Erscheinung traten. Seltsam ist, daß sie in verschiedenen Teilen der Welt gleichzeitig auftauchten. Es gibt eine Theorie, nach der Runen magische Kräfte besitzen sollen.« Er klopfte mit dem Zeigefinger auf die Kopien.

»Die Menschen, die diese Theorie vertreten, glauben auch, daß man mit diesem Gekritzel Reiche errichten und Feinde vernichten kann. Erinnert ihr euch an M. R. James Geschichte ›Casting the Runes‹? Nehmen wir einmal an, man zeichnet Runen auf ein Stück Papier und schiebt es seinem Gegner unter, so wird er sterben, wenn er nicht innerhalb einer vorgegebenen Zeit einen Weg findet, das Papier zurückzugeben.«

Das sanfte Abendlicht im Zimmer wurde langsam schwächer. Die graue Sonne verschwand hinter einem dunkelblauen Wolkenband. Der alte Detective rückte den Stuhl näher an den Tisch heran.

»Es gibt drei Grundalphabete. Sie haben eines gemeinsam. Ihnen fehlen die Kurven.« In Bryants Augen zeigte sich das vertraute Funkeln. »Erinnert euch das an etwas?«

»An Dells Wohnung«, platzte May heraus. »Er hat jede gerade Linie und jeden Winkel in der Wohnung ausgelöscht. Sogar die Ecken der Schranktüren hat er abgehackt und die Zeichnungen auf der Küchentapete durchnumeriert.«

»Damit er genau sehen konnte, ob sich jemand daran zu schaffen gemacht hat. Er muß sehr große Angst gehabt haben. Ich denke, er fürchtete, jemand könne versuchen, einen dieser Flüche in seiner Wohnung zu deponieren.«

»Und indem er alle Ecken und Kanten beseitigte, hielt er diesen jemand davon ab, den Fluch an die Wand zu kritzeln oder ihn in den Möbeln zu verstecken. Raffiniert.«

»Ich kann mir nicht vorstellen, daß jemand daran glaubt«, wandte Longbright ein. »Dieser Mann soll seine Wohnung völlig umgebaut haben, nur um sich vor einem uralten Fluch zu schützen? Das kaufe ich Ihnen nicht ab. Das wird Ihnen niemand abkaufen.«

»Es sei denn, Sie hätten einen sehr guten Grund, daran zu glauben«, bemerkte Bryant. »Nehmen Sie einmal an, Dell wäre felsenfest davon überzeugt, daß man ihm einen dieser Flüche nach Hause schicken wird. Doch statt dessen landet er in seinem Büro. Er liest – und, was noch wichtiger ist, *versteht* – den Fluch und begeht Selbstmord. Aber keinen Null-Acht-Fünfzehn-Selbstmord. Nein, unser Mann geht in den Londoner Zoo, bricht in das Insektenhaus ein und läßt sich von Schwarzen Witwen vergiften! Coltis erhält den Fluch und inszeniert eine komplizierte öffentliche Hinrichtung. Meadows dreht durch und fährt Amok. Was lernen wir daraus?«

»Daß die Flüche bei jedem Opfer anders wirken«, antwortete May. »Ich denke, es ist besser, wenn du noch einmal mit Kirkpatrick sprichst. Wir brauchen mehr Informationen. Wenn es dort draußen jemanden geben sollte, der Todesdrohungen verschickt, dann ist das meiner Meinung nach nicht eine übernatürliche Agentur, sondern ein religiöser Freak, der sich an den Sündern rächt.«

»Wenn das der Fall sein sollte«, wandte Bryant ein, »wie bringt er dann die Leute dazu, Selbstmord zu begehen?«

20

Untergrund

Eden hatte das Kleid aus schwarzem Taft mit einem handgemalten Cocktail-Motiv in einem Second-Hand-Laden in Camden entdeckt und vorgehabt, nach Hause zu fahren und es anzuziehen, bevor sie sich mit den anderen traf.

Unglücklicherweise war ihr Plan durch den Stapel Arbeit, den Harry ihr an diesem Dienstagmorgen aufgehalst hatte, zunichte gemacht worden. Bei ihrer Tippgeschwindigkeit würden die Untersuchungsberichte erst kurz vor sieben fertig sein.

Als sie die Arbeit abgeschlossen hatte, verschwand sie in der Damentoilette im sechsten Stock, die um einiges eleganter war als diejenige auf ihrer Etage, um sich frisch zu machen. Dann eilte sie zu dem mexikanischen Restaurant in der Argyll Street, wo sie sich mit Dexter verabredet hatte.

Als sie eintrat, saß Dexter bereits an der Bar und quetschte eine Limonelle über seiner Flasche Dunkelbier aus. Die enge schwarze Lederkleidung betonte seinen schmächtigen Körper und ließ ihn wie ein zusammengefaltetes Insekt aussehen.

»Du kommst zu spät«, begrüßte er sie und drehte sich um, um sie in Augenschein zu nehmen. »Ich dachte, du wolltest nach Hause und dir was anderes anziehen.«

»Keine Zeit«, erwiderte sie und setzte sich neben ihn. »Heute drehte sich alles um die Forschungsgruppe. Ich mußte für sie und für Harry arbeiten.« Sie bestellte sich ein Bier beim Barmann; das war einfacher, als darauf zu warten, bis ihr Freund auf die Idee kam. »Harry hat Ärger mit dem Direktor. Man spricht davon, ihn zu feuern.« Sie sah, wie Dexter den Takt der Musik mittrommelte. »Interessiert dich nicht, was heute los war, oder?«

»Doch«, erwiderte Dexter lustlos. Sie wußte, daß es ihn langweilte, wenn sie über ihren Job sprach, besonders jetzt, wo er auf eine Stelle als freiberuflicher Regieassistent wartete und sich dauernd Videos reinzog.

»Heute nachmittag ist etwas Seltsames passiert. Ein Kurier brachte ein Päckchen für Harry . . .«

»Und?«

»Harry war schon weg. Ich sagte, ich würde es annehmen, aber der Kerl meinte, es sei wirklich dringend.«

»Augenblick. Wer ist dieser Harry noch mal?«

»Du hörst ja gar nicht zu! Ich habe es dir schon hundertmal gesagt – Harry ist Mr. Buckingham, mein Chef. An dem Päckchen klebte ein roter Warnzettel: *Bei Verzögerung unbrauchbar*, deshalb dachte ich, ich mache es am besten selbst auf.« Dexter nippte an seinem Bier und starrte in den gegenüberliegenden Spiegel. Sie wußte nicht, ob er ihr überhaupt zuhörte.

»Also, in dem Umschlag steckte eine Videokassette. Eine Sony U-Matic. Ich dachte, es sei ein Werbefilm. Die sind genauso beschriftet. Egal, ich habe ihn mir angesehen. Es war kein Werbefilm.«

»Das kannst du mir später erzählen, im Bett«, schlug Dexter vor und trank die Flasche aus. »Wir müssen uns beeilen, sonst verpassen wir noch die Vorgruppe.« Seine Lederhosen knarrten, als er aufstand. Er bezahlte die Rechnung, lehnte sich auf die Theke und wartete ungeduldig, bis sie ihr Bier ausgetrunken hatte.

Der Abend verlief nicht gerade berauschend. Sie gingen in den Astoria Club in der Charing Cross Road, um ihre Freunde zu treffen, ein junges Paar, das sich gerade stritt, als sie eintrafen. Ihr kranker Humor färbte auf Eden ab. Die Vorgruppe war ähnlich deprimierend, und die Tonqualität der Hauptgruppe betäubend und verzerrt.

Um Viertel nach elf täuschte Eden Kopfschmerzen vor und wollte nach draußen. Dexter ärgerte sich, weil sie ihn zwang, das Konzert vorzeitig zu verlassen. In seinem halbbetrunkenen Zustand schlug er vor, sie könnten ja noch irgendwo etwas essen.

»Würde ich gerne«, sagte Eden, »aber ich muß das hier noch loswerden.« Sie öffnete ihren Beutel und zeigte ihm das Päckchen, das für Harry abgegeben worden war.

»Was willst du denn damit? Weißt du, wie spät es ist?« Dexter trat auf den Bürgersteig zurück. »Warum hast du es nicht einfach auf seinem Schreibtisch liegen lassen?«

»Es soll heute noch ausgeliefert werden. Die Anweisungen sind eindeutig. Ich werde es bei seiner Freundin abgeben.«

»Wenn du jetzt für das bißchen Geld, was du von denen kriegst, auch noch den Laufburschen spielen sollst, vergiß es.«

»Sie wohnt nur ein paar Straßen weiter. Ich werde es in den Briefkasten werfen. Ist nicht das erste Mal. Danach können wir essen gehen.«

»Mir ist der Appetit vergangen.«

Der arbeitslose Dexter konnte es nicht ertragen, wenn Eden über ihren Job sprach. Plötzlich verkündete er, er würde jetzt nach Hause fahren, kniff sie in die Wange, sprang auf einen vorbeifahrenden Bus auf und ließ die wütende Eden allein zurück.

Sie brauchte fast eine halbe Stunde, um das Päckchen in der Wigmore Street abzuliefern. Die Schuhe hatte sie sich wirklich verdient. Dann ging sie mit knurrendem Magen zur U-Bahn-Station.

Mit ihren schwarzen Pfennigabsätzen stöckelte sie über den Bürgersteig und hielt vor dem hell erleuchteten Schaufenster eines Kaufhauses inne. Sie betrachtete die Dekoration mit Widerwillen. Ein Paar bleiche Hermaphroditen aus Plastik, die Rücken gekrümmt, die Arme theatralisch gen Himmel gereckt, starrten einander an. Der eine trug einen kegelförmigen Gummihut, rote Radlerhosen und eine blaue Lederjacke mit Bierdeckeln auf dem Rücken; der andere ein T-Shirt, über dessen Vorderseite *SAFE SEX* geschrieben stand. Heutzutage ist alles so häßlich, dachte Eden. Was war mit den eleganten Kleidern passiert, die sie in den alten Magazinen ihrer Mutter gesehen hatte? Sie schaute nach Süden, in Richtung Centrepoint-Gebäude, und stellte überrascht fest, daß die Straße menschenleer war. Ein leichter Nebel hing wie ein grauer Chiffonschal über der Straße.

Nach der Uhr an der Wand des Athena-Posterladens war es kurz vor Mitternacht. Da sie keine Ahnung hatte, wann der letzte Zug fuhr, legte sie einen Schritt zu. Ein leerer Bus fuhr vorbei. Seine Fenster warfen helle gelbe Rechtecke auf den Bürgersteig. Als sie eine der kleinen Straßen überquerte, die nach Soho führten, fuhr ihr ein kühler Windstoß unter den Rock. Ein klebriges Eispapier klatschte ihr gegen den rechten Oberschenkel. Es fühlte sich seltsam an –, wie die dünnen Finger einer schmalen Hand. Sie wischte es fort. Es wirbelte im Wind davon.

Ein Bild aus dem Video stieg vor ihrem inneren Auge auf, und eine irrationale Angst nahm von ihr Besitz. Sie verdrängte sie und ging weiter.

Die Schaufensterpuppen starrten sie mit toten Augen an. Vielleicht erwachten sie nach Mitternacht zum Leben und warteten nur noch darauf, bis sie vorbei war, um sich aufzurichten. Sie war sich noch nie so deplaziert vorgekommen. Die Läden in der Oxford Street waren billiger und ihre Kunden nicht so modebewußt wie in den anderen Teilen West Ends, aber hier hatte sie sich immer wohlgefühlt.

Doch heute nacht war es anders.

Als das blaue Dach der Tottenham-Court-Road-Station auftauchte, bemerkte sie, daß auch an der sonst so geschäftigen Ecke nichts los war. Ein Taxi jagte mit ausgeschaltetem Schild über die Kreuzung. Die Zeitungskioske standen verrammelt und verriegelt in knöcheltiefem Abfall. Ein Stahlgitter war halb über den Eingang zur Station gezogen, aber im Inneren brannte noch Licht.

Sie quetschte sich durch den Gitterspalt und lief die Treppen hinab. Außer einer älteren, schwarzen Frau, die verschlafen in ihrem Stand hockte, hielt sich niemand in der Fahrkartenhalle auf. Eden nahm das Wechselgeld aus dem Fahrkartenautomaten und ging zur Rolltreppe.

»Verdammt«, sagte sie, nachdem sie das handgeschriebene Schild gelesen hatte. Beide Rolltreppen waren abgestellt worden.

WEGEN REPARATUREN GESPERRT
FAHRGÄSTE BITTE NOTTREPPEN BENUTZEN

Sie haßte die Wendeltreppe, die zum feuchten, engen Notausgang-Tunnel führte, aber sie war derlei gewöhnt. Die Rolltreppen wurden andauernd repariert. Als sie in das Treppenhaus tauchte, fiel ihr wieder auf, wie leer es war. Es war nicht das erste Mal, daß sie nachts die Bahn nach Norden nahm, aber noch nie war es hier so einsam gewesen.

Bestimmt würde sie unten auf dem Bahnsteig die übliche Mischung aus verwirrten, gerade dem Theater entkommenen Touristen in Burberry-Regenmänteln und betrunkenen, sich in einer Bahnsteigecke übergebenden Vorortlern antreffen. Aber im Treppenhaus befand sich niemand außer ihr. Als Eden die Stahlstufen hinunterlief, veranstalteten ihre Pfennigabsätze einen Heidenlärm.

Aber sie war nicht allein. Plötzlich hörte sie hinter sich Schritte. Sie sah sich um, aber die Wendeltreppe verhinderte die Sicht. Sie schaute rasch wieder nach vorn, ängstlich darauf bedacht, nicht auszurutschen. Die Luft im Treppenschacht war warm und verbraucht und stank nach altem Urin. Wahrscheinlich war hier alles voller Bazillen. Kein Wunder, daß sich so viele Pendler in diesem jahrhundertealten Tunnelnetz eine Erkältung holten.

Die Schritte kamen näher. Sie drehte sich um, konnte aber niemanden sehen. Obwohl sie wußte, daß ihre Angst irrational war, lief sie schneller, um Distanz zwischen sich und ihrem unsichtbaren Verfolger zu schaffen. Der enge Rock behinderte sie. Die Wendeltreppe schien endlos zu sein. Auf den Stufen vor ihr lagen einzelne Zeitungsblätter. Sie blickte sich noch einmal um und drehte den Kopf noch gerade rechtzeitig wieder nach vorne, um zu sehen, wie ihr Fuß auf der Zeitung ausrutschte. Sie taumelte und fiel mit dem Kopf zuerst die Treppen hinunter, während die Schritte immer näherkamen. Ihr letzter klarer Gedanke war, daß ihr Verfolger vielleicht zum Endspurt ansetzte und sie überholte, um mit seinem Körper ihren Fall zu bremsen . . .

Winzige Stalaktiten hingen von den Nieten, mit denen die Decke übersät war. Ab und zu löste sich ein schmutziger Wassertropfen. Das war das erste, was sie sah, als sie das Bewußtsein wiedererlangte. Ihr rechtes Bein brannte wie Feuer. Ihre Schläfen pochten dumpf. Sie hob die Hand und betastete behutsam ihr Gesicht. Die Haut an der Stirn fühlte sich gespannt an. Da war eine Wunde – keine große. Doch das in den Augenbrauen getrocknete Blut bewirkte, daß sich die Haut zusammenzog. Ihre Arme und ihre Brust schienen tiefer zu liegen als die

Beine. Sie befand sich noch immer auf der Wendeltreppe. Vorsichtig drehte sie den Kopf.

Sie lag am Fuß der Treppe, in der Nähe des Korridors, der auf den Bahnsteig führte. Sie schaffte es, sich aufzusetzen. Hände und Knie sahen böse aus. Aber sie schien sich nichts gebrochen zu haben. Möglicherweise hatte sie sich eine Sehne am rechten Bein gezerrt. Warum hatte die andere Person ihr nicht geholfen? Oder war sie vor dem Echo ihrer eigenen Schritte davongelaufen?

Eden erhob sich schwankend. Ihr Rock war an einer Seite eingerissen. Wie lange war sie ohnmächtig gewesen? Das Uhrglas war zerstört. Die Zeiger waren um kurz nach Mitternacht stehengeblieben. Während sie sich über Bluse und den Rock wischte, stellte sie fest, daß ihre Hände zitterten. Die Bluse war voller Blutflecken. Eden hielt sich mit einer Hand an der Wand fest und stolperte durch den engen Korridor. Die Lichter waren noch an. Möglicherweise war die letzte Bahn noch nicht gekommen. Oder blieben die Lichter die ganze Nacht über an?

Beide Bahnsteige waren menschenleer. Der elektronische Zeitanzeiger schien verstummt zu sein. Sie lehnte sich gegen ein Plakat, auf dem ein neuer Steven-Spielberg-Film angekündigt wurde, und versuchte, ihre Gedanken zu ordnen. War es möglich, daß die Station bereits geschlossen war; daß sie die Nacht mit den staubfarbenen Ratten verbringen mußte, die zwischen den Schienen herumwieselten? Der Gedanke ließ sie schaudern.

Dann nahm sie aus den Augenwinkeln ein Flackern wahr. Die Anzeigentafel erwachte zum Leben.

HIGH BARNET 3 MINUTEN

Erleichtert ließ sie sich auf eine unbequeme Metallbank fallen und begann langsam und ruhig durchzuatmen. Ihre Hände taten weh. Der Schnitt am Knie fing wieder zu bluten an. Sie sah auf die Tafel:

HIGH BARNET 2 MINUTEN

Sie schloß die Augen und preßte den Kopf gegen die kühlen Kacheln. Wenn Dexter sie mitgenommen hätte, wäre das alles nicht passiert. Das reicht, dachte sie. Wenn er nicht gerade Sex im Kopf hatte, ignorierte er sie. Seine Videos langweilten sie. Eden versuchte, den Schmerz in ihren Händen zu ignorieren. Sie öffnete die Augen und sah noch einmal auf die Anzeige.

HIGH BARNET 1 MINUTE

Der Rock war ruiniert. Sie würde die *London Transport* wegen Fahrlässigkeit verklagen; oder wenigstens Schadenersatz in Höhe des Preises für ein neues Kleid verlangen. Sie hätte dabei draufgehen können! Sie fragte sich, wie ältere Menschen mit dieser heimtückischen Treppe fertig wurden. Sobald sie zu Hause war, würde sie Dexter anrufen und ihm erzählen, was passiert war. Nein, zuerst würde sie sich ein Bad einlaufen lassen, ein schönes heißes Bad. Hoffentlich mußte die Stirnwunde nicht genäht werden. Sie suchte gerade in ihrem Beutel nach der Puderdose, als es im Tunnel laut wurde. Sie warf einen Blick auf die Anzeige.

ZUG IN RICHTUNG HIGH BARNET LÄUFT EIN

Dann verschwand die Schrift und machte einer anderen Mitteilung Platz.

BERICHTIGUNG

Wahrscheinlich fuhr der Zug nicht nach High Barnet, sondern in Richtung Edgware. Für Eden war das einerlei. Sie brauchte nur bis zur letzten Station zu kommen, bevor die Linien sich trennten. Ein tiefes Rumpeln, das immer lauter wurde, kündigte die Ankunft des Zuges an. Es war kein metallenes Geräusch. Es war, als triebe ein Sturm die Wagen durch den Tunnel. Sie sah, wie sich die Anzeige ein weiteres Mal änderte.

EDEN

Ungläubig starrte sie auf die Anzeigentafel. Das konnte nicht wahr sein. Wie war so etwas möglich? Die Buchstaben verschwanden, neue erschienen.

BRENN IN DER HÖLLE, HURE

Sie vergaß zu atmen. Es war keine Bahn, die da durch den Tunnel gerast kam, sondern etwas Großes, Dunkles, nicht zu Stoppendes; etwas Böses. Keine Bahn, die sie in Sicherheit bringen würde, in die Sicherheit, die sie jetzt so dringend brauchte. Als der brüllende Wind wie ein lebendes Wesen aus dem Tunnel schoß, stand Eden auf. Während sie dem Ausgang zustrebte, wurde sie von stinkenden, immer wärmer werdenden Wolken überwältigt, die ihr den Atem nahmen und sie gegen die Wand schleuderten. Der Papierkorb neben ihr explodierte. Der Abfall schoß in alle Himmelsrichtungen. Eden stieß sich von der Wand ab und stolperte, vom grollenden Donner betäubt, zur Rolltreppe.

Als sie die Treppe endlich erreicht hatte, blieb ihr fast das Herz stehen. Wegen Reperaturarbeiten hatte man die ersten Stufen entfernt. Durch das Loch war die ölig glänzende Maschinerie zu sehen. Während der giftige Mahlstrom gegen ihren Rücken hämmerte, schob sie die rote Querstange beiseite. Wenn es ihr gelang, um das Loch herum zu klettern, war der Weg nach oben frei; dann könnte sie die schlafende Fahrkartenverkäuferin wecken.

Sie griff nach dem Handlauf, während der brüllende Sturm sie mit aller Macht daran zu hindern suchte. Dann schwang sie zuerst das eine und dann das andere Bein über das Loch. Geschafft! Sie sank in die Knie und gab ein verzweifeltes Lachen von sich, als ihr klar wurde, daß sie sich auf der sicheren Seite der Rolltreppe befand. Der Wind wurde schwächer. Dann war es still. Eden stand auf und stieg die Stufen hoch.

Plötzlich begann die Rolltreppe rückwärts zu laufen. Eden verlor das Gleichgewicht und stürzte in das dunkle Loch. Die rollenden Stufen schlossen sich mit einem endgültigen, betäubendem Knall über ihr.

21

Sarkophag

Sie erwachte in der Finsternis. Ihr Körper war zwischen stählernen Gliedern eingekeilt. Sie drehte vorsichtig den schmerzenden Kopf und starrte in das grelle, gelbe Licht, das durch die Ritzen über ihr drang. Sie fühlte sich, als hätte sie einen schweren Kater; als sei sie zu krank, um sich aufzusetzen. Ab und zu hörte sie gedämpfte Stimmen; Männerstimmen. Wenn Metall auf Metall traf, gab es ein durchdringendes Geräusch; ein Geräusch, das in ihrem Gefängnis widerhallte. Sie mußte sich bemerkbar machen, die Männer wissen lassen, daß sie sich hier drinnen befand. Doch zuerst versuchte sie zu verstehen, was sie sagten.

Das war ihr letzter Fehler.

Der junge Arbeiter zwängte sich zwischen dem stählernen Sicherheitsgitter hindurch und rief seinem Arbeitskollegen am Fuße der Rolltreppe zu: »Eh, hast du den Beutel mit den Schraubenschlüsseln unten, Ray?« Der alte Mann schaute auf. »Jemand hat verrückt gespielt und alles durcheinander gebracht«, antwortete er. »Ich weiß genau, daß das gestern noch offen war.« Er zeigte auf die Stelle, wo das Loch hätte sein müssen.

»Willst du das mit der Hand aufmachen?« fragte der junge Mann und bereitete sich darauf vor, seinem Partner zu Hilfe zu eilen. Die U-Bahn-Station war erst seit einer guten halben Stunde geöffnet. Es hatten sich erst eine Handvoll Pendler auf den Weg zur Arbeit im West End gemacht.

»Nein«, erwiderte Ray, während er sich an der Kontrolltafel zu schaffen machte. »Verschwinde von der Treppe. Ich laß das Ganze mal rundlaufen.« Er steckte den Schlüssel ins Loch, drehte ihn um und drückte auf den roten Startknopf. Als die Rolltreppe zum Leben erwachte, gab es ein Geräusch, als risse etwas entzwei, dann hörten die beiden Arbeiter einen entsetzlichen, unmenschlichen Schrei aus dem Inneren der Rolltreppe.

»Stell ab! Stell das verdammte Ding ab!« Die Männer klammerten sich an die Lücke und versuchten sie mit Klauenhammern und Stemmeisen aufzubrechen. Und während sie darum kämpften, den Spalt zu erweitern, wurde der Schrei immer schwächer. Es folgte ein seltsames Blubbern. Ray zog eine Taschenlampe hervor und leuchtete ins Innere der Rolltreppe. Was er dort sah, würde er bis an sein Lebensende nicht vergessen. Der Körper des Mädchens lag noch immer dort, wo er in der Nacht zuvor hingefallen war. Aber die kräftigen Kettenglieder, die die Rolltreppen antrieben, hatten ihn mitten entzweigerissen. Nichts erinnerte mehr daran, daß dies ein Mensch gewesen war.

Ray ließ sich mit kalkweißem Gesicht gegen das Geländer sinken. »Das wußte ich nicht«, stammelte er. »Woher hätte ich es wissen sollen? Es war ein Unfall.«

»Woher soll ich es wissen?« fragte Sharpe. »Sie müssen mir schon sagen, was hier vor sich geht, Harry. Wenn es Ihnen bei uns nicht mehr gefällt, sagen Sie es mir. Wir werden schon eine Lösung finden.« Er machte eine Pause, um die Drohung wirken zu lassen. »In der vergangenen Woche waren Sie kaum in Ihrem Büro. Sie haben mich bei der Fruchtsaft-Präsentation ganz schön hängen lassen.«

Sharpe stand auf, ging um den Schreibtisch herum und lehnte sich in einer, wie Harry es nannte, väterlichen Pose zurück. »Es gibt genug Leute, die nur darauf warten, Ihre Position einzunehmen. Loyale, hungrige, *jüngere* Leute, die nichts zu verlieren haben. Ich weiß, daß der Tod Ihres Vaters ein Schock für Sie war, aber das Leben in der Agentur geht weiter. Was haben Sie dazu zu sagen, Harry?« Überaus zufrieden damit, seinen Standpunkt kurz und bündig dargestellt zu haben, ließ Sharpe sich wieder hinter dem Schreibtisch nieder und saugte an seiner erlöschenden Zigarre.

Harry fragte sich, wieviel er seinem Vorgesetzten verraten konnte. Normalerweise reagierte er bei einem Gespräch mit Sharpe so, wie er auch auf die Boulevardpresse reagierte: er hielt seinen Mund. Es war kaum die richtige Zeit, mit Sharpe über seine wachsende Desillusionierung bezüglich des Jobs zu reden.

»Es gibt da ein paar Dinge, die ich klären muß«, sagte er schließlich. »Ich mache gerade eine schwere Zeit durch, aber es ist schon okay.«

»Für Sie vielleicht, Harry, aber nicht für mich. Ich muß mich darauf verlassen können, daß sich jedes Mitglied meines Teams ins Zeug legt, um neue Kunden an Land zu ziehen.« Seine Stimme wurde sanfter. »Harry, Harry . . .« Einen Moment lang befürchtete Harry, Sharpe würde ihm väterlich den Arm um die Schultern legen. Sharpe liebte diese Geste, obwohl er kaum älter war als er. »Sie waren der beste Mann im Team. Was ist nur mit Ihnen los? Sie scheinen keine Lust mehr zu haben. Vielleicht brauchen Sie eine Herausforderung. Nun, Sie haben Glück.« Er nahm die Zigarre aus dem Mund und betrachtete angelegentlich das ausgegangene Ende, während er einen Tabakkrümel von der Lippe zupfte.

»Ich wußte gar nicht, daß wir dabei sind, neue Kunden zu werben.«

»Dem ist auch nicht so. Diese Akquisition kam durch eine alte Beziehung unseres Vorsitzenden zustande. Ich möchte, daß Sie sich mit der Sache beschäftigen. Unser Kunde braucht eine Kosten/Nutzen-Analyse betreffs Fernsehkampagnen zur Hauptsendezeit. Ich sagte ihm, Sie wären genau der richtige Mann für diesen Job.«

Er nahm eine Plastikmappe vom Tisch und gab sie Harry. »Da steht alles drin, was Sie brauchen. Unser Kunde hätte die Zahlen gern nächste Woche.«

Harrys Blick fiel auf das eingeprägte, silberne Logo.

DER ODAL KONZERN
Schon heute mit der Zukunft verbunden

»Ich habe den ODAL-Leuten von Ihren bisherigen Erfolgen erzählt«, sagte Sharpe. »Sie freuen sich darauf, Sie kennenzulernen.«

Der Donnerstagnachmittag verging in einem Nebel aus Verwirrung und falschen Auskünften. Als erstes wurde eine Sekretärin dabei ertappt, wie sie auf der Toilette in Tränen ausbrach. Später kam ein Anruf von Edens Familie, die mitteilte, daß ihre Tochter tot sei. Es fiel kein Wort darüber, wie sie zu Tode gekommen war, was wie Geflüster in Kriegszeiten zur Folge hatte, daß die Gerüchte durchs Haus schwirrten und jeder den Unfall auf seine Art ausschmückte.

Dann brachte der *Evening Standard* in seiner Spätausgabe die ganze Geschichte. Harry besorgte sich eine Ausgabe und schlug sie auf, von bösen Vorahnungen erfüllt.

Evening Standard
Donnerstag, den 23. April

MÄDCHEN STARB IN EINER U-BAHN-ROLLTREPPE.

Bericht über Gefahren blieb unbeachtet, meint Funktionär

In den frühen Morgenstunden entdeckten Arbeiter im Inneren der Rolltreppe der U-Bahn-Station Tottenham Court Road die eingeklemmte Leiche eines jungen Mädchens. Es wird vermutet, daß sie auf dem Weg nach Hause war, als sie in das wegen Reperaturarbeiten offene Loch stolperte. Ihre Identität wird wegen der drohenden Klage ihrer Verwandten zurückgehalten.

KEINE ›UNZUMUTBARE GEFAHR‹ FÜR BENUTZER

Durch Reparaturen waren zwei von drei Rolltreppen der stark frequentierten Station in den letzten sechs Wochen nicht benutzbar. Obwohl die Rolltreppen, an denen gearbeitet wird, immer offen und über Nacht unbeaufsichtigt blieben, weisen die Stationsbeamten darauf hin, daß der Gefahrenbereich durch Absperrungen und Warnschilder gesichert und auch die sonstigen Sicherheitsvorschriften erfüllt worden waren.

»Solche Arbeiten stellen keine unzumutbare Gefahr für unsere Kunden dar«, sagte der LRT-Sprecher an diesem Nachmittag.

BERICHT ›WARNTE VOR GEFAHR‹

Die Polizei kann sich nicht erklären, wie es dem Opfer gelang, über die Sicherheitssperre zu klettern, und wie es die für jeden sichtbaren Warnschilder am Fuß der Rolltreppe übersehen konnte.

Obwohl man bei der Polizei auch ein Verbrechen in Betracht zog, meinten die Untersuchungsbeamten, erste Untersuchungen hätten gezeigt, daß ein Mord ›höchst unwahrscheinlich‹ sei.

Bereits vor sechs Monaten warnte ein vom ES in Auftrag gegebener Bericht vor den Gefahren im U-Bahn-Netz.

Mehr erfahren Sie auf Seite 4

Abgeordneter des Unterhauses verurteilt ›Todesfalle U-Bahn‹, siehe Seite 13

Harry steckte die Zeitung in die ODAL-Mappe und ging in sein Büro. Er konnte nicht glauben, daß Eden tot war. Er versuchte, den Gedanken an das in einem stählernen Sarkophag um sein Leben kämpfende Mädchen zu verscheuchen und wünschte sich, er hätte sich die Zeit genommen, ihr die Schuhe zu kaufen, von denen sie geschwärmt hatte. Jetzt war es zu spät. Als er die Tür zu seinem Büro öffnete, war er überrascht, Grace dort zu finden, die auf der Couch saß und auf ihn wartete.

»Ich mußte einfach kommen«, sagte sie und stand auf. »Ich konnte nicht warten.«

»Offensichtlich.« Er goß kochendheißen Kaffee in den Plastikbecher. »Tut mir leid, daß meine Sekretärin Sie nicht anmelden konnte, aber sie wurde gerade tot in einer Rolltreppe gefunden.«

»Was?« Der Schock war ihr deutlich anzumerken. »Wie ist das möglich?«

»Keine Ahnung. Vielleicht war ich gemeint. Es steht schon in der Zeitung.« Er warf ihr den *Evening Standard* zu. »Ich lebe in einem Alptraum. Wollen Sie darüber mit mir sprechen?«

Grace löste den Blick von der Überschrift und sah ihn an. »Ich habe noch einmal bei Ihrer Mrs. Nahree angerufen. Sie war nicht da. Ich habe mit ihrem Sohn gesprochen.«

»Wo ist sie?«

»Im Krankenhaus, Harry.« Sie sprach leise. »Sie ist blind.«

»Ich fürchte, sie hat es sich selbst angetan«, sagte Dr. Clarke und zog schuldbewußt ein letztes Mal an der Zigarette, bevor er sie in das abfallübersäte erleuchtete Viereck unter sich schnippte. »Mit einem Lötkolben. Ihr

Sohn fand sie weinend in der verbarrikadierten Wohnung. Sie muß schon seit Stunden in dem Zustand gewesen sein, aber die Nachbarn ignorierten ihr Weinen.«

Die Drei standen auf dem Balkon, der sich um den hinteren Teil des Krankenhauses zog. Es schien der einzige Ort zu sein, an dem sie sich in Ruhe unterhalten konnten. »Ich habe sie am Samstagmorgen untersucht, nachdem wir sie erst einmal einen Tag lang unter Beruhigungsmittel gesetzt hatten. Wir mußten zweimal operieren. Einmal, um das zerstörte Gewebe zu entfernen, und das zweite Mal, um zu versuchen, ihre Retina zu retten. Wir hofften, die Sicht auf einem Auge wenigstens teilweise erhalten zu können. Leider ohne Erfolg.«

Grace hielt sich vom Geländer fern und starrte über die Schulter des Arztes hinweg Harry an. Sie wirkte erschöpft.

»Wir hatten in der Vergangenheit bereits ähnliche Fälle; so etwas kommt zwar nicht oft vor, ist uns aber auch nicht gänzlich unbekannt. Hier wurden Menschen eingeliefert, die ihr Augenlicht verloren, nur weil sie in die Sonne gestarrt haben. Man braucht sechs Stunden, bis es wirkt. In einigen seltenen Fällen erlangte der Patient für einen Tag oder so sein Augenlicht teilweise wieder zurück, aber immer nur für kurze Zeit. Dann folgt permanente Blindheit.«

»Warum tut sich jemand so etwas an?« fragte Harry.

»Manche machen es aus religiösem Fanatismus. Doch ich weiß nicht, ob das hier der Fall ist.«

»Wann wird sie Ihrer Meinung nach in der Lage sein, zu sprechen?«

»Sie ist wach, aber im Augenblick kann ich nur den nächsten Angehörigen eine Besuchserlaubnis erteilen. Sie spricht, aber was sie sagt, ergibt wenig Sinn. Wir geben ihr hohe Dosen Antibiotika, um die Gefahr einer Infektion so gering wie möglich zu halten – die Wunden verkrusten, da der Körper versucht, den Schaden zu reparieren. Sobald sich ihr Zustand gebessert hat, wird man sie einer Psychotherapie unterziehen.«

»Haben Sie mit ihr gesprochen?« fragte Harry. »Können Sie sich vorstellen, was in ihrem Kopf vorgeht?«

»Oh. Sie scheint sich über ihre Tat zu freuen. Das ist es, was mir nicht in den Kopf will. Es war ein vorsätzlicher, bewußter Akt der Selbstverstümmelung.«

»Aber warum?«

»Sie hat ihrem Sohn gesagt, es sei eine Art Versicherung gewesen«, antwortete Clarke, während er geistesabwesend eine Zigarette aus der zerknitterten Packung in seiner Brusttasche zog. »Sie sagte, sie hätte es getan, um sich vor den Teufeln zu schützen.«

»Das ist mir zu hoch«, sagte Grace auf dem Weg zum Krankenhaus-Parkplatz. »Was, zur Hölle, geht hier eigentlich vor?«

»Ich dachte, Sie wären in der Lage, Licht ins Dunkel zu bringen?«

»Was soll denn das schon wieder heißen?«

»Nun, es sieht ganz so aus, als hätten Sie die Sache ins Rollen gebracht.« Er brauchte jemand, bei dem er seine Frustration abladen konnte.

»Ich hätte die ganze Sache ins Rollen gebracht? Jesus, das ist echt irre.« Sie kletterte ins Fahrerhaus und knallte die Tür zu. »Ihr Vater ist schuld. Wovor ist er davongelaufen?« Sie warf wütend den Motor an. »Sie sind doch so ein Supermann. Warum finden Sie es nicht heraus?«

»Warten Sie! Hören Sie; es tut mir leid.« Harry lief winkend vor dem Wagen her, während sie im Rückwärtsgang aus der Parklücke fuhr. »Ich brauche Ihre Hilfe.«

Darauf hatte Grace gewartet. »Ich höre.«

»Ich muß mir Zutritt zu Instant Image verschaffen.«

»Warum? Gerade jetzt wäre Brian Lack sehr froh, Sie tot zu sehen. Ich schlage vor, wir brechen nachts in das Gebäude ein und durchsuchen seinen Schreibtisch.«

»Versuchen wir es erst einmal auf legale Weise«, erwiderte Harry. »Ich bin gerade dabei, den ODAL-Bericht durchzuarbeiten. Ich werde mit Daniel Carmody einen Termin vereinbaren und ihn über die Firma meines Vaters ausfragen.« Er klärte Grace über sein Gespräch mit Sharpe auf.

»Schön«, meinte Grace und winkte ihn ins Fahrerhaus. »Wenn wir uns schon in ernsthafte Schwierigkeiten begeben, warum nicht ganz oben anfangen.«

22

Carmody

Sie trafen sich nach Feierabend im Sitzungssaal im siebzehnten Stock. ODALs Projektdirektoren waren gebeten worden, vollzählig zu erscheinen. Niemand hatte eine Vorstellung, weshalb das Treffen zu dieser späten Stunde anberaumt worden war. Selbst Old Man Harwood hatte sich grummelnd bereit erklärt, eine Weile am Tischende auszuharren. Jetzt war nur noch ein Stuhl unbesetzt. Die Direktoren zündeten sich Zigaretten an, spielten mit ihren Notizblöcken herum und unterhielten sich – und alles nur, um die Tatsache zu vertuschen, daß sie wegen eines Mannes hier waren, dessen Autorität die ihre weit überragte. Alle Köpfe wirbelten herum, als die Doppeltüren nach innen aufgingen und Daniel Carmody auf der Bildfläche erschien.

Der neue Geschäftsführer war ein ausnehmend großer,

schlanker Mann mit grauschwarzen Haaren, die im Nacken zu einem kleinen modischen Pferdeschwanz zusammengebunden waren. Sein linkes Auge war leuchtend blau. Und obgleich das rechte ihm in der Farbe ähnelte, verriet seine Leblosigkeit, daß es sich hierbei nur um bemaltes Glas handelte.

Daniel Carmody nahm seinen Platz am Kopfende ein, stellte die Aktentasche ab und zog ein schwarzledernes Notizbuch heraus. Er begrüßte Harwood mit einem knappen Nicken, dann wandte er sich den übrigen Direktoren zu.

»Dieses Treffen wird nicht viel von Ihrer kostbaren Zeit in Anspruch nehmen, Gentlemen, das verspreche ich Ihnen. Wie Sie alle wissen, beginnt die nächste Phase des geplanten Vorstoßes in neue Gebiete der Technologie Anfang Juli, also in weniger als drei Monaten. Nach reiflicher Überlegung bin ich zu dem Schluß gekommen, dieses Datum auf nächsten Monat vorzuverlegen.« Seine Stimme hatte einen unbestimmbaren Akzent.

Man hörte erstauntes Gemurmel. »Sie können diese Entscheidung nicht alleine treffen, Carmody«, meldete sich einer der Direktoren zu Wort. »Wir sind noch nicht fertig. Der Ausschuß muß darüber abstimmen.«

Carmody richtete den Blick auf den Sprecher. Das eine Auge blickte umher, während das andere starr vor sich sah. »Und genau deswegen habe ich Sie heute abend hierher gebeten«, sagte er langsam. »Ich brauche Ihre Zustimmung und Unterstützung, bevor ich die Sache vom Stapel laufen lassen kann.«

»Und warum soll das Datum vorverlegt werden?« fragte ein kleiner, glatzköpfiger Mann, der links saß.

»Es gibt da ein Problem.« Er hielt das Notizbuch in die Höhe. Einen Augenblick wirkte er wie ein zorniger Prediger, der über die Teufel der Trunksucht wettert. »Unsere

Konkurrenten haben soeben ihre Pläne enthüllt, die sie auf den Märkten New Yorks und Hongkongs an die Spitze rücken werden – sie sind uns wenigstens einen Monat voraus.«

»Tatsächlich? Es fällt mir schwer, das zu glauben. Keiner unserer Repräsentanten dort draußen hat je etwas Derartiges erwähnt«, kam es grummelnd vom anderen Ende des Tisches. Sam Harwood war lange Jahre lang Vorsitzender der Gesellschaft und Zeuge der Namensänderungen, Fusionen und Übernahmen gewesen, die ohne Pannen vonstatten gegangen waren. Mit einundsiebzig Jahren besaß er immer noch den Respekt und die Loyalität seiner Angestellten. Er war die einzige Person in dieser Runde, die es wagte, dem neuen Geschäftsführer zu widersprechen.

»Vielleicht sind Ihre Repräsentanten mit dem Markt nicht so gut vertraut, wie sie es sein sollten, Mr. Harwood. Heute nachmittag stieg der Aktienindex unseres Rivalen um mehrere Punkte, nachdem er bekanntgegeben hatte, er habe vor, eine neue Faser-Optik-Technik anzuwenden.«

Daniel Carmody wirkte auf die meisten der Direktoren beunruhigend. Obwohl er erst seit drei Monaten im Amt war, hatten seine Zurückhaltung, die gönnerhafte Art, die er seinen Angestellten gegenüber an den Tag legte, und sein vermeintlicher Mangel an Herzenswärme ihm bereits eine beachtliche Anzahl Feinde beschert. Aber niemand konnte ihm den Erfolg seiner unkonventionellen Geschäftsideen oder seine Weitsicht in bezug auf die Firmenpolitik absprechen, die letzten Endes allen Angestellten ODALs zugute kommen würde.

»Ich will versuchen, jeden einzelnen der hier anwesenden Direktoren zu überzeugen, daß wir, wenn wir das Datum nicht vorverlegen, unsere Führungsposition, die wir uns gerade mit Erfolg erarbeitet haben, wieder verlieren werden.« Carmody stand auf und beugte sich vor, die Hände auf dem Tisch. »Der neuen Herausforderung gerecht zu werden, ist eine schwierige, aber keineswegs unmögliche Aufgabe. Unser größtes Problem ist die Angst. Ein Gefühl, das jeder von Ihnen ausstrahlt. Die Angst davor, zu schnell zu expandieren; die Angst, zu versagen. Deshalb bin ich hier. Um Ihnen die Angst zu nehmen und sie durch etwas zu ersetzen, von dem ich weiß, daß Sie alle es zu würdigen wissen. Ich bin hier, um Ihre Angst in die Aggression zu verwandeln, die wachsenden Gewinn zur Folge hat.«

Er setzte sich und sah Harwood an. »Die alten Wege sind nicht immer die besten«, fuhr er spitz fort. »Wir können es uns nicht leisten, hier herumzusitzen und darauf zu warten, wie der Markt reagiert. Wir müssen hart und schnell zuschlagen, und wir müssen *jetzt* handeln.«

Als die Direktoren den Sitzungssaal verließen, wußte Carmody, daß er ihre Stimmen in der Tasche hatte. Er stellte das neue Gesetz dar. Er war unbeliebt, aber sie vertrauten ihm. Er besaß das Selbstvertrauen und die Fähigkeit, die Vielzahl der Firmen der Welt gegenüber als ein vereintes Ganzes zu präsentieren. Es würde nicht mehr lange dauern, und sie hatten ihre Hände in jedem Medienbereich. Von den Studios, die Fernsehfilme produzierten, über die Satellitennetze bis hin zu den Fernsehzeitschriften auf den Schößen der Fernsehzuschauer. Ein komplettes System. Alles in einer Hand, von Anfang bis Ende. Ein Traum, zum Greifen nahe.

Als der letzte Mann den Sitzungssaal verlassen hatte, schloß Sam Harwood die Doppeltür.

»Ich hätte Sie gern privat gesprochen, Carmody.« Er lehnte sich an die Rückenlehne eines Stuhls, um seine arthritischen Beine zu entlasten. »Kein Sender plant zu expandieren, das wissen Sie genau. Ich möchte, daß Sie mir einen vernünftigen Grund für die plötzliche Vorverlegung des Termins nennen.«

»Ich denke, daß Sie ihn bereits kennen, Sam.« Carmody machte einen Schritt auf Sam zu und sah ihn von oben herab an. »Sie haben bereits vor fast zwei Wochen im Prinzip zugestimmt.«

»Was hätte ich denn sonst tun sollen? Sie sagten mir, es sei sehr wichtig, daß diese« – er suchte nach einem Euphemismus, aus Angst, es horche jemand – »diese *Panne* ausgebügelt würde.«

»Sie wurde ausgebügelt. Das kann ich Ihnen versichern.« Er legte seine knochige Hand in einer entnervend beruhigenden Geste auf Harwoods Schultern. »Morgen um Mitternacht wird der letzte Missetäter aus dem Verkehr gezogen sein. Aber ein neues Problem ist aufgetaucht, Sam. Eine Firma, die wir so schnell wie möglich kaufen müssen.« Carmody ging zu seinem Platz und zog sein Notizbuch zu Rate. »Eine Videofirma namens Instant Image. Weiß Gott, wir haben sie wahrhaftig nicht nötig, aber es muß getan werden.«

»Was ist, wenn sie das Angebot nicht annehmen?«

»Zwei ihrer Direktoren haben erst kürzlich den Löffel abgegeben. Der dritte und letzte ist an einem Verkauf interessiert.«

»Wollen Sie damit sagen, wir . . .?«

»Sie wählten den Tod. Die Sache ist folgende. Ich kann nicht einfach so, aus heiterem Himmel, eine Firma aufkaufen. Indem ich nun das offizielle Datum vorverlege, kann ich von unseren kleinen Neuerwerbungen ablenken.«

»Aber warum gerade diese Firma?«

»Sie gehört zum Versand.«

»O Gott, nicht schon wieder.« Harwood ließ sich in seinen Stuhl fallen. »Wie viele gibt es noch?«

»Nach meiner Rechnung sind es nicht mehr viele. Verstehen Sie jetzt, weshalb es getan werden muß?«

»Sehr gut, aber bitte ohne Blutvergießen.«

»Das kann ich Ihnen nicht versprechen. Sie wissen doch, daß auf ODAL nicht der Schatten eines Verdachtes fallen kann.«

»Merken Sie eigentlich nicht, wie unrecht das ist?« schrie Harwood ihn an. Jetzt war es ihm egal, ob jemand zuhörte. »Jahrelang wurde dieses Geschäft mit Anstand geführt. Natürlich wollten auch wir Gewinn machen, aber wir hatten unsere Moral. Soll das alles nichts mehr wert sein?«

»Verschonen Sie mich mit Ihren Moralpredigten«, schnappte Carmody. »Wollen Sie mir wirklich weismachen, daß Sie in all den Jahren niemanden geschädigt, daß Sie niemanden übers Ohr gehauen haben? Ein Geschäft zu führen ist wie Krieg. Man zieht nicht ohne die Bereitschaft zu einer, wenn auch begrenzten Zerstörung in den Kampf. Ich möchte Sie an etwas erinnern, Sam.« Er näherte sein Gesicht Sams. »Diese Firma war am Rande des Zusammenbruches, als ich meine Lösung präsentierte. Ich erklärte Ihnen meinen Plan, und Sie stimmten mir zu. Sie wußten, was ich zu tun hatte, um diese Firma wieder funktionstüchtig zu machen. Ihnen gefiel der Plan, vertikal zu expandieren; in die internationalen Märkte einzudringen. Das hier ist nur die Spitze des Eisbergs, Sam. Wenn Sie mich für skrupellos halten, haben Sie *nichts* verstanden. Haben Sie nicht gehört, was der Premierminister gesagt hat? Es gibt jetzt einen freien Markt. Jeder für sich. Sehen Sie es als ein Rennen. Der Unfaire gewinnt, und die Krüppel stolpern hinterher.«

Er betrachtete amüsiert Harwoods erschrecktes Gesicht.

»Kopf hoch, Sam. In unserer Organisation gibt es keine Krüppel. Wir feuern die Behinderten nicht, und wir geben den Gewinnern einen eigenen Parkplatz. Die ODAL ist auf dem Weg, weltumspannend zu werden.«

Harwood zog sich in seinen Stuhl zurück, um Carmodys starrem Blick zu entkommen. Sein Herz schlug heftig. Er hatte nie damit gerechnet, daß er in seinem Alter noch einmal richtige Angst haben würde. Carmody ließ seine Aktentasche mit einem Knall zuschnappen.

»Nun zu dieser kleinen Firma. Es müssen noch ein paar Papiere unterzeichnet werden. Am besten Sie holen sich jemanden, der in der Lage ist, die entsprechenden Schriftstücke vorzubereiten.« An der Tür hielt er lächelnd inne. »Warum machen Sie nicht Urlaub, wenn das alles hier vorbei ist? Irgendwo, wo es nett und ruhig ist. Wo Sie für eine Weile das Geschäft vergessen können?«

Als er allein war, betrachtete der alte Mann im Sitzungssaal seine Hände und stellte fest, daß sie zitterten. Hätte er doch nur nicht Carmodys Organisation erlaubt, sich in seine Firma einzukaufen . . . aber zur Reue war es jetzt zu spät. Es mußte etwas geschehen. Man mußte ihn stoppen, sonst würden sie noch alle in der Hölle landen. Er mußte grinsen. Die Hölle war genau die Richtung, auf die sie zusteuerten.

23

Die Unglücksdatei

»Ich kann mich nicht mit der Vorstellung anfreunden, daß Menschen wegen eines Fluches sterben«, sagte John May und knallte die Schublade zu. Er begann den Augenblick zu fürchten, an dem sie über ihre Entdeckungen Bericht erstatten mußten. »Ich traue mich schon gar nicht mehr, die Theorie laut zu diskutieren. Hargreave würde uns achtkantig aus dem Fenster schmeißen, wenn er davon wüßte.« Er hatte ganz vergessen, daß er vor Hargreaves Freundin stand.

»Warum sollte er«, antwortete Longbright. »Er hatte selbst ein paar seltsame Fälle am Hals. Den Leicester-Square-Vampir, das Telecom-Tower-Massaker, die Savoy-Morde. Wenn jemand die ganze Sache vorurteilsfrei betrachten kann, dann er.«

»Aber der letzte Fall mit diesem Geisteskranken ist genau der Grund, weshalb er keine Lust hat, noch einmal in so eine Sache hineingezogen zu werden. Er will nicht riskieren, sich noch einmal lächerlich zu machen«, erwiderte May. »Nun, wir haben da ja doch noch diesen Mann – wie war doch gleich sein Name...?«

Er schnippte mit den Fingern.

»Buckingham. Harry Buckingham.«

»... der in vier verschiedene ungewöhnliche Unfälle verwickelt ist. Sein Vater wird von einem Lastwagen dahingerafft, seine Sekretärin verschwindet in einer Rolltreppe; der Kerl, der seinen Wagen klaut, verübt Selbstmord, und die Freundin seines Vaters wirft sich vor einen Zug. Aber nur einer von ihnen – nämlich Coltis – hatte das magische Stück Papier mit dem sogenannten Fluch dabei. Jammerschade, daß wir Buckingham nicht mit

Dell oder Meadows in Verbindung bringen können. Was hat er gesagt?«

»Nichts. Aber ich glaube, er weiß mehr, als er zugibt.« Longbright ging ihre Notizen durch. May und Longbright hatten eine Verbrechensidentifikations-Database für das lokale System vorbereitet.

Jeder Unfall war mit einer kurzen Beschreibung des Opfers und den Umständen, die zu seinem Tode führten, versehen worden. Neue Fälle, die den Parametern der Database entsprachen, kamen in die neu angelegte ›Unglücksdatei‹. Longbright und May hatten vor, sie während der Untersuchungen laufend zu überprüfen. So konnte jede neue, sachdienliche Information nach Hinweisen überprüft werden.

Regentropfen waren auf die quer über den Schreibtisch verstreuten Notizen gespritzt. Longbright schloß das kleine Fenster hinter sich. Für einen Freitagmorgen war es im Einsatzzimmer auffallend ruhig.

»Wo ist Arthur? Ich dachte, Sie hätten ihn gebeten, zu kommen?« fragte May.

»Er besucht Dr. Kirkpatrick, um mehr über die Flüche zu erfahren. Er wird später zu uns stoßen.«

»Gut. Ich denke, wir brauchen ihm das System nicht zu erklären. Vor ein paar Jahren hat er gegen seinen Willen an einem Word-Processing-Kurs teilnehmen müssen und es fertiggebracht, ein paar wichtige Dateien zu löschen, bevor wir ihn aus dem Zimmer verbannten.«

»Sie und Mr. Bryant arbeiten schon sehr lange zusammen, nicht wahr?« Longbright sah zu, wie May eine weitere Information in den Computer gab.

»O ja, wir sind alte Freunde.«

»Ich habe gehört, einige Leute in der Abteilung halten ihn für ein wenig schwierig. Er scheint mehr auf Sie als auf sonst jemanden zu hören.«

»Nun, wir haben eine Menge gemeinsam. Wenigstens hatten wir das.« Mays Gesicht verfinsterte sich, als eine unangenehme Erinnerung auftauchte. Seine Hände schwebten über der Tastatur. »Es gibt Tage, da ist Arthur nur glücklich, wenn er hart arbeitet.« Er tippte weiter. »Man weiß genau, wann das ist, denn er stöhnt die ganze Zeit. Wenn er lustig wird, muß man aufpassen.« Er schielte auf Longbrights Notizen. »Das Mädchen in der Rolltreppe. Suchen Sie bitte die Aussagen des Arbeiters heraus, der die Treppe startete.«

»Bereits geladen.« Longbright beugte sich vor, rief die Datei auf und ließ die Berichte durchlaufen. »Beide Männer behaupten, das Loch in der Rolltreppe sei etwa einsfünfzig groß gewesen.«

»Wäre es möglich, daß sich die Treppe über ihr geschlossen hat, nachdem sie dort hineingefallen war?«

Longbright überprüfte ihre Notizen. »Die Arbeiter meinen, es sei nicht möglich.«

»Also, entweder hat jemand sie dort eingeschlossen, oder sie hat es selbst getan. Sie hatte sich gerade mit ihrem Freund gestritten . . .«

»Aber er hat sie nicht zur Haltestelle begleitet.«

»Und Buckingham war auch nicht in der Nähe. Schade.«

»Wie wär's, wenn wir die Fälle auf der Datei einmal auf Fingerabdrücke, Kontaktspuren und Spektrumtests hin vergleichen würden?«

»Ich kann nicht sagen, daß ich es *gerne* tue«, erwiderte May seufzend. »Es ist erstens sehr arbeitsintensiv und zweitens zu spät. Die größte technische Begrenzung der Gerichtswissenschaft ist das Selektieren wichtiger Beweise während der ersten Untersuchung. Ich kann mir vorstellen, daß eine Menge Untersuchungsbeamte an den Tatorten waren, denen im Kopf herumschwirrte, daß die ersten Anrufer von Unfällen und nicht von Morden gesprochen hatten. Das bedeutet im Klartext: Sanitäter, Polizisten, Fuß- und Fingerabdrücke überall.« Er setzte sich gerade hin und streckte die schmerzenden Arme aus. »Ich muß einen gemeinsamen Nenner finden, egal wie abwegig er auch sein mag. Sobald ein Fall aus der Reihe fällt, gehört er in die Datei.« Er dachte nach. »Und laden Sie Harry Buckingham zu einer Befragung vor. Aber lassen Sie ihn erst einmal eine Weile schmoren.«

Longbright lächelte. »Mit Vergnügen.«

»Sagen Sie mir eins, Mr. Buckingham, ist Ihr Leben immer so aufregend, oder haben Sie nur eine besonders schlimme Woche hinter sich?« Longbrights Ton war kühler als bei ihrem letzten Treffen.

»Bitte, nennen Sie mich Harry«, antwortete der Angesprochene seufzend. Er betrachtete die hohen Fenster des Sprechzimmers, auf dessen rußiges Glas der Regen Punkte malte. Longbright hatte zwar die Uniform abgelegt, aber sie benahm sich immer noch so förmlich, als sei sie im Dienst. Sie hatte zwar die Kleidung, aber nicht die Einstellung gewechselt.

Der Raum – klein, kalt und grün – bot seinen Gästen nicht den geringsten visuellen Reiz. Ein nackter Holztisch, zwei Stühle und eine Neonlampe, das war alles. Man hatte Harry gegen seinen Willen zur Polizeiwache geschleppt und ihn dort über zweieinhalb Stunden warten lassen. Er sah auf die Uhr und stellte fest, daß es fast sechs Uhr abends war. Sharpe hatte einen Wutanfall bekommen, als Harry von der Polizei mitten aus einem Kundentreffen gerissen wurde.

Und als sei das noch nicht genug, war er auch noch um sieben Uhr mit Hilary zum Essen verabredet, um sein seltsames Verhalten zu erklären und um Vergebung seiner Sünden zu bitten.

»Ich weiß nicht, wo ich anfangen soll, Harry.« Longbright lehnte sich weit mit dem Stuhl zurück, der nichts getan hatte, um eine solche Behandlung zu verdienen, und studierte ihr Gegenüber aufmerksam. »Sie scheinen das ruhige Zentrum eines Wirbelsturmes zu sein. Tod und Verderben umgeben Sie.« Longbrights tadellos nachgezogene Augenbrauen kräuselten sich leicht, als sie den Stuhl wieder aufrecht stellte. »Wenn man einen Fall nur aufgrund von Indizien eröffnen könnte, würde ich Sie sofort für vier Morde verantwortlich machen. Man würde Ihnen, noch während wir miteinander sprechen, die Schnürsenkel wegnehmen.«

Harry hielt es für das beste, nichts zu sagen. Er würde sich nur lächerlich machen, wenn er jetzt den Mund aufmachte. Er wußte, daß Longbright noch nicht mit ihm fertig war.

Die Polizistin beugte sich vor und legte ihm die manikürte Hand auf den Arm. »Ich möchte Ihnen eine Frage stellen, Harry. Sie sind doch in der Werbebranche tätig. Was wissen Sie über Statistiken?«

Harry dachte eine Weile darüber nach, ehe er antwortete. »Ich kann Ihnen sagen, wie viele verheiratete Frauen unter fünfundzwanzig das Waschmittel wechseln.«

»Und was sagen Sie dazu, daß Sie mit so vielen Unglücksopfern in Verbindung gestanden haben? Ist das, statistisch gesehen, nicht etwas unwahrscheinlich?« Sie zog die Hand zurück und lehnte sich zurück, ohne ihn aus den Augen zu lassen.

»War Edens Tod denn ein Unglück?«

»Wir wissen, daß sie noch gelebt hat, als die Arbeiter die Rolltreppe anstellten. Wir wissen nicht, wie sie dort hineingekommen ist oder weshalb. Ich brauche Ihre

Hilfe, Harry. Wir sind von Tür zu Tür gegangen und haben Fragen gestellt; wir haben Blutgruppen und Fasern verglichen; wir haben die Umgebung nach Spuren abgesucht und eine Reihe Autopsien durchführen lassen. Wollen Sie wissen, was dabei herausgekommen ist? Nichts. Überhaupt nichts. Nun, ob es Ihnen gefällt oder nicht, es hat den Anschein, als seien Sie in diese Sache verwickelt. Wenn Ihnen also in den letzten zwei Wochen etwas Ungewöhnliches aufgefallen ist, so hoffe ich, daß Sie genug Pflichtgefühl besitzen, uns diese Information nicht vorzuenthalten. Denn alles, was wir haben, sind eine Morduntersuchung, die keine ist, und hundert Spuren, die nirgendwohin führen.«

Harry sah in Longbrights ernste, haselnußbraune Augen und fragte sich, ob er ihr von den Teufelsgebeten erzählen sollte. Er entschied sich dagegen. Er würde erst einmal sehen, wie weit er selbst kam. »Tut mir leid.« Er schüttelte den Kopf. »Mir ist nichts Ungewöhnliches aufgefallen.«

»Also, Ihnen ist nichts Ungewöhnliches aufgefallen.« Sie warf ihm einen ungläubigen Blick zu. »Sie sollten noch einmal in Ruhe darüber nachdenken, denn zur Zeit gehören Sie zu den Hauptverdächtigen.«

»Und wenn Sie Beweise finden, daß ein paar von diesen Menschen ermordet wurden?« fragte er.

»Dann wandern Sie umgehend ins Kittchen, Harry. Wir werden das Motiv schon herausbekommen, während Sie hinter Gittern sitzen.«

»Und was jetzt? Bin ich frei? Kann ich gehen?« Er stand auf.

»Ich denke ja.« Sie rief nach einem Constable, der ihnen die Tür öffnen sollte.

»Und, wie heißt es in gewissen Filmen doch so schön, verlassen Sie die Stadt eine Weile nicht.«

»Sie haben mein Wort, Sergeant.«

Harrys geordnete Welt lag in Scherben. Während er versuchte, ein Taxi zu bekommen, schien ihm alles so fremd, als hätte sein Leben einen Schubs erhalten, der es aus der Realität geschleudert hatte. Longbright hatte recht. Jeder, mit dem er Kontakt hatte, schien dafür bezahlen zu müssen. Er kam sich wie ein todbringender Midas vor.

Da fiel ihm ein, daß die Polizei von der Unterhaltung wußte, die sein Vater kurz vor seinem Tod mit Mrs. Nahree geführt hatte. Aber Longbright hatte kein Wort über deren Selbstverstümmelung verlauten lassen. Vielleicht war sie noch nicht davon benachrichtigt worden. Gut. Dann blieb ihm noch Zeit, sich mit ihrem Sohn zu unterhalten, bevor die Polizei kam. Er nahm sich vor, morgen früh als allererstes den Schmuckladen, in dem er arbeitete, aufzusuchen. Jetzt war es an der Zeit, sich Hilary zu stellen.

Er konnte sie schon von fern am Tisch sitzen und traurig in ihren Badoit starren sehen. Sie hatte ihr honigblondes Haar zu einem griechischen Knoten geschlungen. Schien im Augenblick Mode zu sein. Als er an der Bar vorbei zu den Tischen ging, ergriff jemand seinen Arm.

»Sie sieht wie eine von Hitchcocks Hauptdarstellerinnen aus, Harry. Grace Kelly oder – nein, eher Tippy Hedren in *Marnie*. Genau.« Grace neigte bewundernd den Kopf und setzte sich wieder hin.

»Was machen Sie denn hier, verdammt noch mal?« flüsterte er. »Warum verfolgen Sie mich?«

»Auch noch eitel. Ich bin mit einem alten Freund hier. Es ist nur ein Zufall, weiter nichts.« Grace hoffte, daß er sich nicht mehr an seine früheren Bemerkungen bezüglich Hilarys Lieblingsrestaurant erinnerte. Sie hatte sich die Haare kastanienrot gefärbt und wirkte nicht mehr so schrill wie sonst. Sie trug ein nachtblaues Kleid, das ihre schlanke Figur betonte, und hatte die Doc-Marten-Schuhe gegen ein paar hochhackige Abendpumps getauscht. Das Ergebnis war verwirrend. Harry blickte sich nervös nach Hilary um, die gerade in diesem Moment aufschaute und sah, wie er sie wie ein Voyeur durch den Farn beobachtete.

»Gott. Sie hat mich gesehen. Ich muß gehen.«

»Lassen Sie sich nicht aufhalten.«

Harry hielt inne. »Mit wem sind Sie hier?« fragte er mißtrauisch. »Das Restaurant ist nicht gerade billig. Was haben Sie vor?«

»Ich?« erwiderte sie unschuldig und fuhr mit der Hand zum Hals. »Was bringt Sie dazu, zu glauben, ich hätte Hintergedanken?«

»Ich kenne Typen wie Sie. Die haben immer Hintergedanken.«

»Was ist los, Harry? Beunruhigt Sie der Gedanke, daß ich Ihnen beim Essen zuschaue? Sie sind wohl der Meinung, dieses Lokal sollte nur für Spesenritter reserviert sein? Wie schon gesagt, ich wollte hier nur etwas trinken. Ich mag zwar eine niedere Sklavin sein, aber ich kriege immer noch genug Geld zusammen, um mir einen Gin Tonic zu leisten.«

»Sie sind eine sehr widersprüchliche junge Frau«, zischte Harry, »und Sie gefährden die Beziehung zu meiner Verlobten.«

»Ich gefährde Ihre Beziehung? Dann nehmen Sie am besten die Hand von meinem Arm.« Sie griff nach seiner Hand, als entferne sie eine Spinne aus dem Bad.

»Versuchen Sie das *crêpe de langouste*!« rief sie ihm

nach. »Ich habe in einer Illustrierten gelesen, es sei köstlich.«

»Wer ist denn diese seltsame junge Frau?« fragte Hilary, während sie ihm die Wange zum Kuß hinhielt.

»Oh, äh, sie arbeitet in der Agentur. Als Schreibkraft.« Er konzentrierte sich darauf, die in einen Schwan verwandelte Serviette auseinanderzufalten.

»Du scheinst dich ja sehr gut mit ihr zu verstehen, wenn man bedenkt, daß sie nur eine Schreibkraft ist.«

»Äh, sie sind im Augenblick alle ein wenig durcheinander, weißt du, nach diesem tragischen Unfall.« Er vertiefte sich in das Studium der Speisekarte.

»Du meinst das Mädchen in der Rolltreppe? Es muß furchtbar gewesen sein.« Er wußte, daß sie gleich das Thema wechseln würde, wie sie es immer tat, wenn von ungewöhnlichen Todesfällen die Rede war, was bei ihren letzten Verabredungen zum Essen ja häufig der Fall war. »Ich hoffe, du hast nicht vergessen, daß wir am Sonntag bei meiner Mutter zum Essen eingeladen sind?«

»Wie könnte ich das vergessen?« antwortete Harry, der es völlig vergessen hatte. Er warf einen verstohlenen Blick über die Speisekarte in Grace' Richtung. Ein großer, blasser Mann mit Brille setzte sich gerade neben sie. Er flüsterte ihr etwas ins Ohr, und sie lachte. Er schien noch sehr jung zu sein. Harry runzelte die Stirn.

»Du hörst mir gar nicht zu, Harry. Ich habe dich gerade gefragt, ob man dir schon einen neuen Firmenwagen zur Verfügung gestellt hat.«

»Äh, nein, hat man noch nicht.« Er klappte die Menükarte zu.

»Aber sie werden es doch tun, oder?« Ihre Stimme

wurde drängender. Hilary besaß keinen Führerschein. Sie sah nicht ein, weshalb sie Autofahren lernen sollte, solange es noch Leute gab, die sie herumchauffieren konnten.

»Das nehme ich an. Ich habe bis jetzt noch nicht darüber gesprochen.«

»Um Himmels willen, das *mußt* du aber, Harry. Nicht, daß sie dir am Ende irgend so ein billiges Modell andrehen. Es sieht dir gar nicht ähnlich, etwas so Wichtiges zu vergessen. Du benimmst dich augenblicklich sehr merkwürdig.«

Harry sah, wie Grace sich bei ihrem Begleiter entschuldigte und zur Toilette ging. Er stand auf. »Bestell du für mich, Hilary. Ich bin in einer Minute wieder da. Die Natur ruft.«

»Aber ich weiß doch gar nicht, was du willst«, jammerte sie.

»Wenn man Sie hier entdeckt, Harry, wird man Sie achtkantig aus dem Lokal werfen«, begrüßte ihn Grace lachend.

»Ich wollte vorhin nicht so grob sein.« Er ließ seinen Blick über die rosafarbenen Waschbecken gleiten, um sicherzustellen, daß sie allein waren. »Ich habe den ganzen Nachmittag auf der Polizeiwache verbracht. Sie wollen mir vier Morde anhängen, aber sie haben keine Beweise. Sie denken, ich gehöre einer Verschwörung an. Kein Wunder, daß ich fertig bin. Und Hilary heute abend zu sehen, war nicht gerade die beste Idee. Sie ist so . . .« Er suchte nach dem richtigen Wort.

»Ich weiß schon«, kam Grace ihm zu Hilfe. »Ich kenne diesen Typ Frau. Sie sind nur an Bällen interessiert.«

»Bällen?«

»Gesellschaften. Sie werden sich vielleicht fragen, mit wem ich hier bin. Das werde ich Ihnen beim nächsten Mal verraten.« Er sollte nicht erfahren, daß sie das Treffen arrangiert hatte. »Es tut mir leid, daß die Cops Sie aufgehalten haben. Aber Sie können es ihnen nicht verübeln. Es ist nicht gerade sicher, sich in Ihrer Nähe aufzuhalten. Was werden Sie jetzt tun?«

»Halt. Was soll das heißen? Ich dachte, Sie würden mir helfen.«

»Vorbei. Die Eisprinzessin kann übernehmen.«

»Aber ich möchte nicht, daß sie mir hilft.«

»Und warum nicht?«

»Ich möchte dich.«

Grace lehnte sich gegen die rosafarbene Kachelwand. »Was für eine Überraschung, Harry.« Ihr Lächeln wurde breiter.

Als er sich vorbeugte, um sie zu küssen, schaltete sich der Handtrockner hinter ihr an und umhüllte sie mit seiner Wärme.

»Du mußt mich für eine totale Idiotin halten«, zischte Hilary, als er an den Tisch zurückkam. Die Speisekarte lag noch immer da, wo er sie hingelegt hatte.

»Ich weiß nicht, was du meinst.« Er setzte sich hin und legte sich die Serviette über die Knie.

»Ich habe gesehen, wie du dem kleinen Flittchen auf die Toilette gefolgt bist. Treibt dich deine Sexbesessenheit jetzt schon in öffentliche Toiletten?«

»Mach dich nicht lächerlich, Hilary. Ich habe nur . . .«

»Ich bin nicht in der Stimmung für Entschuldigungen, Harry. Um die Wahrheit zu sagen, mir ist der Appetit vergangen.« Jetzt wurde es ernst. Sie stand auf. »Weiß Gott, ich war gewarnt. So etwas passiert immer, wenn man

Leuten aus der Arbeiterklasse gehobene Plätze zubilligt. Hol mir bitte den Mantel, Harry.«

Grace machte große Augen, als Harry an der Bar vorbeikam. Er zuckte hilflos mit den Schultern, während er Hilary in den Mantel half. Grace wandte sich mit einem triumphierenden Lächeln ihrem Begleiter zu.

24

Der Haßkodex

Unter der riesigen Kupferkuppel des Lesesaals im Britischen Museum, wo vor ihm schon Shaw und Lenin und Marx gesessen und gearbeitet hatten, ließ sich Arthur Bryant an einem der Tische nieder und wartete auf Dr. Kirkpatricks Rückkehr. Sonnenstrahlen beschienen den kreisrunden Boden, auf dem mit Büchern beladene Handkarren stumm ihres Weges zogen. In diesen Hallen lagerten über zehn Millionen Werke der Literatur, ältere und neuere, geschätzt und studiert von Studenten und Gelehrten aus aller Welt.

»Hier sind Sie also!« flüsterte Kirkpatrick. »Ich habe mir gedacht, ich schließe mich dem Mädchen am Bücherkarren an und helfe ihr ein wenig beim Suchen. Wenn es darum geht, Bücher zu finden, sind sie so fürchterlich wie Fabianer. Stumm und gehemmt. Aber ich glaube, es ist mir gelungen, etwas Interessantes für Sie auszugraben.« Er setzte sich neben den Detective und legte ein halbes Dutzend schwergewichtiger Werke auf den Tisch.

»Sie müssen mir alles über diese Flüche erzählen«, erwiderte Bryant. »Ich bin nicht so sehr an ihrer Bedeutung interessiert, sondern eher daran, woher sie stammen.« Bryant hoffte, daß das Gespräch mit dem Paläographen ihm Näheres über den Charakter der Person offenbaren würde, die diese Flüche verschickte.

»Wo soll ich beginnen? Runen sind mit Aberglauben und Mythos durchtränkt«, erklärte Kirkpatrick und ließ seine pergamentgrauen Fingergelenke knacken, bevor er das erste Buch aufschlug. »Für gewöhnlich waren die, die diese Sprache studiert hatten, überaus gefürchtet. Wenn Sie nach einem Mörder Ausschau halten, der etwas braucht, womit er seine Opfer in Angst und Schrecken versetzen kann, ist das hier ein guter Anfang.« Er blätterte das Buch durch. Arthur nieste diskret, als ihm der feine Papierstaub in die Nase stieg.

»Sie sagten, es seien verschiedene Alphabete.«

»Das stimmt. Es handelt sich um eine einzige Wurzel mit drei Systemen. Englisch, Germanisch und Skandinavisch. Das Wort ›Rune‹ hat verschiedene Bedeutungen. Ursprünglich war damit ›donnern‹ gemeint, später bedeutete es ›Geheimschrift‹ oder ›geflüstertes Geheimnis‹. Wir haben es hier mit dem germanischen *Futhark* zu tun. Es besteht aus vierundzwanzig Buchstaben, jeweils drei Gruppen zu acht Buchstaben. Jede Gruppe nennt man eine *Aettir*. Das heißt einfach ›Familie‹. Die einzelnen Gruppen wurden drei Gottheiten zugeordnet.«

»Wollen Sie damit sagen, daß Gottheiten in die Sache verwickelt sind?«

»Ja, das will ich. Die Runen werden im allgemeinen mit Odin, auch Wotan genannt, in Zusammenhang gebracht. Er ist der Gott der Erleuchtung und des Krieges. Also Weisheit und Tod. Ihm verdanken die Engländer das Wort ›Wednesday‹; Wotans Tag.«

»Kann man die Runen übersetzen?«

»Das wird nicht leicht sein. Ich kann es nicht. Das Problem ist weniger die Übersetzung als die Interpretation.

Nur eine Handvoll Runenmanuskripte haben die Zeiten überdauert, und da sie aus allen vier Himmelsrichtungen stammen, ist es schwer, einen gemeinsamen Nenner zu finden, jedem Buchstaben eine einzige Bedeutung beizumessen.«

»Aber Sie sagten doch, die Buchstaben entstammten einem bestimmten germanischen Alphabet.«

»Richtig. Aber die germanische Rasse ist in der ganzen Weltgeschichte herumgezogen, bevor sie seßhaft wurde. Sie stammt ursprünglich aus Indien und dem Iran. Ableger ließen sich in Österreich, Island und so weiter nieder. Da die Runen auf Baumrinden gezeichnet wurden, ist es nicht verwunderlich, daß nur so wenige erhalten blieben.«

»Wodurch wurden sie zu Flüchen?«

»Nun, um das zu verstehen, müssen Sie wissen, was mit dem Glauben der Leute geschah. Anfangs ersetzte das Christentum das Heidentum nur in den oberen Klassen. Das gemeine Volk hing an seinen alten Gottheiten. Es war ein System zur Regelung des Lebens der arbeitenden Bevölkerung. Die Heiden sahen Sünde und Krankheit als Ursache und Wirkung an. Vor dem Bösen konnte man sich durch einen Talisman schützen, und diese Talismane waren Runen. Sie schenkten dem Reisenden Sicherheit, und man konnte mit ihnen sogar Tote erwecken. Tatsächlich handelt es sich bei dem jüdischen *Tephillin* . . .«

Bryant klopfte ihm auf die Schulter, um ihn wieder auf die Erde zurückzuholen. »Sie schweifen ab, Kirkpatrick. Was passierte mit den Runen?«

»Nun, sie verschwanden in den Untergrund. Die christliche Kirche verbot ihre Benutzung. Doch die Runen lebten fort. Die praktischen Teile des Systems überlebten sogar das Mittelalter. Nur das Wissen um die Runen geriet langsam in Vergessenheit.«

»Durch das Christentum?«

»Nur zum Teil. Nein, es gibt einen ganz einfachen Grund. Die industrielle Revolution. Um die Bedeutung der Runen zu verstehen, braucht es ein langes Studium. Niemand in den großen Städten hatte mehr die Zeit dazu.«

»Und wie sah es bei der Landbevölkerung aus?«

»Runen sind Symbole der Natur, deshalb verschwand dort das Wissen um ihre Bedeutung langsamer. Um die Runen wurde es ruhig, bis sich die Viktorianer entschlossen, sie wieder aufleben zu lassen und ihnen einen okkulten Anstrich zu geben. Der Okkultismus hatte seine Blütezeit in der zweiten Hälfte des neunzehnten Jahrhunderts. Metaphysische Theorien brachten die Runen mit Atlantis, der Geisterwelt und jeder Menge verschrobener Sekten in Verbindung. Welch eine Zeit der Finsternis und der Phantasie! Doch dann vollzog sich ein unheimlicher Wechsel.« Brian spitzte die Ohren. »Möchten Sie ein wenig Tee?« fragte Kirkpatrick, zog eine Thermoskanne aus der Aktentasche und goß zwei Becher voll ein.

»Die Runen wurden von der *Völkischen Bewegung* in Deutschland übernommen. Das deutsche ›Volk‹ heißt im englischen ›folk‹, aber hier handelt es sich um einen rassistischen Begriff, den die Arier verwendeten; die Männer, die Hitler an die Macht brachten. Ihre Organisation, die *Thule-Gesellschaft*, finanzierte rechte Gruppierungen und bestärkte sie in ihrem Judenhaß. Die Runen standen für das Konzept der Reinheit. Ich brauche nicht zu erzählen, wohin das führte. Und jetzt sehen Sie sich einmal das an.«

Er streifte ein Paar weiße Baumwollhandschuhe über. Dann zog er vorsichtig einen undurchsichtigen Plastikschuber aus dem Bücherstapel, öffnete ihn und zog ein kleines Buch aus faltigem, braunem Leder hervor. Ein saurer Geruch stieg Bryant in die Nase.

»Was ist das?« fragte er, als Kirkpatrick das Buch aufschlug und das Vorsatzblatt begutachtete.

»Ich fürchte, Menschenhaut. Nicht besonders gut gebeizt. Ich habe die Erlaubnis, damit zu arbeiten, weil ich es war, der dieses Album der Bibliothek im Jahre 1949 schenkte. Dieses Buch enthält einen Haßkodex, einen Plan des Bösen.«

Bryant beäugte das Buch unbehaglich. Kirkpatrick hatte das Kapitel gefunden, nach dem er gesucht hatte.

»Die meisten Menschen wissen von Hitlers Verwicklung in okkulte Dinge, aber in der hier aufgeführten Liste stehen auch die Namen Ernst Röhm, Führer der Sturmtruppen, Rudolf Hess, der Stellvertreter des Führers, und Heinrich Himmler, der Kopf der SS. Hitlers Interesse an Runen hatte das Hakenkreuz und die beiden SS-Blitze zur Folge. Aber er drehte das Hakenkreuz herum, auf die sonnenabgewandte Seite. Ein großer Fehler.«

»Das heißt also, wir sollten nach einem Mitglied einer extrem rechten Organisation Ausschau halten.«

»Sehr wahrscheinlich. Und noch immer leben die Runen im Untergrund weiter. Sehen Sie sich nur einmal die Graffitis an: reine Stammeszeichen. Die Kids heute benutzen keine Kurven. Nur Winkel. Die Runen leben weiter. Durch die Jahrhunderte. Sie finden immer wieder einen Weg, an die Oberfläche zu kommen.«

»Ich möchte Sie bitten, alles aufzuschreiben, was Sie wissen«, sagte Bryant. »Alles, was Sie mir heute erzählt haben. Ich möchte ein Persönlichkeitsprofil der Person – oder der Personen –, nach denen wir ausschauen müssen.«

»Freut mich, wenn ich Ihnen helfen kann«, erwiderte Kirkpatrick und schob das unheimliche Buch in den

Schuber zurück. »Ich beneide Sie nicht um Ihre Aufgabe.«

»Material zusammentragen und vergleichen ist nicht schwer, wenn man systematisch arbeitet«, antwortete Bryant, während er seine Notizen einsammelte.

»Das habe ich nicht gemeint. Ich denke nur, es wird schwer sein, die Leute davon zu überzeugen, daß es Ihnen ernst ist. Es geht nicht nur um eine uralte Sprache – Sie gründeln jetzt im Okkulten.«

»Ehrlich gesagt, mein lieber Freund, gefällt mir das besser, als Mitglieder der Nationalen Front zu befragen, was ich als nächstes tun muß. Vielen Dank für Ihre Hilfe.«

Während Kirkpatrick dem Detective nachschaute, fiel ihm ein, daß er vergessen hatte, Bryant zu sagen, wie die Runen von einer Generation auf die nächste übergingen. Er hielt die Information für nicht so wichtig, verbannte sie in seinen Hinterkopf und vertiefte sich in die Weltliteratur.

25

Dokumente des Bösen

Eigentlich hatte Harry vorgehabt, am Samstag morgen früh aufzustehen und einen therapeutischen Spaziergang über Hampstead Heaths feuchte, grüne Wiesen zu machen. Er hatte versprochen, sich über eine geeignete sportliche Betätigung Gedanken zu machen, um sein entgleistes Leben wieder auf die richtige Schiene zu bringen. Aber als er beim Aufwachen den Regen gegen das Schlafzimmer klopfen hörte, schmolz sein guter Vorsatz dahin. Die Ereignisse der letzten vierzehn Tage hatten seine Energiereserven aufgezehrt. Bis zu diesem Zeitpunkt war er mit seinem Leben zufrieden gewesen und hatte sich stets sicher und geborgen gefühlt. Jetzt kam es ihm so vor, als hätte eine fremde Agentur die Kontrolle über sein Leben übernommen, die die Sicherheitsschranken Stück für Stück entfernte. Darüber sann er gerade nach, als das Telefon läutete und eine vitale und wie immer viel zu schnell sprechende Grace sich meldete.

»Ich weiß, daß meine Stimme das letzte ist, was du an einem Samstag als erstes hören willst, Harry . . .«

Als erstes? Er sah auf den Wecker und stöhnte. Sieben Uhr dreißig.

»Aber wenn du nichts tust . . . Gut, du *sagst* immer, laß uns was tun, aber dann tun wir doch nichts.«

»Guten Morgen, Grace.«

»Hast du schon mit den ODAL-Leuten gesprochen? Und was ist mit dem Einbruch in Brian Lacks Büro? Das war deine Idee, nicht meine.«

»Ich lege jetzt auf.«

»Wage nur nicht, aufzuhängen!«

Harry wollte gerade den Hörer auf die Gabel legen, als er eine bessere Idee hatte. Sie würde sowieso wieder anrufen. »Hör zu. Im Moment weiß ich nicht, wo mir der Kopf steht. Ich frage mich, ob ich noch normal bin. Es sieht so aus, als hätte ich mich in eine Art Todesmagnet verwandelt.«

»Deshalb rufe ich an. Um dir zu helfen.«

»Okay, dann versuche herauszufinden, was Beth Cleveland über meinen Vater herausgefunden hat, bevor sie starb.«

»Du meinst also, sie hätte Selbstmord begangen, weil sie etwas über deinen Vater aufgedeckt hat?«

»Kannst du dir einen anderen Grund vorstellen, weshalb sich eine geistig gesunde Frau einem Eisenbahnzug in den Weg stellt?«

»Ja. Vielleicht hat Willies Tod sie mehr mitgenommen, als man es ihr ansah.«

»Möglich. Hör zu, ich werde dich später anrufen.«

»Warte. Was willst du machen? Weiterschlafen?«

»Nein. Ich gehe zum Juwelier.«

Der kleine Laden in der Regent Street hatte gerade aufgemacht, als Harry eintraf. Ein Geschäft, wie man es in teuren Magazinen oft angepriesen findet. Die Schaufenster waren mit kostspieligem, geschmacklosem Plunder angefüllt. In Silber gravierte Pekinesenwelpen verspielt auf dem Rücken liegend; goldene Galeonen, die über winzige Seen aus verspiegeltem Messing stürmten, und mit Diamanten überzogene, Degás Posen nachahmende Ballerinas mit American-Express-Zeichen um den Hals. Die Eingangstür war geschlossen; man mußte auf einen Summer drücken, wenn man hineinwollte.

Man konnte Mr. Nahree nicht verfehlen. Die graziösen Bewegungen, mit denen er ein Paar imitierte georgianische Teekannen in eine Vitrine stellte, erinnerten an seine Mutter. Als er ihm sein hageres Gesicht zuwandte, sah Harry die schlaflosen Nächte in seinen Augen. Er spürte, daß er nicht das Recht hatte, hier zu sein. Aber es gab Fragen, die gestellt werden mußten.

»Mr. Nahree, mein Name ist Harry Buckingham. Ich habe vom tragischen Unfall Ihrer Mutter gehört. Sagen Sie ihr, ich wünsche ihr gute Besserung. Wie geht es ihr?«

Die Länge der Theke zwischen ihnen zwang ihn, lauter zu sprechen. Er streckte die Hand zum Gruß aus, obwohl er bezweifelte, daß Mr. Nahree sie annehmen würde. Doch er tat es.

»Mr. Buckingham. Ja. Meine Mutter sprach von Ihrem Besuch. Ihr geht es den Umständen entsprechend gut.« Der junge Mann blickte unsicher in eine andere Richtung. Er wußte also, daß Harry seine Mutter kannte, schien aber keine Vorurteile ihm gegenüber zu haben. »Der Arzt hat wenig Hoffnung, daß sie je wieder sehen wird. Aber ich nehme an, das hat er Ihnen bereits gesagt.«

»Können Sie mir erzählen, was passiert ist?« fragte Harry. »Dr. Clarke drückte sich nur sehr vage aus.«

»Die Eingangstür war verriegelt. Ich habe ein Fenster aufgebrochen. Sie war kaum noch bei Bewußtsein. Ich hob ihren Kopf und sah, was mit ihren Augen passiert war . . . ich werde diesen Anblick nie vergessen. Selbst jetzt ertrage ich es nicht, ihr ins Gesicht zu sehen. Gestern fragte ich sie, weshalb sie so etwas Schreckliches getan habe. Sie erwiderte, wegen des Stücks Papier, das Ihr Vater ihr gegeben hätte.«

»Was für ein Papier?«

»Sie sagte, eines der Teufelsgebete hätte darauf gestanden.« Als Mr. Nahree sah, wie Harry aufschreckte, hob er besänftigend die Hand. »Meine Mutter hatte schon immer eine starke Phantasie. Sie stammt noch aus der alten Welt. In ihrem Leben gibt es noch Geister und Dämonen. Die englischen Sitten und Gebräuche kommen ihr wenig sinnvoll vor.«

Harry begann zu verstehen, wie sie sich fühlte. Er atmete tief ein. »Haben Sie das Stück Papier noch?«

»Leider nein. Sie hat es verbrannt, genau wie ihre Augen.«

»Haben Sie das auch der Polizei gesagt?«

»Es interessierte sie nicht.«

»Bitte entschuldigen Sie meine Frage, aber was meinen Sie, weshalb sich Ihre Mutter so etwas angetan hat?«

»Sie hatte Angst vor dem Sehen«, antwortete Mr. Nahree ruhig.

»Was zu sehen? Ihre Geister und Dämonen?«

»Ich hatte gehofft, Sie könnten mir das sagen.« Das Gespräch war offensichtlich schmerzlich für Mr. Nahree, dessen freundlicher Ton im Schwinden begriffen war. Er senkte die Stimme, als ein Kunde vorbeiging. »Mr. Buckingham, ich glaube nicht, daß man Ihrem Vater die Schuld an dieser Tragödie geben kann. Dennoch bleibt die Tatsache bestehen, daß er etwas in die Manteltasche meiner Mutter steckte, das sie zu Tode erschreckte, als sie es las. So sehr erschreckte, daß sie sich selbst verstümmelte, um weiterem Schaden vorzubeugen.«

»Hatte sie Angst davor, etwas zu sehen, was sie töten würde?«

»Sieht ganz so aus. Ich möchte nicht unhöflich sein, aber ich glaube nicht, daß wir uns noch etwas zu sagen haben.« Er kehrte zur Vitrine zurück und stellte die silbernen Teekannen um.

»Meinen Sie nicht, wir sollten herausfinden, weshalb Ihre Mutter sich so benahm?« fragte Harry, den die Gelassenheit des jungen Mannes wütend machte.

»Das werden die Psychiater sie fragen, sobald sie wieder gesund ist. Und sie werden nichts begreifen. Mutter war reif für eine solche Tat«, erklärte ihm Mr. Nahree, der Harry immer noch den Rücken zuwendete. »Es fehlte nur noch der richtige Auslöser.«

»Wollen Sie damit sagen, daß sie das, was sie sah, wiedererkannt hat?«

»Mr. Buckingham, sie ist eine alte Frau, die in allem, was sie umgibt, Omen und böse Vorzeichen sieht. Diesmal hatte sie das Pech, etwas zu sehen, das für sie einen schrecklichen Sinn ergab.« Er schloß die Vitrine härter, als er eigentlich gewollt hatte. »Wenn Sie jetzt – bitte – gehen würden.«

»Sie ist jetzt schon eine Stunde lang da unten. Ich glaube, sie verliert allmählich den Verstand.« Frank Drake klemmte sich den Hörer unters Kinn und riß einen weiteren Artikel aus der Zeitung. »Sie bewacht ihre wertvolle Sammlung, während ich meine Zeit damit verbringe, im Lesesaal hinter unzurechnungsfähigen alten Narren herzuräumen und Studenten davon abzuhalten versuche, sich mit der Handbibliothek unter dem Pullover aus dem Staub zu machen.« Vor der Theke hatte sich eine Schlange gebildet. Die Samstagsaushilfe war noch nicht eingetroffen. »Ich muß jetzt aufhören. Ich weiß nicht, was sie da unten macht.«

Dorothy stand im Keller der Bücherei und fühlte das erschreckende Gewicht der sie umgebenden Worte. Es war, als hätte die schiere Menge der Gedanken hier unten eine künstliche Schwerkraft entwickelt. Sie spürte, wie sich die Feuchtigkeit, die sich auf den Seiten eines jeden alten Werkes breitgemacht hatte, auch auf ihre Haut legte, aber sie schaffte es nicht, fortzugehen. Hier lagerten Gedanken, für die man in früheren Zeiten verbrannt worden wäre; Ideen, die so gefährlich waren, daß das Abschreiben allein unsägliches Leid bereitete. Um diese Sammlung aufzubauen, hatten Menschen ihr Leben lassen müssen. Die Saat einer Theorie, die in einem Werk zum ersten Mal vertreten war, wurde Jahrzehnte später in einem anderen gehegt und gepflegt und trug noch später in detaillierten Manuskripten Früchte. Die von ihrer Mutter kurz vor ihrem Tod komplettierte Sammlung verfiel, und ihre Geheimnisse blieben unentdeckt.

Doch das war beabsichtigt.

Denn obwohl sich die Sammlung für den gewöhnlichen Bücherfreund als harmlose Esoterika darbot, offenbarte sie dem eingeweihten Gelehrten ein Universum der Grausamkeit, und zwar aus dem einzigen Grund, weil sie komplett war. Wenn man die Bücher in diesen vier Wänden sorgfältig gelesen hatte, war kein weiteres Studium mehr nötig. Mit Hilfe ihres Wissens konnte man, vorausgesetzt, man hatte es wirklich verstanden und angewandt, so reiche Dunkelheit ernten, daß nie wieder Licht den leeren Raum durchdringen würde. Die Sammlung konnte töten, da war sich Dorothy sicher. Sie hatte viele der Werke in den mit Schimmel übersäten Regalen gelesen, aber nicht alle. Der Zugang zu gewissen Kategorien der hier gelagerten Bücher war ihr von ihrer Mutter verwehrt worden. Und dann gab es noch die Werke, von denen sie sich mit Freuden fernhielt, denn sie erinnerte sich noch zu gut an die Zeit, als sie sich als Kind voller Schuldgefühle in die Bibliothek ihrer Mutter geschlichen hatte, um einen Blick auf die für sie ausdrücklich verbotenen Dokumente zu werfen. Sie konnte sich noch bruchstückhaft an ein Werk erinnern, in dem die Praktiken einer alten alchimistischen Sekte mit gewissen Exzessen in den Konzentrationslagern der Nazis verglichen wurde. Beim Gedanken daran lief ihr immer noch die Galle über.

Das Böse war Thema dieser Sammlung; seine Entstehung, Ausbreitung und Hilfsmittel. Doch die einzelnen Bücher bargen das Böse nicht in sich; sie belegten es eher mit dokumentarischen Nachweisen. So gesehen war Dorothy weit mehr als eine Bibliothekarin, sie war eine Wächterin. Nicht willens, die gewissenhaft zusammengetragene Sammlung zu vernichten, stellte sie die einzige und letzte Barriere zwischen der unaussprechlichen Energie dieses Wissens und den weltlichen Narren dar.

Sie fühlte, wie die Welt um sie herum sich allmählich veränderte. Die seit langem von den Büchern vorausgesagten geringfügigen Veränderungen zeigten sich nach und nach. Während das Jahrhundert sich seinem Ende zuneigte, spürte sie die Gruppierung gewisser Bedingungen. Aus den hektischen Prophezeiungen der Presse, den Warnzeichen der Abendnachrichten. Die Zeit war nicht mehr fern, an der die Bibliothek ihrer Mutter gebraucht würde, um das Böse gegen sich selbst zu wenden.

Dieses flaue Gefühl im Magen stellte sich immer dann ein, wenn sie sich den verbotenen Büchern näherte. In gewissen Nächten schien der Raum lebendig zu sein. Diesmal hatte sie auf der letzten Stufe, vor dem Eintritt in den Keller, eine Welle der Übelkeit überschwemmt. Sie starrte in die dunklen Gänge und fragte sich, ob sie stark genug sein würde, die Macht der Bücher aufzurufen, denn es würde der Tag kommen, an dem sie keine andere Wahl hatte.

Vielleicht könnte ihr jemand helfen. Frank war zu schwach und ein Ungläubiger. Er würde sie nur behindern und sich selbst in Gefahr bringen. Sie brauchte jemanden, der Autorität besaß; jemanden, der sich den Menschen verständlich machen konnte; jemanden, der ihr helfen würde, die bevorstehende Katastrophe abzuwenden. Das war schon einmal gemacht worden, wenn auch nicht im Laufe ihres Lebens.

Während Dorothy die nackte Glühbirne ausknipste und hastig die Treppenstufen hinaufeilte, beschloß sie, auf Rekrutierung zu gehen. Die Korruption blühte wie die Feuchtigkeit auf den Kellerwänden. Es brauchte einen gesünderen Geist und einen stärkeren Körper als den ihren, um das Übel an der Wurzel zu packen und auszureißen.

26

Kriminelle Gehirne

Dayly Telegraph
Samstag, den 25. April

SELBSTMORDRATE IN HAUPTSTADT NÄHERT SICH HÖCHSTSTAND

Die Anzahl der erfolgreichen Selbstmordversuche in London nimmt nach einem Bericht der Psychologieexperten des Londoner Gesundheitsamtes zu – und steigt weiter.

»In den Monaten Januar bis März ist eine Zunahme normal«, erklärte Dr. Marwan Al-Khafaji. »Während der dunklen, kalten Monate behandelten wir mehr Menschen wegen ihrer Depression, aber für gewöhnlich gehen die Zahlen zu Beginn des Frühlings wieder zurück. Doch dieses Jahr konnten wir ein alarmierendes Ansteigen der Todesopfer beobachten, besonders unter Geschäftsleuten.« Das überrascht im Licht der positiven Wirtschaftsfaktoren wie Währungsstabilität und florierender Exporte.

Normalerweise leiden Angestellte mehr unter Streß als Arbeiter.

›HAMBURGER KÖNNEN LEBENSWILLEN ZERSTÖREN‹ – ABGEORDNETER DES UNTERHAUSES

Während die Ärzte außerstande sind, diese Änderungen zu erklären, deutet Mr. Michael McFee, der konservative Abgeordnete des Unterhauses für Richmond, die Möglichkeit an, daß mangelhafte Ernährung eine Rolle spielt. So kann es durch das Eßverhalten der Arbeiterklasse, die

zu einem hohen Prozentanteil nur Fast-food zu sich nimmt, zu einem erhöhten Blutzuckerspiegel kommen. Er schlug vor, daß die Imbißketten beim Kampf gegen die Depression helfen, indem sie den Hamburgern ›frohe Botschaften‹ zufügen.

Brian Lack reagierte nicht auf Anrufe.

Harry hinterließ eine weitere Nachricht auf dem Anrufbeantworter, in der er Brian um ein Treffen bat, bevor er zu Edens Trauergottesdienst aufbrach. Er stellte fest, daß dies schon die zweite Beerdigung in diesem Monat war, Beths, die noch folgen sollte, nicht mitgerechnet.

Wegen der seltsamen Todesumstände und um die unersättliche Gier der Öffentlichkeit zu befriedigen, hatten sich hinter der Kirche mehrere Reporter in die sensationslüsterne Menge gemischt, die darauf lauerten, daß einem der Trauernden ein unbedachtes Wort entschlüpfte. Harry beobachtete über ihre Köpfe hinweg, wie dicke Regenwolken aufzogen, bereit, die Atmosphäre zu schaffen, die ihm bei der Beerdigung so gefehlt hatte.

Da er am Kopfende des Grabes stand, konnte Harry Edens Eltern ausmachen. Sie waren klein und dunkelhäutig, möglicherweise Italiener. Das Gesicht der Mutter war hinter einem weißen Taschentuch verborgen. Der junge Mann, mit dem Eden verabredet gewesen war, stand ein wenig abseits und erwiderte ihre kalten Blicke mit Mißachtung. Seine dunkle Lederjacke und die engen, schwarzen Jeans stellten eine, wenn auch geringfügige, Konzession an die gegenwärtige Mode dar und erregten deshalb Ärgernis. Die verzweifelte Miene des Vaters deutete an, daß Dexters Beziehung zu seiner Tochter schuld an ihrem Tod war. Harry wandte sich ab. Es machte ihn wütend, daß die Beerdigung in dieser mit Bitternis aufgeladenen Atmosphäre stattfinden sollte.

In seiner zusammengestückelten Predigt, die vor Platitüden strotzte, war der Vikar mit keinem Wort auf Edens Liebe zu eleganten alten Kleidern eingegangen. Es war offensichtlich, daß er seine Hausaufgaben nicht gemacht hatte. Harry verließ die Beerdigung entrüstet, vorbei an der unauffälligen Gestalt John Mays, der Harrys frühzeitigen Rückzug fein säuberlich in sein Notizbuch eintrug.

Die Agentur hatte ihm schließlich einen anderen Wagen zur Verfügung gestellt, einen staubgrauen Ford Granada mit verbeulter Beifahrertür, der die Strafe für seinen Abwesenheitsrekord war. Während er darum kämpfte, mit dem fehlzündenden Motor in den Verkehr einzutauchen, entschied er sich, in Richtung West End zu fahren und Instant Image einen Besuch abzustatten. Vielleicht war Brian Lack in seinem Büro.

Als Harry in die Wardour Street einbog, fiel ein leichter Nieselregen. Die Straße war mit Autos vollgestopft. Das Foyer der Videofirma war erleuchtet. Harry zwängte sich in den letzten freien Parkplatz und fluchte, als er mit dem Ford einen Abfallbehälter aus Beton schrammte. Er überlegte, wie er Brian Lack seinen Besuch erklären sollte. Der Empfang war verwaist. Harry suchte nach einem Haustelefonbuch, als Brian Lack die Treppe hinunterkam. Harry fing ihn ab, als er gerade die gläserne Eingangstür aufstieß. Brian wirbelte herum und starrte seinen Angreifer schuldbewußt und erschrocken an.

Die Veränderung war nicht zu übersehen. Sein Gesicht hatte jegliche Schärfe verloren. Es war blaß, voll fleischiger Falten. Dunkle Schatten um die Augen zeugten von Schlaflosigkeit. Er hatte sich nicht einmal die Mühe gemacht, das Haarteil aufzusetzen, mit dem er sonst die kahle Stelle auf seinem Kopf zu bedecken pflegte. Aus der nachlässig vollgestopften Aktentasche, die er unter dem Arm trug, schauten Papiere hervor.

»Oh, Brian! Schön, Sie zu sehen. Gerade Sie wollte ich sprechen«, begrüßte ihn Harry mit einem, wie er hoffte, entwaffnenden Lächeln. »Gibt es etwas Neues in bezug auf die Fusion?«

Brian schüttelte Harrys Arm ab und ging weiter. »Was meinen Sie mit ›etwas Neues‹?« schnappte er und setzte seinen Weg fort. Harry fing ihn auf dem Bürgersteig ab und drängte ihn in einen Ladeneingang.

»Was ist los?« fragte er drohend. »Was ist aus dem Geschäft geworden?«

»Es ging ohne Sie über die Bühne. Was haben Sie denn erwartet?« Brian versuchte, sich aus Harrys Griff zu befreien, aber Harry ließ nicht locker.

»Was? Der Anteil meines Vaters . . .«

»Der Anteil Ihres Vaters bedeutete genausoviel wie Beth Clevelands Anteil.«

»Was wollen Sie damit sagen?«

»In den Satzungen steht, daß eine Fusion stattfinden kann, wenn die Mehrheit der Direktoren ihr zustimmt.«

»Das heißt: Sie und Beth. Aber Beth hat Ihnen doch gesagt, daß sie ihre Ansichten bezüglich der Fusion geändert hat. Sie stellte sich gegen Sie und Ihre Kameraden von der ODAL, und jetzt ist sie tot. Können Sie sich vorstellen, wie sich das anhört?« Harry nahm Brian beim Rockaufschlag und drängte ihn gegen die Mauer. »Es war nie eine Fusion gewesen, nicht wahr, sondern ein mit Geld versüßter Ausverkauf? Eine Übernahme mit schlimmeren Absichten, als Sie sich vorstellen können.«

»Nennen Sie es, wie Sie wollen«, erwiderte Brian, der Angst zu haben schien. »ODAL hat uns überrannt und das Geschäft für weniger als ein Viertel des Originalangebotes durchgezogen.«

»Sagten Sie überrannt, Brian? ODAL hatte doch nur noch mit Ihnen zu tun, und Sie machten bereits Männchen.«

»Das stimmt nicht. Sie verstehen nicht. Ich muß jetzt gehen, Buckingham. Das hier geht Sie nichts mehr an.« Der Mann wirkte wie ein in die Falle gegangenes Tier.

Angst strömte aus jeder Pore.

»Ich möchte wissen, weshalb Sie das zugelassen haben. War es das Geld? Oder wurden Sie unter Druck gesetzt? Es gibt Gesetze gegen Erpressung.«

»Sie haben wirklich keine Ahnung.« Brian war den Tränen nahe. Er hob den Kopf und starrte die dunklen Wolken an. Ein paar Haarsträhnen waren ihm ins Auge geraten. »Wenn sie uns zusammen sehen, bin ich erledigt.«

»Willie und Beth haben sie schon getötet!« schrie Harry ihm ins Gesicht. »Wer sich ihnen in den Weg stellt, stirbt. Aber das brauche ich Ihnen ja nicht zu sagen, oder?«

»Nein. Das stimmt nicht. Die Polizei sagte, daß Beth auf den Schienen herumgewandert ist . . .«

»Vergessen Sie, was die Polizei sagt. Jemand von der ODAL hat beide getötet, und Sie können Gift darauf nehmen, daß man nur auf eine passende Gelegenheit wartet, Ihnen die Schuld daran in die Schuhe zu schieben.«

»Ich muß gehen.« Brian versuchte sich freizukämpfen, aber Harry ließ ihn nicht fort. »Wir können uns ja später woanders treffen. Helfen Sie mir, dann helfe ich Ihnen.«

Brian schien über den Vorschlag nachzudenken, dann schüttelte er den Kopf. »Sie werden davon erfahren.«

»Mein Vater ist tot, Brian.«

»Meinen Sie, das wüßte ich nicht?« Sein Gesicht verzerrte sich wütend, als er die Worte hervorstieß. »Ich war sein Freund. Ich stand ihm wahrscheinlich verdammt näher, als Sie es jemals taten. Sie waren sein Sohn, aber

Sie haben ihn nie verstanden! Ich weiß alles über Sie!«

»Dann reden Sie mit mir«, bat Harry. »Wo immer Sie wollen. Niemand wird von unserem Treffen erfahren.«

»Ich muß darüber nachdenken.«

»Gut. Aber wenn Sie sich bis morgen um diese Zeit nicht mit mir in Verbindung gesetzt haben, werde ich die Sache selbst in die Hand nehmen.« Er gab Brian frei.

»Ich werde sehen, was ich tun kann, aber es hat sich jetzt einiges verändert«, erwiderte er, während er sich die Haare aus dem Gesicht strich. »Das hier ist das große Geschäft, größer, als Sie es sich vorstellen können. Ich bin nur ein Rädchen im Getriebe. Ich habe gesehen, zu was sie fähig sind.«

Harry sah dem davonstürmenden Mann nach. Er fragte sich, ob Brians Loyalität seinem Vater gegenüber größer war als die zu Instant Images neuen Besitzern. Während er zu seinem Wagen ging, versuchte er, die Bruchstücke seines Wissens zu einem Ganzen zusammenzusetzen. Er hatte keine Ahnung, weshalb ODAL so sehr hinter Instant Image her gewesen war, aber sie hätten alles getan, um es zu bekommen. Sie hatten Brian Lack durch Erpressung zum Komplizen gemacht und ihn dazu benutzt, seinem Vater und seiner Freundin den Himmel auf Erden zu versprechen, wenn sie verkauften. Willie und Beth hatten im Prinzip zugestimmt. Die Anwälte hatten bereits die Verträge entworfen. Alles war glatt gelaufen, bis . . .

Bis was? Weshalb hatten Willie und Beth ihre Meinung geändert, selbst auf die Gefahr hin, ihr Leben aufs Spiel zu setzen? Harry war klar, daß, wenn er die Antwort nicht bald herausfand, wahrscheinlich niemand mehr leben würde, der sie ihm verraten konnte.

Ein Blick auf das harte, blasse Gesicht der Stationsschwester verriet John May, daß sie keinerlei Unsinn von der Polizei dulden würde. Ihr herbes Kinn deutete darauf hin, daß sie ihm nicht mehr Zeit als jedem anderen Besucher zustehen würde. Die Abteilung war über Mays Besuch informiert worden, aber sie hatte sich geweigert, einer Befragung des Patienten zuzustimmen.

»Es ist nicht nur Marks körperlicher Zustand«, erklärte sie May. »Verbrennungen sind außerordentlich traumatisch. Der geistige Zustand des Patienten kann dabei sehr schwer in Mitleidenschaft gezogen werden. Im Augenblick hat er sich leidlich im Griff, aber ich möchte nicht, daß sein labiles seelisches Gleichgewicht ins Schwanken gerät. Im übrigen kann er noch nicht wieder sprechen. Durch den inhalierten Rauch kam es zu schweren Ödemen an der Schleimhaut des Atemtraktes.«

»Wie steht es mit seiner Haut?« May wußte, daß der bei Verbrennungen dritten Grades entstehende Flüssigkeitsverlust zu einem lebensgefährlichen Kreislaufzusammenbruch führen konnte.

»Wir entschieden uns, die schlimmsten Blasen aufzuschneiden und eine Wundversorgung vorzunehmen, später werden wir dann Transplantate einsetzen, aber es ist uns gelungen, das Infektionsrisiko so gering wie möglich zu halten. Ohne Betäubung wären die Schmerzen unerträglich.«

»Wäre es möglich, daß ich ihn sehen kann? Nur für eine Minute?« May deutete auf die Mappe in seiner Hand. »Seine Zeugenaussage ist für den weiteren Verlauf des Falles sehr wichtig.«

»Tut mir leid, das ist unmöglich. Mark macht gerade eine kritische Behandlungsphase durch. Wir behandeln ihn mit Neosporin.« Das Mittel bewirkte, daß die Wunden verkrusteten, aber es erhöhte das Risiko einer Vireninfektion. Was im Klartext hieß, daß May Mark erst Fragen stellen konnte, wenn die Gefahr einer Infektion gebannt war.

»Ich habe nicht vor, die Gesundheit Ihres Patienten aufs Spiel zu setzen, Schwester.« May reichte ihr seine Karte. »Es wäre sehr freundlich, wenn Sie mich anriefen, sobald der Patient Ihrer Meinung nach gesund genug ist, um mir ein paar Fragen zu beantworten.«

Wie eine ihr Nest beschützende Vogelmutter wurde die Schwester freundlicher, als ihr klar wurde, daß sie ihren Patienten erfolgreich verteidigt hatte. Als May zum Gehen ansetzte, versprach sie ihm, ihn zu benachrichtigen, sobald der Zustand des Jungen einen Besuch erlaubte. Vor dem Ausgang drehte May sich noch einmal um.

»Ich möchte, daß Sie eines bedenken, Schwester. Sehr wahrscheinlich hat Mark den Täter gesehen. Er wurde im Keller des Ladens gefunden, dort, wo das Feuer ausgebrochen ist. Er muß alles mit angesehen haben. Ein Wort von ihm, und wir können diesen Brandstifter – der bereit war, ihn in Flammen aufgehen zu lassen – vor Gericht bringen.« Er machte eine Pause, um die Worte nachwirken zu lassen. »Meiner Erfahrung nach kann die Genugtuung, jemanden hinter Schloß und Riegel zu bringen, den Schmerz lindern, sich an ein traumatisches Ereignis zu erinnern. Ich glaube, daß es in diesem Fall das Risiko wert ist. Rufen Sie mich bitte an, wenn es soweit ist.«

Im Foyer der Abteilung für Verbrennungen traf er auf Sergeant Longbright, die von einem der Ärzte eine offizielle Stellungnahme bekommen hatte. Sie hielt immer noch das in buntes Papier eingewickelte Päckchen, das May ihr gegeben hatte, bevor er die Station betrat.

»Kein Glück«, begann er. »Wir müssen warten. Das

können Sie mir jetzt wiedergeben.« Er nahm ihr das Päckchen ab.

Als sie das Krankenhaus verließen, wurde der Regen stärker. Der Hammersmith-Kreisverkehr war wie gewohnt zusammengebrochen.

»Jetzt sehen Sie sich nur dieses Wetter an«, beschwerte sich May. »Es ist, als lebte man in einer Unterwasserwelt. Wenn das die globale Erwärmung sein soll, bin ich sehr enttäuscht. Wie sind Sie mit den Videohüllen-Druckern weitergekommen?«

»Die meisten von ihnen haben geantwortet«, erwiderte Longbright. »Niemand kann sich an eine spezielle Bestellung von Dell erinnern. Verständlich. Die Hüllen werden auch nicht von den Verkaufsstellen in Auftrag gegeben, sondern kommen von den Videoabteilungen der Filmverleiher, die wiederum die kleinen Studios die Arbeit machen lassen.«

»Dann stammte also das Papier, das Dell in der Hand hielt, von einem Filmstudio«, folgerte May, während sie sich auf dem Weg zur U-Bahn Station Metropolitan Line durch den stehenden Verkehr auf der King Street kämpften. »Wir werden uns nach dem Wochenende damit beschäftigen, jetzt müssen wir uns beeilen. In weniger als einer halben Stunde werden wir bei Gog and Magog erwartet.«

»Was ist das denn?«

»Ein Spezialversand.« May tippte auf die Schachtel. »Wir sind dort mit Arthur verabredet.«

Kurz vor Ausbruch des Zweiten Weltkrieges taufte man das Gebiet zwischen Oxford Street und Houston Road, das im Osten durch die immer schmutziger werdenden georgianischen Fassaden in der Gower Street und im

Westen von der Great Portland Street eingegrenzt wird, auf den Namen Fitzrovia.

In Fitzrovia findet man die Glasspindel des Telecom Towers, einen angenehm anzuschauenden, in eine Fußgängerzone verwandelten Platz namens Fitzroy Square, der nach dem Sohn Charles des Zweiten benannt wurde. Schon seit einigen Jahrzehnten leben hier eine Reihe mittelloser Dichter und Künstler. Nur ein paar Türen von dem Haus entfernt, das George Bernard Shaw einst bewohnt hatte, befindet sich ein recht wunderliches englisches Restaurant namens Gog and Magog.

Es leitet seinen Namen von den Statuen der Riesenkrieger ab, die das Rathaus der Stadt bis zum Blitzkrieg geziert hatten, und war mit Reproduktionen alter Drucke angefüllt, die deren Namensvetter in der Schlacht zeigten.

Die Speisekarte bot eine Reihe eklektischer und verwirrender Gerichte aus dem frühen England an. Die Luft duftete nach Kräutern und Gewürzen, die seit der edwardianischen Ära kaum benutzt wurden. Bryant gefiel es hier, May nicht. Er hatte einem Treffen an diesem regnerischen Samstag mittag zugestimmt, aber nicht, weil es für ihre Nachforschungen förderlich gewesen wäre, sondern einzig und allein, weil Bryant Geburtstag hatte.

»Ich hätte wissen müssen, daß ihr zu spät kommt.« Bryant sah von seiner Zeitung auf, als May und Longbright zur Tür hereinkamen. Er trug eine voluminöse Jacke, die aussah, als sei sie das letzte Mal während der Regentschaft George des Fünften an die frische Luft gekommen. »Ihr seht wie ein paar ertränkte Ratten aus. Ich trotze dem Wetter mit einem großen Malzwhisky und möchte euch das gleiche vorschlagen.« Er winkte dem Kellner zu, als Longbright und May sich setzten.

»Auf deine sehr gute Gesundheit«, sagte May ein paar

Minuten später und hob das Glas. »An diesem, deinem siebenundsech . . .«

»Laßt uns nicht vom Alter sprechen«, schnappte Bryant. »Das ist ein sehr überschätztes Thema. Was habt ihr mir mitgebracht?« fragte er und zeigte auf das Päckchen neben Longbrights Stuhl.

»Sie geben ihm besser das Geschenk, Janice. Vielleicht wird er dann etwas zugänglicher.« May sah zu, wie sein Partner das Päckchen mit einem Steakmesser öffnete und vorsichtig, wie ein Archäologe, der eine Grabbeigabe auspackt, einen gerahmten Druck hervorzog.

»Mein lieber Freund«, sagte Bryant ehrlich gerührt, »das ist großartig. Wo hast du es aufgestöbert?« Er drehte den Rahmen zu Janice, die anerkennende Laute von sich gab. Das Bild, ein Aquarell mit dem Titel *Over the Moon*, zeigte mehrere Figuren aus Gilbert-&-Sullivan-Opern. »Wenn ich es dir verriete, würdest du schnurstracks hingehen und ein Vermögen ausgeben.«

»Besser jetzt als nächstes Jahr, wenn ich pensioniert bin.«

»Red keinen Unsinn, Arthur. Du bist in fünf Jahren immer noch dabei, das weißt du ganz genau.«

Es folgte eine unbehagliche Pause. May schenkte Longbright ein unsicheres Lächeln und vertiefte sich in die Speisekarte. Er konnte seinem Kollegen jetzt nicht in die Augen sehen.

»Tut mir leid, ich habe meinen Abschied bereits eingereicht, John.«

»Was?« Das Lächeln verschwand aus Mays Gesicht. »Wann?«

»Heute. Ich hatte mir fest vorgenommen, an meinem Geburtstag meine Pensionierung zu beantragen.«

»Aber wir stecken mitten in einem Fall!« rief May. »Du kannst dich jetzt nicht einfach aus dem Staub machen.«

»Beruhige dich. Niemand will sich aus dem Staub machen. Ich werde den Fall abschließen, bevor ich mich zurückziehe. Verdirb mir meinen Geburtstag nicht. Bestell dir eine Flasche Wein und mach den Kragenknopf auf. Du bist ja schon ganz rot im Gesicht.« Er richtete Longbrights Aufmerksamkeit auf die Speisekarte. »Sie müssen unbedingt die Wildpastete probieren. Sie zaubern hier herrliche Sachen aus Feigen zum Dessert. Alle Gerichte sind herzinfarktfördernd und überaus köstlich.«

Während sie aßen, versuchte May seinen Freund von dem von ihm gewählten Weg abzubringen. Dabei wurde er von Longbright unterstützt, die spürte, daß ihre Beförderung zum Inspector ohne Bryant und May sehr unwahrscheinlich würde. Ihre Kollegen hatten zwar keinen Zweifel an ihren Fähigkeiten, aber ihre langjährige Beziehung zum Chef würde ihr bestimmt Minuspunkte einbringen. Doch Bryant hielt an seiner Entscheidung fest.

»Irgendwann kommt man an einen Punkt, an dem alle Verbrechen sich ähneln«, erklärte er, »und man sich nicht mehr so leidenschaftlich um jeden Fall kümmert wie früher.« Er ließ den Brandy im Glas kreisen. »Das kriminelle Gehirn hat zwar seine Originalität, aber nichts von seiner Bösartigkeit verloren. Bei den heutigen Gesetzesbrechern gibt es eine traurig stimmende Uniformität. So viel gewöhnliche Grausamkeit, so viele Gemeinsamkeiten. Die Kids meinen, wenn sie gewalttätig sind und wie die Vandalen um sich schlagen, würden sie den Status quo angreifen, aber in Wirklichkeit werden sie zu einem Teil dieses Systems. Es gibt keine Verbrechen aus Leidenschaft mehr, nur noch aus Boshaftigkeit und Beschränktheit. Zeit für mich, zu gehen.«

»Seit ich dich kenne, Arthur, warst du ein großer Bewunderer der Individualität. Du hast uns stets die kniffligsten Fälle und die exzentrischsten Probleme aufgehalst, mit denen niemand etwas zu tun haben wollte. Erinnerst du dich noch, auf welch ungewöhnliche Weise du und Hargreave zu einer Lösung des Savoy-History-Mordes gelangt seid? Wie du beinahe getötet wurdest?«

»Ach ja, das Savoy«, murmelte Bryant und kostete den Brandy. »Mein Lieblingshotel. Weißt du, ich kann dort kostenlos wohnen. Eine Geste der Dankbarkeit. Eine einzigartige Einrichtung.«

»Genau wie du, Arthur.«

»Ich bin nicht sicher, ob mir das gefällt.« Er zog seine Taschenuhr hervor. »Es ist später, als ich dachte. Ich habe in einer Stunde einen Termin in South London. Eine weitere Nachforschung im Dell-Fall, nur falls du glauben solltest, ich hätte bereits das Handtuch geworfen.« Er nahm das Bild und wickelte es in seinen Mantel. »Ein reizendes Geschenk und ein sehr angenehmes Essen.«

»Ich nehme an, es besteht keine Chance, daß du an diesem Wochenende deinen Piepser bei dir trägst?« fragte May.

»Nein, ich glaube nicht«, stimmte Bryant ihm zu. »Ich habe ihn verlegt und kann ihn nicht mehr finden. Er könnte in der Waschmaschine sein. Kann ich jemanden mitnehmen?«

»Nein danke.« May schauderte bei dem Gedanken. »Ich werde mit dem Bus zur Wache fahren.«

»Sie wollen jetzt noch zur Wache?« fragte Longbright erstaunt. May sprach nie über sein Privatleben. Vielleicht weil er, wie so viele pflichtbewußte Detectives, keines hatte.

»Macht's gut«, verabschiedete Bryant sich. »Sollte mich am Montag jemand brauchen, ich bin in der Bücherei, um herauszufinden, wie man die Teufel anruft.« Der verzogene Filzhut auf seinem Kopf reichte ihm fast über die Ohren.

Longbright warf May einen verwirrten Blick zu. »Warum?« fragte sie Bryant, der die Restauranttür öffnete und sich darauf vorbereitete, in den Regen hinauszutreten.

»Um Nutzen aus dem Talent einer bemerkenswerten Frau zu ziehen«, erwiderte er mit einem Zwinkern. »Und während sich der Computer noch mit Details befaßt, werde ich bereits das Reich des Übernatürlichen betreten.«

»Also wirklich, Arthur«, sagte May seufzend, »es gibt keinen Grund, so theatralisch zu sein. Wir haben schon ohne die Geisterwelt genug Probleme.«

»Dieses Mal kann uns die Gerichtswissenschaft nicht weiterhelfen, John.«

Bryant trat unter dem Baldachin des Restaurants hervor und bog die Hutkrempe nach unten. »Ich habe ein Treffen mit einer Spezialistin auf einem weniger respektierten Gebiete vereinbart.«

»Mit wem?«

»Einer hierzulande führenden Expertin der paranormalen Psychologie. Ob sie es auch so sieht, ist eine andere Frage. Eine Frau namens Dorothy Huxley. Und jetzt: Lebt wohl.«

»Meinen Sie nicht auch, daß er ein wenig zu weit geht?« fragte Longbright, während sie zusahen, wie Bryant unter den tropfenden Eichen auf der gegenüberliegenden Seite des Platzes her eilte.

May kratzte sich nachdenklich am Kinn. »Ich weiß nicht. Wir haben immer so gearbeitet. Während ich mich durch endlose Papierberge wühlte, folgte er seinen abenteuerlichen Ahnungen.«

»Und das funktioniert?«

»Bis jetzt immer. Die besten Entdeckungen wurden von Teams gemacht, wo ein Partner die Mängel des anderen ausglich. Ich bin der Realist«, gestand er ein wenig melancholisch. »Er ist der Träumer.«

27

Harry und Grace

Der Samstagabend begann mit Graces erfolglosem Versuch, sich mittels Gegensprechanlage Zutritt zu Harry Buckinghams Wohnung zu verschaffen.

Als dem für die Kundenwerbung zuständigen Geschäftsführer schließlich klar wurde, daß Grace tatsächlich bereit war, die Nacht vor seiner Tür zu verbringen, ließ er sie unter der Bedingung herein, daß sie in genau zehn Minuten wieder verschwände. Der Grund seines abweisenden Verhaltens war Angst. Hilary hatte einem Versöhnungstreffen zugestimmt und würde genau um sieben Uhr dreißig eintreffen. Jetzt war es eine Minute nach sieben. Harry rechnete damit, daß er nach Graces Rückzug zwanzig Minuten brauchen würde, um die Zimmer von ihrem wohlriechenden, aber hartnäckigen Parfüm zu befreien, womit ihm noch zehn oder eher neun Minuten für ein Gespräch mit Grace blieben. Als er die Tür öffnete, fiel sie fast in die Wohnung. Sie wanderte von Zimmer zu Zimmer und ließ ihre riesigen Augen herumschweifen. Ihr Entsetzen wurde immer größer.

»Gehört das dir?« fragte sie.

»Oder paßt du auf die Einrichtung für eine Quizsendung im Fernsehen auf?«

»Du kannst nicht hierbleiben«, stieß Harry hervor.

»Hilary ist auf dem Weg hierher. Es ist meine letzte Chance, die Sache ins reine zu bringen.«

»Und was war neulich im Restaurant – nur du und ich in der Damentoilette? Zählt das denn nicht?« Grace warf ihm einen herausfordernden Blick zu und verschwand in Richtung Küche. »Ich hätte wissen müssen, daß du einen Gaggia hast.«

»Natürlich zählt das«, antwortete Harry, der ihr auf den Fersen blieb. »Aber meine Beziehung zu Hilary besteht schon länger. Ihre Familie kennt meine Familie . . .«

»Süß.« Grace verzog das Gesicht und machte den Kühlschrank zu. »Deine Milch ist alle. Ich nehme an, *sie* trinkt nur fettarme Milch. Wegen der Figur. Ich kenne den Typ Frau. Sie geht sofort nach der Hochzeit wie ein Nilpferd auf. Muß irgend etwas mit ihrem Stoffwechsel zu tun haben.«

»Grace, ich habe dich nur in die Wohnung gelassen, weil du sagtest, du hättest Neuigkeiten für mich. Also raus mit der Sprache. Wir können uns morgen noch ausführlich darüber unterhalten.«

»Okay.« Sie schüttete Salz auf eine Scheibe Sellerie und biß hinein. »Ich sagte dir doch, ich würde dir verraten, wer der Kerl wäre, mit dem ich im Restaurant war. Er heißt Frank Drake. Wir waren zusammen auf der Kunstschule. Er hat nach einem Jahr Schluß gemacht. Er ist ein wenig seltsam, aber wir kommen ganz gut klar.«

»Er ist seltsam, und trotzdem seid ihr Freunde geworden?« höhnte Harry. »Das hätte ich nie für möglich gehalten.« Er sah auf die Uhr. Viertel nach sieben.

»Jetzt hör mir zu, Harry. Ich habe ihm von deinen Problemen erzählt . . .«

»Ich hoffe, du hast nicht vergessen, zu erwähnen, daß ich in einer faszinierenden Vielzahl von Morden unter

Verdacht stehe? Leider fallen die Urteile bei Opfern von Unglücken auf sie selbst zurück, aber das zählt für die Polizei anscheinend nicht.«

»Da liegst du falsch.« Sie fischte sich eine weitere Selleriescheibe aus dem Kühlschrank. »Frank untersucht gerade ein ähnliches Phänomen. Er meint, die Polizei wüßte genau Bescheid. Laut Frank ergeben diese Unglücke ein bestimmtes Muster, und er sagt, nicht nur wir beide wären darin verwickelt, sondern eine Menge Leute in London, die kürzlich . . .«

»Was ist dieser Knabe? Ein Privatdetektiv?«

»Nein. Hilfsbibliothekar. Aber er ist sehr helle und zieht Verbindungen, die andere übersehen.«

»Warum ist er dann Hilfsbibliothekar und nicht Assistent des Gesundheitsministers?« Hilary würde in genau acht Minuten hier eintreffen. Sie war noch nie zu spät gekommen. Er versuchte, Grace zur Wohnungstür zu lotsen, wobei er sich fragte, ob ein Luftbefeuchter mit ihrem Parfüm fertig werden konnte.

»Grace, ich muß darüber nachdenken. Das siehst du doch sicher ein. Ich rufe dich morgen früh an.«

Grace blieb in der Türöffnung stehen. »Das sagst du jetzt. Aber ich weiß, daß du mich nicht anrufen wirst. Weil du mir nicht vertraust.«

»Ich vertraue dir«, beteuerte Harry, als die Gegensprechanlage plötzlich zu summen begann. »Du gehst nur zu energisch vor, zu . . .«

»Wie Marlene Dietrich in *Der Blaue Engel*? Oder Katharine Hepburn in *Bringing Up Baby*? Gib's zu, Harry, ich mache dir angst. Es steht jemand an der Haustür.« Sie ging zur Gegensprechanlage. »Soll ich drangehen?«

»Nein!« Harry stürzte quer durch den Raum und drückte auf den Knopf. »Wer ist da?«

»Wer soll hier schon sein, Harry?« Hilarys Stimme hörte sich an, als könne man Bleistifte daran schärfen. »Es gießt in Strömen. Laß mich rein.«

»Eh, warte einen Augenblick . . .« Er drehte sich verzweifelt nach Grace um. »Kannst du den Hinterausgang nehmen?« flehte er.

»Verstehe. Also eher wie Celia Johnson in *Brief Encounter.* Ich hätte es wissen müssen.« Der Summer klang zornig. Harry drückte vorsichtig auf den Knopf, als befürchte er, einen elektrischen Schlag zu bekommen.

»Harry, was, um alles in der Welt, machst du da? Ich bin völlig durchnäßt. Mach sofort die Tür auf!«

»Das versuche ich doch die ganze Zeit, Hilary. Ich glaube, der Öffner hat den Geist aufgegeben?« Er nahm den Finger vom Knopf, ehe sie antworten konnte.

»Versuche es mal logisch zu betrachten«, begann Grace. »Im Augenblick ist Hilary zugegebenermaßen eine sehr attraktive Frau. Aber ich kenne diesen Typ Frau. Bald wird sie nicht mehr wie ein süßes blondes Mädchen aussehen, sondern hart. Sie wird verbittern, und nach ein paar halb erfolgreichen Liftings und Collagenimplantaten wirst du ein hysterisches, manisch-depressives, aufgemotztes Stück Gemüse am Hals haben.«

»Normalerweise bin ich kein gewalttätiger Mann«, stieß Harry hervor, »aber wenn du in den nächsten zehn Sekunden nicht auf der Feuerleiter bist, werfe ich dich eigenhändig hinunter.«

Grace drängte sich gegen die wie verrückt summende Gegensprechanlage, während Harry immer näherkam. »Halt. Ich möchte dir nur noch eine Frage stellen: Hat Hilary dir je zehn Minuten von einem Buch vorgeschwärmt, das sie gerade gelesen hat? Ja oder nein?«

Harry fühlte sich überrannt. Er dachte rasch nach.

»Nein. Dafür ist sie viel zu beschäftigt. Sie ist in verschiedenen Komitees, Mannschaftskapitän des Tennis . . .«

»Wie wär's mit einem Schauspiel, das sie gerade gesehen hat? Oder einem Zeitungsartikel?«

»Okay!« schrie er. »Sie ist nicht gerade eine Leuchte, aber das macht sie doch nicht zu einem schlechten Menschen.«

»Genau, wie ich es mir gedacht habe. Bimbos bewirken Wunder für die Selbstachtung eines Mannes. Und wie ist sie unter der Oberfläche?«

»Das habe ich bis jetzt noch nicht herausgefunden.«

»Ich habe nicht von Sex gesprochen, Harry.«

»Sie hat nicht über Sex gesprochen, Harry!« kreischte es durch die Gegensprechanlage. Grace nahm schuldbewußt den Finger vom Knopf, während er sie zur Seite schob.

»Hilary!« schrie er durchs Mikrophon. »Das hast du falsch verstanden.«

»Interessant. Ich habe das also falsch verstanden. Ist das dein neuer Firmenwagen, Harry?« Durch den Lautsprecher hörte man Glas klirren. Harry rannte zum Fenster und sah gerade noch, wie Hilary eine Milchflasche gegen die Windschutzscheibe des Granadas schlug, als würde sie ein Schiff taufen, bevor sie auf wackligen, hohen Absätzen davonstürmte.

Harry ging zur Couch, setzte sich hin und vergrub den Kopf in den Händen. »Ich denke, es ist besser, wenn du jetzt verschwindest«, flüsterte er. »Es sei denn, du möchtest noch Feuer legen, bevor du gehst.«

»Ich habe eine bessere Idee.« Sie zog den Pullover aus, kniete sich neben ihn und umarmte ihn. »Wir sind eigenverantwortliche, erwachsene Menschen. Laß uns im Schlafzimmer über deine Unfähigkeit sprechen, mit reifen Beziehungen umzugehen.«

Harry konnte ihren abrupten Stimmungswechsel nicht fassen. Was ihn aber am meisten wunderte, war, wie bereitwillig er auf den Vorschlag eingegangen war. Danach fragte er sich laut, ob sie das Ganze so geplant hatte. Sie versicherte ihm, dem sei nicht so gewesen. Und dabei blieb es.

Der Abend verstrich mit sanften Zärtlichkeiten, bis Grace ihr asexuelles Gehabe ablegte und sich in eine sinnliche Frau verwandelte. Harrys Sexualtechnik schien nur aus ein wenig mehr als einer überraschten Einwilligung zu bestehen, aber das lag höchstwahrscheinlich an den Umständen dieser Begegnung.

Grace lag in seiner Armbeuge, während er auf dem Rücken lag und zur Decke hochsah. Ihr Atem verschmolz mit seinen Herzschlägen. Sie brauchte einige Zeit, ehe sie erkannte, daß es das Telefon war, ein Hightech-Ding aus Chrom und Perspex, das so ein durchdringendes Piepsen von sich gab. Sie hob den Kopf, sah, daß Harry noch schlief, und nahm den Hörer ab.

»Harry, wach auf. Er möchte dich sprechen.« Sie schüttelte ihn, bis er ein Auge aufmachte.

»Wer ist es?«

»Brian Lack. Es klingt dringend.«

Er setzte sich auf und riß ihr den Hörer aus der Hand. Die Stimme am anderen Ende der Leitung begann bereits zu reden, bevor er den Hörer am Ohr hatte.

». . . mit jemandem sprechen, und zwar mit Ihnen. Wie spät ist es jetzt? Zweiundzwanzig Uhr dreißig. Können wir uns um dreiundzwanzig Uhr sehen? Schaffen Sie das? Es muß heute nacht sein; je eher, desto besser . . .« Die verwirrte, nervöse Stimme verstummte.

»Was ist passiert, Brian? Sind Sie zu Hause?«

»Nein, nein. Kann nicht mehr dahin. Wäre das Schlimmste, was ich tun könnte. Ich bin im Westend, im Büro. Zu Hause ist es zu riskant. Kann nicht durch die Stadt, zu weit zu fahren . . .« Harry wußte, daß er einem Mann zuhörte, der um sein Leben fürchtete.

»Um Himmels willen, Brian, beruhigen Sie sich. Ich verstehe Sie kaum. Hören Sie, ich kann in einer halben Stunde bei Ihnen sein.«

»Nein, kommen Sie nicht ins Büro. Treffen wir uns lieber an einem Ort, wo es offen, hell und sicher ist. Obwohl es nirgends sicher ist. Ich hätte schon lange mit jemandem darüber sprechen sollen. Aber mit wem? Niemand hätte mir geglaubt. Das macht es so . . . perfekt. Die Regierung hört auf Daniel Carmody, die Nation respektiert ihn. Das Gesetz ist auf seiner Seite. Sie wissen, was man über ihn sagt, nicht wahr? Sie sagen, er sei der lebende Beweis, daß der Kapitalismus auch ein Herz hat. Natürlich haben wir ihm vertraut. Woher hätte ich es auch wissen sollen?«

»Was wissen sollen, Brian? Was wissen Sie?«

»Es gibt keine Firmenverantwortlichkeit. Sie können alles tun, und es geschieht ihnen nichts. Ein wenig Wirbel in der Presse, ein kurzfristiger Fall des Aktienindex; das ist alles. Sie können nicht sterben, so wie wir. Sie können töten, aber sie können nicht sterben. Macht zu haben bedeutet soviel wie unsterblich sein.«

»Erzählen Sie mir mehr davon, wenn ich bei Ihnen bin, Brian. Wir treffen uns . . . einen Augenblick.« Er legte die Hand über den Hörer und wandte sich an Grace. »Gut beleuchteter Platz in der Nähe von Soho, offen, ein Ort, wo man die Menschen herankommen sehen kann.«

»Trafalgar Square.«

»Brian, wir treffen uns mitten auf dem Trafalgar

Square und stehen das gemeinsam durch. Ist der Platz belebt genug?«

Am anderen Ende der Leitung hörte man ein erleichtertes Aufseufzen. »Okay, Harry. Und wann? Wie schnell können Sie da sein? Sie haben mich jetzt im Visier. Jeder Schritt ist gefährlich.«

»Ich versuche, in zwanzig Minuten dort zu sein.«

»Werden Sie mir glauben?«

»Ich werde es versuchen, Brian, ich werde es versuchen.«

Trotz Graces Protest verließ er drei Minuten später allein die Wohnung, schlug die verbliebenen Reste der Windschutzscheibe aus dem Rahmen und fuhr in Richtung Westend, während der Regen über sein Gesicht und das Armaturenbrett rann.

28

Hochmut vor dem Fall

Brian Lack hielt unter den raschelnden Platanen an der Westseite des Platzes inne und sah sich um. Die riesigen, schweigenden Springbrunnen waren verlassen, genauso wie die Wege und Treppen, die zur Nationalgalerie hinabführten. Dicht an die Bäume gepreßt, hielt er vom Rand des Trafalgar Squares nach ungewöhnlichen Aktivitäten Ausschau. Selbst die ständigen Streikposten vor dem South Africa House schienen heute nacht dezimiert worden zu sein. Eine Handvoll Studenten und ein einsamer Constable hielten dort Wache, wo man einst vom stuckgeschmückten Morley Hotel aus auf die Springbrunnen aus Granitstein hatte blicken können.

Eine plötzliche Windbö drückte ihre kalten Finger gegen Brian Lacks Rücken, während er durch den Schatten eilte. Er sah nervös hinter sich, konnte aber nichts entdecken. An der Südseite des Platzes bildeten Doppeldecker, geduldig wie Elefanten, eine Schlange, die darauf wartete, nach Whitehall zu fahren.

Die Stille des Platzes war ungewöhnlich, aber nicht unwillkommen, denn sie verringerte die Gefahr eines Überraschungsangriffs. Ein Dutzend oder auch mehr schmutzignasser Tauben trippelte auf dem Weg zu den von Hamburgerschachteln und Popcorntüten überquellenden Papierkörben an ihm vorüber. Die Kopfhaut unter Brians Toupet kribbelte. Er sah noch einmal auf die Uhr. Harry müßte längst hier sein. Vielleicht stand er etwas höher, um den ganzen Platz übersehen zu können. Doch dann hätte er sich bemerkbar gemacht.

Brian setzte die Brille auf, die er manchmal beim Autofahren benutzte, und alles wurde klarer. Die strahlend hell beleuchtete korinthische Säule, von der aus Lord Nelson die Stadt inspizierte, ragte weniger als neunzig Meter vor ihm auf. Er ertappte sich dabei, wie er eines der bronzenen Basreliefs studierte, die den Fuß der Säule schmückten, eine die Schlacht am Nil darstellende Szene. Von unten her hörte er ein Gurren, und eine seltsam aussehende, einäugige Taube hoppelte vorbei.

Brian sah in den Himmel. Seine Stirn glänzte im Schein der nahen Laterne. Hier war niemand. Aber sie könnten ihn von den angrenzenden Gebäuden aus beobachten, oder? In einem dieser dunklen Fenster könnte sich jemand gerade in diesem Augenblick über ein Gewehr beugen. Was für ein leichtes Ziel gäbe er ab, wenn er mitten auf dem Platz stünde! Er wußte genug, um dafür getötet zu werden. Entsprangen die Gedanken an Heckenschützen seinem kranken Gehirn, oder würde man ihn töten, während er hier stand und über sein Schicksal nachdachte? Seine Finger folgten dem Schmerz, der sich wie ein Draht um seine Stirn zog und immer stärker wurde. Er mußte sich zwingen, nachzudenken, einen klaren Kopf zu bekommen und sich die Ereignisse dieses Abends ins Gedächtnis zu rufen.

Brian erinnerte sich an die Nacht der Konfrontation, als Willie sich vor ihm aufgebaut und eine Erklärung gefordert hatte. Zuerst hatte er versucht, sich unwissend zu stellen, aber es wurde sehr schnell klar, daß Willie die Wahrheit wußte. Er hatte, wie er sagte, aus Brians unterster Schreibtischschublade ein Stückchen Papier hervorschauen sehen. Normalerweise hatte er sich um seine eigenen Sachen gekümmert. Das gefaltete Papier in seinen Händen war nur ein Memo, eine Notiz, auf der er einen Vorfall in der Lagerhaltung in allen Einzelheiten geschildert hatte; und dennoch ...

Willie Buckingham hatte ihn einen Bürokraten genannt. Das war sowohl ein Lob als auch eine Rüge. Einige hielten ihn für einen Kleingeist, aber er wußte, wie wichtig es war, auf Kleinigkeiten zu achten. Deshalb konnte er sich auch an alle Lieferungsnummern erinnern – und die, um die es im Memo ging, existierte nicht.

Er war ins Lager gegangen. Hatte die Kisten durchgesehen. Fand die unmögliche Lieferung.

Verglich die Seriennummer aus dem Memo mit den Nummern an den Kisten. Ein Brecheisen hatte an der Wand gelehnt. Er hatte es unter den Kistendeckel gerammt und sie aufgehebelt. Anfangs war er vom Inhalt der Kiste enttäuscht gewesen. Dann wurde er mißtrauisch. Und schließlich war etwas Schlimmes passiert ...

Ein Geräusch hinter ihm. Niemand zu sehen. Der Platz war immer noch verlassen. Der Wind kräuselte das Wasser in den Bassins. Die Busse waren verschwunden. Entweder nach Whitehall oder Strand, die Charing Cross Road hinauf, die Pall Mall entlang. Als der Wind sich erhob, begannen die Platanenblätter vor ihm zu tanzen. Die rasch dahinziehenden Wolken reflektierten die Lichter der Großstadt. Er hatte den Kopf so weit zurückgebogen, daß er fast sein Gleichgewicht verlor, als er über eine Steinplatte stolperte. In der Ferne huschte eine dunkle Gestalt an den granitfarbenen Ankerwinden vorbei, die die Terrasse säumten, schoß an St. Martin-in-the-Fields vorbei über die Straße und verschwand.

Immer noch kein Zeichen von Harry. Was sollte er tun? Er war nirgendwo mehr sicher. Wie sollte er nach Hause kommen? Er sah auf die Uhr wie ein Betrunkener, der herauszufinden versuchte, wie spät es war. Es war kurz nach elf. Um diese Zeit fuhren immer noch Busse. Aber Busse waren gefährlich. Der Feind konnte neben einem sitzen. Als er an einem Springbrunnen vorbeikam, hielt er an und spritzte sich Wasser ins Gesicht. Der Schock half ihm, seine Paranoia zu erkennen. Er würde noch fünf Minuten warten und dann nach Hause gehen. Es war totenstill, nicht einmal Verkehrsgeräusche waren zu hören. Da – ein Knirschen. Was knirschte – Holz? Metall?

Da war das Geräusch schon wieder.

Er setzte sich auf den Brunnenrand und lauschte angestrengt.

Und wieder – ein metallisches Stöhnen, wie ein im Winde schwankendes Gerüst, ein stählerner Schrei wie von einem Schiff, das in der rauhen See auseinanderbricht. Er sah hoch. Die Nelson-Säule, Symbol der Beständigkeit, vierundvierzig Meter historischer Vernunft und ihr zu Füßen vier bronzene Löwen, die Landseer Löwen, jeder so groß wie vier ausgewachsene Männer, jeder drei Meter lang, jeder von ihnen so stolz und ungestüm, wie es das Reich einmal war.

Und während er sie betrachtete, drehte einer von ihnen sich um und sah ihm ins Gesicht.

Brian riß die Augen auf, bis sie schmerzten. Der Löwe bewegte sich nicht, aber seine ausdruckslosen Bronzeaugen starrten in seine und warteten darauf, daß er davonlaufen würde. Er hielt den Atem an und bewegte sich nicht. Noch einmal stöhnte es metallisch, und vor seinen entsetzten Augen stand der Löwe langsam von seinem Sockel auf und hielt einen Augenblick lang inne, ehe er auf die Steinplatten sprang. Das durchdringende Geräusch sich aneinanderreibenden Metalls zerriß die Luft, als der zweite Löwe sein mächtiges Haupt hob und seinem Gefährten folgte.

Brians Herz klopfte in seinem knöchernen Gefängnis so laut, daß die Löwen es ebenfalls hören mußten. Sie verließen einer nach dem anderen den Fuß der Säule und kamen quer über den Platz auf ihn zu. Sie setzten ihre gewaltigen Bronzepranken vorsichtig auf die Platten wie kleine Katzen, die ihre ersten Gehversuche machen.

Aber das hier waren keine Kätzchen. Ein Blick in ihre leblosen Augen verriet, daß sie seinen Geruch aufgenommen hatten und kamen, um ihn zu töten. Es klirrte und knirschte, und ihre hohlen Körper verstärkten die Geräusche noch. Brian wirbelte herum und lief zur Ostseite, in Richtung South Africa House. Die Streikposten waren immer noch dort. Warum hatten sie ihre Fahnen nicht fallengelassen und ihre Beine in die Hand genommen? Sie schienen blind gegen die bronzenen Fleischfresser zu sein. Ein neues Geräusch ließ die Luft vibrieren. Einer der Löwen hatte sein Maul aufgerissen und brüllte die vorübereilenden Wolken an, als wolle er die Himmelstüren öffnen.

Als er das Geländer am Ende des Platzes erreicht hatte, rutschte er aus und fiel zu Boden, wobei er sich die Handflächen blutig schrammte und seine Hosen in Kniehöhe zerriß. Hinter ihm kam das Rudel Löwen nähergetrottet, mit erhobenen Köpfen seiner Spur folgend. Ihr Anführer, die Kreatur, die als erste den Sockel verlassen hatte, hielt an und ließ sich auf seine bronzenen Hinterbeine nieder. Die Lichter spiegelten sich matt auf seiner glänzenden Haut. Das Tier wartete darauf, daß er wieder aufstand. Eine sanfte Brise entströmte seinen Nasenlöchern wie ein Windzug, der durch einen Schacht fährt. Die anderen hielten respektvoll Abstand. Sie schienen die wimmernde Gestalt zu tadeln, die vor ihnen lag. Sie wollten, daß er wie ein Mann starb. Er drängte die Tränen zurück, stand unsicher auf und wischte die blutenden Hände an der Jacke ab. Dann rannte er los.

Als er das Geländer erreicht hatte, duckte er sich drunter her und lief auf den Fahrdamm. Er war gerade dabei, zur gegenüberliegenden Seite anzusetzen, als er den Fehler machte, zurückzuschauen. Der erste Löwe hatte schon über das Geländer gesetzt. Verdeckt von den Zweigen der Platanen verwandelten sich seine Augen in weiße Lichter, die so hell waren, daß er sie nicht anschauen konnte. Er taumelte zurück und schrie, und er wußte, daß dieser Schrei das letzte Geräusch war, das er in seinem Leben hören würde.

Die Kreatur verschwand aus seinem Gesichtsfeld, als eine riesige Pfote auf ihn fiel und seine Beine mit einem einzigen Streich in eine breiige Masse verwandelte. Er fühlte, wie er mit dem Kopf gegen den Rinnstein fiel, versuchte sich fortzurollen und mußte entsetzt feststellen, wie die obere Hälfte seines Körpers sich von dem im Schatten liegenden unteren Teil löste. Die Tatze sank ein zweites Mal nieder, und die Nacht versank, als sein Kopf wie eine Wassermelone platzte.

Anfangs schenkte der Polizist ihm keine Beachtung.

Harry war nur fünfundzwanzig Minuten nach Brian Lacks Anruf am Trafalgar Square eingetroffen. In der Nähe des South Africa Houses stieß er auf einen Polizeikordon, zwei Krankenwagen, ein paar Streifenwagen und eine Menge blutgieriger Zuschauer. Als er sah, wie man die über die Straße verstreuten menschlichen Überreste verdeckte, oder besser gesagt, zu verdecken suchte, wußte er, daß es sich bei dem Toten um Brian Lack handelte. Schuhe und Jacke waren dieselben wie bei ihrem ersten Treffen an diesem Tag.

»Ich kenne den Mann!« rief Harry dem unaufmerksamen jungen Constable zu. »Was ist passiert?«

»Er lief mitten auf die Straße, genau in den Verkehr«, sagte einer der Anti-Apartheid-Demonstranten. »Wir haben alles mitgekriegt. Der Busfahrer hupte und ließ die Scheinwerfer aufblitzen, aber der Mann reagierte nicht. Er wurde von den Autos hinter dem Bus überrollt. Sie konnten nicht mehr rechtzeitig bremsen.«

Der Constable, kaum ein Jahr älter als der Student, legte ihm die Hand auf die Schulter. »Wir möchten, daß Sie eine Aussage machen, Sonny.« Er haßte protestierende Studenten. Dann wandte er sich Harry zu. »Sie sagten, Sie wüßten, wer dieser Kerl ist?«

Harry, dem plötzlich klargeworden war, wie brenzlig seine Situation war, machte einen Rückzieher. »Nein. Es war ein Irrtum.«

Er marschierte so rasch und unauffällig wie möglich zu seinem Wagen zurück, während der Constable etwas hinter ihm herrief.

29

Ein Übermaß an Information

Sergeant Longbright nahm den Hörer nach dem zweiten Klingeln ab. Sie setzte sich auf und knipste das Licht an.

»Janice. Tut mir leid, Sie so spät zu stören.«

»Ist okay. Wie spät ist es?«

»Halb drei«, antwortete John May. »Es geht um unseren Hauptzeugen, den verbrannten Jungen. Mark Ashdown. Ich bekam gerade einen Anruf vom Krankenhaus. Er ist tot. Ich habe ihnen gesagt, sie sollten nichts anrühren, bis wir da wären.«

»Mein Gott. Hatten Sie nicht gesagt, es ginge ihm besser?«

»Sie glauben, daß er Selbstmord begangen hat.«

»Aber wie?« Sie klemmte sich den Hörer unters Kinn und glitt vorsichtig aus dem Bett, darauf bedacht, Ian Hargreave nicht aufzuwecken. »Ich dachte, die Schwestern hätten ihn unter Beruhigungsmittel gesetzt?«

»Sie benutzten mehrere aufeinander abgestimmte Schlafmittel, um die Möglichkeit eines ernsthaften Traumas zu verringern.«

»Könnte sich sein Bewußtsein gegen die chemische Behandlung gewehrt haben?« fragte Longbright. »Wäre so etwas möglich? Er muß sehr entschlossen gewesen sein.«

»Oder sehr verletzt.« Dann trat eine Pause ein. »Janice, ich habe keine Ahnung, mit was wir es hier zu tun haben. Der Fall gerät außer Kontrolle.«

»Haben Sie schon mit Arthur darüber gesprochen?«

»Nein. Diese Seite des Falles betrifft ihn nicht. Ich möchte ihn nicht damit behelligen. Er soll frei sein, seinen eigenen Ahnungen und Theorien zu folgen.«

»Okay.« Sie fuhr sich nachdenklich durchs widerspenstige Haar. Es war nicht gerade die angenehmste Art, einen Sonntag zu beginnen. »Möchten Sie, daß ich Sie abhole?«

»In zwanzig Minuten.« Dann war die Leitung tot.

Die Oberschwester stand abweisend in der Türöffnung, als wolle sie sie nicht durchlassen. Longbrights nasser, alter Regenmantel hinterließ Pfützen auf dem gekachelten Boden.

Im Dämmerlicht des Flurs wirkte sie wie der Star eines vergessenen *noir*-Thrillers. John May ging vor. Sie folgte ihm vorsichtig ins Zimmer.

Der Körper lag quer über dem Bett, mit weit ausgebreiteten Beinen und einem nach unten hängenden Arm. Rumpf und Brust waren mit Bandagen umwickelt, Kopf und Hals ohne Verband. Der Plastikschlauch, durch den man ihn intravenös ernährt hatte, war fest um seinen Hals gewickelt, die Flasche lag zerbrochen neben dem Ständer.

Als May näher heranging, knirschte Glas unter seinen Schuhsohlen. »Können wir bitte mehr Licht haben?« fragte er. »Wann wurde das Zimmer zum letzten Mal betreten?«

»Die Nachtschwester war die ganze Zeit über im Flur. Sie hörte ein lautes Geräusch und war sofort bei ihm. Er lag so wie jetzt und bewegte sich kaum. Sie schlug Alarm und versuchte seine Kehle freizubekommen, aber er war schon tot.«

May beugte sich tief über die Leiche. Die Augen des Jungen hatten sich in leuchtend weiße Kugeln verwandelt.

»Vermutlich konnte sie den Schlauch nicht freibekommen, ohne das Gewebe darunter zu beschädigen. Haben Sie ihm den Verband vom Gesicht entfernt?«

»Nein«, antwortete die Oberschwester. »Er muß ihn sich selbst entfernt haben.«

»Wie kommen Sie darauf?« Er ging in die Knie und spähte unters Bett.

»Die Wunden sind frischer als vorher. Der Schorf blieb am Verband kleben, als er entfernt wurde.«

»Passiert das, wenn man den Verband zu schnell hinunterreißt? Wie war der Grad seiner Betäubung? War er bewußtlos? Bewegungslos?«

»Nun, er muß sich in einem Zustand . . . äußerster Willenlosigkeit befunden haben.«

»Was wollen Sie damit sagen? War er unfähig, sich seine Schnürsenkel zuzubinden? Unfähig, zu stehen? Halten Sie es für möglich, daß er sich das selbst angetan hat?«

Die Oberschwester runzelte die Stirn. Sie hatte diesen Punkt bereits mit einer anderen Schwester diskutiert. »Meiner Meinung nach, nein. Er hatte nicht genug Kraft, um seine Luftröhre abzudrücken.«

»Der Ständer steht auf Rollen. Er konnte ihn zu sich heranziehen und vornüberkippen.«

»Wenn nicht die Rauchschädigung in seiner Kehle . . .«

»Nicht schlecht, Janice.« Er wandte sich an die Krankenschwester. »Hat er Schleim abgesondert?«

»Die Luftröhre wurde immer sauber gehalten, aber er hatte eine Menge Entzündungen und Flüssigkeit in diesem Bereich.«

»Dann braucht man nicht viel Druck auszuüben, um die Luftröhre völlig zu schließen?«

»Ich denke, nein.«

»Ich muß Sie etwas fragen«, begann May mit sanfter Stimme. »Nehmen wir einmal an, die Medikamente, die

Sie ihm gaben, waren nicht stark genug, um ihn in einen ruhigen Bewußtseinszustand zu versetzen. Könnte er dann aufgewacht und durch seine Lage in Panik geraten sein?«

Die Oberschwester winkte die Nachtschwester heran und beriet sich mit ihr. »Das ist möglich«, antwortete die schließlich. »Nach der Infektion stellt das Trauma die zweitgrößte Gefahr für einen Patienten mit Verbrennungen dar. Aber das ist nicht die Form, die es für gewöhnlich annimmt.«

»War er Rechtshänder?«

»Ich glaube, ja.«

May wandte sich an Longbright. »Für mich sieht es so aus, als hätte er es selbst getan. Wenn Sie sich die Innenseite des rechten Zeigefingers ansehen, werden Sie eine Verfärbung feststellen, dort, wo der Schlauch um seine Finger gewickelt war, damit er besser ziehen konnte.« Er knöpfte seinen Mantel zu. »Sie haben uns sehr geholfen, Schwester. Ich fürchte, wir werden Sie noch eine Weile belästigen. Es müssen Fotos gemacht und Fingerabdrücke genommen werden.«

Die Nachtschwester zeigte ihm einen kleinen, weißen Umschlag. »Das hat Ihr Kollege für Sie abgegeben.«

May betrachtete den Umschlag stirnrunzelnd. »Wann war er hier?«

»Er ist vor ein paar Minuten gegangen.«

Er nahm das Blatt heraus, faltete es auseinander und las:

Lieber John,
ich bin sicher, das letzte, was Du wünschst, ist, daß ich mich in Deine Angelegenheiten mische. Ich dachte mir, Du solltest über folgendes nachdenken:

Die Uhren an den Videogeräten in Dells Laden blieben

genau zwanzig Minuten vor Ausbruch des Feuers stehen. Der Junge muß einen Stecker rausgezogen haben und unabsichtlich die Stromzufuhr unterbrochen haben. Merkst Du, worauf ich hinaus will?

Piep, piep. Arthur

Er gab die Notiz Longbright. Er sollte verdammt sein, wenn er wußte, worauf Arthur hinauswollte.

»Was hat Mr. Bryant um diese Zeit noch hier gemacht?«

»Ich dachte, Sie wüßten Bescheid«, antwortete die Oberschwester. »Er hat in regelmäßigen Abständen nach Mark geschaut, Tag und Nacht. Er war es, der darauf gedrungen hat, daß sich immer jemand im Flur aufhielt.«

»Er wußte, daß das Leben des Jungen in Gefahr war«, sagte May ein paar Minuten später, als sie im strömenden Regen über den Parkplatz gingen. »Und er hat jemanden vor der Tür postiert, um das zu beweisen.«

»Aber die Nachtschwester hat niemanden gesehen.«

»Stimmt. Er wollte nur bestätigt wissen, daß der Täter nicht von außen kommt. Er weiß mehr, als er uns sagt. Ich denke, es ist an der Zeit, unsere Arbeitsmethoden zu ändern und zusammenzuarbeiten.« Sie hatten immer den beiden Gehirnhälften geähnelt: May, der logische Statistiker, der emsig Fakten sammelte, der linken Seite. Bryant hingegen, der kreative Theoretiker, der scheinbar nebensächliche Details miteinander verband, glich der rechten Seite. Aber in diesem Fall würden sie lernen müssen, ihre Talente zu vereinigen.

»Wissen Sie, was unser Problem ist?« fragte er Longbright, während er ihr die Wagentür öffnete. »Wir leiden an einem Übermaß an Information. Es gibt zu viele Einzelheiten, die man berücksichtigen muß, zu viele Fakten. Sie verdecken das Wesentliche und klären nichts. Wie wach sind Sie? Sind Sie bereit, noch ein paar Stunden in der Zentrale zu verbringen?«

»Ich bin nicht müde.«

»Gute Frau. Wir werden damit anfangen, daß wir alles aus der Unglücksdatei entfernen, was nicht in direkter Verbindung mit den Todesfällen steht. Es gibt Spuren, die wir noch nicht zur Quelle zurückverfolgen konnten, weil jeden Tag etwas Neues hinzukam. Machen wir uns auf die Suche.«

Longbright beobachtete May während der Fahrt. Er schien von einer besonderen Energie durchdrungen, als müßte er gegen die Zeit kämpfen, um zu einer Antwort zu gelangen. Sie fragte sich, ob er noch genügend Zeit haben würde.

30

Gebetsteufel

Dorothy freute sich, am frühen Montagmorgen wieder in der Bücherei zu sein. Die kühle Stille des Lesesaals wirkte beruhigend auf sie. Arthur Bryant traf gerade ein, als sie die Eingangstür öffnete, um nach ihm zu sehen. Anfangs schien es ihr, als hätte er sich kein bißchen verändert. Der dreiteilige Savile-Row-Anzug, die rosa *boutonnière* und der alte Filzhut weckten angenehme Erinnerungen an ihre letzte Begegnung. Erst als er den Hut abnahm, sah sie, wie sehr er im Laufe der Jahre gealtert war. Er wirkte kleiner und grauer, so, als hätte man ein Licht zwar nicht gelöscht, aber verhängt.

»Meine liebe, alte Tady. Tut mir schrecklich leid, daß ich Sie nicht am Samstag besuchen konnte. Unser Fall scheint ereignisreicher zu werden, als ich angenommen hatte.« Bryant streckte die Hand aus. »Wieviel Zeit ist seit unserem letzten Abenteuer vergangen?«

»Nach meiner Rechnung sieben Jahre, Arthur. Warum rufen Sie nur an, wenn Sie etwas von mir wollen?« tadelte sie ihn liebevoll. »Kommen Sie herein. Wir bereiten gerade unser morgendliches Ritual vor: Teetrinken und Zeitung lesen. Sie müssen mir erzählen, was Sie die ganze Zeit gemacht haben.«

Im Raum hinter der Empfangstheke hatte Frank Drake bereits Tee gekocht. Dorothy hob die an Scharnieren befestigte Thekenplatte und führte ihren Besucher in ein kleines Hinterzimmer, das den Mitarbeitern der Bücherei vorbehalten war. Bryant stellte den tropfnassen Regenschirm in eine Ecke und ließ sich auf einem großen, fadenscheinigen Sessel nieder. Er sah sich leicht indigniert um. »Ein wenig heruntergekommen«, stellte er fest und schnupperte. »Feucht. Müßte mal renoviert werden.«

»Was haben Sie erwartet?« entgegnete Dorothy und stellte einen Becher Tee vor ihn hin. »Wir sind dem Stadtrat ein Dorn im Auge. Sie wissen nicht, ob sie aus der Bücherei ein Aerobic-Center machen oder das Gebäude schleifen und das Grundstück verkaufen sollen. Letztes Jahr planten sie, hier ein Prostituiertenkollektiv zu eröffnen. Jetzt sieht es so aus, als solle hier eines dieser postmodernen Bürohäuser entstehen. Sie warten darauf, daß das Gebäude in sich zusammenfällt – was nicht mehr lange dauern wird, wenn es nicht bald aufhört zu regnen.«

»Sie werden natürlich gegen die Schließung kämpfen«, bemerkte Bryant.

»Schon wegen der Sammlung.«

Dorothy gefiel es nicht, mit Außenstehenden über die geheimnisvollen Werke zu sprechen. Sie hatte kein Verlangen, in den Augen der Öffentlichkeit als Wächterin okkulter Schätze dazustehen. Es war besser, wenn die Sammlung keine Aufmerksamkeit erregte. Dennoch wäre es ihr unangenehm gewesen, das in den Kellerräumen angesammelte Wissen jenen Menschen zu verweigern, die es wirklich zu würdigen wußten.

»Meine Mutter hat sich in ihrem Testament ausbedungen, daß der Stadtrat die – Sammlung – nur erbt, wenn sie bis zu meinem Lebensende in der Bücherei untergebracht ist.«

»Sie glauben also, man wartet dort nur noch darauf, daß Ihr Lebenslicht verlöscht? Und was meinen Sie, wird nach Ihrem Tod mit den Büchern geschehen?«

»Sie werden garantiert an Privatsammler verkauft, und der Stadtrat wird das Geld einstecken. Die Bücher *müssen* zusammenbleiben. Sie stehen untereinander in Verbindung. Eins stützt sich aufs andere. Die Sammlung ist nur als Ganzes von Nutzen.« Sie starrte seufzend in ihren Becher, als hoffe sie dort eine Antwort zu finden. »Was haben Sie die ganze Zeit über gemacht? Wie geht es Ihrem Partner – wie heißt er doch gleich?«

»John. Es geht ihm gut. Er ist wütend auf mich, weil ich mich entschlossen habe, mich zurückzuziehen.«

»Das letzte Mal, als wir uns sprachen, waren Sie gerade mit diesen schrecklichen Morden im Savoy beschäftigt. Sie sagten mir damals, das wäre Ihr letzter Fall.«

»Dieser hier ist es wirklich«, versicherte Bryant und stellte den Becher ab. »Wir haben es mit einer Reihe von Unglücksfällen zu tun – halten Sie fest, daß ich ›Unglücksfälle‹ sagte und nicht Morde. Um genauer zu sein, es handelt sich um konstruierte Selbstmorde.« In der nächsten halben Stunde gab Bryant der Bibliothekarin einen kurzen Abriß der schrecklichen Ereignisse. In der gegenüberliegenden Ecke sah Frank Drake von seinen

Zeitungsausschnitten auf und hörte mit wachsendem Interesse zu.

»Sie sehen also, in welchen Schwierigkeiten wir stecken«, schloß Bryant. »Ich glaube nicht, daß ich übertreibe, wenn ich sage, daß Hunderte von anderen Morden damit zusammenhängen können.«

»Frank, ich denke, Sie erzählen Mr. Bryant besser von Ihren Entdeckungen«, sagte Dorothy langsam. Frank, der nur auf eine Gelegenheit gewartet hatte, seine Theorie an einem Außenstehenden zu erproben, brauchte keine zweite Aufforderung. Er war gerade bei der weltweiten faschistischen Verschwörung des CIA angekommen, als Bryant ihn unterbrach.

»Schuld an den Todesfällen waren Runen und nicht der CIA. Aber man sagte mir, man könne nur durch Okkultismus die Macht der Runen lenken.« Bryant zog eine der Verwünschungen aus der Jackentasche und hielt sie hoch. »Kann dieses Stück Papier wirklich jemanden umbringen?«

»Ich wüßte nicht, wie«, antwortete Dorothy. »Die Runenflüche verändern sich ständig. Es ist eine symbolische Methode, die Naturkräfte zu kontrollieren. Odin, ihr Gott, ist ehrfurchtgebietend, aber auch gefährlich. Schamanen und Berserker waren Jünger seines Kultes. Sie benutzten eine komplexe, ausgeklügelte Sprache. Ich wäre überrascht, wenn man mit Hilfe dieser Runen wirklich jemanden töten könnte. Niemand würde heutzutage noch daran glauben, selbst wenn er es übersetzen könnte. Nebenbei – Sie haben doch auch einen Blick darauf geworfen –, warum wurden Sie nicht getötet?«

Bryant klopfte sich nachdenklich gegen die Zähne. »Die entsetzten Opfer hielten es für Teufelsgebete. Irgend etwas löste ihren Tod aus – aber was?«

»Lassen Sie uns einen Augenblick darüber nachdenken,

Arthur.« Sie nahm das Stück Papier und legte es vor sich hin. »Die Heiden hielten die Natur für magisch. In der gleichen Weise, wie wir beide das Grundprinzip, sagen wir, eines Mikrowellenherdes begreifen, wußten die Heiden, daß die Berge vom Atem der Göttin gewärmt wurden und daß Anfälle durch den Zorn einer beleidigten Gottheit verursacht wurden.

Die Mentalität des modernen Menschen hat sich so weit vom Denken des Heiden entfernt, daß es kaum noch eine Brücke zum Verständnis gibt. Doch einige Dinge überdauerten die Zeiten – unbewußte Reflexe, Urängste. Diese Zeichen« – sie hielt das Papier hoch – »hätten vielleicht einen heidnischen Menschen in Angst und Schrecken versetzen können, aber in der heutigen Zeit ist das unmöglich.« Dorothy rückte die Brille gerade und warf einen weiteren Blick auf die Runen. »Sie wirken erschreckend vertraut. Kommen Sie, wir gehen nach unten.«

Während sie die Treppe hinabstiegen, sah sie, wie er zögerte, als fühle auch er die überwältigende Macht des alten Wissens. Sie trat vor ein mit schimmeligen Werken über Runen-Mythologie angefülltes Regal und zog ein verhältnismäßig neues Taschenbuch heraus. Ein Blick auf das Inhaltsverzeichnis führte sie zu einem anderen Werk, dies zu einem dritten. Dann hatte sie endlich gefunden, was sie suchte. Ein Werk, in dem die genauen Ebenbilder der Runen zu sehen waren, die Bryant ihr gerade gezeigt hatte.

»Tut mir leid, es Ihnen sagen zu müssen, Arthur«, begann sie, während sie die Brille bis zur Nasenspitze schob, »aber wir haben es hier überhaupt nicht mit finsteren Flüchen zu tun.« Sie warf erneut einen prüfenden Blick in das Buch. »Nein. Ganz im Gegenteil. Es sind sehr gewöhnliche Abschriften. Wirklich sehr gewöhnliche.«

Bryant nahm ihr die Runen aus der Hand und studierte die Illustration in ihrem Buch.

»Sehen Sie hier? Es sind Bitten um Schutz. Sie garantieren die Sicherheit dessen, der sie bei sich trägt, nicht dessen Zerstörung. Etwa in der Art von: *Mögen die Götter mich in den finstersten Stunden beschützen.*«

»Aber das ist unmöglich!« wandte Bryant ein. »Aber wenn es stimmen sollte, dann funktioniert der Schutz nicht.«

»Vielleicht doch.«

»Und wie?«

»Man kann mit diesen Runen sowohl Menschen als auch Objekte schützen. Es sieht so aus, als seien es nicht die Opfer gewesen, die geschützt werden sollten.«

»Was wollen Sie damit sagen?«

»Nehmen wir einmal an, diese Runen sollten das schützen, was unsere Opfer tötete. Woher stammt dieses Stück Papier?«

»Sie meinen dieses hier?« Er überlegte kurz. »Das fanden wir auf dem Boden von Dells Videoladen. Es stammt von einer Videokassettenhülle.«

»Dann habe ich schlechte Nachrichten für Sie«, teilte Dorothy ihm mit. »Jemand hat einen Weg gefunden, ein uraltes Übel mit den Mitteln der modernen Technik anzuwenden.«

31

Einbruch

»Und jetzt versuch, mir ganz unauffällig das Stemmeisen zu geben«, flüsterte Grace, die vor dem Stahlgitter kniete. »Du siehst echt verdächtig aus, wie du da mit den Händen in den Taschen rumstehst.«

»Ich bin sicher, der Typ nebenan weiß genau, was wir vorhaben.« Harry zog das Stemmeisen aus der Hose und reichte es seiner Komplizin.

Vor dem Nachbarhaus stand ein großer, schwarzer Mann mit Smoking und einem afrikanischen Stirnband und schob Wache für einen Klub. Von Zeit zu Zeit warf er ihnen einen desinteressierten Blick zu.

Wenn man bedachte, daß es halb zwei Uhr an einem kalten Montagmorgen war, ging es in der Wardour Street erstaunlich geschäftig zu. Aus den Klubs drangen gedämpft die Klänge von Reggae-, Ska- und Soulmusik. Paare, die sich aus fettigen Papierbeuteln verköstigten, schlenderten vorbei. Grace verlagerte ihr Gewicht, und die dünne Kette, mit der das Stahlgitter gesichert war, brach entzwei. Die Frau stand vorsichtig auf und wischte sich den Rost von ihrem engen schwarzen Kleid.

»Und jetzt den Eingangs- und den Alarmschlüssel.« Grace hielt Harry, der in seiner Tasche kramte, die ausgestreckte Hand hin. Beth Cleveland hatte ihm vor ihrem Tod eine Kiste mit Willies Hinterlassenschaft gebracht, und in dieser Kiste hatten sich auch der Alarmcode und die Schlüssel für das Gebäude der Firma Instant Image befunden. Harry hoffte nur, daß die Schlösser nach der Übernahme durch ODAL nicht ausgetauscht worden waren.

Sie schlüpften durch die Lücke im Gitter. Grace zog es

hinter sich zu, bevor sie den Schlüssel in das Schloß am oberen Türrand steckte.

»Laß mich zuerst rein«, sagte Harry, »damit ich die Alarmanlage ausschalten kann.« Als Grace die Tür öffnete, ertönte ein tiefes Summen. Ein rotes Licht blinkte auf. Harry rannte durchs Foyer, tippte den Alarmcode ein, und das Summen verstummte.

»Okay, jetzt können wir uns frei bewegen. Wir müssen die Buchhaltung finden. Laß das Licht aus.« Die Leuchtreklamen von der Straße spendeten ihnen Licht genug, um die Treppe zu erkennen. Im ersten Stock fanden sie in einem Regal gestapelte Videokopiermaschinen. Im zweiten Stock waren drei kleine Büros mit Namensschildern an den Türen: »LACK«, »CLEVELAND« und »BUCKINGHAM«.

Ein abgetrennter Raum am Ende des Flurs erwies sich als die Buchhaltung. Graces Taschenlampe bestrich eine Reihe grüner Aktenschränke, von denen einer abgeschlossen war.

»Sieh mal nach, ob du in den Schreibtischschubläden einen Bund mit kleinen Schlüsseln findest«, flüsterte Harry. »Brian muß sie hier irgendwo aufbewahrt haben.«

Grace knipste die verstellbare Bürolampe an und senkte den Schirm, um besser sehen zu können. In der untersten Schublade entdeckte sie eine kleine, stählerne Portokasse. Für Graces Dr.-Marten-Stiefel Größe acht kein Problem. Im Inneren der Kasse lag ein Schlüssel, der auf den Schrank paßte.

»Jetzt wollen wir mal sehen, was hier eigentlich gespielt wurde.« Harry zog an der obersten Schublade, die sich lautlos öffnete. Das Licht der Taschenlampe fiel auf braune Aktenordner, die mit Bestellformularen gefüllt waren. Harry schloß die Schublade vorsichtig und öffnete die darunter liegende Lade, deren Inhalt mit der oberen identisch war. In der untersten Schublade befand sich ein großer versiegelter Umschlag.

»Wie willst du den öffnen, ohne daß es jemand merkt?« fragte Grace.

»Sieh mal nach, ob du im Büroschrank einen findest, der dem hier ähnelt.« Harry durchleuchtete den Umschlag mit der Taschenlampe, aber das Papier war zu dick, um etwas erkennen zu lassen. Grace kehrte mit einem ähnlichen Umschlag zurück und verglich die Größe. Dann schnitt Harry vorsichtig ein Ende des versiegelten Umschlags auf und zog den Inhalt heraus. Es handelte sich um eine Reihe persönlicher Dokumente, die Brian Lacks Finanzen betrafen. Dahinter steckten zwei auf schweres Kanzleipapier getippte Seiten. Er legte sie auf den Schreibtisch und begann zu lesen:

CARMODY LIEFERUNG NEUN: CALLANBERG HOLDINGS

Konferenzteilnehmer:
Daniel Carmody, Geschäftsführer, ODAL Inc.
Samuel Harwood, Vorsitzender, ODAL Inc.
Brian Lack, Direktor, INSTANT IMAGE
William Buckingham, Direktor, INSTANT IMAGE
Elizabeth Cleveland, Direktor, INSTANT IMAGE

»Diese Aktennotiz wurde vor drei Wochen geschrieben«, sagte Harry, während er den Strahl der Taschenlampe über das Blatt schweifen ließ. »Genau zu der Zeit, als ODAL der Firma INSTANT IMAGE das Angebot machte.« Er zog Grace neben sich, damit sie mitlesen konnte:

Zum obigen Datum beraumten Daniel Carmody und

sein Anwalt eine Konferenz mit den Direktoren der Instant Image an, um die Einzelheiten der beabsichtigten Fusion zu klären. Nach dem Treffen bat Mr. Carmody mich zu bleiben. Er vertraute mir geheimes Material an, von dem ich hiermit Kenntnis gebe.

Am 15. Februar diesen Jahres genehmigte Carmody im Namen des ODAL-Konzerns den Kopierauftrag von fünfhundert (in Zahlen: 500) verschlüsselten, Dreiviertel-Inch-SONY-U-MATIC-Videokassetten für Sendezwecke an die New Yorker Callanberg Holding. Doch bevor der Auftrag ausgeführt werden konnte, wurde ein Teil der Lieferung aus der Versandabteilung seiner Gesellschaft gestohlen.

Als Dieb wurde ein ehemaliger ODAL-Angestellter namens David Coltis ermittelt, der später von der firmeneigenen Rechtsabteilung in Verwahr genommen wurde. Coltis gestand, er habe die Lieferung an mehrere Videokopier-Firmen in Soho abgesetzt. Den größten Teil der Lieferung, fast vierhundert Bänder, hätte ihm Instant Image abgenommen. Mr. Carmody behauptete, einer unserer Direktoren hätte das Geschäft abgewickelt, obwohl er genau gewußt habe, daß es sich um gestohlene Kassetten handelte. Er hob den nicht bezifferbaren Wert der Bänder hervor und erklärte, aus persönlichen Gründen sei er bereit, die Sache auf sich beruhen zu lassen. Er wolle überdies Instant Image ein attraktives Angebot machen, nur um sich unserer Mitarbeit bei der Wiedererlangung der Bänder zu versichern.

Ich gestehe, daß ich die Verhandlungen mit Coltis geführt und das Geschäft abgeschlossen habe. Er bot mir die Bänder an, und ich kaufte sie, was ich nicht getan haben würde, hätte ich gewußt, daß die Bänder gestohlen waren. Dieses Dokument möge – unterzeich-

net – als eidesstattliche Erklärung des Unterzeichners angesehen werden.

Brian J. Lack

»Versteh ich nicht«, stieß Grace hervor. »Warum hat Carmody die Lieferung nicht einfach zurückgekauft?«

»Weil Instant Image leugnete, etwas mit dem Geschäft zu tun zu haben«, antwortete Harry. »Das ist doch klar. Brian hat der Firma Geld gespart, indem er, ohne Fragen zu stellen, gebrauchte Bänder kaufte, löschte und wiederverkaufte. Der Dieb weigerte sich, den Namen der Kontaktperson preiszugeben. Carmody steckte in der Klemme. Er konnte den Diebstahl nicht anzeigen. Ergo war er bereit, die Sache auf sich beruhen zu lassen.«

»Willst du damit sagen, er konnte nicht riskieren, daß die Sache publik wurde?«

»Genau. Ihm waren die Hände gebunden, weil niemand bei Instant Image zugeben wollte, die Ware gesehen zu haben. Er steckte in einer Sackgasse. Es gab für ihn nur eine Alternative – die Firma mit allem Drum und Dran aufzukaufen.«

»Aber warum soviel Aufhebens und Ausgaben wegen ein paar Videokassetten?«

»Der Kerl kauft Firmen, nur weil ihm die Farbe des Briefpapiers gefällt. Ich vermute, auf den Kassetten ist etwas, was nur Carmodys Kunden sehen sollen.«

»Aber was kann an diesen Bändern so wertvoll gewesen sein? Ob sie vielleicht mit Kokain gefüllt waren?«

Harry schüttelte den Kopf. »Nein. Es sind ganz gewöhnliche Bänder mit ungewöhnlichen Aufzeichnungen.«

»Wie kommst du darauf?«

»Coltis hatte keine Ahnung, was er da gestohlen hatte,

sonst hätte er mehr Geld verlangt. Die Lieferung muß wie jede andere ausgesehen haben.«

»Warum hat ODAL dann die Firma Instant Image nicht einfach unter Druck gesetzt, um an die Bänder zu kommen?«

»Wenn Instant Image den wahren Wert der Lieferung erkannt hätte, während sie mit dem Konzern im Clinch lag, hätte sie ODAL in der Hand gehabt. Carmody bevorzugte eine sichere Annäherung.«

»Coltis hieß doch der Irre, der deinen Wagen zu Schrott gefahren hat. Im Brief steht, er wäre von Carmodys Rechtsabteilung in Verwahr genommen worden. Glaubst du, er ist geflohen?«

»Vielleicht ließen sie ihn laufen, weil sie wußten, daß er so gut wie tot war.«

»Was willst du damit sagen?«

»Ich will damit sagen, daß jeder, der in die Nähe der Lieferung kam, sich umbrachte. Willie legte gegen den Verkauf Einspruch ein und starb. Bei Beth war es genau das gleiche. Als Brian Lack beschloß, sich ins Verkehrsgewühl zu stürzen, war die Firma natürlich schon verkauft.«

»Glaubst du, daß sie alle sich die Bänder angesehen haben?«

»Ich weiß nicht. Was sonst könnte sie dazu gebracht haben, so irrational zu handeln?« Harry ließ den Strahl der Taschenlampe durch das Büro geistern. »Ich frage mich, ob noch ein paar von den Kassetten im Gebäude sind?«

»Sie werden zwischen tausend anderen stecken. Wie sollen wir sie finden? Möglicherweise handelt es sich um eine Art Hypnose. Ich kenne mich mit technischen Dingen nicht so gut aus – ist es möglich, jemanden mittels eines Bandes dazu zu bringen, sich selbst zu töten?«

»Wir haben keine andere Erklärung. Die Bänder befinden sich jetzt wieder in Carmodys Besitz, und die drei Instant-Image-Direktoren kamen bei Unglücken ums Leben, die nicht mit ODAL in Verbindung gebracht werden können.« Harry schob Brians eidesstattliche Erklärung in den neuen Umschlag. »Wir müssen eine der Kassetten finden. Wir brauchen einen Beweis.«

Er legte den neuen Umschlag in die Schublade und knüllte den alten zu einem Ball zusammen, den er in die Jackentasche steckte. »Wenn sie noch in diesem Gebäude sein sollten, dann wahrscheinlich in einem Raum mit Absperrvorrichtungen. Laß uns nachsehen.« Er knipste die Schreibtischlampe aus. Sie folgten dem dünnen Strahl der Taschenlampe zur Treppe und lavierten vorsichtig zwischen den Videokopierern im ersten Stock hindurch.

Vom Treppenabsatz ein Stockwerk tiefer aus betraten sie den rückwärtigen Teil des Gebäudes.

Die Stahltür vor ihnen war breit und schwer wie die Tür eines Aufnahmestudios. Harry zerrte mit aller Kraft an der Klinke, aber die Tür schien so solide wie das umliegende Gemäuer zu sein und bewegte sich keinen Zentimeter.

»Kein Schloß zu sehen. Ich frage mich, wie man sie abschließt?« Er trat zurück und wischte sich den Schweiß von der Stirn.

»Damit«, antwortete Grace und zeigte auf einen schmalen Schlitz genau über der Klinke. »Sie ist elektronisch gesichert. Um reinzukommen, brauchst du eine Karte.«

»Ich nehme an, Brian hat eine«, murmelte er. Grelles Licht drang durch das Fenster hinter ihnen und bestrich ihre Rücken.

»Jesus!« Er packte Graces Hand.

»Kopf runter.«

»In der Portokasse war eine Karte.« Grace entzog sich

seinem Griff und lief zur Treppe. »Bin in einer Minute wieder da.«

Er mußte grinsen, als er sie mit ihren klobigen Schuhen auf den Dielenbrettern über sich poltern hörte. Das Licht von draußen bestrich kurz das Erdgeschoß, bevor es verschwand. Eine Minute später erschien Grace, schwang triumphierend die Karte und schob sie in den Schlitz. Die Tür öffnete sich mit einem sanften Klicken.

Der Raum war vom Boden bis zur Decke voller Videokassetten. In diesem Raum wurden die Originalkopien der Filme aufbewahrt, für die Instant Image die Kopiererlaubnis hatte.

»Wie sollen wir in dem Haufen jemals ein ODAL-Band finden?« fragte Grace.

»Keine Ahnung. Sieh dich einfach nur um.«

Nach einer halben Stunde fruchtlosen Suchens begannen die Batterien der Taschenlampe ihren Geist aufzugeben. Als nur noch ein schwacher, ockergelber Schimmer zu sehen war, stand Harry plötzlich auf, eine Kassette in der Hand. »Ich glaube, ich hab's gefunden.«

»Und wie kommst du darauf?«

»Durch das Etikett.« Er richtete den Strahl der Taschenlampe auf die Kassette, deren Deckel ein Runenschutzsymbol und ein handschriftlicher Vermerk seines Vaters zierten: *Für Sparky.* »So hat er mich genannt, als ich noch ein Kind war«, erklärte er.

»Du glaubst also, daß er sie dir hinterlassen hat?« Plötzlich hörte man auf der Straße Stimmen. Zwei verschwommene Gestalten drückten sich die Nase an der Glastür platt und versuchten, ins Innere zu spähen. Ein Lichtstrahl traf die Wand.

»Ich wette, der dämliche Rausschmeißer von dem Klub hat die Polizei gerufen. Wir müssen einen anderen Ausgang nehmen.«

Grace setzte sich hin und löste ihre Schnürsenkel. Harry konnte gerade noch rechtzeitig stoppen. »Jesus, wir haben keine Zeit für ...«

Sie zog einen ihrer schweren, schwarzen Stiefel aus, steckte die Hand hinein, knallte ihn gegen das hintere Fenster und entfernte mit den Schuhspitzen die Scherben aus dem Rahmen.

Sekunden später liefen sie durch eine schmale Gasse in Richtung Charing Cross Road. Ätzender Uringestank stieg ihnen in die Nase.

»Wir haben überall unsere Fingerabdrücke hinterlassen«, keuchte Harry. »Hat die Polizei Unterlagen über dich?«

»Ich weiß nicht«, antwortete Grace. »Ein Polizist hat mal meine Personalien aufgenommen, als ich versuchte, die Royal Film Performance zu stören. Ich sagte ihm, ich hieße Phyllis Coates.«

»Wer ist Phyllis Coates?«

»Spielte die Hauptrolle in dem 1958 uraufgeführten Film *I Was a Teenage Frankenstein;* war nicht schlecht.«

»Du bist eine sehr aufregende junge Frau.« Sie änderten die Gangart und traten so lässig wie möglich auf den Bürgersteig der Hauptverkehrsstraße.

Harry ließ die Videokassette in die Jackentasche gleiten.

»Harry?«

»Ja?« Er wartete, bis Grace ihren Schuh angezogen hatte.

»Wie sollen wir je jemanden davon überzeugen, daß die Kassette gefährlich ist? Sollte das wirklich der Fall sein, können wir sie uns nicht ansehen, ohne unser Leben zu riskieren.«

Harry zuckte mit den Schultern. Dieser Gedanke war ihm bereits vor einigen Minuten durch den Kopf geschossen. »Es muß eine wissenschaftliche Erklärung dafür geben. Wir müssen jemanden finden, der das Band mit einer Art Spektrograph analysieren kann.«

»Harry?« Grace stellte sich hin und stampfte versuchsweise auf.

»Was?«

»Was für eine Rolle spielte deine Sekretärin bei dem Ganzen? Ihr Tod paßt nicht ins Bild.«

Ein Punkt, über den nachzudenken Harry noch keine Zeit gehabt hatte. »Ich weiß nicht. Ihr Freund war in der Nacht, als sie starb, bei ihr. Ich werde mit ihm reden.« Er legte den Arm um Graces Schultern. Am Cambridge Circus wartete eine Handvoll Hoffnungsvoller unter der Markise des Palace Theaters auf Taxis.

»Willst du bei mir übernachten?« fragte Grace.

»Nein, bei mir. Ich muß morgen früh aus dem Bett. Aber du kannst gerne mitkommen, wenn du willst. Ich könnte morgen früh etwas moralische Unterstützung gebrauchen.«

»Warum?«

Harry hob die Hand, als sich ein Taxi näherte. »Morgen habe ich mein erstes Treffen mit einem brandneuen Klienten. Ich werde dem Kopf des ODAL-Konzerns vorgestellt, Daniel Carmody höchstpersönlich.«

32

Einladung

Während sich sein Wagen am Dienstagmorgen Zentimeter um Zentimeter über die Waterloo Bridge kämpfte, dachte Harry an das bevorstehende Treffen mit dem

Feind. Die nördliche Unterführung stand wegen des anhaltenden Regens unter Wasser, und ihre Schließung hatte den morgendlichen Berufsverkehr zum Erliegen gebracht.

Harry drehte das Discogedudel im Radio aus und sah aufgebracht zu, wie der Regen durch die beschädigte Windschutzscheibe rann. Grace saß neben ihm, in Gedanken versunken. Letzte Nacht hatten sie wieder miteinander geschlafen, und ihre Liebe hatte sich vertieft.

Jetzt, im kalten, grauen Morgenlicht, kamen ihm seine Verdächtigungen Daniel Carmody gegenüber ziemlich unwahrscheinlich vor. Der elegante Philanthrop, von Zeitschriften wie *Forbes* und *Fortune* in den leuchtendsten Farben beschrieben, schien nicht der Mann zu sein, der einer faustischen Megalomanie erliegt.

»Das ist die logische Erklärung, so unmöglich es auch klingen mag«, sagte Grace, die Gedanken lesen zu können schien. »Jeder weiß, daß große Konzerne schmutzige Kriege führen. Man braucht sich doch nur die Abendnachrichten anzusehen. Der Wettbewerb ist härter denn je.«

Harry war sich der Kämpfe, durch die man sich heutzutage seine Marktanteile sicherte, nur zu bewußt. Auch in seiner Agentur wurden die Kunden mit immer subtileren und raffinierteren Mitteln bestochen. In den Verträgen wurden derartig spektakuläre Vergünstigungen eingeräumt, daß das Ganze kaum mehr als eine Formalität war. So machte man gegen Ende des zwanzigsten Jahrhunderts Geschäfte.

»Jeder macht das.« Grace rutschte nach vorne und stemmte die Knie gegen das nasse Armaturenbrett. »X dreht einen Film. Y unterstützt ihn. X zeigt in seinem Film Ys Produkte. Y lobt X' Film durch seine Erzeugnisse. Jetzt stell dir mal vor, die Eierköpfe im ODAL-Konzern hätten eine Technik entwickelt, durch die man sich aller störenden Konkurrenten entledigen könnte. Die Konkurrenz würde im wahrsten Sinne des Wortes getötet. Das System wäre idiotensicher, vorausgesetzt, man hat den Mumm, es durchzuziehen. Die Konkurrenten würden schreckliche Unfälle erleiden. Der Konzern hätte freie Fahrt bei der Werksspionage. Er kann alles und jeden vernichten, der sich ihm in den Weg stellt, und niemand wäre in der Lage, auch nur das Geringste zu beweisen.«

»Bis wir jemanden davon überzeugen können, daß wir uns im Besitz einer ›ansteckenden‹ ODAL-Kassette befinden«, sagte Harry. »Es muß einen Weg geben, sie analysieren zu lassen, ohne die Polizei einzuschalten.«

»Überlaß das mir«, sagte Grace. »Das wichtigste ist jetzt, daß dein Kunde deinem Verhalten nicht anmerkt, was wir wissen.«

»Dafür ist es wahrscheinlich schon zu spät. Ich könnte mir vorstellen, daß er genau weiß, mit wem er es zu tun hat. Mit dem Sohn des Mannes, den seine Firma ermordete.«

Darren Sharpe schob die Falttüren beiseite und führte Harry und die anderen leitenden Angestellten der Agentur in den Sitzungssaal. Daniel Carmody hatte bereits am anderen Tischende Platz genommen und Schriftstücke halbkreisförmig vor sich ausgebreitet. Als Sharpe mit seinen Mannen eintrat, erhob er sich zu seiner imposanten Größe und streckte seine manikürte Hand aus. Während man einander vorstellte, ertappte sich Harry dabei, wie er den jungen Tycoon aufmerksam studierte.

Carmody besaß kontrollierten Charme. Er bewegte sich geschmeidig und bestimmt. Sein Anzug war mit einer solchen Diskretion geschneidert, daß der exquisite Schnitt kaum Aufmerksamkeit erregte. Sein glänzender Pferdeschwanz kringelte sich um den Hemdkragen. Das Glasauge spiegelte die kalte Brillanz der Lampen wider.

Neben Carmody saß der rothaarige Mann mit den wässrigen Augen, den Harry bereits kannte: Slattery, der Anwalt. Die andere Seite Carmodys nahm ein elegant gekleideter junger Stutzer mit Haaren wie ein eingeölter Zobel ein, der mit einem goldenen Kugelschreiber jedes Wort, das während des Treffens fiel, in ein Notizbuch kritzelte. Auch Slattery machte sich mit seiner gedrungenen, unleserlichen Handschrift Notizen auf einem mit einem Briefkopf versehenen Schreibblock.

Sobald ein jeder seinen Platz gefunden hatte, hob Sharpe zu einer Eröffnungsansprache an, mit der er jeden neuen Kunden willkommen hieß. Er sprach von Engagement und Kreativität, Erfahrungswerten und Konsumentenbewußtsein. Der Kunde wurde in ein tönendes Gewebe aus High-Tech-Wortgeklingel gehüllt, das ihm als Folge eines stattlichen, jährlichen Anzeigenbudgets ein öffentlichkeitswirksames Profil versprach.

Während Sharpe sich dem Ende seines Vortrages näherte, bereitete Harry sich darauf vor, den Stier bei den Hörnern zu packen. Er hatte beschlossen, sich Carmody direkt und offensiv zu nähern. Ihm war klar, daß er sich damit bei seinen Kollegen, die vermutlich denken würden, er wolle sie an die Wand spielen, nicht sonderlich beliebt machte, aber er erinnerte sich daran, irgendwo gelesen zu haben, daß der Mogul in dem Ruf stand, bei seinen geschäftlichen Transaktionen eine offene Sprache zu schätzen.

»Ich bin sicher, Mr. Carmody ist sich darüber im klaren, was unsere Agentur seiner Organisation zu bieten hat«, begann Harry sofort nach dem Ende von Sharpes

Vortrag. »Gerne würde ich noch ein wenig mehr über den ODAL-Konzern hören und darüber, wie er funktioniert.«

»Ich darf doch annehmen, daß Ihr Team die Firmenbücher gelesen hat, die wir Ihnen auf Ihren Wunsch zur Verfügung gestellt haben.«

»Das haben wir«, erwiderte Harry, »aber die Firmenbücher versorgen uns nur mit Statistiken und PR-Material. Ich weiß, daß ODALs Gewinne hauptsächlich von der frühzeitigen Entwicklung einer Faser-Optik-Technik herrühren. Ich weiß auch, daß Sie, sobald Sie zur ODAL stießen, wünschten, das Interesse des Konzerns von der Telekommunikation fort auf benachbarte Freizeitindustrien zu verlagern. Sie haben eine Reihe notleidender Verlage aufgekauft. Sie mischen bei Fernsehsendern mit. Streuung scheint Ihre neue Devise zu sein. Was ich jedoch nicht verstehe, ist, wieso?«

Harry lehnte sich in seinem Stuhl zurück und klopfte sich mit dem Kugelschreiber gegen die Zähne. Alle sahen ihn an, aber er war entschlossen, sich Zeit zu nehmen und seine Worte sorgfältig zu wählen. »Ein Schuster stellt Schuhe her, weil er, unter anderem, Spaß daran hat. Wir alle sind mit Ihrem Background vertraut, Mr. Carmody. Wir kennen die Geschichte, wonach Sie bereits vor dem einundzwanzigsten Lebensjahr Ihre erste Million im Zeitungsgeschäft machten. Sie können alles haben, was Sie wollen. Wie es aussieht, scheinen Sie mit Ihrem Konzern das vertraute Fahrwasser zu verlassen und eine neue Richtung einschlagen zu wollen. Weshalb? Schuster stellen Schuhe her. Was macht Ihnen Spaß?« Er hielt das Firmenbuch hoch, damit es jeder sehen konnte. »In diesem Buch wird kaum erwähnt, wie Ihre Pläne, Ihre Hoffnungen für die Zukunft des Konzerns aussehen. Sie sind als Industriekapitän bekannt, Mr. Carmody. Wohin steuert Ihr Schiff?«

Es entstand eine unbehagliche Stille, während Harry einen warnenden Blick von Sharpe auffing. Schließlich geruhte Carmody zu antworten.

»Um bei Ihrem Bild zu bleiben, Mr. Buckingham, ein Schuster stellt Schuhe unter anderem her, um eine Marktlücke zu füllen. Und genau das macht ODAL auch.«

»Was ist das für eine Lücke, die Sie füllen?« fragte Harry, der sich bewußt war, daß er die Grenzen der Höflichkeit überschritt, indem er die Präsentation in eine Vernehmung verwandelte. »Man sagte uns, daß ODAL einiges in ›innovative Kommunikationstechnologie‹ investiere, was immer das auch sein mag. Des weiteren erfuhren wir, daß Ihr eigenes Satelliten-Übertragungs-System fast fertig ist. Was wir aber nicht erfuhren, ist, wozu es benutzt werden soll. Es gibt Punkte, an denen es zu ernsthaften Interessenkonflikten kommen könnte. Bedeutet die Tatsache, daß Sie im Moment mit dem Verteidigungsministerium verhandeln, daß Ihre Verlagshäuser in Zukunft nicht daran interessiert sein werden, einen Anti-Kriegs-Roman zu veröffentlichen?«

Slattery löste seine geröteten Augen vom Notizblock. Carmodys Lippen wurden unmerklich schmaler, als er sich zurücklehnte und Harry kritisch musterte. Die anderen Agenturangestellten betrachteten angelegentlich ihre Notizen oder begutachteten ihre Fingernägel, unfähig und unwillig, die lastende Stille zu unterbrechen.

»Das Buch, das Sie in der Hand halten, beschäftigt sich mit den gegenwärtigen Geschäftsinteressen des Konzerns«, erwiderte Carmody gemessen. »Mehr sollte Sie im Augenblick nicht interessieren. Ihr Job ist es, ein Image für uns aufzubauen, in dem uns die Öffentlichkeit als fürsorgliche, verantwortungsvolle Organisation wiedererkennt. Wir möchten zeigen, daß ODAL eine erfolgreiche, vorwärtsdenkende englische Firma ist; geliebt und respektiert von ihrer Belegschaft, von der Regierung gefördert und freundlich zur Umwelt.

Sie werden sicher einsehen, daß es für einen expandierenden Konzern mit so vielen verschiedenen Interessen wie dem unsrigen von allergrößter Bedeutung ist, daß das Bild, das der Öffentlichkeit präsentiert wird, so klar und einfach wie möglich ist.«

»Auch wenn das bedeutet, die Öffentlichkeit zu belügen?«

Darren Sharpe rutschte unruhig auf seinem Stuhl herum. »Ich denke, Harry will damit sagen, daß die Werbekampagne, die wir für ODAL entwerfen, eine ehrliche und genaue Darstellung Ihres Konzerns sein soll, Mr. Carmody.«

»Das weiß ich zu schätzen«, antwortete der Tycoon und beugte sich vor, um seinen Gegner genauer in Augenschein zu nehmen. »Wir sind auf keinen Fall bereit, Anzeigen gutzuheißen, in denen versucht wird, die Öffentlichkeit über unsere wahren Absichten zu täuschen.«

»Das versuche ich ja gerade herauszufinden, Mr. Carmody. Was genau sind Ihre wahren Absichten?« Harry klopfte mit dem Kugelschreiber auf das Firmenbuch, um sein Publikum zu provozieren. »Ich schaue mir Ihr Konzernprofil an und sehe eine Menge Finger, die in ziemlich verschiedenen Kuchen stecken, von denen die meisten nur entfernt mit Kommunikation zu tun haben. Sie scheinen sich nicht spezialisieren zu wollen. Das finde ich ungewöhnlich.«

Carmody antwortete nicht, sondern starrte ihn nur an. Entnervt fuhr Harry fort. »Letztes Jahr haben Sie zum Beispiel einige große Käufe getätigt, die kein Muster erkennen lassen. Die Tatsache, daß einige Ihrer Übernahmeversuche nicht auf Gegenliebe stießen, läßt vermuten, wie sehr Sie diese Firmen wollten. Letzten Monat wurden die Verhandlungen um einen mittelgroßen Fernsehsender in New Jersey abgeschlossen. Erst letzte Woche erzwangen Sie den Verkauf einer kleinen Videofirma in Soho. Diese anscheinend zufälligen Übernahmen sind . . .«

»Harry, derartige Fragen sind für Mr. Carmodys momentane Probleme nicht von Belang.« Harry sah die Wut in Sharpes Augen und lehnte sich in dem Bewußtsein zurück, die Grenze überschritten zu haben. »Vielleicht sollten wir über das gegenwärtige öffentliche ODAL-Image sprechen.«

»Was, zur Hölle, sollte das?« fuhr Sharpe nach der Konferenz Harry an. »Wir haben drei Monate gebraucht, um ihn an den Tisch zu kriegen, und Sie gefährden das ganze Geschäft, indem Sie ihm faktisch vorwerfen, er sei ein Verbrecher. Ihr früheres Benehmen war schon beunruhigend genug, aber jetzt reicht's.«

Bevor Harry antworten konnte, war auch schon Daniel Carmody in der Türöffnung hinter ihnen aufgetaucht. »Mr. Buckingham.« Der Tycoon winkte den jungen Werbemanager zu sich heran. »Könnten Sie mir einen Augenblick Gehör schenken?«

Harrys Magen verkrampfte sich, während er sich umdrehte. Carmody kehrte in den verlassenen Sitzungssaal zurück, setzte sich auf seinen früheren Platz und ließ Harry stehen.

»Schließen Sie die Tür.«

Harry tat, wie ihm befohlen, dann nahm er Carmody gegenüber Platz.

»Sie scheinen unserem Konzern ja äußerst kritisch gegenüberzustehen. Für einen Mann aus der Werbebranche eine recht sonderbare Attitüde.«

»Nun, Mr. Carmody, meiner Meinung nach bewegt sich die Werbung auf einem schmalen Grat zwischen Bereitstellung von Information und visueller Umweltverschmutzung. Zu oft steht sie auf der falschen Seite. Denken Sie nur an das Plakat der Saatchi-Gruppe von der Berliner Mauer, das auf viele Leute anstößig wirkte und unseren Berufszweig in Verruf brachte. Unsere Aktionen sollten von einer gemeinsamen Verantwortung geprägt sein.«

Carmody lächelte. »Ließe man die Öffentlichkeit selbst bestimmen, würde sie gefühlsmäßig reagieren, Harry.« Von dem Konzernboß mit seinem Vornamen angeredet zu werden, überraschte Harry sehr. »Warum regt man sich über Pelzjacken auf und über Lederjacken nicht? Warum schützt man junge Seehunde und läßt seltene Insekten aussterben? Jemand muß die Öffentlichkeit vor ihrem eigenen Geschmack schützen.« Er runzelte leicht die Stirn, als ihm klar wurde, daß er soeben seine persönliche Meinung verraten hatte. »Sie scheinen Ihre Hausaufgaben bezüglich ODAL gemacht zu haben. Ich möchte Sie etwas fragen. Halten Sie es für falsch, wenn eine Firma mächtiger werden möchte?«

»Macht zerstört den Frieden, wenn man sie mißbraucht.«

»Kommen Sie, wir sprechen hier nicht von Mißbrauch. Ich denke an eine korrekte Anwendung der Macht, um die Menschen in einem positiven, gesunden Sinne zu beeinflussen.«

»Tut mir leid«, erwiderte Harry, »aber ich hege ein gesundes Mißtrauen gegen menschenliebende Kapitalisten. Es ist zu offensichtlich. McDonalds Idee, den Bürgerstolz zu fördern, während die Rinnsteine voll von ihrem Müll sind, hinterläßt einen schlechten Geschmack in meinem Mund.«

»Ich spreche hier nicht von abgeschmackten PR-Manövern«, berichtigte Carmody ihn, während er sich vorbeugte. »Einmal angenommen, eine Firma könnte verändernd auf die Welt einwirken?«

Nur weiter so, dachte Harry, er wird gesprächig. »Wie stark?« fragte er so beiläufig wie möglich.

»Stark genug, um globale Auswirkungen zu haben. Stark genug, um die Art und Weise zu verändern, wie wir denken und handeln.«

Harry hatte plötzlich einen trockenen Mund. Er formulierte die nächste Frage vorsichtig. »Eine solche Firma müßte mit großer Sorgfalt kontrolliert und beobachtet werden. Große Pläne haben die Angewohnheit, schiefzulaufen. Man darf nicht zulassen, daß eine einzige Person die totale Kontrolle ausübt.«

»Aber Sie geben zu, daß ein solches Konzept machbar ist?«

»Ich denke, ja.« Seine Stimme klang heiser. Er versuchte es noch einmal. »Ja.«

»Gut.« Carmody strahlte ihn an und stand auf. Das Gespräch schien zu seiner Zufriedenheit verlaufen zu sein. Er griff in die Innentasche seiner Jacke und zog eine Karte aus der Brieftasche. »Sie scheinen ein Mann zu sein, der in der Lage ist, sich seine eigene Meinung zu bilden. Ich möchte Sie einladen, Harry. Die Direktoren der ODAL treffen sich am Wochenende. Es würde mich freuen, wenn Sie auch kommen könnten. Ich denke, es dürfte recht interessant für Sie werden. Seien Sie mein Gast. Meine Sekretärin wird alles weitere arrangieren.«

Er verstaute die herumliegenden Berichte in seiner Aktentasche und verließ den Raum, ohne Harrys Antwort abzuwarten.

Sobald Harry wieder im Büro war, ließ Sharpe ihn

rufen. Bevor er explodieren konnte, teilte Harry ihm das Resultat des Gesprächs mit.

»Gut«, brummte Sharpe, den es ärgerte, daß er seine Wut nun nicht mehr loswerden konnte. »Sie können weitermachen, wie Sie es für gut halten, solange Sie es in Ihrer Freizeit tun. Aber denken Sie immer daran, daß wir ein Team sind. Steigen Sie nicht den anderen auf die Schultern, um Karriere zu machen.« Er nahm die erloschene Zigarre aus dem Mund und betrachtete sie nachdenklich.

»Ach, kommen Sie, Darren. Sie wissen doch ganz genau, daß jeder im tiefsten Innersten für sich kämpft.« Harry fühlte, wie er Oberwasser gewann. »Wissen Sie, was man über unsere Branche sagt?«

»Was?«

»Daß uns der Erfolg allein nicht befriedigt; es sei denn, der beste Freund scheitert.« Dann warf er die Jacke über die Schulter und ging.

Er war auf dem Weg, das Gebäude zu verlassen, als er den jungen Mann wiedererkannte, der langsam durch das verchromte Foyer schlenderte. Es war das erste Mal, daß Dexter nach Edens Tod der Agentur einen Besuch abstattete, und es schien ihm nicht sonderlich zu behagen. Er trug das gleiche modische Outfit und denselben Haarschnitt wie früher, nur lenkte beides jetzt nicht mehr von seinem blassen Gesicht ab.

»Dexter?« Harry näherte sich ihm vorsichtig, unsicher, wie der junge Mann reagieren würde.

»Ich war gerade auf dem Weg zu Ihnen.« Dexter drehte sich zur Empfangsdame um. »Können wir nach draußen gehen?«

Der Feierabendverkehr schob sich durch die St. Martin's Lane. Sie gingen in Richtung Long Acre. Es regnete noch immer.

»Ich wollte erst mit Ihnen darüber sprechen, bevor ich zur Polizei gehe«, begann Dexter, während sie die Straße überquerten. »Das heißt, eigentlich haben Sie gesagt, ich solle Sie anrufen, aber ich dachte . . .« Er schüttelte den Kopf und starrte auf das regennasse Pflaster. Schwarze Locken fielen ihm ins Gesicht. Harry beschloß, ihm Zeit zu lassen.

»Mir ist etwas eingefallen«, sagte er schließlich. »In der Nacht, als Eden starb, hatte sie ein Päckchen für Sie bei sich. Ich weiß nicht, was drin war. Sie versuchte es mir zu erklären, aber ich habe nicht zugehört.« Sie hatten das Ende der Straße erreicht.

»Hat sie gesagt, woher es kam? Könnte es mit ihrem Tod zu tun haben?«

»Nein, nur mit ihrer Arbeit. Ich denke, es wurde in der Agentur abgegeben, als Sie schon weg waren. Also hat sie es für Sie angenommen.«

»Können Sie sich noch daran erinnern, wie es ausgesehen hat?«

»Braunes Packpapier; so groß wie ein Buch.« Er zeigte die ungefähre Größe. »Wie ein gebundenes Buch.«

»Und was ist damit passiert?«

»Weiß ich nicht. Man hat es nicht bei ihr gefunden, also nehme ich an, daß sie es irgendwo abgegeben hat.«

»Aber sie war noch im Besitz des Päckchens, als Sie sie zum letzten Mal gesehen haben?«

»Ich glaube ja.«

»Warum haben Sie niemandem davon erzählt, Dexter?«

Er antwortete stockend. »Wissen Sie, ich habe noch immer dieses Bild von ihr in meinem Kopf. Vom letzten Mal. Manchmal sieht man ein Bild; es steht genau vor einem, und man erkennt jedes Detail und übersieht dabei das Wesentliche. Verstehen Sie? Sie wollte, daß ich ›Ich liebe dich‹ zu ihr sagte, aber ich habe es nie gesagt. Ich wünschte, ich hätte es getan, denn ich habe sie geliebt.«

»Vielleicht können Sie ihr jetzt helfen.«

Sie unterhielten sich noch ein paar Minuten im Regen, dann trottete Dexter traurig davon und wurde eins mit den Pendlern, die zur U-Bahnstation Covent Garden schlurften. Harry wandte sich in Richtung Leicester Square. Morgen früh würde er als erstes alle Kurierfirmen anrufen und nachprüfen lassen, wer von ihnen Edens Unterschrift akzeptiert hatte.

Es war ein schrecklicher Gedanke, aber er ging ihm nicht mehr aus dem Kopf. Einmal angenommen, in dem Packpapier hätte eine Videokassette gesteckt, die Eden sich aus irgendeinem Grund angesehen hatte? Dreiviertel-Inch-Bänder hatten die Größe eines gebundenen Buches.

Das hieße, daß Eden an seiner Stelle hatte sterben müssen.

33

Das Eis bricht

Als John May das Ende des Mittelgangs erreichte, betraten ein Mann und eine Frau langsam die Bühne, in sanftes, aquamarinblaues Licht getaucht; es sah aus, als schwebten die beiden unter Wasser. Die Kleidung des Paares war eine Mischung aus verschiedenen Epochen. Der Mann trug eine hohe Halskrause aus gestärktem Leinen, Jeans, enge Stiefel und ein blutbeflecktes T-Shirt.

Nachdem sich Mays Augen an die Dunkelheit gewöhnt hatten, erspähte er seinen Partner in der zweiten Reihe des Parketts. Er schritt durch die Reihe dahinter und gab sich zu erkennen.

»Die Kostüme überzeugen mich nicht«, flüsterte Bryant. »Auch nicht das blaue Licht. Meiner Meinung nach sollten jakobinische Tragödien in jenem Karmesinrot gespielt werden, das Velázquez auf seinen Bildern verwendete, und in steifen Kleidern. Es handelt sich schließlich um eine recht starre, stilisierte Theaterform.«

»Wo, zum Teufel, hast du gesteckt?« schnaubte May wutentbrannt. Bryant war den ganzen Tag nicht zu erreichen gewesen. »Alle haben nach dir gesucht. Wenn du schon nicht den Piepser trägst, solltest du wenigstens genug Anstand besitzen, mich darüber zu informieren, wohin du als nächstes zu trotten gedenkst.«

Bryant sah ihn überrascht an. »Ich wußte gar nicht, daß ich so wichtig bin. Egal. Ich bin keine Taube, der du einen Ring anlegen kannst. Und wenn du dir die Mühe gemacht hättest, in meinen Schreibtischkalender zu schauen, hättest du gewußt, wo ich bin.«

»Wir haben auf deinem Kalender nachgesehen. ›Dienstag – *Die Tragödie des Rächers*‹. Nicht sehr aufschlußreich.«

»Hör auf zu jammern. Du hast mich gefunden. Sie lassen mich hier immer bei den Proben zusehen. Warte, jetzt kommt eine gute Stelle.« Er deutete auf den Schauspieler. »Hör, was Vindice sagt: Wenn das Eis an einer Stelle bricht, wird es an anderer springen.«

»Stell meine Geduld nicht auf die Probe, Arthur.« May stand auf. »Ich muß mit dir sprechen. Draußen.«

»Na gut.« Bryant seufzte und suchte seine Habseligkeiten zusammen: einen langen Schal und eine Reihe Plastiktüten.

»Mein Gott, du siehst wie ein Landstreicher aus.«

»Danke. Diesen Schal hat meine Vermieterin gestrickt. Er wäre bestimmt neun Meter lang geworden, wenn ich sie nicht gehindert hätte. Ich denke, für sie ist Stricken eine Art Therapie. Baut die sexuellen Spannungen ab.« Sie befanden sich im frisch gestrichenen Foyer des Phoenix Theaters. Beißender Farbgeruch hing in der Luft. Bryant schnüffelte und ließ den Blick schweifen. »Komischer Ort«, sagte er, während May dem Ausgang zustrebte.

»Wußtest du eigentlich, daß das Theater in den dreißiger Jahren mit Olivier und Gertie Lawrence eröffnet wurde? Sie spielten *Private Lives.* Ausgezeichnete Inszenierung. Seitdem hat sich einiges geändert. Vorher war hier ein Varieté. Ich glaube, es hieß Alcazar. War auch kein großer Erfolg. Es muß doch einen Grund dafür geben. Ich gebe zu, der Eingang ist ein wenig aus der Mode.«

May stand rauchend an der Tür. Es sah fast so aus, als würde der alte Knabe den Verstand verlieren. »Du benimmst dich wie ein verärgertes Kind, Arthur«, brummte er.

»Die beste Art, sich zu benehmen, das kann ich dir versichern.« Er wickelte sich den Schal um den Hals und steckte die Enden in den Mantel. »Wenn du schon solchen Ärger hattest, mich zu finden, dann sollte ich dir wenigstens eine Erfrischung anbieten.«

Sie saßen in einer dampfgeschwängerten Imbißstube in der Charing Cross Road. May sah geduldig zu, wie sein Partner sechs Zuckerstückchen in den Tee tat, ehe er mit schneller, gesenkter Stimme zu sprechen begann.

»Hör zu, John. Ich habe ein Rätsel für dich. Wann ist ein Unfall kein Unfall? Wenn sich herausstellt, daß es ein Mord ist. Wie beweist man, daß ein Unfall ein Mord ist? Indem man den Tod einem Außenstehenden anhängt.

Aber bei einem Unfall gibt es keinen Außenstehenden. Anathema. Sackgasse. Ergo müssen wir annehmen, daß ein Mord wie ein Unfall aussehen kann, und zwar so überzeugend, daß selbst die Zeugen des Verbrechens es für einen Unfall halten.« Er zupfte den Krapfen in mehrere kleine Stücke und tauchte eins davon in den Tee.

»Wir müssen also die Mordopfer von den echten Selbstmördern trennen und von denen, die durch einen gewöhnlichen, alltäglichen Unfall zu Tode kamen. Wir suchen nach einem verbindenden Glied, aber wie soll das bei so vielen falschen Karten im Packen möglich sein? Besser, wir fragen uns, nach *wem* wir Ausschau halten. Einem Verrückten? Wohl kaum. Diese Verrücktheit hat zuviel Methode. Ein vernünftiger Mensch, das heißt vernünftige Ziele – aber was für Ziele? Vielleicht Rache? Die Selektion von Feinden, wirklichen oder angenommenen? Wie kann ein Mensch so viele nicht miteinander bekannte Feinde haben? Ein Verein? Aber die Opfer standen in keinerlei gesellschaftlicher Beziehung zueinander. Geschäftsverbindungen? Ein neidischer Geschäftsmann? Aber wie kann ein Mann allein so viele Morde begehen? Steckt eine ganze Gruppe dahinter? Nehmen wir einmal an, diese Gruppe handelt nach einem Plan; einem grandiosen Plan.«

»Geschäftsrivalen liefern sich Preiskriege oder betreiben Industriespionage. Die bringen sich nicht durch Runenflüche um die Ecke.«

»Warum nicht? Wenn es funktioniert.«

May fuhr mit dem Finger über den Rand der Tasse. »Weil ich nicht an übernatürliche Kräfte glaube«, sagte er schließlich.

»Wer hat denn hier von Übernatürlichem gesprochen? Vielleicht handelt es sich hier um die technische Variante eines Fluches. Vom Mikrochip zum Mörder. Gerade du solltest an derartige wissenschaftliche Möglichkeiten glauben.«

»Nein.« May schüttelte den Kopf. »Selbst angesichts der jüngsten Entwicklungen auf dem Gebiet der Simultanschaltungen scheint mir das Ganze zu abwegig.«

Bryant trank einen Schluck Tee und beugte sich vor. Er war ängstlich darauf bedacht, von dem Paar am Nebentisch nicht gehört zu werden. »Jetzt werde ich dir einmal erzählen, wie es funktioniert«, erklärte er mit sanfter Stimme. »Sie benutzen Videokassetten. Dreiviertel-Inch-U-Matic-Bänder. Ich nehme an, jemand filmt die Flüche mit einem von diesen Videodingern . . .«

»Camcorder.«

». . . und wenn das Opfer das Band abspielt, sieht es etwas, das so entsetzlich ist, daß es sich umbringt. Vielleicht enthält das Band ein Geräusch, das direkt auf das Gehirn wirkt. Eine Idee, an der amerikanische Wissenschaftler herumexperimentierten, seit in den frühen fünfziger Jahren unterschwellige Bilder in Filmen auftauchten.

Henry Dell war Videohändler. Einmal angenommen, er sah sich eines der Bänder an und starb. Dann zündet man seinen Laden an, um das Lager zu vernichten. Kannst du dich noch daran erinnern, wie ich dir erzählt habe, daß bei mehreren Videogeräten die Uhr genau zwanzig Minuten vor Ausbruch des Feuers stehengeblieben ist?

Ich denke, der Junge – Mark – hat sich eines dieser Bänder angesehen; vielleicht wurde er von dem Brandstifter dazu gezwungen. Wer immer auch an den Geräten herumgespielt hat, er schaltete damit unbeabsichtigt den Strom in einem Teil des Ladens aus. Mark überlebte zwar das Feuer, hatte aber das Band gesehen. Deshalb nahm er sich das Leben, sobald er das Bewußtsein wiedererlangt hatte.« Er tauchte die verbliebenen Teile vom Krapfen in den Tee und rührte ihn um.

»Gestern fanden zwei unserer Männer auf dem Bahndamm, in der Nähe der Stelle, wo diese Cleveland den 19.35-Uhr-Zug nach Crewe küßte, eine unbrauchbare Videokassette. Sieht aus, als hätten Kinder sich daran zu schaffen gemacht, das Band herausgezogen und dann weggeworfen. Aber jetzt haben wir wenigstens eine Kassette, die wir analysieren können. Und dann gibt es auch noch diesen Autodieb – Coltis. Bei Durchsicht seiner Beschäftigungsnachweise stellten wir fest, daß er in verschiedenen Firmen gearbeitet hat, die mit Videos zu tun haben.«

»Warum hast du mir das nicht früher gesagt?«

»Ich dachte, die Details stünden in den Akten. Du weißt doch, die Berichte, die man auf Papier tippt und in einem Aktenordner ablegt. Nicht in einem Computer.«

May kniff die Augen zusammen. Er war verwirrt und zufrieden zugleich. Der alte Teufel hatte also doch gearbeitet. »Was diese Kassetten betrifft«, fragte er, »bist du sicher, daß jeder stirbt, der sie sich ansieht?«

»Nicht ganz. Um das herauszufinden, müßten wir erst einmal ein intaktes Band finden. Die Kassetten werden durch Runenzauber geschützt. Eine Art Talisman, das, was wir in Dells Laden gefunden haben.«

»Und was ist mit den Flüchen, die wir bei Dell, Meadows und Coltis fanden?«

»Ich bin mir nicht sicher.«

May lehnte sich nachdenklich auf seinem Stuhl zurück. »Würde es dir etwas ausmachen, mir zu erzählen, wie du an die Informationen gekommen bist?«

»Ich bat eine alte Freundin um Rat.«

»Doch nicht diese Bibliothekarin. Dorothy Soundso.«

»Huxley. Eben jene.«

»Aber die hat doch nicht mehr alle Tassen im Schrank. Hast du mir nicht selbst erzählt, sie würde an allen möglichen mystischen Unsinn glauben?«

»Du hast sie doch auch einmal getroffen, John. Erinnerst du dich?«

»Wie könnte ich es vergessen? Sie empfahl mir Akupunktur.«

»Es hat doch funktioniert, oder?«

»O ja. Großartig. Ich konnte vierzehn Tage lang nicht sitzen. Erzähl um Himmels willen niemandem, daß wir jetzt schon Experten für Paranormales um Rat bitten. Die Sensationsblättchen würden uns in der Luft zerreißen. Hast du irgend etwas für mich?«

»Ja. Eine Frage.« Bryant sah in sein Notizbuch. »Wir wissen, daß sich in Coltis' Hinterlassenschaft keine Videokassette befand. Hast du die anderen in der Datei daraufhin überprüft?«

»Ja. Fehlanzeige. Vielleicht zerstört sich dieses verdammte Ding selbst.«

»Wahrscheinlicher ist, daß es sich jemand wieder zurückholt. Ich schätze, es ist an der Zeit, daß du deinem Computer etwas zu tun gibst. Wir müssen die echten Morde aussortieren.«

»Haben Janice und ich schon gemacht«, antwortete May. »Wenn du willst, können wir heute abend die Aufstellung ausdrucken. Möchtest du dabei sein?«

»Ich wüßte nicht, was schlimmer ist.« Bryant ging zur Theke und bezahlte die Rechnung. »Außerdem habe ich noch andere Termine.«

»Dann versprich mir, daß wir in Verbindung bleiben.«

»Ich werde mich bemühen. Grüß Janice von mir.«

»Ich nehme an, du möchtest mir nicht verraten, wohin du gehst?«

»Eigentlich nicht.« Er neigte nachdenklich den Kopf.

»Was soll's. Ich glaube, als erstes gehe ich wieder ins Theater zurück. Mir fehlt das jakobinische Denken. Es ist genauso, wie der Rächer gesagt hat. Wir haben das Eis an einer Stelle gebrochen, jetzt wird es an anderen Stellen springen.«

Bryant legte die Hand auf Mays Arm. Seine Pupillen waren groß und dunkel. »Siehst du jetzt ein, weshalb ich in den Ruhestand treten muß? Wir leben in einer Gesellschaft, die nur zwei Dinge gelten läßt: Jugend und Erfolg. Doch in der Gestaltung der Welt spielt die Phantasie eine sehr große Rolle. Phantasie, so zeitlos und ungebunden wie der Mond.« Er blickte auf den überlaufenen Bürgersteig. »Aber von denen dort draußen braucht sie niemand mehr.«

May sah zu, wie Bryant sich durch die nachmittäglichen Käufer in Richtung Theater kämpfte, und er spürte eine große Zuneigung für seinen Kollegen. Er wünschte sich, etwas tun zu können, um seinen desillusionierten Kollegen auf andere Gedanken zu bringen.

»'schuldigung!« rief jemand hinter ihm her. Er drehte sich um. Die stämmige Italienerin hinter der Theke winkte ihm zu. *»Ihr Freund hat etwas vergessen.«*

Sie schwenkte einen schwarzen Plastikgegenstand.

Bryants Piepser.

34

Das Glas-Helo

Es war das erste Mal, daß Harry bei Grace geblieben war, das erste Mal, daß sie eine ganze Nacht ohne unliebsame Unterbrechungen miteinander verbracht hatten. Graces

Wärme und Freigebigkeit hatten ihn gezwungen, über seine sexuellen Praktiken nachzudenken und neue zu lernen. Am Morgen versuchte er, ähnliches Geschick an der Bratpfanne zu beweisen, während Grace nur zögernd aus den Federn glitt und unter die Dusche tapste.

»Ich wünschte, es würde aufhören zu regnen.« Sie stand, in ein weißes Badelaken gewickelt, am Fenster und sah zu, wie das Wasser von der Regenrinne tropfte.

»Sieht aus, als stünde das Ende der Welt bevor.«

»Nicht das Ende, nur ein Wechsel.« Harry schlang die Arme um ihre Taille. Ihre Haut war feucht und warm. Sie preßte sich an ihn. »Wir könnten irgendwohin gehen, wo der Himmel immer blau ist.«

»Nein. Mir gefällt es hier. Ich finde London gemütlich. Und sicher.« Grace wischte mit einem Zipfel des Badetuches über die beschlagene Scheibe. »Aber dort draußen geistert etwas Neues herum, im Schutz des Regens.« Sie drehte sich um, um ihn zu küssen. Er drückte sie fest an sich. Ein paar Augenblicke später fanden sie sich im Bett wieder.

»Ich werde Frank anrufen und ihn bitten, vorbeizukommen und sich die Kassette abzuholen«, sagte sie beim Frühstück, während sie sich Erdbeermarmelade über den Schinken strich. »Frank ist ein Experte im Entziffern geheimer Botschaften. Er spielt sogar Heavy-Metal-Alben rückwärts, um einen verborgenen Sinn darin zu entdecken.«

»Bist du sicher, daß du ihm trauen kannst? Hast du keine Angst, daß er die Botschaften nicht weitergibt?« Graces uralter Hund hockte bewegungslos zwischen ihnen, von den Schinkenstückchen, die an ihren Gabeln schwangen, wie hypnotisiert.

»Er wird die Videokassette mit seinem Leben schützen.«

»Was macht dich da so sicher?« fragte Harry.

»Frank ist seit langem hoffnungslos in mich verliebt.«

»Mach ihm klar, welche Gefahr von dem Band ausgeht.«

»Glaubst du, Daniel Carmody hat dich auf dem Kieker?«

»Ich glaube, er war überrascht, daß ich noch am Leben war. Deshalb hat er mich auch auf seinen Landsitz eingeladen. Er hält mich für einen Überlebenden. Und Überlebende sind nützlich für ihn.«

»Auf seinem Besitz treffen. Da hat er alle Vorteile auf seiner Seite. Wenn er nun versucht, dich zu töten?«

»Zuerst wird er herauszufinden versuchen, wieviel ich weiß. Wir werden unser Spielchen spielen.« Der Hund sah fassungslos zu, wie Harry den ganzen Schinken aß.

»Und wie sehen die weiteren Pläne in bezug auf den Konzern aus?«

»Es gibt nur eine Möglichkeit, ihn zu bekämpfen, und zwar von innen.« Er wischte sich gerade den Mund ab, als das Telefon klingelte. Grace nahm den Hörer ab.

»Ich möchte nicht mit Ihnen, sondern mit *ihm* sprechen«, sagte Hilary.

»Hallo, Hilary. Woher hast du die Nummer? Wie geht es dir?«

»Die Nummer steht in den *Gelben Seiten* unter Penner. Du solltest dich um dein eigenes Wohlergehen sorgen statt um meines. Wahrscheinlich hat sie dir schon eine Geschlechtskrankheit angehängt. Ich rufe wegen einer geschäftlichen Sache an. Ich habe hier ein Päckchen für dich. Eigentlich wollte ich es dir ins Büro schicken, aber das würde bedeuten, daß ich für dich Geld opfern müßte.«

Sein Herz schlug schneller. Es mußte das von Eden angenommene Päckchen sein. »Seit wann hast du es?«

»Seit ein paar Tagen. Ich war in den Midlands, um dort ein paar Verkaufstreffen zu organisieren. Das Päckchen lag im Briefkasten, als ich nach Hause kam. Du kannst gern vorbeikommen und es dir abholen.«

Harry überlegte. Eden mußte die Kassette nach dem Konzert bei Hilary eingeworfen haben. Sie hatte nicht gewußt, daß sie nicht mehr zusammen waren.

»Hör mir gut zu, Hilary. Mach das Päckchen auf keinen Fall auf.«

»Jetzt hör mir mal zu. Mich interessieren deine billigen Geheimnisse nicht. Also erzähl mir nicht . . .«

»Hilary, das Päckchen kann dich töten. Laß die Finger davon!«

»Zu spät. Ich habe es schon aufgemacht. Es war nur ein dummes Videoband drin.«

Harry lief es eiskalt den Rücken herunter. »Du hast es doch nicht etwa abgespielt?«

»Doch. Ein sehr merkwürdiges Band. Ich weiß zwar nicht, was du in den vergangenen Tagen mit deiner *neuen* Freundin gemacht hast, aber . . .«

»Warte. Wo hast du es abgespielt?« Seines Wissens konnte man Dreiviertel-Inch-Bänder nicht auf einem normalen Videogerät abspielen.

»Habe ich es dir noch nicht erzählt? Ich bin befördert worden. Und zu meiner neuen Stellung gehört natürlich auch ein professionelles Videogerät.«

»Mein Gott. Rühr dich nicht vom Fleck. Ich bin gleich bei dir. Geht es dir gut?«

»Was ist los, Harold? Ich glaube nicht, daß es sich um Top-Secret-Material gehandelt hat.«

»Was war auf dem Band? Was hast du gesehen?«

»Dein Name stand überall, und da war ein kleines Etikett mit Gekritzel.«

»Und weiter?«

Sie dachte angestrengt nach. »Ein Logo . . .«

»Wessen?«

»Ich versuche mich zu erinnern!« Er machte ihr angst, sie hatte Schwierigkeiten, sich zu konzentrieren.

»Vielleicht das von ODAL?«

»Ich glaube ja.«

»Ist dir sonst noch was aufgefallen?«

»Eine Farbe. Ich glaube, es war Rot. Aber das Ungewöhnlichste . . .«

Die Leitung war tot.

Harry rannte auf die Straße.

Hilary starrte den Hörer an. Hatte er wirklich den Nerv besessen, aufzuhängen? Sie schlug auf die Gabel, aber die Leitung blieb stumm. Ihre Panik legte sich. Wie ärgerlich. Den Hörer nicht richtig auf die Gabel zu legen, das sähe ihm ähnlich. Aber vielleicht lag es an einem Fehler in der Leitung. Die British Telekom werkelte ja ständig an den Kabeln unter der Straße herum. Hilary sah aus dem Fenster, konnte aber keine Spur von Straßenarbeiten entdecken.

Warum nur hatte Harry sich so aufgeregt? Eigentlich war sie froh, daß die ganze Geschichte vorbei war. Sie hatte ihren Freund nie richtig verstanden. Hilary sah auf die Uhr, ging in die Diele und stellte sich vor den Spiegel, um sich zu vergewissern, daß ihr blonder Zopf tadellos saß.

Wie konnte er es wagen, von ihr zu verlangen, im Haus zu bleiben und auf ihn zu warten; jetzt, wo sie nicht einmal mehr miteinander sprachen! Sie mußte in einer halben Stunde im Büro sein. Zehn Minuten, länger würde sie nicht warten. Sie blinzelte in den Spiegel und entfernte einen winzigen Klecks Wimperntusche vom Augenlid. Die Luft vor dem Spiegel war dunstig.

Hinter ihr, in der Halle, schlug die Kaminuhr die halbe Stunde. Der Glockenton klang verzerrt wie bei einem Echo. Sie drehte sich um, lauschte, dann wandte sie sich wieder der kritischen Prüfung ihres Make-ups zu. Ihr Spiegelbild schien schmaler geworden zu sein. Wie war das möglich? Die Backenknochen waren hochgezogen, das Kinn war länger geworden, wie in einem dieser Zerrspiegel auf der Kirmes.

Plötzlich wurde ihr klar, daß es am Glas lag. Es krümmte sich. Der Spiegel zersprang mit einem scharfen Knall. Rasiermesserscharfe Scherben regneten auf sie hinab. Keines Schreies mächtig, wischte sie sich die Scherben aus dem Gesicht, wo sie feine rote Schnitte hinterließen.

Halbblind stolperte Hilary in die Halle. Ihr enger, beigefarbener Rock erlaubte ihr keine großen Schritte. Sie stand vor zwei Fenstern mit Bleiverglasung, auf denen fromme Szenen zu sehen waren. Mönche knieten vor ätherischen Heiligen; weltliche Priester prunkten in pastoraler Fülle. Das letztere Bild hatte es ihr besonders angetan.

Sie hatte das Gefühl, als seien winzige Glasscherben in ihre Lungen geraten. Das Atmen fiel ihr schwer. Sie fragte sich, ob sie einen Herzinfarkt erlitten hatte, und versuchte, nachzudenken. Doch der Nebel, der die Luft schwängerte, schien sich auch in ihrem Kopf breitgemacht zu haben. Von den Fenstern her tönte ein seltsamer Laut, wie zerspringendes Eis in einem Glas Wasser.

Hilarys Augen weiteten sich ungläubig. Die bunten Glaseinsätze lösten sich Stück für Stück von der Bleifassung und bewegten sich wie eine Schule leuchtender tropischer Fische auf sie zu.

Sie hob die nackten Arme, um ihr Gesicht zu schützen. Als erstes erreichte sie ein durchsichtiges gelbes Dreieck, auf dem ein Heiliger zu sehen war, die Augen gen Himmel gehoben, die Hände zum ewigen Gebet gefaltet. Es schwebte einen Augenblick lang vor ihr, dann stieß es hinab und schnitt langsam ein Stück Fleisch aus ihrer Schulter. Dann näherten sich Glasstücke, auf denen Priester zu sehen waren. Die topas-, smaragdfarbenen und violetten Mosaikstückchen stürzten auf sie zu und schnitten mit chirurgischer Präzision in ihr Fleisch.

Hilary fand ihre Stimme wieder. Blut spritzte auf ihre frischgestärkte, weiße Bluse. Eine Arterie an ihrem Handgelenk war durchgetrennt worden. Sie schrie, bis ihr eine durchsichtige, korallfarbene Scherbe in den Mund drang; sie zeigte einen elfenbeinfarben gekleideten Engel, der in ihrer Kehle auseinanderbrach.

Die Glasscherben bildeten eine Wolke, die sie einhüllte; einen tödlichen Regenbogen aus Licht. Die funkelnden Scherben umschwirrten sie wie schillernde Vögel; stachen und schlitzten geometrische Figuren in ihre Haut, bis sie nichts mehr fühlte außer Glas, Licht und ihre Haut, die sich, Stück für Stück, von ihrem Körper löste.

Bevor sie das Bewußtsein verlor, spürte sie, wie sie emporgehoben wurde und durch die funkelnde Glasaureole hindurch in eine dahinterliegende Welt glitt.

Als Harry bremste, hatte er das Gefühl, das gleiche schon einmal erlebt zu haben. Schaulustige drängten sich gegen das orangefarbene Band, das man quer über den Bürgersteig von Laterne zu Laterne gezogen hatte. Ein Krankenwagen wartete mit abgeschalteter Sirene. Uniformierte

Männer und Frauen beugten sich über eine Stelle auf dem Pflaster wie Rugbyspieler, die bereit waren, sich jeden Augenblick ins Getümmel zu stürzen.

Er schlug die Wagentür hinter sich zu und trat auf den Bürgersteig. Überall wimmelte es von Polizisten. Er sah zum Haus hoch, blickte durch die zerstörten Fenster in das dunkle Zimmer und wußte, daß Hilary tot war. Das Glas war durch den Druck ihres Körpers nach außen gebrochen. Sie lag halb auf der Straße. Ihre Beine ragten unter einer dunklen Decke hervor. Blut und Glas, dunkel und funkelnd im Regen. Sie hatte sich wenige Minuten nach ihrem Telefongespräch aus dem Fenster gestürzt. Wie lange nach Abspielen des Bandes? Er kämpfte sich durch die Menge, lief zum Wagen zurück und hatte ihn fast erreicht, als ihm übel wurde.

Er fuhr wie ein Anfänger. Ständig rutschten seine Hände vom nassen Steuer ab. Ein Teil von ihm wußte, daß das Band noch immer in ihrer Wohnung sein mußte, aber nichts auf der Welt hätte ihn dazu bringen können, wieder zurückzufahren.

35

Der Hexensabbat von Camden

Frank konnte besser mit Computern als mit Menschen umgehen. Oft blieb er noch nach Feierabend in der Bücherei, das schmale Gesicht vom grünen Bildschirm erleuchtet, und ließ die Finger über die Tastatur tanzen. Seine Dateien steckten voller Querverweise, aber sein Versuch, die Übersicht über sein Projekt zu behalten, schwand mit jeder neuen Statistik. Wie die Anzahl der

Dateien, so wuchs auch seine Verwirrung. Er hatte sich Zugang zu einer Reihe privater Krankenberichte und Polizeiberichte über unbedeutende Straftäter verschaffen können, doch jede neue Information hatte sein Problem nur vergrößert.

Was das Hacken anging, so übertraf hier, genau wie bei seinen früheren Interessen, der Enthusiasmus das Talent. Er hatte gelesen, daß geschickte Amateure in die Datenbänke großer Firmen eindringen konnten, hatte aber keine Ahnung, wie man so etwas anstellte.

Er hatte ernsthaft daran gedacht, das Projekt aufzugeben, als Grace Crispian angerufen und ihm vorgeschlagen hatte, sich auf einen Drink mit ihr zu treffen. Grace und er hatten vor fünf Jahren auf dem Goldsmith's College Graphik studiert.

Er fragte sich, ob Grace wußte, daß er sie während des ersten Semesters über Cafeteriatische und Lesesäle hinweg angestarrt hatte, hoffnungslos vernarrt in das verrückte Mädchen, das bei allen beliebt war. Das Mädchen, das plante, die Filmindustrie eigenhändig umzukrempeln. Sie besaß sowohl die Energie als auch die Ideen dazu, aber irgendwie hatte es nicht gereicht. In der Hinsicht glich sie Frank. Seitdem hatten sie sich höchstens einmal im Jahr zu einem Drink getroffen, wobei die Initiative stets von ihm ausgegangen war.

Graces Anruf war eine freudige Überraschung gewesen. Er hatte angeboten, ihr zu helfen. Aber in seinem Enthusiasmus war er zu weit gegangen. Er hatte gespürt, wie die Distanz zwischen ihnen wuchs, als er von seinen Theorien erzählte, und obgleich sie ihm nach diesem Abend für seine Hilfe dankte, hatte er bezweifelt, daß sie noch einmal anrufen würde.

Der zweite Anruf war eine noch größere Überraschung als der erste gewesen. Vielleicht hatte er beim letzten Mal doch keinen so schlechten Eindruck hinterlassen? Grace hatte ihm erzählt, wie sehr sie den Abend genossen habe. Ob er ihr helfen könne? So ging es ihm immer. Die Kinder in der Schule hatten auch immer gewollt, daß er ihre Hausaufgaben machte. Ob er vielleicht zu ihr kommen und ein Videoband abholen könnte?

Er schlug auf die Tastatur und ließ eine endlose Reihe von Buchstabenkombinationen durchlaufen, um an das Kennwort einer Firma zu gelangen. Anscheinend bekam man manchmal Zugang zu den Multis, den Megakonzernen, wenn man sie auf dem niedrigsten Niveau angriff, über kleine, unbedeutende Nebenlinien.

Er erinnerte sich an das Grace gegebene Versprechen, schaltete den abgenutzten Videorecorder an, der noch aus besseren Tagen stammte, und legte die Kassette ein, die sie ihm gegeben hatte.

Offensichtlich hatte sie das Band bei einer Firma mitgehen lassen, dessen Mitarbeitern sonderbare Unfälle jener Art zustießen, wie er sie gerade für sein Projekt sammelte. Es war schon seltsam, wie seine Forschung mit ihrer Bitte übereinstimmte. Während er zusah, wie die statischen Störungen auf dem Bildschirm langsam schwächer wurden, fragte er sich, ob es wirklich ein Zufall war.

Ein paar diesbezügliche Artikel waren in verschiedenen Zeitungen erschienen, vor allem vorgestern, als ein prominenter Abgeordneter des Unterhauses in einem Abzugskanal ertrunken war.

Vielleicht gab es noch andere, die sich mit ähnlichen Projekten beschäftigten. Sie würden ihm bei den Verlagen zuvorkommen. Dann wäre seine ganze Forschung für die Katz gewesen. Grace hatte ihm zwar gesagt, die Gründe, weshalb sie wissen wollte, was auf der Kassette zu sehen war, seien persönlicher Art, aber was war, wenn er in Wirklichkeit einen Konkurrenten unterstützte?

Er hielt das Band an und sah auf den Bildschirm. Etwas blitzte kurz auf. Der Videorecorder besaß keine Fernsteuerung. Frank beugte sich vor und drückte den Vorwärtsknopf. Grace hatte ihn davor gewarnt, sich das Band anzuschauen. Sie hatte behauptet, er könne dabei zu Schaden kommen.

Als Grace ihn gefragt hatte, ob es noch einen anderen Weg gäbe, herauszufinden, was auf dem Band sei, hatte er ihr etwas über das Ablesen magnetischer Spuren vorgeflunkert. Was hätte er denn sonst machen sollen? Sie hatte ihn um Hilfe gebeten, weil sie ihn für einen Experten hielt, und er hatte sie nicht enttäuschen wollen, indem er ihr seine Unwissenheit gestand.

Sollte es auf dem Band wirklich etwas geben, das ihn verletzen konnte, so könnte er sich davor schützen, indem er es sich mittels eines Spiegels ansah wie Perseus die Medusa. Er stellte also einen Handspiegel im Winkel von fünfundvierzig Grad vor sich, bevor er das Band laufen ließ.

In der Bücherei war es ruhig. Nur der monotone Verkehrslärm von der Schnellstraße war zu hören. Vielleicht würde es nicht mehr regnen, wenn er mit dem Band fertig war. Er wandte seine Aufmerksamkeit dem Bildschirm zu. Die statischen Störungen waren verschwunden und hatten der bekannten blauweißen Copyright-Warnung Platz gemacht. Frank ließ das Band langsamer laufen. Er hatte keine Mühe, das Spiegelbild zu entziffern.

WARNUNG

Dieses Band ist Eigentum des ODAL-Konzerns und steht gemäß des Vertrages zum Schutz der Information unter Copyright. Zugang ist nur Mitarbeitern des ODAL-Konzerns gestattet. Unautorisierter Gebrauch dieser Informa-

tionen kann strafrechtliche Verfolgung, Geldbuße und Strafverfahren zur Folge haben.

Frank zuckte mit den Schultern und sah weiter in den Spiegel. Er würde sich später eine Kopie des Teils nach der Warnung anfertigen, für den Fall, daß das Band einen eingebauten Identifikationskode enthielt. Die Warnung verschwand und machte einer neuen Mitteilung Platz.

GEFAHR – AB HIER KANN EIN ANSEHEN DES BANDES
ZU AKUTEN KÖRPERLICHEN SCHÄDEN FÜHREN.

Das mußte Grace gesehen haben. Nach anfänglichem Zögern konzentrierte er sich voll und ganz auf das Spiegelbild.

Eigentlich wollte Dorothy ihren jungen Kollegen bitten, sie zum Camdsener Hexensabbat zu begleiten, aber Frank hatte ihr schon vorab mitgeteilt, heute länger zu arbeiten. Abgesehen davon war Franks Skeptizismus seit ihrem letzten Ausflug in die Welt des Paranormalen beträchtlich gewachsen.

So brach Dorothy alleine auf und stürzte sich mit einem großen weißen Schirm über der Dauerwelle und einem geheimnisvollen Buchpäckchen unter dem Arm in den abendlichen Regen.

Obwohl er schon seit fast zweihundert Jahren existierte, war der Camdener Hexensabbat in Hexenkreisen kaum bekannt. Es gab nur noch sieben Mitglieder, von denen sechs Frauen waren. Sie trafen sich jeden Montagabend in einer Privatwohnung über einer Kneipe namens *World's End* gegenüber der Camden-Town-U-Bahn-Station, bis vor Jahren auch als *Mother Red Cap* bekannt, so benannt nach Camdens berüchtigtster Hexe.

Sie würden einen Singsang veranstalten, ein wenig tanzen, die Post durchsehen, sich um unerledigte Geschäfte kümmern und sich dann in die gemütliche Kneipe zurückziehen, um ein paar Gin Tonic zu trinken. Gelegentlich trafen sie sich mit Mitgliedern anderer Hexensabbate, aber die meiste Zeit arbeiteten sie allein.

Dorothy hatte ihnen hin und wieder den Zugang zu der Sammlung im Keller der Bücherei erlaubt. Für heute abend hatte man eine Sondersitzung anberaumt und Dorothy um ihr Erscheinen gebeten.

Während sie an der Nebentür des Pubs klopfte, fragte sie sich, weshalb bisher noch niemand von der Existenz des Hexensabbats Notiz genommen hatte. Und das, obwohl auf dem schmutzigen Schild unter der Klingel zu lesen stand:

HEXENSABBAT ST. JAMES' DES ÄLTEREN
Bezirk London Nord
Hausierer und Rundschreiben unerwünscht

»Oh, hallo. Tut mir leid, daß ich Sie habe warten lassen«, entschuldigte sich die kleine Frau, die die Tür öffnete. Sie mochte Ende Vierzig sein und hatte ein rundes, freundliches Gesicht und eine klare, äußerst präzise Aussprache, was darauf hindeutete, daß sie entweder gewohnt war, vor Publikum zu sprechen, oder dabei war, taub zu werden. Ein buntes Tuch hielt ihr widerspenstiges rotes Haar zurück. Sie trug Ohrringe, die an Bananenstauden erinnerten. Eine purpurrote Plastikbrille mit diamantenen Schwingen lag an einer Kette auf ihrer Brust. Sie lächelte breit, wodurch sich ihre Augen in Halbmonde verwandelten. »Wir haben gerade erst angefangen.«

»Schön, Sie wiederzusehen, Maggie«, sagte Dorothy beim Hineingehen. »Ich habe ein paar Bücher mitgebracht, die vielleicht bei Ihren Experimenten von Nutzen sein können.«

»Danke. Doch ich befürchte, daß unsere normale Arbeit wegen des Notfalls erst einmal verschoben werden muß.« Sie führte Dorothy eine wackelige, schwach beleuchtete Treppe hinauf.

»Was ist los?«

»Nun, die ganze Sache ist ein wenig beunruhigend«, gestand Maggie, während sie die Tür öffnete. »Wissen Sie, letzten Dienstag sollte Doris den Zauber für uns machen, aber ihr Dampfkochtopf flog in die Luft, so daß sie nicht kommen konnte. Und Betty hatte es wieder in den Beinen. Wir haben uns statt dessen die Tabellen angesehen, einige Berechnungen angestellt und sind zu dem Schluß gekommen, daß Armageddon bevorsteht.« Sie verstummte. »Klingt bombastisch, nicht wahr? Das Ende der zivilisierten Welt.«

Maggie schob Dorothy in einen kleinen Raum. Die restlichen Mitglieder des Hexensabbats standen im Kreis herum und starrten sie an.

»Hallo«, sagte jemand und winkte ihr zu. »Sie haben uns mitten im Singsang erwischt. Neema hat vergessen, ihren Kassettenrecorder mitzubringen, deshalb müssen wir heute ohne Musikbegleitung singen.« Die Gruppe schlurfte Schulter an Schulter, die Hände verschränkt, im Kreis herum. Dorothy entdeckte einen alten Stuhl in der Nähe des Fensters und setzte sich hin, um zuzusehen.

Der Raum war recht heruntergekommen, wirkte aber dennoch freundlich. In den Ecken hingen Broschüren und Manuskripte, und nicht eine schwarze Kerze war zu sehen. Astrologische Tabellen und bunte Schaubilder bedeckten die Wände. In einer Ecke stand ein Desktop-Computer, der sich durch kilometerlange Zahlenreihen arbeitete.

Die Gruppe beendete den seltsamen Tanz. Die Mitglieder des Hexensabbats machten sich auf die Suche nach einem Sitzplatz, wobei sie einer hochschwangeren jungen Asiatin den Vortritt ließen. Der einzige Mann, ein Versicherungsangestellter, machte Dorothy mit einer scheuen Geste auf seine Anwesenheit aufmerksam und zuckte dabei leicht zusammen, als hätte man ihn bei etwas Illegalem ertappt.

»Natürlich wurde Armageddon, der letzte große Krieg auf Erden, immer für das Ende des zwanzigsten Jahrhunderts vorausgesagt«, nahm Maggie mit ruhiger Stimme den Faden wieder auf. »Wie Sie vielleicht wissen, kümmert sich unser Hexensabbat traditionsgemäß um Wohlergehen und Wohlfahrt unserer schönen Stadt.«

Sie stand auf und deutete auf eine der bunten Karten wie eine Geschichtslehrerin vor ihrer Klasse. »In den letzten beiden Monaten haben wir unmißverständliche Zeichen erhalten. Unsere Brüder in St. James, dem Älteren, die Hendon-Ortsgruppe, bemerkten sie auch. Alle Prophezeiungen werden wahr. Es steht geschrieben, das erste Zeichen sei, daß sich die Zahl der Toten mit der der Lebenden die Waage hält. Die Sterberate in London hat erst kürzlich mit der Geburtenrate gleichgezogen. Weiter steht geschrieben, daß böse Mächte sich aus der Asche der Gefallenen erheben werden. Nach dem Börsenzusammenbruch kam es unter den Finanzgesellschaften der Stadt zu neuen Zusammenschlüssen. Auch steht geschrieben, daß eine dieser Mächte sich über die Welt ausbreiten wird. Werfen Sie einen Blick hierauf.« Sie schlug die *Financial Times* auf. Dorothy las die Überschrift:

BRITISCHE INDUSTRIE WELTWEIT IM AUFSCHWUNG

Der Handelsminister verkündete heute seine Absicht, den Steuerdruck für englische Firmen zu lockern, die planen, neue Überseemärkte zu erschließen.

Diese Nachricht traf nach neuen Verhandlungen mit den USA über die Senkung der Handelsbeschränkungen ein und wird für einen willkommenen wirtschaftlichen Aufschwung sorgen.

»Kennen Sie eigentlich die *Vier Aufgaben des Teufels?*« fragte Dorothy, die sich daran erinnerte, was Edna Wagstaffs Katze ihr berichtet hatte.

»Ja. Sehr interessant. Die *Aufgaben* passen ausgezeichnet zu den Prophezeiungen.«

Maggie warf ihr ein freundliches Lächeln zu. Sie hätte auch über das gestrige Fernsehprogramm sprechen können. »Aber es sieht so aus, als würde es sich bei dem Antichrist eher um eine Firma als um eine Person handeln. Seit Jahren schon warten Okkultisten auf die Geburt des Antichrist, doch immer hielten sie Ausschau nach einem menschlichen Wesen. Woher hätten wir denn wissen sollen, daß wir besser den Aktienindex der *Financial Times* statt die *Psychic News* hätten lesen sollen? All die Zeit, die bei der Durchsicht der Geburts- und Sterbeanzeigen nach der Zahl 666 verschwendet wurde!«

»Und in welcher Beziehung stehen die vier Aufgaben zur Industrie?« fragte Dorothy.

»Einen Augenblick, wir haben uns ein paar Notizen gemacht.« Sie wühlte in den Papierstapeln herum, die hinter ihr standen, zog ein eselsohriges Schreibheft hervor und setzte die Brille auf.

»Die *Irreführung der Narren* ist die erste Aufgabe, sie

hängt mit der Macht der falschen Bilder zusammen und verweist auf die moderne Medienmanipulation, auf Werbung, Public Relation und dergleichen.«

»Die Reden des amerikanischen Präsidenten«, fügte der Versicherungsangestellte hinzu, »wurden nach den Ergebnissen von Computerumfragen geschrieben, in denen stand, was die Wählerschaft zu hören wünschte. Das ist Public Relation, oder?«

»Danke, Nigel«, sagte Maggie in einem Ton, der verriet, daß sie nichts mehr von ihm zu hören wünschte. »Dann wäre da noch die *Korrumpierung der Unschuldigen.* Nun, das passiert tagtäglich. Heutzutage unternehmen Firmen alles, um im Rennen zu bleiben. Soweit ich mich erinnere, handelt es sich bei der dritten Aufgabe um die *Vernichtung des Guten.* Das weist auf die Beseitigung des geschäftlichen Wettbewerbs hin . . .«

»Ich dachte, auf die Zerstörung des Regenwaldes«, meldete sich Neema.

»Nein«, beharrte Maggie. »Wir haben uns für die Beseitigung des Wettbewerbs entschieden.« Sie warf ihrer Kollegin einen tadelnden Blick zu. »Und schließlich ist die *Verkehrung des Bösen* der Triumph der multinationalen Zusammenschlüsse.«

»Die gerade in Arbeit sind«, fuhr Nigel forsch fort.

»Aber das ist noch nicht einmal das Schlimmste.« Maggie schlug das Notizheft mit unheilvoller Endgültigkeit zu. Die Frauen rutschten unruhig auf den Stühlen herum. »Prophezeiungen sind Prophezeiungen, sonst nichts.«

»Warum?« fragte Dorothy. »Was brauchen Sie denn noch?«

»Positive Beweise. Glücklicherweise haben wir einen entdeckt.« Sie zog etwas aus einer Plastiktüte und knallte es auf den Tisch. Dorothy starrte den Gegenstand ungläubig an. Sie hatte immer schon vermutet, daß der Hexensabbat ein wenig mehr als eine wohlmeinende okkultistische Gruppe war. Sie hatte den Mitgliedern dieses Zirkels erlaubt, die Bibliothek zu benutzen, in der Hoffnung, so selbst mehr über die geistige Macht der Welt zu erfahren, auf welch irrgeleitete Weise auch immer. Das Schlimmste, was man über Maggie und ihre weißen Hexen sagen konnte, war, daß sie harmlos waren. Doch jetzt kamen Dorothy daran Zweifel.

»Das ist ein Paket tiefgefrorener Cocktailwürstchen«, stieß sie hervor.

»Das wissen wir«, meinte Maggie augenrollend. »Lesen Sie das Etikett.«

Dorothy rückte die Brille zurecht.

DORNS COCKTAILWÜRSTCHEN
Das wohlschmeckende Vergnügen für jede Gelegenheit!

Ein einfallsloser Serviervorschlag zeigte die bleichen Würstchen vor einer hinter den Wolken hervorbrechenden Sonne auf einem silbernen Tablett, mit Petersilie garniert.

»Die Rückseite, sehen Sie sich die Rückseite an«, drängte Neema ungeduldig.

»Da ist nichts außer der Strichmarkierung des Supermarktes.«

»Halten Sie das Paket gegen das Licht!«

Obwohl sie sich ein wenig komisch vorkam, drehte sie das Paket leicht. Der Kode zeigte ein silbriges Muster; ein Dreieck, von dessen Basis zwei Linien ausgingen. Dorn. Wendigo. Der Eisdämon. Dieses Runensymbol wurde unter anderem dafür benutzt, um tödliche Unfälle zu fördern. Aber es war unvollständig.

»Stimmt, es sieht einer Todesrune ähnlich«, bestätigte

sie vorsichtig. »Aber nur zufällig? Ist das eine neue Marke?«

»Es stammt aus einer ganz neuen Supermarktkette«, antwortete Nigel. »Sie eröffnen jetzt überall. Hier um die Ecke gibt es auch einen. Fünfundzwanzig Kassen, voll computerisiert. Fast alle Produkte weisen Runen auf. Auf dem tiefgefrorenen Fleisch ist meistens das grüne Ur-Zeichen zu sehen.«

Soviel Dorothy wußte, war das grüne Ur-Zeichen das heidnische Symbol für das Züchten und Töten von Vieh. Bei dem Gedanken, daß Mitglieder des Hexensabbats durch den Supermarkt krochen und jedes Produkt überprüften, mußte sie unwillkürlich lächeln.

»Ich würde mich an Ihrer Stelle nicht aufregen«, beschwichtigte sie die Anwesenden. »Die Leute aus der Werbebranche sind immer auf der Suche nach neuen Ideen. Jemand ist auf die Runen verfallen und benutzt sie jetzt als originelles Design.« Sie leugnete nicht, daß Runen in die moderne Technik Einlaß finden könnten, aber auf *Cocktailwürstchen?* Was würde Arthur Bryant dazu sagen? »Ich kann mir nur schwer vorstellen«, fügte sie hinzu, »daß sie ihre Kunden mit einem Fluch belegen wollen.«

»Das ist es«, meldete sich Neema. »Wir glauben, daß es sich hierbei um ein System langsamer Korrumpierung handelt. Einzelne in dieser Form benutzte Runen können schwerlich jemandem Schaden zufügen. Wahrscheinlich üben sie nur einen unbewußten Zwang auf den Kunden aus, gerade diese Marke zu kaufen.«

»Wobei wir zum letzten Teil der Prophezeiung kommen«, fuhr Maggie fort. »Die Flüche der Alten kehren in der Sprache der Gegenwart an die Oberfläche zurück.«

»Möchte jemand eine Tasse Tee?« fragte Nigel. Einige Hände hoben sich.

Maggie war ungehalten. »Die Sache ist folgende«, fuhr sie mit erhobener Stimme fort, »wir sind zu schwach, um die heidnische Magie zu bekämpfen. Sie ist zu stark und zu alt. Was uns immer an der Rückkehr des Gehörnten auf die Welt gestört hat, war unter anderem, daß er, sollte er Christi Weg wählen, als Menschenkind geboren werden müßte. Und wenn er dabei genausoviel Aufhebens machen würde wie Unser Herr Jesus mit all den Sternen und Wundern und Was-weiß-ich-noch-alles, könnte man ihm leicht auf die Spur kommen und ihn vernichten. Es ist sehr viel geschickter, sich der Firmen zu bedienen.«

Dorothy verschlug es die Sprache. Obwohl die Theorie verrückt klang, entbehrte sie nicht der Logik. Neema hatte die Hände auf den gerundeten Bauch gelegt und blickte auf ihr ungeborenes Kind hinunter. Sie sprach mit rhythmisch modulierter Stimme.

»Die Okkultisten haben immer gesagt, die Verfinsterung der Welt ginge allmählich vor sich. Aber es geschieht hier und jetzt.«

Maggie nickte so nachdrücklich, daß ihre Ohrringe zu klingeln begannen. »Der Teufel ist zur Erde zurückgekehrt, und zwar auf der Überholspur.«

36

Der leere Mann

Mit einem unguten Gefühl im Magen radelte Frank Drake durch die leeren Straßen der Stadt. Er wünschte, er hätte sich das ODAL-Video nicht angesehen, nicht einmal seitenverkehrt. Nach der Stelle mit der Warnung waren Reihen scheinbar sinnlosen Gekritzels auf dem Bildschirm erschienen, die wie illuminierte Handschriften aus einem von Dorothys alten Büchern aussahen. Danach waren die Bilder vertrauter geworden. Obwohl es ihm schwerfiel, zu glauben, daß das Video so tödlich war, wie Grace behauptet hatte, schienen manche Szenen den Weg in sein Unterbewußtsein gefunden zu haben.

Um diese Stunde wirkten die finsteren Fabriken und Lagerhäuser zwischen Straße und Fluß wie verlassene Mietskasernen. Vor ihnen standen riesige Plakatflächen, deren schlechtproportionierte Botschaften die heruntergekommene Stadtlandschaft dominierten; die für einen neuen Lebensstil werbenden Bilder wurden von dem Paar, das darunter schlief, Lügen gestraft.

Während er über das feuchtglänzende Pflaster radelte, merkte Frank, wie sich etwas Großes von hinten näherte. Ein Lastwagen mit Anhänger dröhnte auf seinem Weg nach New Covent Garden an ihm vorbei, spritzte ihn naß und schnitt die Kurve so eng, daß Frank gezwungen war, in Richtung Bürgersteig zu fahren. Er trat auf die Bremse und kam schlingernd zu stehen. Sein Wutschrei verlor sich im Auspufflärm.

Frank beugte sich nach hinten und überprüfte das Rücklicht. Alles klar. Der Fahrer hatte ihn schlicht und einfach übersehen. Natürlich, dachte er, ein deutsches Nummernschild. Diese Strecke war der schlimmste Teil seines Nachhauseweges. Die Lastwagenfahrer, die Lieferungen für den Kontinent geladen hatten, taten immer so, als gehöre die Straße ihnen allein. Er hätte getötet werden können.

Frank schob sein Rad auf die Straße zurück, stieg auf und setzte seinen Weg fort. Regenverhangene Lichter wiesen ihm den Weg.

John May las die Akte Harry Buckingham. Nachdem er damit fertig war, kehrte er zu Janice zurück. »Zuerst der Vater, dann seine Sekretärin, dann der Partner seines Vaters und jetzt auch noch seine Freundin. Es kümmert mich nicht, ob er ein Alibi dichter als ein Eichhörnchenarsch hat; ich möchte, daß man ihn herbeischafft und hinter Schloß und Riegel steckt. Mir ist es egal, unter welchem Vorwand er eingesperrt wird. Hauptsache, er sitzt hinter Gittern, bis wir den Fall geklärt haben.«

»Möchten Sie, daß ich jemanden zu ihm schicke?« Janice war gerade erst eingetroffen, nachdem sie einen Anruf von May erhalten hatte, mit dem er sie bat, in sein Büro zu kommen. Die Untersuchung hatte ihre Arbeit verdoppelt. Buckingham war das Letzte, was sie sich für heute abend wünschte.

»Das hat bis morgen Zeit.« May sah auf seine Digitaluhr. Noch zehn Minuten bis Donnerstag. Gott sei Dank war es im Einsatzraum ruhig. In den Stockwerken unter ihnen befanden sich noch eine Handvoll Nachtschichtler.

»Sie glauben doch nicht im Ernst, daß er dahintersteckt?« fragte Janice. In den letzten fünf Stunden hatte sie Gespräche mit Videogroßhändlern geführt, und sie sah immer noch wie frisch aus dem Ei gepellt aus, als hätte sie ihren Dienst gerade erst angefangen. Die Nachtarbeit bekam ihr gut. May hatte vergessen, wieviel Energie die Jugend besaß. Plötzlich fühlte er sich sehr müde. Er kam sich vor, als könne er eine Dusche gebrauchen, obwohl es im Zimmer kühl war.

»Buckingham steckt tief in der Patsche. Er verstand sich nicht gut mit seinem Vater und wurde offenbar von seiner Freundin verlassen. Aber meiner Meinung nach ist er eher das Ziel als der Täter. Wenigstens haben sie – wer immer sie auch sein mögen – solange er dort draußen ist, etwas, auf das sie ihre Aufmerksamkeit richten können.«

»Aber mit dem Tod seiner Sekretärin hat er nichts zu tun«, bemerkte Janice. »Wie kommt die Spurensuche in Hilary Masons Wohnung voran?«

»Keine Fingerabdrücke außer ihren eigenen. Der Teppich in der Halle war etwas verschoben, als hätte jemand dagegen getreten. Entweder sie fiel gegen das Glas, was unwahrscheinlich ist . . .«

»Weshalb?«

»Die Originalbleistreben zwischen den einzelnen Glasplatten waren mit Eisenblech verstärkt. Die brechen nicht so leicht. Sie muß zum Fenster gelaufen sein und dabei den Teppich verschoben haben.«

»Es ist mir ein Rätsel«, sagte Janice. »Wenn man sich schon aus dem Fenster stürzen will, sollte man es zuerst öffnen.«

»Stimmt. Bei der Spurensuche sind wir auf etwas sehr Wichtiges gestoßen.« May zog einen Schlüsselbund hervor und öffnete die unterste Schreibtischschublade. Dann holte er behutsam den mit einem Reißverschluß versehenen Plastikbeutel hervor. Janice erkannte das schwarze Rechteck eines Videos.

»Woher wollen Sie wissen, daß es sich um eins von diesen infizierten Videobändern handelt?«

»Das können wir natürlich nicht mit Bestimmtheit sagen, aber es ist sehr wahrscheinlich. Es steckte in ihrem Videorecorder und war bis zum Ende durchgelaufen. Die Laborleute werden das Band morgen Stück für Stück abtasten. Wir hoffen, schon morgen vormittag das Ergebnis zu haben.«

»Irgendein Hinweis, woher es stammen könnte? Für mich sieht es wie ein normales Dreiviertel-Inch-Video aus.« Janice hielt den Beutel in die Höhe und beäugte die Kassette kritisch. Dann prüfte sie das Gewicht. »Es ist sehr leicht.«

May deutete auf einige Zahlen am linken Rand. »Dieses Video hat nur eine Spieldauer von zwanzig Minuten. Eine recht unübliche Länge. Medien und Werbebranche benutzen diese Kassetten, um Werbesendung und EPMs – elektronische Pressemappen – aufzuzeichnen.«

»Was uns die Suche erleichtert.«

»Leider nein. Es sind Millionen von diesen Dingern in Umlauf.« Er warf Janice einen Seitenblick zu. »Gott, ich würde es mir zu gerne einmal ansehen. Sie auch?«

»Ja. Aber wir dürfen nicht.« Sie stand auf. »Sie sehen müde aus. Möchten Sie einen Kaffee?«

»Gerne.« Janice näherte sich mit der Grazie eines Samurai auf der Suche nach einer Herausforderung der Getränkemaschine auf dem Treppenabsatz. May liebte es, ihr zuzusehen. Detective Inspector Hargreave war ein sehr glücklicher Mann . . .

Eine Bewegung an der gegenüberliegenden Wand lenkte ihn ab. War da gerade etwas in die Ecke geworfen worden? Er sah den Widerschein des im Wind schaukelnden Fensters. Vor ein paar Minuten war es noch geschlossen gewesen. Regen näßte die ockerfarbenen Teppichplatten.

Als er sich neugierig nach vorn beugte, schlang ihm jemand den Arm um den Hals. May versuchte, seinen Angreifer abzuschütteln, aber die starken Arme gaben nicht nach. Sein Gegner drückte ihm die Luftröhre ab, ehe er schreien konnte. Er stemmte die Beine gegen den Schreibtisch und fuhr mit dem Stuhl in seinen Angreifer. Eine Faust traf ihn an der Kehle. May versuchte zu schreien, spürte den Finger in seinem Mund und biß zu.

Der Stuhl kippte nach hinten; May stürzte zu Boden. Der Angreifer ließ von ihm ab. Jetzt konnte er ihn erkennen. Er trug schwarze Jeans und ein Sweatshirt mit Kapuze. Die Gestalt lief um den Schreibtisch und griff sich den Plastikbeutel. Als May versuchte, wieder auf die Beine zu kommen, spürte er ein schmerzhaftes Ziehen in der Brust, das bis zur linken Schulter ausstrahlte.

Janice hatte den Krach gehört. Sie ließ die Kaffeebecher fallen und setzte zu einem Sprint an, mit dem sie den Läufer vor sich mühelos überholt hätte, wenn er sich nicht umgedreht und ihr einen Schreibtisch in den Weg geschoben hätte. Schubladen schossen heraus und krachten gegen ihre Knie.

Während er zusah, wie Janice weiterstolperte, wußte er, daß das Video verloren war. Der Dieb war zu nahe an der Nottreppe im hinteren Teil des Gebäudes, und es gab niemanden, der ihn daran hindern konnte, sie zu benutzen. Dann fiel May ein, daß es noch einen anderen Weg ins Erdgeschoß gab. Er ignorierte den Schmerz in seiner Brust, lief auf den Flur, betrat den offenen Güteraufzug und zog die Gitter hinter sich zu.

Er erreichte das Erdgeschoß, als der Dieb gerade an der untersten Stufe der Nottreppe angelangt war. Während er das Gitter aufschob, hörte May, wie Janice sich von oben näherte. Der Einbrecher würde den Sicherheitscode eingeben müssen, wenn er hinauswollte. Wenn er die vierstellige Zahl kannte, konnte er binnen Minuten in einer Seitengasse untertauchen. Aber er war in das Gebäude hineingekommen, also würde er vermutlich genauso rasch wieder verschwinden können.

May schoß auf die dunkle Gestalt zu, die mit dem Rücken zu ihm stand und den Sicherheitscode eintippte.

»John!« schrie Longbright. »Nein. Er könnte bewaffnet sein!«

Er sah, wie seine Hände zitterten, als er den Dieb bei den Schultern packte; spürte den Krampf, der sich über den ganzen Brustkorb ausbreitete. Bevor er noch etwas sagen konnte, wurde ihm schwarz vor den Augen.

Im Stockwerk darüber humpelte Longbright ans Telefon und versuchte, den diensthabenden Beamten zu erreichen. Ihre zunehmende Wut ließ sie die Schmerzen im Bein vergessen. Sie hörte, wie in der Etage unter ihr die Tür aufschwang. Also hatte der Dieb den richtigen Code eingegeben. Der diensthabende Beamte meldete sich erst nach dem fünften Läuten.

»Hier ist Longbright!« schrie sie, weil sie genau wußte, er würde erst Anweisungen von ihr annehmen, nachdem sie sich ausgewiesen hatte. »Gerade ist ein Mann durch den Seitenausgang geflohen. Schwarzes Sweatshirt mit Kapuze und Jeans. Jemand muß ihn aufhalten. Vorsicht, er könnte bewaffnet sein.«

Dann rannte sie die Treppe hinunter zu der Stelle, wo May zusammengebrochen war. Seine Lippen waren grau. Er schien kaum noch zu atmen. Sie ging in die Knie und lockerte seinen Kragen, zog ihre Jacke aus und warf sie über ihn. Sie war gerade auf dem Weg zum Telefon, als zwei Beamte auf der Treppe erschienen.

»Stehen Sie nicht so herum. Rufen Sie einen Krankenwagen!« bellte sie die jungen Polizisten an. »Er hat einen Herzinfarkt.« Dann nahm sie den Kopf des Detectives behutsam in die Hände. Mays verzerrte Gesichtszüge entspannten sich, und er schloß langsam die Augen.

Frank Drake war, bis auf die Haut durchnäßt, zu Hause eingetroffen.

Er hatte sich aus den nassen Sachen geschält, sie in den Wäschebeutel gestopft und war sofort erschöpft ins Bett gesunken. Aber er konnte nicht einschlafen. Trotz des halboffenen Fensters, durch das es auf den Boden regnete, schien es ihm im Zimmer viel zu heiß zu sein. Er drehte sich zur Seite, wobei er das Laken hinter sich herzog. Seine Arme und Beine waren schweißbedeckt. In der Ferne hörte er das elektronische Gewimmer einer Polizeisirene.

Sein Kopf dröhnte, als sei er soeben mit einem Kater erwacht. Er beschloß, sich nicht zu bewegen, und preßte das Gesicht gegen das weiche Kissen. Vom Fluß her ertönte das dunkle, trostlose Signal eines Lastkahnes. Frank schloß die Augen.

Ein Rascheln versetzte ihn in Alarmbereitschaft. Jemand hatte das Laken vom Bett gezogen!

Frank setzte sich auf und suchte nach dem Lichtschalter. Er wollte gerade an der Kordel ziehen, als sie ihm aus den Fingern gerissen wurde. Die Lampe flog haarscharf an seinem Gesicht vorbei gegen die Wand, wo sie zerbrach.

Mit klopfendem Herzen hechtete Frank aus dem Bett. Es war noch jemand im Zimmer! Das schwache Licht der Straßenlaterne enthüllte die Konturen des Eindringlings. Er stand, die Beine leicht ausgestellt, die Arme in Taillenhöhe, zwischen Wand und Kleiderschrank. Obwohl sein Gesicht im Schatten lag, erkannte Frank ihn sofort. Er schlich sich auf Zehenspitzen zur Tür und griff nach der Klinke.

Das Geräusch, das die Tür beim Öffnen verursachte, erregte die Aufmerksamkeit seines Gegners. Er drehte sich um und offenbarte ihm seine Gesichtslosigkeit. Der bleiche Körper ging zum Angriff über. Frank riß schreiend die Tür auf und lief zur Treppe, dicht gefolgt von seinem Widersacher.

Dem Geschöpf seiner kindlichen Alpträume, das ihn als kleiner Junge in den finstersten Stunden der Nacht heimgesucht hatte. Die Ausgeburt seiner geheimsten Ängste. Wie oft hatte er nach dem Erwachen bittere Tränen geweint und seine Eltern angefleht, bei ihnen schlafen zu dürfen?

Während er nackt, mit bebender Brust, vor der Treppe stand, schien es Frank, als hätten sich die vergangenen Jahre plötzlich in Luft aufgelöst; als sei er wieder ein schwaches, erschrecktes Kind. Die Schlafzimmertür öffnete sich knarrend, und die Umrisse der Gestalt zeichneten sich im Straßenlicht ab. Sie war wie eine Mumie von Kopf bis Fuß in das Bettlaken gehüllt.

Frank wußte, daß sein Gegner nur darauf wartete, daß er die Nerven verlor. Die Ausgeburt seines Alptraums wartete nur darauf, daß er die obersten Stufen betrat, um ihn dann die Treppe hinunterzuwerfen.

Frank wischte sich den Schweiß von der Stirn und machte einen Schritt vorwärts. Die verhüllte Figur in der Türöffnung schwankte, hob den formlosen Kopf und ließ die Hände sinken. Sie überließ ihm den ersten Schlag.

Frank stürzte sich mit ganzer Kraft auf die Kreatur. Die Angst seiner Kindheit gab ihm die Kraft, das Laken auseinanderzureißen. Er griff ins Leere. Sein Gegner war ein Laken gewesen; ein leerer Mann, dessen leinerne Glieder im Todeskampf auf ihn einschlugen.

So rasch, wie die Erscheinung zum Leben erwacht war, so schnell verschwand sie wieder. Es war ein Laken gewesen, sonst nichts. Frank lehnte sich gegen das Treppengeländer und schnappte nach Luft. Nur eine Halluzination. Daran war das Video schuld, da war er ganz sicher. Aber da er es sich spiegelbildlich angesehen hatte, konnte der Alptraum nicht seine volle Wirkung entfesseln. Für den Augenblick war er sicher. Aber in Zukunft würde er aufpassen müssen. Er beschloß, jede verfügbare Lampe im Haus anzuknipsen und wach zu bleiben, bis der Morgen graute.

37

Feindesland

Grace schreckte aus dem Schlaf auf und boxte Harry in die Rippen. »Da ist jemand an der Tür. Was soll ich machen?«

Die Gestalt neben ihr rührte sich nicht. Sie packte Harry bei den Schultern und schüttelte ihn. Er öffnete ein rotgeädertes Auge. Gestern abend hatte er seine Trauer über Hilarys Tod in Wodka ertränkt.

Grace hatte sich bereit erklärt, bei ihm zu übernachten, und einen Großteil der Nacht damit verbracht, seinen Schlaf zu bewachen. Während sie aufstand und etwas zum Anziehen suchte, klingelte es erneut.

»Nein, warte. Besser, ich gehe.« Er kämpfte sich aus den Bettlaken, schlich zum Fenster und öffnete die Fensterläden einen Spalt breit. Eine Sekunde später schloß er sie hastig wieder.

»Die Polizei.« Er suchte nach seinen Sachen. Die meisten lagen bunt durcheinandergewürfelt am Bettende. »Ich glaube, man will mich wieder mitnehmen. Sprich du mit ihnen. Laß sie auf keinen Fall in die Wohnung.«

Grace warf sich Harrys Morgenmantel über. »Was soll ich ihnen sagen? Was ist, wenn sie darauf bestehen, in die Wohnung zu kommen?«

»Denk dir irgend etwas aus, egal was, nur werde sie los. Ich muß heute abend unbedingt zu Carmody.«

Grace wußte, daß Harry recht hatte. Daniel Carmodys Sekretärin hatte gestern angerufen, um die Einzelheiten wegen des Wochenendbesuches abzuklären. Die Konfrontation mit dem Tycoon war für Harry die einzige Möglichkeit, seinen Namen reinzuwaschen.

»Überlaß es mir.« Es klingelte zum dritten Mal. »Ich

werde mir was ausdenken. Gib keinen Mucks von dir.«

Ein paar Minuten später klopfte sie an die Badezimmertür. »Alles klar. Du kannst rauskommen.«

»In einer Minute. Was hast du ihnen erzählt?«

»Daß du, soweit ich wüßte, an diesem Wochenende bei ein paar Freunden auf dem Land zu Besuch seist.«

»Bist du verrückt? Das ist doch genau das, was ich vorhabe.«

»Nur daß ich gesagt habe, du seist in Nordwales.«

»Ich nehme alles zurück. Und wie hast du ihnen deine Anwesenheit erklärt?«

»Ich sagte, ich würde auf die Wohnung aufpassen. Ich gab ihnen eine Adresse, wo sie dich finden könnten.«

»Und woher hattest du die?«

»Aus der Post auf dem Dielentisch. Ich habe sie zur Zentrale des *American Express Offer Department* geschickt. Ich denke, als nächstes werden sie dann in deinem Büro auftauchen.«

»Da werden sie nichts finden. Ich habe mich bis Montag abgemeldet. Sharpe weiß, daß ich Carmody besuche, aber er wird kein Wort darüber verlauten lassen.«

»Woher willst du das wissen?«

»Er würde eher sterben, als seinem neuen Kunden die Polizei mit einem Durchsuchungsbefehl an den Hals zu hetzen.«

Grace kehrte ins Schlafzimmer zurück und beobachtete, wie der Streifenwagen davonfuhr. »Je eher du aus London verschwindest, desto besser. Kannst du früher fahren?«

»Ich glaube, ja.« Harry kam, in ein Handtuch gehüllt, aus dem Badezimmer. »Er hat mich bis einschließlich Sonntag eingeladen.«

Grace rieb ihm den Rücken trocken. »Vergiß nicht,

cool zu bleiben, sonst kannst du direkt einpacken. Du hast nur einen Versuch.«

»Ich habe nicht einmal einen Plan«, gestand er. »Ich glaube, ich werde erst einmal im Haus nach Beweisen suchen.«

»Wie du willst. Ich werde bis Norwich mit dir fahren und in einem Hotel warten. Falls du etwas finden solltest, kannst du es mir übergeben.«

»Das Risiko ist zu groß. Hier bist du sicherer. Denk immer daran, nur falls unbedingt nötig an die Tür zu gehen, und nimm nichts von einem Fremden an. Wir brauchen auch ein Zeichen, falls irgend etwas schiefläuft.« Er warf die Reisetasche aufs Bett und zog den Reißverschluß auf. »Wenn das Telefon dreimal klingelt, bin ich in ernster Gefahr. Dann rufst du die Polizei an und schickst sie zu Carmody.«

»Die anderen wußten auch, was ihnen blüht, trotzdem hat er es geschafft, sie mit Flüchen zu belegen«, erwiderte Grace. »Wie kommst du darauf, daß die Polizei dir helfen könnte?«

Frank Drake saß kerzengerade auf einem Küchenstuhl und rieb sich den Rücken. Jeder einzelne Muskel schmerzte. Während seines unruhigen Schlafs war er von Dämonen heimgesucht worden. Doch jetzt war die Nacht vorbei, und er spürte, daß der neue Tag keine weiteren Schrecken mehr bringen würde. Die Morgendämmerung – grau, doch tröstlich – erfüllte jede Zimmerecke. Frank stand auf und überlegte, was er als nächstes tun sollte, während er Teewasser aufsetzte.

Zuerst rief er Grace an, um sie vor dem Band und seinem Inhalt zu warnen, aber es meldete sich niemand. Dann versuchte er es bei Dorothy, aber sie schien sich bereits auf dem Weg zur Bücherei gemacht zu haben.

Auf dem Weg ins Bad mußte er gezwungenermaßen an dem Bettlaken vorbei. Er fragte sich, wieviel Schuld an dem nächtlichen Ereignis er seiner Phantasie zuzuschreiben hatte. Ob der leere Mann nur für kurze Zeit lebendig gewesen war oder nicht, Frank konnte sich nicht überwinden, das Tuch zu berühren, das in fötaler Stellung, wie eine Eidechse kurz nach der Häutung, auf der Treppe lag.

Daniel Carmody bewohnte einen mit Kletterpflanzen bewachsenen, spätelisabethanischen, aus zart orangefarbenen Backsteinen erbauten Herrensitz in Norfolk.

Als die knospenden Birken, die die Einfahrt säumten, sich teilten und eine seit Jahrhunderten unveränderte Szenerie freigaben, starrte Harry mit ehrfürchtigem Staunen durch die Windschutzscheibe. Nur der unlängst frisch mit Kies bestreute Hof unter den bleiverglasten Fenstern verriet, in welcher Zeit man lebte. Auf dem Hof parkte eine stattliche Anzahl von Bentleys, Rolls-Royces und Daimlers. Doch auf diesem ehrwürdigen Herrensitz wirkten die Spielzeuge der reichen Männer fehl am Platze; das schimmernde Chrom hob sich schrill gegen die zarten, erdigen Farben des Gemäuers ab.

Er parkte seinen Wagen ein wenig schuldbewußt neben einem funkelnden Osprey in den englischen Rennfarben, schnappte sich seine Reisetasche und ging auf die Tür zu, die er für den Haupteingang hielt.

Das Mädchen, das ihm öffnete, besaß die Anmut und das Aussehen einer Nonne. Sie neigte den Kopf und trat zurück, um ihn eintreten zu lassen, als sei sie dafür gescholten worden, dies bei früheren Gelegenheiten versäumt zu haben.

»Mr. Carmody befindet sich augenblicklich in einer Konferenz, Sir«, hauchte sie. »Mrs. Carmody ist im Arbeitszimmer.«

Harry hatte nie in Betracht gezogen, daß der Tycoon auch eine Frau haben könnte. Während er dem Mädchen folgte, studierte er die düsteren, holzverkleideten Wände. Die wenigen Möbelstücke in der Diele schienen noch aus der Zeit zu stammen, in der das Gebäude erbaut worden war. Ihre sparsame Verteilung deutete an, daß hier ein großangelegter Verkauf im Gange war.

An einer Wand hing Hogarth' *Mariage à la Mode.* Doch von den insgesamt sechs thematisch zusammenhängenden Stichen waren nur die letzten drei übriggeblieben. Sie zeigten die Falschheit, den Tod und ein deformiertes, syphilitisches Kind und erzeugten ohne die erläuternden drei ersten Stiche eine makabre Stimmung.

Mrs. Carmody wartete in einem Arbeitszimmer von kathedralischen Ausmaßen auf ihn; ein kastanienbrauner Fleck inmitten eines riesigen chinesischen Teppichs. Die Dame wirkte, als sei sie selbst am meisten überrascht, sich dort wiederzufinden; als sei sie soeben dort hingestellt worden.

Dieser Eindruck wurde durch ihre lemurenhaft großen Augen, mit denen sie sich im Raume umschaute, noch verstärkt. Offensichtlich versuchte sie herauszufinden, wo sie sich befand. Mrs. Carmody war noch bleicher und kleiner als das Mädchen, das ihm die Tür geöffnet hatte, und übertraf diese bei weitem an Grazie. Sie reichte ihm die schmale, steife Hand zum Gruß.

Als Harry sich vorgestellt hatte, schenkte Mrs. Carmody ihm ein nervöses Lächeln. »Sie müssen der Gentleman von der Werbeagentur sein«, begrüßte sie ihn. Harry fragte sich, ob Carmody ihr von ihm erzählt hatte oder ob man es seinen Kleidern ansah. »Mein Gatte wird in Kürze den ersten Teil seines Curriculums beendet haben. Vielleicht möchten Sie sich in der Zwischenzeit mit Ihrem Zimmer vertraut machen.« Ihre Stimme war so zart wie ihr Aussehen, und man mußte befürchten, diese Frau könne sich jeden Augenblick in Luft auflösen.

Harry konnte sich die Geschichte ihrer Ehe vorstellen. Sie war die Aristokratin, die den Tycoon geheiratet hatte; die Dame des Hauses, dessen Schätze sie einst gehegt und gepflegt hatte und das jetzt ihrem Mann gehörte.

»Tut mir leid, daß wir Sie im Ivanhoe-Zimmer einquartieren mußten«, sagte sie, während sie wie ein exorzierter Geist hinter einer Ecke verschwand. »Es ist ein wenig windig. Aber die anderen Zimmer sind alle belegt.« Am Ende der Diele bogen sie in ein eiskaltes Zimmer mit klappernden Fenstern.

»Wir haben ein wenig Ärger mit dem Boiler, aber das sollte bis heute abend behoben sein. Dort ist eine Gegensprechanlage, die Sie mit der Küche verbindet, falls Sie etwas essen möchten.« Mit einem ätherischen Lächeln zog Mrs. Carmody sich zurück, wahrscheinlich ins Mauerwerk.

Nachdem sie gegangen war, warf Harry sich auf die harte Matratze. Auch hier schienen nur wenige Möbelstücke den Ausverkauf überlebt zu haben. Carmody war vielfacher Millionär. Warum verkaufte er seine Möbel?

Vom Erdgeschoß hörte er eine Stimme mit kabbalistischer Präzision Statistiken herunterleiern. Harry fühlte, wie sein Selbstvertrauen mit jeder Minute, die er in diesem Zimmer verbrachte, schwächer wurde. Er öffnete mit tauben Fingern die Reisetasche und fing an auszupacken.

38

Himmelsflug

»Ich bin sicher, es freut dich zu hören, daß es kein Herzinfarkt war«, sagte May und setzte sich auf, ein gestärktes Kissen im Rücken. »Offensichtlich war es nur ein schwerer Anginaanfall.«

»Das macht keinen Unterschied«, schniefte Bryant, während er die letzte Traube von der Rebe pflückte. »Beides kann dich töten. Du mußt der Tatsache ins Gesicht sehen: man fällt auseinander. Hast du auch kernlose Trauben da? Die Kerne von denen hier schieben sich immer unter mein Gebiß.«

May hätte wissen müssen, daß er von seinem Partner kein Mitgefühl erwarten konnte. »Das heißt nur, daß ich keine schweren Lasten mehr tragen kann und eine Weile dem Streß aus dem Weg gehen soll.«

Bryant sah sich nach etwas Eßbarem um. »Ist doch lächerlich bei deinem Job. Was sie damit sagen wollen, ist: ›Versuchen Sie, nicht zu sterben.‹ Hat der Quacksalber dir auch verraten, wie lange du hier bleiben mußt?«

»Ein paar Tage, bis sie ihre Tests gemacht haben.«

»Das heißt also, eine Woche. Tests? Das klingt nicht gut.«

»Das ist die übliche Prozedur.«

»Das sagen Sie immer. Wann bekommt ihr hier Mittagessen?«

»In zehn Minuten. Aber du bekommst keins. Nur die Patienten.«

»Schmeckt bestimmt scheußlich. Gehacktes mit Brei. Babynahrung. Nach einem Herzinfarkt geben sie einem immer einen entsetzlichen Fraß.«

»Verdammt noch mal, es war kein Herzinfarkt!« brüllte

May. Die anderen Besucher auf der Station drehten sich erschrocken um.

»Das ist schon besser«, bemerkte Bryant glucksend. »Wenigstens hast du jetzt ein wenig Farbe im Gesicht. Entweder geht es dir jetzt besser, oder du hast einen Rückfall. Ich habe dafür gesorgt, daß man dir ein Computerterminal hier reinstellt.«

Das war angewandte Psychologie. Bryant wußte nur zu gut, wie unausstehlich ein kranker und gelangweilter May war. Müßiggang behinderte seine Gesundung mehr als Arbeit.

»Übrigens«, fuhr er lässig fort, »ich möchte, daß du dir etwas anschaust.«

»Und was?«

»Die vertraulichen Dateien des ODAL-Konzerns.«

»Das ist genauso, als würdest du mich bitten, bei IBM rumzuschnüffeln. Warum ODAL?«

»Nun, während du damit beschäftigt warst, Diebe mit unserem Beweismittel entkommen zu lassen, förderte dein Computerprogramm etwas Sinnvolles zutage. Eine Diskrepanz in Henry Dells Büchern. Genauer gesagt, eine unregistrierte Bargeldentnahme vom Geschäftskonto kurz vor seinem Tod. Du erinnerst dich vielleicht, daß sich in seinem Lager eine große Menge unetikettierter Kassetten befunden hatte, die alle bei dem Brand vernichtet wurden.«

»Und?« fragte May.

»Das machte mich nachdenklich. Einmal angenommen, er hätte vorgehabt, Raubkopien herzustellen? Warum sonst sollte er so viele unbespielte Kassetten lagern?«

»Dann war er also ein Videopirat. Aber dieses Vergehen rechtfertigt noch lange nicht die Todesstrafe.«

»Dell kaufte die Bänder illegal, und zwar in großen

Mengen. Das erklärt auch, weshalb der Kauf in den Büchern nicht auftaucht. Ich habe also die Jungs vom Labor die Überreste von Dells Schreibtischkalender analysieren lassen. Und jetzt rate mal, was die herausgefunden haben?«

»Sag's mir.«

»Er zahlte das Geld an einen Herrn namens David Coltis. Na, klingelt da ein Glöckchen?«

»Der tote Autodieb. Weiter.«

»Zur gleichen Zeit stellten wir die Liste mit Coltis ehemaligen Arbeitgebern fertig. Während des Geschäfts mit Henry Dell war Coltis bei ODAL beschäftigt. Dann feuerten sie ihn. Warum? Wollte uns niemand dort verraten. ODAL mischt im Mediengeschäft mit, und zu ihrem Geschäft gehört unter anderem . . .«

». . .Videobänder herzustellen.«

»Gut. Nun, als ich den Namen ODAL hörte, klingelte bei mir kein Glöckchen, aber bei Janice. Der Name breitet sich wie ein Ausschlag über die ›Unglücksdatei‹ aus. Der Konzern ist zwar nirgendwo direkt beteiligt, taucht aber immer am Rande auf. Kannst du von hier aus weitermachen?«

»Natürlich«, antwortete May. Ihm gefiel die Aussicht, vom Bett aus zu arbeiten. »Wie, zum Teufel, bist du an die Dateien rangekommen?«

»Bin ich noch nicht«, erwiderte Bryant. »Aber ich hoffe, heute abend ist es soweit.« Die Tür öffnete sich, und ein Krankenpfleger rollte einen Instrumentenwagen herein, auf dem ein großer Desktop-Computer stand.

»Viel Spaß.« Bryant stand auf. »Versuch, die Nierenmaschine nicht auszuschalten, während du an dem Ding herumspielst.«

Frank Drake bezahlte den Taxifahrer, hängte sich die Ledertasche über die Schulter und ging zum Terminal. Er kaufte sich am Schalter der British Airways ein Flugticket, studierte die Abflugzeiten und stellte fest, daß der Flug keine Verspätung hatte. Noch zwanzig Minuten, bis er an Bord gehen mußte. AMSTERDAM 109, TOR 21.

An einem anderen Schalter fragte ihn ein Mädchen, ob er Raucher oder Nichtraucher bevorzuge. Was sie damit meine? Ihr Zahnpastalächeln verflüchtigte sich vorübergehend. Sie teilte ihm eine Sitznummer zu und bat ihn, die Schultertasche kontrollieren zu lassen. Er erklärte ihr, er wolle sie bei sich behalten. Gut, erwiderte das Mädchen, das sein Lächeln wiedergefunden hatte, er könne die Tasche in dem Gepäckfach über sich oder unter seinem Sitz deponieren. Nachdem sie ihm einen guten Flug gewünscht hatte, stieg er langsam die Treppe zur Cafeteria hoch.

Sein Verstand war ein einziges Chaos. Die einzige Möglichkeit, nicht verrückt zu werden, bestand darin, ununterbrochen von eins bis hundert zu zählen. Danach versuchte er, die englischen Könige in chronologischer Reihenfolge aufzusagen; dann alle Tiere und Gegenstände, die man auf einem Bauernhof findet, Namen von Derbygewinnern, Kricket-Teams, Bibelkapitel. Und das alles, um die anderen – die dunklen, fremden, alten – Gedanken in Schach zu halten. So hockte er mit seiner Kaffeetasse in einer Ecke und versuchte verzweifelt, seine zitternden Hände unter Kontrolle zu bekommen und sich an die Tagesereignisse zu erinnern.

Er hatte Grace nicht mehr angerufen. Er war auch nicht zur Arbeit gegangen, sondern einfach wieder in die Küche zurück. Dort hatte er stundenlang auf dem Stuhl gehockt, unfähig sich zu rühren, während etwas – *ein* Etwas – darum kämpfte, in seinen Verstand einzudringen. Etwas, das versuchte, die Logik, die Sinne, das Licht von dort zu vertreiben und sie durch Gefühle zu ersetzen, die so irrational, so irrsinnig waren, daß sie seinen zerbrechlichen Verstand wie ein überhitztes Glas zerspringen lassen würden.

Während die Stunden langsam verstrichen, wurde es immer schmerzhafter, dem Wahnsinn Einhalt zu gebieten, aber seine Angst, dem Wahnsinn nachzugeben, war noch größer. Dann entdeckte er, daß er die Gedanken, die ihn plagten, durch das Herunterleiern sinnloser Listen, Bruchstücken von Wissen, das sich im Laufe der Zeit in seinem Kopf angesammelt hat, in Schach halten konnte.

Schließlich kam ihm die Idee, er könne die Dämonen in seinem Kopf loswerden, indem er sich aus ihrem Aktionsbereich entfernte – vorausgesetzt, sie agierten von einer einzigen Quelle aus.

Während seines Anrufs bei der Fluggesellschaft hätten sie es fast geschafft, sich in seinem Kopf einzunisten. Er konnte zwar nur mit Mühe die Daten auf seiner Kreditkarte lesen, aber es war nicht unmöglich. Er hatte keine Ahnung, was er für die Reise eingepackt hatte, und wußte nicht, ob er einen einfachen Flug oder einen Hin- und Rückflug gebucht hatte.

Während der Fahrt zum Flughafen hatte der Taxifahrer ununterbrochen geredet. Frank hatte keine Lust auf ein Gespräch. Er hatte nicht die geringste Ahnung, weshalb er sich für Amsterdam entschieden hatte. Es war das erste, was ihm eingefallen war. Besser Amsterdam als das, was auf seinen Verstand eingestürmt war, als er seinen Griff einen Augenblick gelockert hatte: Erdgötter, heidnische Ungeheuer, die sich halbverrottet, doch immer noch lebendig, vom Boden erhoben. Das war es. Er mußte sich über die Erdgötter erheben, vor den Heiden in den Himmel fliehen und sich zu den Sternen emporschwingen.

Eine Stimme aus dem Lautsprecher meldete, daß sich die Gäste für den Flug nach Amsterdam bitte zu den Flugsteigen begeben mögen. Alles würde gut werden.

Die schwergewichtige, schwarzhäutige Frau an der Sicherheitsabfertigung öffnete sein Gepäck und runzelte die Stirn. Dann hielt sie ihm die offene Tasche mit einem fragenden Blick hin, so daß er gezwungen war, seine innere Litanei zu unterbrechen und einen Blick in die Tasche zu werfen. Er sah einen Waschlappen, eine Zahnbürste, lose Geldscheine und Pfund-Münzen, ein Kreuz und einen großen Spiegel in einem vergoldeten Rahmen. Er wußte nicht, was er sagen sollte und lächelte verlegen, als sie kopfschüttelnd die Tasche schloß.

Von den riesigen Fenstern in der Wartehalle aus konnte er sehen, wie die von Scheinwerfern angestrahlte Boeing 757 dampfend in der klaren Nacht stand und ihrer menschlichen Last harrte. Die Reihe der Passagiere geriet in Bewegung, als zwei Stewardessen damit begannen, die Bordkarten zu überprüfen. Wenn er jetzt zuließ, daß sich die Dämonen in seinem Verstand breitmachten, würde er das Leben eines jeden hier gefährden. Er zählte von eins bis hundert.

Warum hatte er den Spiegel eingepackt? Hatte er geglaubt, er würde eine äußere Veränderung an sich wahrnehmen, sobald er den Teufeln erlaubte, von ihm Besitz zu nehmen? Oder sollte ihm der Spiegel vielleicht zeigen, daß die reale Welt, dieses Konglomerat aus Licht und Stahl und Fleisch, von seiner Paranoia nicht berührt wurde?

Eine mütterlich aussehende Frau, wahrscheinlich die dienstälteste Stewardeß, stand an der Flugzeugtür. Sie überprüfte lächelnd sein Flugticket und wies ihm einen Sitz am anderen Ende des Ganges zu. Er beschloß, ihrer Anweisung zu folgen, wobei er versuchte, nicht die Lippen zu bewegen, während er von hundert bis eins zählte. Seine Reihe bestand aus drei Sitzen, er hatte den am Gang. Die Reisetasche glitt ihm von der Schulter und landete mit einem scharfen Geräusch auf dem Boden, als sei der Spiegel zerbrochen.

Der Spiegel war seine Garantie für die Realität. Wenn er zerbrach, wäre Frank nicht mehr fähig, festzustellen, ob die heidnischen Kreaturen seines Unterbewußtseins auf eine nichtsahnende Welt losgelassen worden waren. Nachdem man die Kabinentür geschlossen und er sich angeschnallt hatte, betete Frank Drake nicht um seine Erlösung, sondern um die Rettung derjenigen, die mit ihm flogen.

Das Treffen wurde unterbrochen, damit die Teilnehmer Erfrischungen zu sich nehmen konnten. Während Harry in der leeren Halle wartete, öffneten sich die Türen, und Daniel Carmody erschien auf der Schwelle, von diskutierenden Geschäftsleuten umgeben. Harry sah zwei Japaner, ein paar Amerikaner, einen Afrikaner in bunter Nationaltracht und einige Deutsche. In der Nachhut sprach jemand französisch. Alle schienen begeistert zu sein.

»Harry.« Carmody kam mit ausgebreiteten Armen auf ihn zu. »Ich bin froh, daß Sie kommen konnten. Sie werden die anderen zur gegebenen Zeit kennenlernen. Machen Sie sich also keine Gedanken wegen der Namen. Ich bin sicher, Sie werden die Abendkonferenz nicht sehr anstrengend finden. In zwanzig Minuten geht es weiter. Aber nur für knapp eine Stunde. Danach haben Sie Zeit, sich für das Abendessen umzuziehen. Morgen kümmern wir uns dann um die ernsthaften Geschäfte.«

Carmody schenkte ihm ein strahlendes Lächeln, bevor er sich zurückzog. Er trug einen schwarzen Seidenanzug mit einem dunklen, kragenlosen Hemd, das ihm ein finsteres Aussehen verlieh. Sein Pferdeschwanz wurde von einer eleganten Silberspange zusammengehalten, ein Zugeständnis an die formelle Atmosphäre.

Während Carmody die Versammlung zu einem Tisch mit Champagnercocktails führte, beschloß Harry, so wenig wie möglich zu sprechen und einfach nur zuzuhören, bis er sich ein Bild über den Status eines jeden Anwesenden und seiner Stellung innerhalb der Hackordnung gemacht hatte.

Ein elegantes langstieliges Champagnerglas in der Hand, mischte Harry sich unter die Gäste.

»... Das größte Problem ist natürlich, die Leute dazu zu bringen, daß sie Leitartikel akzeptieren. Eine Schutzmacht wie diese wäre ...«

»... Lassen Sie keinerlei Nachrichten über zwangsernährte Kinder zu. Aber heutzutage, wo der elterliche Rat so wenig zählt, muß die Familiengemeinschaft von äußeren Mächten gestärkt und geschützt werden ...«

»... Alles schön und gut, aber wenn Daniel sagt, das System würde innerhalb der nächsten zwei Jahre aufgebaut werden und laufen, dann meint er nur einen Teil davon ...«

»... Es ist schwierig zu sagen, ob die Technik an diesem Punkt mit der Idee Schritt halten kann ...«

Hinter ihm stritt ein glatzköpfiger Brillenträger mit einem Landsmann. Ihre in gutturalem Deutsch geführte hitzige Diskussion und die wild gestikulierenden Hände beschworen ein Vorkriegsbild, dessen Kraft sich inzwischen abgenutzt hatte.

»... Neunzehnhundertdreiunddreißig. Aber damals hat nur der *Völkische Beobachter* die Lage richtig erkannt.«

Sein Vater hatte Harry von dieser berüchtigten, extrem rechten Zeitung erzählt. Der *Völkische Beobachter* war immer wieder wegen seiner plump-antisemitischen Tendenz kritisiert worden. Mit wachsendem Unbehagen zog sich Harry zurück und nahm der vorbeikommenden Serviererin dankbar ein neues Glas Champagner ab. Zu seiner Rechten diskutierte ein älterer Engländer über die Lage des britischen Fernsehens im Lichte der kommenden Veränderungen.

Ein paar Minuten später trieb Carmody seine Schäfchen wieder in den Raum zurück, aus dem sie gekommen waren. Harry fand sich zwischen einem der Deutschen und einer Italienerin mit einem Nest aus gefärbtem schwarzem Haar wieder. Auf dem großen Rosenholztisch in der Mitte des Raumes befanden sich Notizblöcke, Kugelschreiber und Karaffen mit Eiswasser. Harry zog seinen Filofax hervor und legte ihn offen auf ein leeres Blatt Papier. Er wollte nicht als derjenige abgestempelt werden, der sich keine Notizen machte.

»Meine Damen und Herren«, begann Carmody, sobald sich alle gesetzt hatten. »Sie werden bemerkt haben, daß sich ein neues Mitglied in unseren Reihen befindet. Harry Buckingham ist Angestellter der Werbeagentur, mit der wir seit kurzem zusammenarbeiten, doch möchte ich hinzufügen, daß er heute abend nicht in dieser Funktion bei uns weilt.«

Natürlich nicht, dachte Harry. Es waren meine temperamentvolle Rede und mein Überleben, die mir diesen Platz verschafften, nicht meine Position als leitender Angestellter einer Werbeagentur. Vermutlich bestand ein stillschweigendes Einverständnis zwischen ihnen, daß alles, was er an diesem Wochenende hörte, für ihn eher persönlich als beruflich von Nutzen war.

»Vielleicht wäre Miss Mariposo so nett, uns eine kurze Zusammenfassung zu geben.« Carmody setzte sich an seinen angestammten Platz am Kopfende, während die robuste Italienerin neben Harry sich erhob.

»Nun, das erste Mal haben wir vor drei Jahren über die Gründung des ODAL-Konzerns diskutiert«, begann sie mit starkem Akzent, »und darüber, wie wir ein System finden, nach dem diese Zusammenarbeit funktionieren könnte. Ich kann mich des Privilegs rühmen, seit dieser Zeit mit Daniel als Kopf der internationalen Unternehmungen zusammenzuarbeiten.«

Da Carmody seine gehobene Position bei ODAL erst seit drei Monaten innehatte, mußte sie von seinem vormaligen Status in einer seiner anderen Gesellschaften sprechen.

»Es war Daniel, der mich mit dem Runensystem bekannte gemacht hatte. Dies sei eine uralte Krafte, erklärten wir unseren Mitarbeitern, die, wenn man sie richtig anwendet, in der heutigen Finanzwelte von großem Nutzen sein kann.« Sie hielt inne und warf einen Blick auf ihre Notizen. »Daniel erklärte unseren Freunden, wie das System über Jahrhunderte hinweg funktionierte. Wir sprachen auch über die ...«

»Thule Gesellschaft«, flüsterte Carmody.

»Danke. Wir haben auch über das *Deutsche Ahnenerbe* diskutierte« – Carmody konnte sich ein Lächeln nicht verkneifen – »und wie die Nazis diesen okkulten Bund dazu benutzte haben, die Macht der Runen für ihre Zwecke einzuspannen. Wir haben weiter untersuchte, wie sie diese Machte ›mißbrauchten‹, um die Massen zu kontrollieren.«

Harry hatte zwar Sonderbares erwartet, aber seine

Erwartungen wurden weit übertroffen. Was sollte das hier sein? Ein Neonazi-Bund? Seine Handflächen wurden feucht.

»Wir dürfen die Greueltaten der Nazis weder vergeben noch vergessen«, fuhr Miss Mariposo fort. »Die Taten einer Gesellschaft, die von ihrer eigenen Macht korrumpierte wurde. Das Runensystem wurde mißbrauchte und traf Schuldige und Unschuldige. Ihre Verbindung zu Hitler brachte die Runen in Verruf, und zum ersten Mal seit Jahrhunderten fielen sie dem Vergessen anheim. Die Nachkriegswelte hatte keine Verwendung für sie. Wenn wir das Runensystem jetzt wiederbeleben, so haben wir nur seine technische Verwendung für die Zukunft im Auge. Wir müssen uns stets an die Schrecken der Vergangenheite erinnern und sicherstellen, daß sich so etwas nichte wiederholte.«

Sie setzte sich, während die Zuhörer applaudierten. Carmody erhob sich und wartete, bis es ruhig war.

»Wir diskutierten auch über die ansteigende Zahl der multinationalen Zusammenballungen, und daß so etwas meistens nur aufgrund einer kontinuierlichen Expansion geschieht.

ODAL ist vom geringsten seiner Arbeiter bis zum höchsten Manager anders organisiert. Eine denkende Gesellschaft, die die Ziele ihres Gründers Sam Harwood im Auge behält. Ein multinationaler Konzern, der die Träume seiner Mitarbeiter Wirklichkeit werden läßt.

Das ist auch der Grund, weshalb wir uns mit der Runenphilosophie beschäftigt haben, die persönlichen Glauben mit öffentlichem Handeln vereint und uns erlaubt, erhabene Ideale trotz hohen Gewinns zu verfechten.«

Harry fiel es während der Konferenz zunehmend schwerer, sein ursprüngliches Urteil über Carmody aufrechtzuhalten. Der Industrielle schien sich vor seinen Augen von einem Sünder in einen Heiligen verwandelt zu haben. Aber die menschenfreundliche Zukunftsvision, die der Tycoon gerade präsentierte, hatte einen falschen Klang.

»Es scheint unvermeidlich«, fuhr Carmody fort, »daß es Menschen gibt, die dem rapiden Wachstum einer Organisation wie ODAL ablehnend gegenüberstehen. Vielleicht halten sie es für falsch, daß hier ein System persönlicher Harmonie mit einem, das geschäftliche Leistungen fördert, vermischt wird. Obwohl ich denke, daß es gerade diese Mischung ist, die unsere japanischen Vettern seit Jahren mit großem Erfolg praktizieren.« Anerkennendes Gemurmel von den Japanern.

»Wir sind hier versammelt, um über den nächsten Schritt unseres Expansionsplans zu sprechen, den Einstieg in den europäischen und amerikanischen Markt. Und besonders« – er hob die Hand –, »um die zukünftigen Investitionen unserer überseeischen Freunde zu unterstützen.«

Gerade als die Konferenz einen fast religiösen Touch bekommen hatte, offenbarte sich ihr wirklicher Zweck. Es schien sich um eine Stiftungsveranstaltung zu handeln, auf der um Unterstützung gebeten wurde. Vielleicht waren die Absichten des ODAL-Konzerns und seiner Satellitengesellschaften wirklich edel.

Carmody fuhr fort: »Der ODAL-Konzern hat bereits über das Börsenviertel der Hauptstadt eine beachtliche Kontrolle erlangt. In Großbritannien gehören eine Menge Männer und Frauen zu unseren Förderern. Nun können wir unseren Einflußbereich per Satelliten, durch kürzlich von uns erworbene Kabelsender, durch Videos, durch Computersysteme bis in die anderen Finanzzentren der Welt ausbreiten.«

Während Carmody die Investment-Programme darlegte, die ODALs Eintritt ins 21. Jahrtausend einleiten würden, entstand in Harrys Hinterkopf ein düsteres Bild. Zu viele Fragen waren unbeantwortet geblieben.

Zum Beispiel: was genau stellte ODAL her? Kommunikationstechnik? Das schien nicht das Gebiet zu sein, das Carmody am Herzen lag. Wie sahen seine altruistischen Ziele aus? Wie funktionierte ODALs Runensystem? Harrys Fragen blieben auch im weiteren Verlauf der Konferenz unbeantwortet.

Als lang und breit über Untersuchungsberichte und finanzielle Zusammenbrüche diskutiert wurde, drifteten Harrys Gedanken ab. Vom Fenster des provisorischen Sitzungssaales aus konnte er Mrs. Carmodys Umrisse neben einer Tischlampe im anschließenden Flügel ausmachen. Sie blieb fast eine Stunde lang unbeweglich sitzen. Zuerst dachte Harry, sie läse. Dann schaltete eins der Mädchen die Lampe an, und er erkannte, daß sie einfach nur die Wand anstarrte.

Um acht Uhr trennte sich die Gruppe, um sich fürs Abendessen umzuziehen. Harry kehrte in sein Zimmer zurück, in dem es zog. Während er auf dem Badewannenrand saß und dem gurgelnden Wasser zuhörte, das aus glänzenden Kupferhähnen strömte, wurde ihm klar, daß er sich allmählich einen Plan machen mußte.

Die reglose Mrs. Carmody ging ihm nicht mehr aus dem Sinn. Vielleicht hielt sie den Schlüssel zum Verständnis des Tycoons in Händen. Bis jetzt hatte sie wenig Interesse für die Gäste ihres Gatten gezeigt. Vermutlich hatte sie ihre eigenen Interessen und mischte sich nicht in die Geschäfte ihres Mannes ein. Während sich die Wanne langsam füllte, fragte Harry Buckingham sich, ob Mrs. Carmody wußte, daß ihr Mann ein mehrfacher Mörder war.

Die Räder der Boeing lösten sich vom Asphalt. Das Flugzeug stieg in den kalten Nachthimmel. Während sie über den Westen Londons kurvten, sah Frank, wie die Sterne von den Straßenlaternen der Autobahn unter ihnen ausgelöscht wurden. Er begann, schneller zu zählen, erst in Dreier-, dann in Fünfergruppen. Seine Augenlider wurden schwer. Sie hatten einen neuen Weg entdeckt, in seinen Verstand einzudringen. Sie ließen ihn schläfrig werden. Frank kämpfte darum, wach zu bleiben, aber vergebens. Die Lichter im Fenster wurden immer schwächer, als er in die Traumwelt glitt.

Was für Träume! Er war ein thrakischer Gladiator, mit Schild und Dolch bewaffnet, der im blutigen Staub der Arena gegen die *mirmillones* kämpfte. Er war ein goldbehelmter Samnite, mit weißen Federn geschmückt; der Bezwinger des Bösen, Herr des Himmels, der die Kreaturen der Hölle mit einem einzigen Streich seines blitzenden Schwertes zunichte machte. Er kämpfte auf der Spitze des Berges mit dem Wind – er, ein Leibwächter Spartakus'. Die eisige Luft zerrte an seinem nackten Oberkörper, an dem glänzenden Schwert in seiner blutroten Faust. Er war ...

Er stand nackt und blutverschmiert vor der offenen Flugzeugtür und lauschte den kreischenden Motoren. Die Finsternis preßte ihm die Luft aus der Lunge. Er drehte den Kopf und betrachtete das Chaos hinter sich. Die Stewardeß lag zusammengekrümmt auf dem Gang und blutete aus einer breiten Bauchwunde. Die Passagiere schrien durcheinander. Zwei – nein, drei – hielten die Hände gegen ihre blutenden Köpfe und Brustkörbe gepreßt.

Er hatte sich seiner Kleider mit einer glänzenden, schwertähnlichen Spiegelscherbe entledigt, den zentralen Notausgang geöffnet und die Flugzeugtür beiseite geschoben. Dann hatte er sich mit gespreizten Beinen und ausgebreiteten Armen in die Luke gestellt und die Nacht angebrüllt, während sich die Boeing wie eine Achterbahn aufbäumte. Die Kabine verlor immer mehr an Druck. Der muskellähmende Hurrikan dort draußen schuf einen Sog, der durch das Innere des Flugzeugs fegte, während der Pilot darum kämpfte, die Maschine zu stabilisieren.

Die funkelnde Scherbe in der rechten Hand und die linke am Türsturz des Notausgangs, betrachtete Frank Drake das schlingernde Universum. Die himmlischen Lichter waren so rein, so hell, so *christlich*, daß sie die Dämonen in seinem Kopf auslöschten. Das mächtige Flugzeug bahnte sich seinen Weg durch Millionen von Sternen; auf seinen stählernen Wänden spiegelte sich ein Neonmond.

Während die gequälten Motoren protestierend aufheulten, machte sich die Gestalt in der Türöffnung schreiend auf den Weg zu ihrem letzten Ziel.

39

Weißes Rauschen

Während viele Patienten auf seiner Station durch Viren erkrankten, hatte John May einen Virus anderer Art auf dem Bildschirm und wußte nicht, was er mit ihm anstellen sollte.

In der Besuchszeit am Freitagabend grübelte er immer

noch darüber nach, bis Sergeant Longbright erschien und sich auf dem Bettrand niederließ. Sie freute sich, daß es dem Detective wieder besser ging.

»Pappsandwich und Teekuchen, oder?« fragte sie, nachdem sie einen Blick auf das Tablett geworfen hatte. »Wie tröstlich, daß sich einiges nie ändert. Was ist das?« Sie klopfte mit einem zinnoberroten Fingernagel auf den Bildschirm.

»Etwas vom *Electronic Bulletin Board* über ODAL«, erwiderte er. »Offensichtlich ist der Konzern Mitglied der *Computer Threat Research Association.*«

»Und was ist das?«

»Eine Organisation, die es sich zur Aufgabe gemacht hat, Hacker zu bekämpfen, die Viren in Computersysteme einschleusen«, erklärte May, während er das Sandwich aufklappte und dessen Inhalt begutachtete. »Heute kann man zersetzende Software herstellen, die sich durch Computernetzwerke reproduziert und Dateien vernichtet. Vielleicht können Sie sich noch an den zerstörerischen amerikanischen *Internet Worm* erinnern oder an die großartigen ›1813‹- oder ›Freitag, den Dreizehnten‹-Viren, die sich an das Programm hefteten und die Speicher unbrauchbar machten. Mit ihnen kann man bestimmte Dateien zerstören oder löschen. Sie werden durch infizierte Floppy-Disks von einem Computer auf den anderen übertragen.«

»Klingt wie eine menschliche Krankheit.«

»Computerviren gehen ähnlich vor wie menschliche. Und wie Forscher Mittel gegen Krankheiten entdeckten, entwickelten auch Programmierer einen vorbeugenden ›Impfstoff‹; eine Software, die Disketten gegen Infektionen schützt. ODAL verspricht, der Industrie zu helfen, indem es erhebliche Gelder in neue ›Impfstoffe‹ investiert.«

»Das klingt nicht nach dem verschlossenen, geheimnistuerischen ODAL-Konzern, der in unseren Dateien auftaucht«, bemerkte Longbright. »Es sei denn, sie fördern die Entwicklung des ›Impfstoffs‹ zu ihrem eigenen Nutzen. Über Ihren Angreifer gibt es leider noch nichts Neues. Wir haben seinen Wagen ein paar Straßen weiter nördlich gefunden, in der Nähe des Bahnhofs. Keine Spur von der Kassette.«

»Bevor wir eine Firma von der Größe ODALs beschuldigen«, erklärte May, während er sein Sandwich aß, »müssen wir zweierlei beachten: wir brauchen knallharte Beweise, und die Fakten müssen hundertprozentig stimmen. ODAL ist kein leichter Gegner.«

»Und wie geht es jetzt weiter?«

»Bryant meinte, er wolle sich vertrauliche ODAL-Dateien besorgen.«

»Sie wissen, daß das illegal ist? Es sei denn, wir beschlagnahmen sie, und dafür haben wir noch nicht genug Beweise in der Hand.«

»Ich weiß. Und in der Zwischenzeit sterben weiter Menschen.«

»Hat Arthur verraten, wie er an die Dateien herankommen will?«

May schob die Essensreste beiseite und sank ins Kissen zurück. »Ich wage nicht daran zu denken.«

Das Abendessen bei Carmodys war eine vornehme Veranstaltung. Nach Sauerkirschsuppe und Garnele *millefeuilles* wurden gepfefferte *Langusten* mit Spargel gereicht. Wie nicht anders zu erwarten, barg Carmodys Keller Weine von besonderem Geschmack und Seltenheitswert.

Zum Essen fand sich Harry zwischen Slattery, dem

Anwalt, und einem sauertöpfisch blickenden Koreaner wieder, der die ganze Zeit schwieg. Harry hatte gehofft, in der Nähe des Tycoons zu sitzen, aber es schien eine Sitzordnung zu existieren, nach der diejenigen, die am meisten in ODALs Holdinggesellschaften investiert hatten, privilegiert waren, in Carmodys Nähe zu sitzen.

Aufgrund ihres früheren Zusammentreffens erwartete Harry kein anregendes Gespräch mit seinem Tischnachbarn, aber er wurde enttäuscht.

Nachdem die üblichen Höflichkeitsbezeugungen ausgetauscht worden waren, neigte Slattery sich ihm zu und fixierte ihn aus rotgeränderten Augen. »Ich könnte mir vorstellen, daß Sie sich fragen, weshalb Daniel Sie eingeladen hat. Wie Sie sich sicher denken können, sind Sie nicht als Repräsentant Ihrer Agentur hier.«

»Der Gedanke schoß mir bereits durch den Kopf.« Harry schnitt den Spargel entzwei. »Mr. Carmody und ich hatten kaum Möglichkeit, miteinander zu sprechen.«

»Vielleicht kann ich Sie aufklären. ODAL hat sehr genaue Vorstellungen in puncto Werbung. Daniel möchte ein Team zusammenstellen, das seine Zeit ausschließlich dieser Aufgabe widmet; eine Verbindungsgruppe zwischen ihm und der Agentur. Im Augenblick, Mr. Buckingham, gehört Ihre Loyalität verständlicherweise Ihrer Agentur. Doch ich könnte mir vorstellen, daß Ihnen im Laufe des Wochenendes ein Angebot unterbreitet wird.«

»Ehe ich mich dazu äußern kann, muß ich mehr über die Arbeitsmethoden des Konzerns wissen«, erwiderte Harry und legte die Gabel beiseite. »Es gibt da einige Dinge, die ich nicht verstehe.«

»Daniel hat mich ermächtigt, Ihnen jede Frage zu beantworten.«

»Gut.« Harry konzentrierte sich ganz auf den Anwalt.

»Zum Beispiel, was bedeutet diese Sache mit den Runen? Wie funktioniert sie?«

»Ich weiß, anfangs hört es sich ein wenig seltsam an, aber es ist ein reines Zeichensystem, mehr nicht. In der Bibliothek stehen einige Bücher über dieses Thema. Mrs. Carmody würde sich glücklich schätzen, Ihnen diese zur Verfügung zu stellen.«

»Also ähnlich wie bei den Freimaurern?« hakte Harry nach. »Gibt es noch andere Firmen, die diese Symbole benutzen?«

»Meines Wissens nicht. Sie werden nur innerhalb der ODAL-Gruppe verwandt, der natürlich viele unterschiedliche Gesellschaften angehören.«

Harry spürte, daß der Anwalt die Fragen eher abblockte als beantwortete, und versuchte, das Thema aus einer anderen Richtung anzugehen.

»Was will ODAL, wenn nicht Expansion? Daniel wird von den Medien als Menschenfreund gefeiert. Was will er? Den Frieden auf Erden? Das Ende der atomaren Bedrohung?«

»Daniel Carmody möchte, was jeder normale Mensch möchte, Mr. Buckingham. Eine anständige Welt, in der man seine Kinder aufwachsen lassen kann. Er hat darüber viele Vorträge gehalten, die Sie gleichfalls in der Bibliothek finden.«

Nach dieser Antwort gab Harry auf und aß schweigend weiter. Slattery schien nicht zu bemerken, was in seinem Gegenüber vorging und fuhr fort, in seinem Essen herumzustochern. Sein Arbeitgeber dozierte gerade über ODALs bevorstehenden Eintritt in New Yorks Kabelfernsehmarkt.

Nach dem Essen zog sich die Gruppe zu Kaffee und Cognac ins Arbeitszimmer zurück. Mrs. Carmody begrüßte die Gäste und ließ sich auf einem Sessel nieder, der in einiger Entfernung zu ihrem Mann stand.

Das Hauptthema der Gespräche waren ODALs Expansionspläne. Die Gäste teilten sich in Cliquen unterschiedlicher Nationalitäten.

Harry entschied, daß dies genau der richtige Zeitpunkt war, sich bei Carmodys Frau einzuschmeicheln. Er stand auf, durchquerte das Zimmer und setzte sich neben sie. Der Tycoon registrierte Harrys Positionswechsel mit einem irritierten Blick, bevor er seine Aufmerksamkeit wieder der Diskussion zuwandte.

»Ich habe mich gefragt, wie Sie mit Vornamen heißen«, begann Harry lächelnd. »Ich kann Sie doch unmöglich das ganze Wochenende hindurch mit Mrs. Carmody ansprechen.«

»Oh, Verzeihung. Ich heiße Celia. Ein altmodischer Name. Ich hasse ihn.« Sie nahm einen langen Zug aus der Zigarette, die sie dann im Aschenbecher ausdrückte. Ihr Gesicht wirkte angespannt.

»In meinen Ohren klingt dieser Name eher kultiviert.«

»Kultiviert!« Sie spie das Wort förmlich aus. Obwohl sie nicht am Abendessen teilgenommen hatte, roch sie nach Alkohol. »Ich denke nicht, daß Sie an diesem Wochenende noch einmal mit mir sprechen werden.«

»Oh. Und warum nicht?«

»Das tut niemand.«

Es entstand eine unbehagliche Pause, während der Harry verzweifelt nach einem passenden Thema suchte. Celias graue Augen schweiften uninteressiert im Raum herum. An einer Konversation schien sie überhaupt nicht interessiert zu sein.

»Leben Sie schon lange hier?« fragte er schließlich.

»Von Geburt an.«

»Ein wunderbares Haus.«

»Ja.«

Plötzlich schottete sie sich ab. Harry sah, wie sie die

Hände im Schoß faltete, dennoch beschloß er, weiter zu gründeln.

»Haben Sie Kinder?«

»Nein«, erwiderte sie scharf. Nachdem sie ihren Fehler erkannt hatte, versuchte sie ihn zu berichtigen. »Sehen Sie, Mr. Buckingham . . .«

»Bitte nennen Sie mich Harry.« Als er ihr Glas auffüllte, fiel ihm auf, daß sie beide von Mr. Carmody beobachtet wurden. »Ich fragte nur, weil dieses Haus der geeignete Ort zu sein scheint, um Kinder aufzuziehen.«

»Mein Gatte ist ein vielbeschäftigter Mann. Durch sein Geschäft ist er öfters von zu Hause fort.«

»Aber das wäre doch um so mehr ein Grund . . .«

»Er möchte nicht; *wir* möchten nicht. Wir können nicht. Tut mir leid.«

»Verzeihung, ich wollte nicht neugierig sein.«

»Schon gut. Ich verzeihe Ihnen.«

Sie senkte den Kopf. Da wurde Harry schlagartig klar, wie sehr sie ihren Mann haßte. Er war in ihr Haus eingedrungen und hatte sich ihres Lebens bemächtigt. Das würde sie ihm nie verzeihen.

»Ihr beiden scheint euch ja sehr gut zu unterhalten«, mischte sich plötzlich Carmody ein. Harry bekam fast einen Herzschlag. »Celia, Schatz, solltest du nicht schon längst im Bett sein?« Er reichte ihr die Hand, die sie demütig ergriff.

»Celia fühlte sich in den letzten Tagen nicht so wohl«, erklärte der Konzernboß Harry. »Ich möchte nicht, daß sie unser Geschäftsgerede ermüdet.« Celia ging aus dem Zimmer, ohne einen Blick zurückzuwerfen, und ließ Harry mit dem Oberhaupt des ODAL-Konzerns allein.

»Ich hoffe, sie hat Sie nicht gelangweilt«, sagte Carmody, während er an seiner Zigarre zog und ihm ein warnendes Lächeln zuwarf.

»Überhaupt nicht«, antwortete Harry so leichthin wie eben möglich. »Sie flößen jedermann die größte Loyalität ein. Wirklich bewunderswert.«

»Ich flöße keine Loyalität ein, Harry, ich fordere sie. Das ist der Unterschied. Hat Slattery schon mit Ihnen gesprochen?« Er wartete die Antwort nicht ab. »Wenn ich ihn ermächtigen würde, Ihnen ein formelles Angebot als Leiter des Verbindungsteams zu machen, würden Sie es akzeptieren?«

»Kommt ganz darauf an.«

»Auf was?«

»Wieviel Sie mir über ODAL zu verraten bereit sind. Ich muß wissen, wie das Runensystem funktioniert. Sie wenden es bei Geschäftskonkurrenten an, oder? Bei Leuten, die Ihnen im Weg stehen.«

Carmody betrachtete nachdenklich das Ende der Zigarre. »Wenn Sie etwas über Ihren Vater wissen möchten, ich bin gern bereit, Ihnen etwas darüber zu erzählen.«

Harry spürte ein kaltes Prickeln in der Brust. Er bemühte sich, so gelassen wie möglich zu antworten. »Das wäre ein Anfang.«

»Dann kommen Sie mit.«

Carmody führte ihn aus dem rauchgeschwängerten Arbeitszimmer. Am Ende eines langen Flurs, der durch den hinteren Teil des Hauses führte, betrat er einen großen viktorianischen Wintergarten voller lederblättriger tropischer Pflanzen, die von einem dämmrigen Wandlicht beleuchtet wurden.

Carmody kreuzte die Arme. »Sagen Sie mir zuerst, was Ihrer Meinung nach geschehen ist. Dann sage ich Ihnen die Wahrheit.«

Harry räusperte sich. »Ich kenne nur einen Teil. Mein Vater entdeckte, daß einer seiner Kollegen bei Instant

Image etwas gekauft hatte, das Ihnen gehörte, wußte aber nicht, daß man es Ihnen gestohlen hatte. Deshalb ließen Sie ihn töten.«

»Sie wissen, was Sie damit behaupten?«

»Ja.«

»Gut. Ich muß Ihnen leider sagen, daß Sie im Unrecht sind. Die Firma Ihres Vaters tätigte den Ankauf, obwohl sie genau wußte, woher die Lieferung stammte. Was man bei Instant Image nicht wußte, war, daß die Bänder nicht so harmlos waren, wie sie aussahen. Im Gegenteil. Natürlich ahnte auch Coltis nicht, daß es Spezialbänder waren, sonst hätte er sie nicht so billig verkauft.«

»Weshalb hat er mein Auto gestohlen?«

»Nun, *das* war einer jener kleinen, interessanten Zufälle, wie sie im Leben schon mal passieren. Aber Coltis' Tod war kein Zufall. Er wurde für das Chaos bestraft, das er angerichtet hatte.«

»Was war auf den Bändern?«

»Sie waren Teil einer speziellen Lieferung und sollten nur in extremen Situationen angewandt werden. Ein großer technischer Fortschritt ermöglichte ihre Herstellung.«

»Geht es dabei auch um Runen?«

»Ja. Die Bänder können jemanden zum Krüppel machen; sogar töten. Ihr Vater hat sich aus freien Stücken eines der Bänder angesehen und dabei den Tod gefunden.«

Carmody legte ihm die Hand auf die Schulter. Sie war kalt. »Ich weiß, es ist nicht leicht für Sie, aber versuchen Sie einmal, sich in meine Lage zu versetzen. Stellen Sie sich vor, was passieren würde, wenn ein Dieb in eine, sagen wir einmal, chemische Fabrik einbrechen und einen Satz experimenteller Keime stehlen würde. Falls derjenige, der die gestohlene Ware angekauft hat, dabei sterben würde, wessen Schuld wäre das?«

Carmodys Stimme würde einem qualifizierten Hypnotiseur zur Ehre gereicht haben.

Harry mußte sich dazu zwingen, sich zu erinnern, daß der Mann vor ihm mit dem Blut der Menschen befleckt war, die sich ODAL in den Weg gestellt hatten.

»Und warum entwickeln Sie derart gefährliche Pläne?« fragte er.

»Die Runen schützen uns vor unseren Feinden und Geschäftskonkurrenten. Kein Grund, so geschockt dreinzuschauen. Wußten Sie, daß es in der heutigen Zeit für große Konzerne nicht ungewöhnlich ist, Killer anzuheuern? In den USA wurden aus eben diesem Grunde einige Filmgesellschaften angezeigt. Wir schützen nur unsere Interessen.«

»Nicht, wenn Unschuldige dabei Schaden erleiden.«

»Es gibt keine Unschuldigen mehr, Harry.«

Er dachte an den Tod seines Vaters in einer regennassen Gasse Londons. Er sah Hilary zerfetzt im Rinnstein liegen, Beth von einem Zug halbiert, Eden in einer Rolltreppe gefangen. Der *Schutz der Interessen* schien ein armseliger Grund zum Sterben zu sein.

Carmody hatte ihn nicht aus den Augen gelassen und versuchte seine Reaktion abzuschätzen. Wenn er jetzt etwas Falsches sagte, konnte er einpacken. Harry zwang sich zu einem versöhnlichen Lächeln. »Ich verstehe. Ein interessantes Konzept. Wie funktioniert es?«

Carmody beobachtete ihn noch ein paar Sekunden, dann lächelte er. Harry hatte soeben die erfolgreichste Kundenpräsentation seiner Laufbahn hinter sich gebracht. Er hatte den Magnaten davon überzeugt, daß er ihm glaubte.

»Das meiste ist bereits getan«, begann Carmody. »Alles steckt im Runenalphabet. Runen sind eine alte Art des Sehens. Sie umgeben uns seit Jahrhunderten, aber wir nehmen sie nicht mehr wahr. Diese einfachen Formen und Strukturen beeinflussen unser Leben. In der richtigen Reihenfolge können sie uns entweder beruhigen oder aufregen, uns in aggressive Tyrannen oder passive Befehlsempfänger verwandeln. In Verbindung mit der neuesten Technik können sie uns zu angenehmen Träumen verhelfen, aber auch Alpträume heraufbeschwören.«

»Sie sind jetzt im Kommunikationsgeschäft. Halten Sie es für richtig, derartige Techniken zu übernehmen?«

»Harry, Harry . . .« Carmody hob in gespielter Verzweiflung die Hände. »Was ist denn in diesem Geschäft überhaupt noch richtig? Halten Sie Industriespionage für richtig? Was ist mit den Tabakkartellen, die Todeswarnungen auf ihre Produkte drucken lassen; mit den Alkoholfirmen, die den Süchtigen ein großartiges Leben vorgaukeln? Was mit den Versicherungen, die erst zahlen, wenn sie mit dem Kleingedruckten nicht mehr durchkommen? Was ist mit den Herstellern von Zuckersäften und Schnellimbissen; den Firmen, die illegale Einwanderer für sich arbeiten lassen und die Apartheid unterstützen? Was ist mit den Industrien, die die Regenwälder zerstören, damit sie Flugblätter drucken lassen können, auf denen steht, wie besorgt sie darüber seien? Wo wollen Sie die Grenze ziehen, Harry? Ihre Agentur hat Büros in Südamerika. Wo ziehen *Sie* die Grenze?«

Sie standen so nahe beisammen, daß ihre Gesichter einander fast berührten. Carmodys Glasauge fixierte ihn. Er ließ resigniert die Hände sinken, doch die Spannung zwischen ihnen hielt an. Für Harry war es wie ein Schock, zu entdecken, daß sie sich vom Temperament her verflucht ähnlich waren.

»Wissen Sie, Harry, als diese Lieferanten täglicher Lügen uns unter Tonnen unerwünschten Papieres begruben und unsere Gesellschaft mit imaginären Idealen verschmutzten, die wir nie erreichen können, da erkannte ich mehr und mehr die absolute Richtigkeit unseres Weges. Und mir wurde klar, daß jemand diesen Weg gehen mußte.«

Er sieht es nicht, dachte Harry, er ist in derselben selbstgerechten Falle gefangen wie alle anderen. Er meint, man könne seine Geschäfte in einer Art moralischem Luftloch führen. Er denkt, er sei für die normalen Männer und Frauen nicht verantwortlich. Er spielt sich zum Richter über andere Firmen auf. Dabei mordet er selbst, wenn auch auf eine etwas andere Art.

Carmody zog sich einen Stuhl heran, setzte sich und forderte Harry mit einer Handbewegung auf, es ihm gleichzutun. »Wir leben in einer Zeit des weißen Rauschens«, fuhr er fort. »Jedermann bietet brüllend seine Waren an. Die Runen sind ein Weg, dieses Rauschen zu unterbrechen.« Er zog eine Pflanze zu sich heran und betrachtete die zarten, buntfleckigen Blätter.

»Ein Wissenschaftler würde sagen, daß die Runen vergessene Synapsen in unserem Gehirn ansprechen. Wie eine bewußtseinserweiternde Droge beleben die Zeichen tief vergrabene archaische Gefühle und lösen Halluzinationen aus. Sie können die finstersten Kindheitsängste wahr werden lassen; Dinge, vor denen man sich am meisten fürchtet. Das Gespenst der Kindheit, die Angst vor dem Fallen, Klaustrophobie. Man erlebt es wirklich. Wenigstens scheint es dem Betrachter so. Das Ganze kann so programmiert werden, daß die Wirkung jederzeit eintreten kann. Fünf Minuten, nachdem man die Runen gesehen hat, oder fünf Jahre danach. – Ein Parapsychologe würde sagen, die Runen seien Flüche. Eine Methode, die dem Opfer keine Chance läßt. Ein Weg, den Teufel auf die Erde zurückzubringen.«

»Aber zuerst müssen Sie die Menschen dazu bringen, sich die Bänder anzusehen«, wandte Harry ein.

Carmody lachte in sich hinein. »Aber nein, Harry. Sie haben da etwas falsch verstanden. Die Bänder waren unsere ersten Versuche. Wir können die Runen jetzt digitalisieren. Wir können sie in Radiosignale umsetzen, auf Computerdisketten speichern und wie trojanische Pferde in Computerprogrammen verstecken. Wir können sie durch Telefonleitungen jagen, drucken, faxen, senden und in den statischen Luftwellen verstreuen. Es gibt tausend verschiedene Arten, zu kommunizieren, und wir können Ihnen auf jede Art Runen senden.

Wir arbeiten gerade daran, unsere Botschaften weiter zu verfeinern. Keine Todesandrohungen für Geschäftsrivalen oder grobe Zeichen auf Papierstückchen mehr. Wir installieren im Augenblick einen Satellitensender, von dem aus wir uns direkt an den Verbraucher wenden können, und halten nach einer leichten Veränderung im Verbraucherverhalten, einem behutsamen Wandel der persönlichen Prioritäten, einer Neuausrichtung der Werte Ausschau . . . Wie Sie sich wahrscheinlich vorstellen können, gibt es unendlich viele Möglichkeiten.«

Harry wurde sich seiner eigenen Bedeutungslosigkeit in bezug auf Carmodys Pläne bewußt, und er begann sich um Graces und seine Sicherheit zu sorgen.

»Wir benutzen die Runen, um die Welt zu verändern«, gestand Carmody. »Damit haben wir eine ehrfurchtgebietende Verantwortung.«

»Die Runen können ebensogut die Hölle auf Erden schaffen. Hölle – damit meine ich die völlige Auflösung des Vertrauten, die Vernichtung unserer Welt.«

»Sie sehen das viel zu düster, Harry! Niemand spricht von der Vernichtung der Welt, nur von ihrer Verbesserung.«

»Dennoch könnte sich ein moralisches Dilemma ergeben«, bemerkte Harry, dem es nicht gelang, den sarkastischen Ton aus seiner Stimme zu verbannen. »Einmal angenommen, man bittet Sie, den Kauf eines bestimmten Produktes zu fördern. Oder eine Regierungslobby möchte, daß Sie die Wähler von ihrer Integrität überzeugen.«

Carmody wandte Harry sein maskenhaftes Gesicht zu und starrte ihn an. »Wenn ich Sie töten wollte, stünden mir eine Million verschiedener Methoden zur Verfügung, Harry.« Die Maske zerbrach, und ein Lächeln erschien. »Glücklicherweise bin ich über Ihre bisherige Karriere informiert. Ich denke, wir stehen beide auf derselben Seite. Kommen Sie. Die anderen werden sich schon fragen, wo wir sind.«

40

Rufus

»Lächerlich«, murmelte Bryant. »Es ist jetzt ein Uhr dreißig morgens. Für solche Strapazen bin ich längst zu alt. Ich sollte mit einer Ausgabe von *Bleak House* im Bett liegen. Das nächste Mal können sie einen Jüngeren schicken.«

Der letzte Bogengang führte zu einem beleuchteten Tunnel, der parallel zum Fluß verlief. Als er das Ende des Ganges erreicht hatte, fand Bryant sich auf einem riesigen Platz wieder, der von einem kreisförmigen Betonrand eingefaßt war. Von hier aus zweigten die Unterführungen in alle Richtungen ab.

Der Detective machte eine Pause und lehnte sich gegen

seinen Wanderstab. Das Echo seiner Schritte war verstummt. In dieser Umgebung kam er sich wie ein Zwerg vor. Die Unterführungen waren gebaut worden, damit die Pendler von der nahegelegenen Waterloo-Station zur Rush-hour dem Verkehrskarussell am Fuße der Waterloo-Brücke entgehen konnten.

Bei Nacht wirkte alles ganz anders. Nur wenige Fußgänger eilten nach Anbruch der Dunkelheit durch die Tunnel. Die düsteren Lachen trüben Lichts entnervten sie.

Bryant warf einen Blick zurück und sah eine endlose Reihe Betonpfeiler, die den höhlenartigen Platz wie das Innere einer gotischen Kathedrale wirken ließen. Um die Pfeiler herum drängten sich, gleich Entenmuscheln an Bootsstegen, Pappschachteln voller Lumpen. Eine nähere Betrachtung dieser Lumpenhaufen offenbarte, daß menschliche Wesen darin steckten und Bryant sein Ziel, die ›Pappkarton-Stadt‹, erreicht hatte.

Touristen, die, das Programm unter den Arm geklemmt, das warme und behagliche Nationaltheater verließen, waren schockiert, wenn sie über die behelfsmäßige Stadt der Benachteiligten stolperten. Der Anblick verursachte ihnen Gewissensbisse. Sie senkten den Blick und eilten zu ihren Autos.

Bryant, mit nichts als Mays Beschreibung gewappnet, fragte sich, ob er seinen Mann je finden würde. May hatte mittels Computer eine Bitte an das *Electronic Bulletin Board* gerichtet, das von den meisten Hackern gelesen wurde, worin er Rufus bat, sich bei ihm zu melden. Als Bryant May verlassen hatte, war noch keine Antwort eingetroffen.

»Ich bin eine wandelnde Zielscheibe. Ich hätte mir genausogut ein Zeichen auf den Rücken malen können«, brummte Bryant, während er sich vorsichtig zwischen den Schlafenden hindurchlavierte.

Er wußte selbst, daß das nicht stimmte. Die Menschen hier waren müde und desillusioniert von einem System, das nicht in der Lage zu sein schien, sie mit dem Nötigsten zu versorgen, aber das machte sie noch lange nicht zu Kriminellen.

Er spähte in jeden Pappkarton. Er fand Kinder aus zerbrochenen und glücklichen Familien; junge Männer, die wie Bankangestellte aussahen, Frauen, die nicht dem traditionellen Bild der Frau entsprachen. Die Hälfte von denen, die hier liegen, könnte zu meinem Stab gehören, dachte Bryant traurig und ging weiter. Dann hörte er hinter sich ein Skateboard, das hochgeklappt wurde.

»Suchste mich, Alter?« Die Stimme klang nach einem jungen schwarzen Amerikaner. Bryant drehte sich langsam um und sah sich mit einem neunjährigen Jungen in einem ausgebeulten T-Shirt und viel zu großen Shorts konfrontiert, die ihn noch jünger wirken ließen. Sein Haar war bis auf ein paar akkurate Haarpfeile abrasiert. »Sie soll'n Detective sein? Mann, Sie sind viel zu alt für 'nen Detective!« Er ließ das Skateboard fallen und sprang lachend auf.

»Die körperliche Erscheinung kann täuschen, das solltest du doch wissen«, schnappte Bryant.

»Genau, Mann. Sie müssen Bryant sein. May ist im Krankenhaus, stimmt's?« Er umkreiste den Detective, der nervös wurde und die Hand zurückzog. »Der Mensch ist ein *Herdentier,* echt bescheuert. Verstehen Sie, was ich meine?«

»Nun«, meinte Bryant gereizt. »Ich kann dich zwar hören, aber ich habe keine Ahnung, wovon du redest.«

In der Welt der Computerhacker war Rufus eine lebende Legende. Vor zwei Jahren hatte er einen nationalen Skandal heraufbeschworen, weil er sich an den Privatkonten von Prinzessin Diana gütlich getan hatte. Da er zu jung war, um strafrechtlich belangt zu werden, hatte man ihn in ein Heim gesteckt. Von dort war er abgehauen, wie er es schon öfters gemacht hatte.

»Lies dir die Vereinbarung durch. Wenn du zustimmst, kannst du gleich mitkommen«, sagte Bryant, während er in seinen Jackentaschen herumkramte und ein zusammengefaltetes Stück Papier zum Vorschein brachte. Rufus las es schweigend durch.

›Was immer du auch tust‹, hatte May ihm gesagt, ›beleidige seine Intelligenz nicht. Er mag zwar erst neun Jahre alt sein, aber er besitzt einen IQ von 170. Und bemitleide ihn nicht. Er lebt jenseits des Gesetzes, weil es ihm gefällt.‹

Rufus ließ den Brief in seine Tasche gleiten. »Das Geschäft gilt«, bemerkte er lächelnd. »Eine Minute, ich muß nur noch abschließen.« Er flitzte zu einem der größeren Pappkartons und wühlte darin herum. Währenddessen fragte sich Bryant, was sein Kollege diesem Computergenie für die Mitarbeit angeboten hatte. Rufus kehrte mit einem sauberen Sweatshirt mit weißer Kapuze und einer schwarzen Mütze mit eingedellter Spitze zurück.

»Mein Wagen steht in der Nähe.« Er streckte die Hand aus und zog sie schnell wieder zurück. Er durfte nicht vergessen, daß Rufus kein normales Kind war. »Ich bring dich jetzt direkt ins Krankenhaus. Du wohnst als Gast auf der Station, bis dein Teil der Untersuchung beendet ist.«

»Verdammt, Mann, das ist gut. Hier hat's in den letzten Tagen öfters mal 'ne Überschwemmung gegeben.«

»Gut. Dann auf zu John.« Sie kletterten die abfallübersäte U-Bahn-Treppe hoch. »Woher kennst du eigentlich meinen Partner?«

»Der Typ hat mich letztes Jahr eingelocht. War 'n cooles Ding. Ich tat ihm ein paar Gefallen, und er ließ mich laufen.«

»Und warum hat John dich eingesperrt?«

»Ich hatte eine von diesen Lagerhaus-Parties am Laufen und räumte die Acidköpfe aus. Mann, war echt null Problemo.«

»Interessant.« Bryant warf ihm einen befremdeten Blick zu und beschloß, keine weiteren Fragen mehr zu stellen, bis sie in der Zentrale waren.

41

Celia

Daily Mail
Samstag, 2. Mai

LUFTDRAMA IN BRITISH AIRWAYS FLUGZEUG

Auf dem Flug der British Airways von Heathrow nach Amsterdam entgingen die Passagiere letzte Nacht knapp einer Katastrophe, als einer der Passagiere Amok lief und fünf Menschen verletzte, bevor er den Notausgang öffnete und sich zu Tode stürzte.

Wie heute bekannt wurde, reiste Frank Drake, 28, Bibliothekar und ehemaliger Student, ohne Gepäck. Ein paar Minuten nach dem Start bemerkte eine Flugbegleiterin, wie Drake versuchte, sich auszuziehen.

»Er wirkte sehr aufgeregt«, teilte Stewardeß Stacy Drabble mit. »Eine meiner Kolleginnen ging zu ihm, um ihn zu fragen, ob sie ihm helfen könne, als er plötzlich

vom Sitz aufsprang und ihr eine Spiegelscherbe in den Magen stieß.«

Während die attraktive blonde Stewardeß Paula Cullen zu Boden ging, versuchte Drake die Passagiere in Schach zu halten, indem er nach jedem stach, der sich ihm näherte. Dann löste er den Riegel des Notausgangs und stürzte sich hinaus.

KNAPP BEINAH-ZUSAMMENSTOSS ENTGANGEN

Der plötzliche Wechsel im Kabinendruck zwang die Boeing 757, ihren Kurs zu verlassen. Während der Pilot verzweifelt versuchte, die Kontrolle über das Flugzeug wiederzuerlangen, flog ein Flugzeug der Balkan Air nur dreihundert Meter von der Flügelspitze der Boeing entfernt vorbei. Die verwirrten British-Airways-Passagiere konnten zusehen, wie Menschen aus Thailand ihr Essen beendeten, bevor sie landeten.

Heute wird die Polizei Frank Drakes Freunde aufsuchen, um das Motiv für seinen Amoklauf herauszufinden.

Der Leichnam des jungen Bibliothekars fiel durch das Dach des Hauses Avenell Road Nummer 17, Highbury, Nordlondon, während die Familie beim Essen saß.

VORFALL ENTZÜNDET SICHERHEITSSTREIT

Experten der British Airways wiesen Bedenken angesichts der Sicherheit der Notausgänge entschieden zurück. »Sobald die Kabine unter Druck steht, ist es für eine Person fast unmöglich, sie während des Fluges zu öffnen«, versicherte ein British-Airways-Sprecher und fügte hinzu: »Passagiere bezeugten, daß Drake fast übermenschliche Kräfte zu haben schien, als er in der Luke stand.« Nach dem Öffnen der Tür ging ein Fluchtfallschirm auf, wurde aber vom Wind davongeweht.

Der Zustand der Flugbegleiterin Paula Cullen soll ›stabil‹ sein. Die verletzten Passagiere wurden bereits am späten Morgen aus dem Krankenhaus entlassen.

(Weitere Berichte auf Seite 2, 2. Spalte)

**Abgeordneter des Unterhauses verlangt Sicherheitsüberprüfungen der British-Airways-Kabinentüren* – Seite 2, 4. Spalte

**Hausbesitzer will British Airways wegen Leiche anzeigen, die sein Dach durchschlug* – Seite 2, 3. Spalte

Harry faltete die Zeitung zusammen und trank seinen Kaffee aus. Nun hatte auch noch Grace' Freund Selbstmord begangen. Vermutlich hatte er sich das Band angesehen. Zu spät, sich Vorwürfe zu machen, daß man es ihm überhaupt gegeben hatte. Vor wenigen Minuten hatte er versucht, Grace vom schweren Bakelittelefon in der Diele aus anzurufen, aber es hatte sich niemand gemeldet.

Die anderen Gäste konferierten bereits. Es war die erste Konferenz des heutigen Tages, und anscheinend war Harry dort nicht erwünscht. Das Frühstück war bereits um acht Uhr früh im Wintergarten serviert worden. Sonnenstrahlen fielen schräg auf bunte Felder und tropfende Hecken. Harry Buckingham war als einziger zurückgeblieben. Während er sich Butter auf einen Toast strich, fragte er sich, was aus seinem kostbaren Videoband geworden sein mochte. Ob Frank Drake es bei seinem Sprung dabei gehabt hatte?

»Wie ich sehe, sind Sie noch beim Frühstücken.« Celia Carmody war plötzlich an seinem Tisch aufgetaucht. Sie trug einen rehbraunen Sweater und einen weißen Plisseerock. Beides ließ sie jünger aussehen –, wie Mitte Dreißig, aber immer noch umgab sie ein Hauch Melancholie.

»Es wäre schön, wenn Sie mir Gesellschaft leisten würden. Ich glaube, es ist noch etwas Tee da.« Harry deutete auf den gegenüberliegenden Stuhl.

»Aber nur für eine Minute. Ich muß weiter. Ich hoffe, Sie haben gut geschlafen. Das Bett in Ihrem Zimmer ist scheußlich.« Sie schien entspannter zu sein als gestern abend. Vielleicht, weil der Rest der Gruppe nicht mehr in Hörweite war. Obgleich sie über Belangloses sprachen, konnte Harry sich des Eindrucks nicht erwehren, daß zwischen ihnen geheime Zeichen ausgetauscht wurden, die sie zu Mitverschwörern machten.

»Weshalb sind Sie nicht bei der Konferenz?« fragte sie, während sie sich einen Toast nahm.

»Offensichtlich spricht Daniel über etwas, das mich nichts angeht«, erwiderte er. »Ich darf nur bei der Nachmittagskonferenz erscheinen.«

»Oh. Das gleiche macht er mit mir auch. Betreten verboten. Sehr ärgerlich.« Sie schien bereit, ihr formelles Verhalten abzulegen und ihm zu vertrauen. Vielleicht hatte sie erkannt, daß er nicht wie die anderen war. Er beschloß, die Chance wahrzunehmen.

»Tut mir leid wegen gestern abend«, begann er, »als ich Sie nach Kindern gefragt habe. Es war ungehörig.«

»Nein«, seufzte sie, »war es nicht. Eine naheliegende Frage, nur weiß ich nie, wie ich sie beantworten soll.«

»Ich bin sicher, Sie hassen uns alle. Wir unterbrechen Ihr Familienleben.«

»Nein. Es gefällt mir. Wirklich. Aber natürlich habe ich, was das betrifft, nicht viel zu sagen . . .«

»Warum nicht?«

»Im großen Plan zählt meine Stimme nur wenig.« Man hörte Tellergeklapper, als das Mädchen aufzuräumen begann. Celia verstummte und warf ihm einen raschen Blick zu. Ihr schuldbewußtes Aussehen war so überzeugend wie das Geständnis eines Verräters. Er wußte jetzt, daß sie verzweifelt nach jemandem suchte, dem sie vertrauen konnte, fürchtete aber, den Falschen zu wählen. Er stellte sich vor, wie sie Monat für Monat Kandidaten sondierte, ohne je einen zu finden, der seine Loyalität gegenüber Daniel lange genug brach, um ihr Glauben zu schenken.

»Vielleicht können wir uns später weiter unterhalten«, schlug er vor. »Nach dem Lunch.«

»Nein«, antwortete sie rasch. »Sie müssen bei der Konferenz erscheinen, oder Sie kriegen etwas auf die Finger. Außerdem muß ich nach Norwich.« Sie stand auf. »Vor dem Abendessen gibt es Cocktails. Wahrscheinlich werde ich Sie dort treffen. Tschau.« Sie schlenderte mit übertriebener Ungezwungenheit zwischen den Tischen hindurch. Er war sicher, daß er ihr volles Vertrauen gewinnen würde.

Den größten Teil des Morgens verbrachte er in seinem Zimmer, wo er sich Fragen für die Nachmittagskonferenz notierte. Das Mittagessen war leicht und raffiniert. Die geschmackvoll hergerichteten vegetarischen Gerichte hätten einem eleganten französischen Restaurant zur Ehre gereicht. Carmody hielt bei den Japanern hof, die sich im Laufe dieses Seminars als die kapitalkräftigsten der möglichen Investoren herausgestellt hatten.

Die Nachmittagskonferenz zog sich in die Länge. Carmody fuhr fort, über seine Expansionspläne zu sprechen, wobei er diesmal ins Detail ging. Zahlen und Flußdiagramme, alles in roter Tinte, zeigten das zu erwartende Wachstum und mögliche Umsätze.

Harry fiel auf, daß der Industrielle stets in einen religiösen Ton verfiel, wenn von Konsumenten die Rede war. Er vermutete, die anderen Teilnehmer waren sich darüber im klaren, daß Carmody eher einen Kreuzzug als eine Kampagne plante. Aber falls sie von seinem Plan wußten, die Gesellschaft ›neuzuordnen‹, ließen sie sich nichts davon anmerken.

Am Ende der Sitzung versprach Carmody für den Sonntagmorgen neue Einsichten, wenn er über die Anwendungen des Runensystems innerhalb des Fernsehnetzes sprechen würde. Es war das erste und einzige Mal, daß er an diesem Tag die Runen erwähnte.

Harry duschte und zog sich zum Abendessen um. Beim Cocktail im Arbeitszimmer konnte er keine Spur von Celia entdecken. Ein paar Minuten trieb er höfliche Konversation mit der Italienerin, Miss Mariposa, die ihm bestätigte, daß Carmody von den Japanern in Beschlag genommen war. Dann stahl er sich in den Wintergarten davon.

Die Gattin des Tycoons saß im Zwielicht, neben sich einen Brandy, und wartete auf Harry.

»Sie haben mich erschreckt«, flüsterte sie. »Ich kam hierher, um mich vor dem Essen noch etwas auszuruhen.«

Harry wußte, daß sie diesen ungezwungenen Ton weiterhin beibehalten würde, egal, über was sie auch sprechen mochten. Es war Celias Schutz für den Fall, daß ihr Mann plötzlich auftauchen sollte.

»Ich kann wieder gehen, wenn Sie möchten.«

»Seien Sie kein Narr. Kommen Sie, setzen Sie sich.«

Harry gehorchte. Er fragte sich, wieviel Zeit ihnen bliebe, bevor Carmody auftauchte.

»Was die Kinder angeht, so hatten sie unrecht, Harry«, sagte sie schließlich. »Es ist Daniel, der sich Kinder wünscht, aber ich werde ihm keine schenken.« Sie griff nach ihrem Glas und nippte nervös. Es war nicht der erste Brandy des heutigen Abends.

»Und warum nicht, Celia?«

»Weil ich nicht möchte, daß sie mit Haß auf ihren Vater aufwachsen.«

»Er ist ein sehr erfolgreicher Mann. Sie haben hier so viel . . .«

»Das gehörte einmal alles mir. Das Haus befand sich seit Generationen im Besitz meiner Familie. Wir waren . . . nach dem Krieg mangelte es uns an Geld. Die Instandsetzung war zu teuer. Jetzt gehören wir beide ihm; das Haus und ich.«

Er spielte das Spiel mit. »Tut mir leid. Ich hätte nicht fragen sollen.«

»Nein, es ist meine Schuld, ich hätte nicht antworten sollen. Sie sind nur höflich zur Frau des Chefs. Gibt es etwas, was Sie wissen möchten?«

»Ja.« Harry zeigte in Richtung Flur, wo offensichtlich erst kürzlich ein Wandleuchter entfernt worden war. »Warum haben Sie die Einrichtung verkauft? So wirkt es ziemlich deprimierend.«

»Wissen Sie, daß Sie der erste sind, dem das auffällt?« Celia füllte ihr Glas mit einem Seufzer auf. »Ich werde Ihnen ein Geheimnis verraten. Versprechen Sie mir, es nicht weiterzuerzählen?«

»Ich verspreche.«

»Jedesmal, wenn ich etwas tue, was meinen Mann ärgert, verkauft er ein weiteres Teil, etwas, an dem ich hänge. Damit will er mich bestrafen. Stück für Stück demontiert er meine Erinnerungen.« Sie starrte, den Tränen nahe, auf seine Brust. »Jeder Tag bringt eine neue, kleine Demütigung. Und alles nur, weil . . .«

Sie verstummte.

»Weil was?« drängte Harry behutsam.

Sie hob den Blick. »Weil ich Bescheid weiß. Ich weiß *alles*, und ich kann es nicht gutheißen.«

Er merkte, wie sie seinen Blick suchte, um zu sehen, ob er sie verstand. Er beugte sich vor und nahm ihre Hand. »Es ist alles in Ordnung«, flüsterte er. »Ich weiß es auch.«

Der Bund zwischen ihnen war besiegelt. Er konnte ihre Dankbarkeit förmlich spüren. »Ich werde zuerst gehen«, schlug er vor. »Es würde seltsam aussehen, wenn wir zusammen ankämen.«

42

Vision

Harry versuchte, die Schlafzimmertür so leise wie möglich zu öffnen, aber die Scharniere hätten dringend einer Ölung bedurft. Er hatte gehofft, nicht gehört zu werden, aber bei jedem Schritt knarrten die Holzdielen. Fast alle Wochenendgäste waren auf demselben Stockwerk untergebracht worden. Carmody und seine Frau schienen den der Halle gegenüberliegenden Flügel des Hauses zu bewohnen. Mit etwas Glück konnte Harry das Arbeitszimmer durchsuchen, ohne daß ihn jemand hörte.

Er spähte vom ersten Treppenabsatz in die geflieste Halle hinab und bemerkte die leeren Säulen, die das Vestibül einrahmten. Wahrscheinlich waren die Büsten, die sie einmal geschmückt hatten, auf Carmodys Anweisung entfernt worden.

Am Fuß der Treppe knipste er seine Taschenlampe an und beleuchtete den Weg zum Arbeitszimmer. Als er an der Standuhr vorüberkam, schlug es Viertel nach eins. Im Hause war es seit fast einer Stunde ruhig.

Die Tür war zwar abgeschlossen, aber der Schlüssel steckte noch im Schloß. Harry drehte ihn so behutsam wie möglich im Schloß herum. Er fuhr vor Schreck zusammen, als der Riegel sich geräuschvoll zurückzog. Dann schlüpfte er ins Zimmer, schloß die Tür hinter sich und richtete den Strahl der Taschenlampe auf Carmodys Schreibtisch. Harry durchquerte den Raum. Der schwere chinesische Teppich dämpfte seine Schritte. Er setzte sich hinter den Schreibtisch und zog der Reihe nach alle Schubladen auf.

In der ersten befanden sich persönliche Schriftstücke Carmodys und das Wappen seiner Frau, in Blau auf schweres, gepunztes Pergament gedruckt, die zweite war mit unbeantworteter Finanzkorrespondenz gefüllt, die dritte verschlossen. Harry legte die Taschenlampe auf die Stuhllehne, nahm sein Taschenmesser, suchte die kleinste Klinge und drehte sie im Schloß herum. Dabei glitt er ab und hinterließ eine kleine Schramme im Furnier.

»Warum versuchen Sie es nicht mit einem Eispickel?« fragte eine Stimme hinter ihm. »Damit würden Sie wahrscheinlich weniger Schaden anrichten.« Daniel Carmody beugte sich vor und zündete die Schreibtischlampe an. »Schon besser. Jetzt können Sie wenigstens sehen, was Sie tun.«

Der Lichtschein fiel auf Carmodys Gesicht weiß und hart. Der schwarze Pferdeschwanz glänzte wie eine sich windende Schlange. »Ich bin zutiefst enttäuscht von Ihnen, Harry. Sie haben den Test gestern abend mit Auszeichnung bestanden. Es ist Ihnen gelungen, mich von Ihrer Loyalität zu überzeugen. Was suchen Sie übrigens?«

Harry legte langsam das Taschenmesser auf den Schreibtisch und wischte sich die Hände an den Hosenbeinen ab. Lügen würden ihm jetzt nicht mehr weiterhelfen. »Ich suche nach einem Beweis, daß Sie meinen Vater getötet haben«, gestand er.

Carmody ließ sich mit einem Seufzer der Erleichterung auf der Armlehne eines in der Nähe stehenden Polstersofas nieder. »Ich dachte, das hätten wir bereits eingehend erörtert. Ihr Vater hat sich selbst getötet. Genau wie all die anderen. Sobald sie die Runen einmal akzeptiert haben, können sie nichts mehr dagegen tun. Ihr Wahrnehmungsvermögen verändert sich. Wenn ihre Ängste sie nicht töteten, würden sie wahnsinnig.«

Plötzlich erkannte Harry die Lüge. Zuerst hatte er angenommen, Willie sei gestorben, weil er sich das Videoband angeschaut habe. Dann erinnerte er sich, daß der alte Mann ein Stück Papier weitergegeben hatte, das mit Runen bedruckt gewesen war. Sein Tod war kein Unfall, sondern ein wohlüberlegter Schachzug des ODAL-Konzerns gewesen.

»Und was ist die längste Zeit, die jemand widerstanden hat?« fragte er. Er mußte Zeit gewinnen. Vielleicht gelang es ihm, an Carmodys wissenschaftliche Neugierde zu appellieren.

»Ich weiß es nicht. Es hängt davon ab, wie die Runen absorbiert werden und was sie bedeuten. In weniger erleuchteten Zeiten nannte man sie Teufelsgebete . . .«

»Ich weiß.«

»Sie haben Ihre Hausaufgaben gemacht. Das gefällt mir. Aber man lernt nie aus. Die Runenbänder sind im Augenblick unser größter Erfolg. Wir haben sogar gelernt, die Kassetten mit Hilfe von Talisman-Runen zu schützen – also umgekehrten Runen. Und wir haben Runen entdeckt, die Halluzinationen auslösen können. Wir haben eine davon Henry Dell geschickt, nachdem wir herausfanden, daß er eine Partie der gestohlenen Bänder gekauft hatte. Er verbarrikardierte sich in seiner Wohnung. Wir klebten sie also auf eine Milchflasche und verbanden sie mit einer, die sich bereits in der Wohnung befand. Er endete im Kanal bei der Camden Schleuse.

Wir versuchten das gleich noch einmal bei einem unserer schwierigsten Gegner, einem Kerl namens Meadows. Er stürzte sich in die Themse. Auch bei David Coltis haben wir sie benutzt – mit einem ähnlich ungewöhnlichen Ergebnis. Dann beschloß ich, daß die gedruckten Runen raffinierter werden müßten. In der gegenwärtigen Form sind sie zu plump. Wir haben ein ganzes Spektrum neuer Feinheiten eingebaut. Fangen Sie.« Carmody warf ihm den Schreibtischschlüssel zu. »Sie hätten nur zu fragen brauchen, wissen Sie.«

Harry hielt den Messingschlüssel unschlüssig zwischen Daumen und Zeigefinger.

»Nun machen Sie schon. Öffnen Sie die Schublade, und sagen Sie mir, was drin ist.«

Er steckte den Schlüssel ins Schloß und drehte ihn um. In der Schublade lagen ein kleines, blaues Kästchen und eine Konservendose. Er nahm die Dose und hielt sie gegen das Licht. »Eine Spargelkonserve«, antwortete er verwirrt.

»Das ist offensichtlich. Und was sehen Sie sonst noch?«

»Das ODAL-Logo und die Strichmarkierung des Supermarktes.«

»Sehen Sie sich letzteres genau an.«

Harry studierte die schwarzen Streifen gründlich. Die Dose glitt ihm aus der Hand. Ihm wurde übel.

»Gut. Sie haben die Rune entdeckt«, bemerkte Carmody zufrieden. »Sie hat einen höchst interessanten Effekt. Kommen Sie hierher.« Er stand auf und öffnete die Balkontüren.

Harry versuchte, das Gleichgewicht zu halten, als der Boden unter ihm nachzugeben schien. Er hielt sich am Schreibtischrand fest und schaffte es gerade noch zum Sofa, bevor er in die Knie ging.

Carmody stand – eine Hand in der Jackentasche, in der anderen eine unangezündete Zigarette – vom Mondlicht beleuchtet im Türrahmen, wie eine düstere, schlankere Parodie auf Noel Coward.

»Sie werden sich jetzt wahrscheinlich fragen, was mit Ihnen passiert ist«, begann er. »Im Moment versucht ein bislang wenig strapazierter Teil Ihres Gehirnes herauszufinden, welchen Sinn die eingetroffenen Befehle ergeben. Ich könnte mir vorstellen, daß Ihnen ein wenig übel ist.« Eine Flamme beleuchtete sein Gesicht. Er blies sie aus und lachte leise. »Kommen Sie heraus, und erzählen Sie mir, was Sie sehen.«

Harry stand auf und taumelte vorwärts. Alles schien sich aus seinem Gesichtsfeld zu entfernen. Er erreichte die Balkontür und stolperte an Carmody vorbei über den Patio auf den weichen, nassen Rasen. Wütende Wolken jagten über den Himmel. Ein kalter Wind wirbelte um ihn herum. Einen Augenblick lang schien es, als wolle er ihn davontragen.

»Was ist? Was spüren Sie?« bedrängte ihn Carmody aufgeregt.

»Die Welt bewegt sich schneller«, keuchte Harry.

»Was noch? Sehen Sie sonst noch etwas, dort hinten?« Carmody deutete auf eine Reihe Zypressen am anderen Ende des Rasens.

Harry versuchte etwas zu erkennen, doch der Horizont schien sich unter der Last der dahinjagenden Wolken zu krümmen. Dann entdeckte er den sich windenden alten Mann, dessen schlammbespritzter Anzug sich gegen die dunklen Baumstämme abzeichnete. Seine Hände waren mit einem Seil an einen eisernen Zeltpfosten gebunden worden, so daß er gezwungen war, mit ausgestreckten Armen im Gras zu knien.

»Ein Mann. Ich sehe einen Mann.«

»Beschreiben Sie ihn.«

»Weißes Haar. Er weint. Er denkt, daß er sterben wird.« Harry versuchte, Atem zu schöpfen. Der alte Mann zerrte wie ein verängstigtes Tier an dem Pfosten. Plötzlich hörte Harry ein Geräusch, als würde etwas zerrissen. Die Bäume teilten sich. Abgebrochene Äste wurden vom Wind verstreut.

Zuerst war es ihm unmöglich, die dunkle Gestalt, die hinter den Zweigen erschien, mit irgendeiner Erinnerung in Einklang zu bringen. Die Kreatur war fast so groß wie das Haus hinter Harry. Sie bewegte sich zielstrebig wie ein Mensch und war mit widerborstigem schwarzem Haar bedeckt. Sie zwängte sich zwischen den Bäumen hindurch, schwankte im Sturm und beobachtete den schluchzenden Mann mit teilnahmslosen Augen, die so bleich und strahlend waren wie der Mond. Der Brustkorb dieser Kreatur wogte. Der Wind riß Schleimfäden von ihren schweren Kiefern, und ein Gestank wie von einem Stalltier erfüllte die Luft.

Der weißhaarige Mann wartete schweigend auf den nächsten Schritt der Kreatur. Als sei sie zu einer Entscheidung gelangt, griff sie urplötzlich nach unten, zerrte den Pfosten aus dem Boden und hob ihn mitsamt seinem Opfer in die Höhe.

Wie ein Kind mit seinem Spielzeug spielte sie mit der weißhaarigen Gestalt, ließ sie hin und her baumeln und bog sie von einer Seite zur anderen. Harry konnte das

Geräusch auseinanderreißender Gelenke nicht überhören. Als das Spiel die Kreatur zu langweilen begann, riß sie dem alten Mann den Kopf ab und weidete ihn aus. Sie wischte sich die dampfende Masse am Fell ab und warf die Reste zwischen die Bäume. Dann fiel ihr Blick auf Harry.

»Lassen Sie es nicht näher kommen!« brüllte er und schlug die Hände vors Gesicht. Seine Beine gaben nach. Er fiel auf den nassen Rasen.

»Erzählen Sie mir etwas über seine Augen«, flüsterte Carmody.

Harry konzentrierte sich ganz auf Carmodys Stimme und versuchte zu antworten. Die Stimme war seine Rettungsleine; die ihn davor schützen würde, verrückt zu werden.

»Augen. Keine Augenlider. Keine . . .«

»Keine was, Harry?«

»Keine Pupillen. Schaffen Sie es fort!«

»Sie müssen es sich noch einmal anschauen.«

Harry hob den Kopf. Die Kreatur war keinen Schritt nähergekommen, sondern stand bewegungslos an ihrem alten Platz und beobachtete ihn. Plötzlich beschloß sie, wie bereits zuvor, zur Tat zu schreiten, betrat den Patio und streckte den rechten Arm aus. Sie hatte den rasselnden Atem eines Bären. Ihre Genitalien baumelten rot und schwer zwischen dem verfilzten Fell hervor.

Harrys Nase füllte sich mit dem Geschmack faulenden Fleischs. Als die breiten Finger der Bestie näherkamen, schrie er auf. Die Kreatur packte ihn und stellte ihn vorsichtig auf die Beine, bevor sie ihn quer durch den Garten schleppte, so daß Harry kaum Schritt halten konnte. Das Wesen hatte seine rauhe Hand über Harrys Nase und Mund gepreßt. Als ihm die Sinne schwanden, ließ die Kreatur ihn frei. Er fiel auf ein frischgeharktes Beet.

Harry wußte, daß die Bestie ihn in Stücke reißen würde, wenn er stehenbliebe. Er mußte sich ein Loch graben. Sich verstecken. Es gab keine andere Möglichkeit, der Bestie zu entkommen. Er schaufelte mit seinen Händen ein Loch, um sich in der feuchten, weichen Erde zu verstecken.

Carmody sah auf die Uhr. »Mhm. Das reicht. Setzen Sie sich hin und schauen Sie sich an.«

Der Schrecken schwand genauso schnell, wie er aufgetaucht war; als hätte sich der Grund seiner Qual plötzlich zurückgezogen. Sein Anzug war schlammverschmiert, Haar und Mund voller Erde. Er steckte die Hand in den Mund und brachte spuckend ein paar Erdklumpen zum Vorschein.

Als seine Empfindungen wiederkehrten, saß er hustend und spuckend auf festem Erdboden. Er hatte das Gefühl, aus einer Achterbahn gefallen zu sein. Der Horizont schwankte kaum noch. Voller Entsetzen stellte Harry fest, daß er versucht hatte, sich lebendig zu begraben.

»Meinen Glückwunsch«, bemerkte Carmody trocken. »Sie haben es fertiggebracht, meine preisgekrönten englischen Rosen zu entwurzeln.« Er wies auf das ruinierte Blumenbeet. Wie es aussah, hatte Harry einen neunzig Zentimeter langen Graben zwischen den Blumen ausgehoben. Er blickte ängstlich um sich, aber weder die Bestie noch ihr Opfer waren zu sehen.

»Alles in Ordnung. Es ist vorbei. Sie sollten besser hereinkommen und sich säubern.«

Carmody ging ihm voran. Harry folgte ihm mit zitternden Beinen. Jeder Muskel seines Körpers schmerzte.

»Wie fühlen Sie sich?«

»Als hätte ich gerade einen Autounfall gehabt.«

»Das ist normal.«

Er schien sich einen Schultermuskel gezerrt zu haben,

aber es kümmerte ihn nicht. Das wichtigste war, daß er lebte.

»Was ist passiert?« krächzte er. »Haben Sie die Bestie erkannt, die ich gesehen habe? Sie haben sie doch auch gesehen, oder?«

»Nein, habe ich nicht«, erwiderte Carmody, »obwohl ich weiß, was es war. Ihre Version eines Wesens, das die meisten Menschen sehen. Etwas aus der kollektiven Erinnerung. Hätte die Rune aus einem weißen Dornensymbol bestanden, wäre es der Eisdämon gewesen, der Sie hätte töten können. Aber die andere Rune, die auf der Konservendose, stand für den roten *Poerth*. Das geheimnisvollste Zeichen im gesamten Runenalphabet. Eine Reihe von Leuten halten es für ein sexuelles Symbol.«

»Und was ist mit dem Mann, der getötet wurde?«

»Der spielt keine Rolle. Sie scheinen etwas gesehen zu haben, das noch nicht geschehen ist. Das möglicherweise nie geschehen wird.«

»Und warum habe ich es dennoch gesehen?«

»Da bin ich, ehrlich gesagt, überfragt. Ich sagte Ihnen ja bereits, daß es ein sehr geheimnisvolles Zeichen ist. Manchmal glaube ich, wir kratzen nur an der Oberfläche des Wissens herum.« Er sog prüfend die Luft ein. »Ich schlage vor, Sie gehen erst einmal auf Ihr Zimmer und wechseln Ihre Kleider. Ich glaube, Ihnen ist ein kleines Mißgeschick passiert. Danach erwarte ich Sie wieder hier.«

Daraufhin wandte Carmody ihm den Rücken zu. Gedemütigt, erschöpft und beschämt stolperte Harry aus dem Zimmer.

43

Desinfo

Rufus hockte auf der Stuhlkante. Seine Füße baumelten über dem Boden, die Finger flitzten über die Tastatur. Er versuchte, in ODALs Dateiensystem einzudringen. Hinter ihm stand Janice Longbright. Das sanfte, jadegrüne Licht des Bildschirms beschien ihr verwundertes Gesicht.

»Er ist unheimlich schnell«, flüsterte sie. »Ich verstehe nicht, wie er dabei noch denken kann.«

»Er braucht nicht zu denken«, antwortete May. »Mit dem Computer zu arbeiten ist für ihn ebenso selbstverständlich wie atmen.« May stopfte sich noch ein weiteres Kissen hinter den Rücken, um Rufus beim Arbeiten zusehen zu können. Das kleine Krankenzimmer war, sehr zum Ärger der Schwester, mit weiteren Geräten vollgestopft worden. »Er sollte sich etwas ausruhen«, hatte sie Longbright am frühen Abend zugeflüstert. »Kann denn kein anderer seine Arbeit übernehmen?«

»Er würde niemand anderen seine Arbeit machen lassen«, erklärte Longbright, während sie die Krankenschwester beim Arm nahm und zur Tür führte. »Er wird sich erst ausruhen, wenn er Beweise gefunden hat.« Insgeheim war sie mit der Schwester einer Meinung. Mays Verstand war in einem besseren Zustand als sein Körper. Sie hoffte, daß Rufus bald etwas finden würde.

»Woher, zum Teufel, haben Sie diese Dateien?« Rufus drehte sich auf seinem Stuhl herum.

»Der Hurensohn, der die fabriziert hat, will wirklich *niemanden* reinlassen.«

»Was sagt er?« fragte Bryant.

»Wir haben zwei von unseren Männern als Wartungscrew in die ODAL-Zentrale eingeschleust«, erklärte May. »Das ist alles, was sie mitgehen lassen konnten.«

»Die konnten sie nicht anschmieren, Mann. Die Dateien haben 'nen echt starken Schutz.«

»Haben sie auch nicht getan. Sie trennten die Originaldateien von den anderen.«

»Und wann?«

»Heute abend um sechs Uhr. Wir haben bis morgen früh sieben Uhr Zeit, sie zu knacken und wieder an ihren Platz zurückzubringen. Meine Leute haben Polaroidfotos von den Stellen in den Schubläden gemacht, von wo sie fortgenommen wurden.«

»Kann mir mal einer verraten, wie ich da reinkommen soll?« Rufus trank einen Schluck Pepsi, dann wandte er sich wieder der Tastatur zu. »Für jede Datei gibt es ein verschlüsseltes Kennwort, ohne das ich nicht weiterkomme. Verstehen Sie mich? Ohne Kennwort läuft nichts.«

»Mir kommt da eine Idee«, strahlte Bryant. »Auch der Name ODAL ist eine Rune. Ich habe das unbestimmte Gefühl, daß er, wenn er die Namen der anderen Runen eingibt, wenigstens an eine Datei herankommt.«

»Gut«, sagte May und rieb sich hoffnungsvoll die Hände. »Und hast du die Namen der anderen Runen?«

»Leider nicht.«

»Nun, und wie sollen wir an sie herankommen?«

»Draußen wartet jemand, der alle Namen im Kopf hat. Warte eine Sekunde.« Bryant steckte den Kopf durch die Tür. »Würden Sie bitte hereinkommen, Dr. Kirkpatrick.« Er schob den mageren Paläographen ins Zimmer.

»Ich weiß nicht, was ich hier mache«, erklärte Kirkpatrick. »Ich wollte längst zu Hause sein.«

»Sie hocken immer nur zu Hause herum«, antwortete May. »Setzen Sie sich an den Seitentisch. Allmählich sieht es hier aus wie in der Kabinenszene dieses Marx-Brother-Films . . .«

»Hallo, Kleiner«, begrüßte Kirkpatrick den jungen Rufus und sah ihm über die Schulter. »Du tippst, oder? Hübsch.«

»Verpiß dich.« Mit dieser Antwort drängte das Computergenie den Paläographen einen Meter zurück. Als der Junge eine neue Diskette einlegte, erschien das ODAL-Logo auf dem Bildschirm.

»Sehr interessant«, bemerkte Kirkpatrick. »Die Rune ODAL wird im allgemeinen mit dem Aufbau einer Gelddynastie assoziiert. Man kann sie auch benutzen, um vorhandenen Reichtum zu schützen. Weißt du was, Sonny«, fuhr er fort, während er Rufus den Kopf tätschelte, »ich sage dir die phonetische Schreibweise der am meisten benutzten Runen, und du tippst sie für mich ein. Meinst du, du schaffst es?«

»Klären Sie das Arschloch auf«, zischte Rufus wütend, »oder soll ich es tun?« May winkte den Gelehrten an sein Bett und erklärte ihm die Situation. Ein geläuterter Kirkpatrick kehrte zum Computer zurück und hielt sich in respektvoller Distanz. Dann ließen sie das Runenalphabet durchlaufen.

Carmody saß noch immer da, wo Harry ihn vor zwanzig Minuten verlassen hatte. Er arbeitete im zartgrünen Schein der Schreibtischlampe an seinem Computerterminal, versetzte und löschte Teile aus Berichten. Als Harry frisch umgezogen an der Tür erschien, wies Carmody ihm einen Sessel an der Wand zu.

»Ich muß gestehen, daß Sie für mich langsam zu einem Problem werden, Harry«, begann er. »Ich brauche jemanden, der eine weltweite Werbekampagne für ODAL entwickelt, und Sie scheinen der richtige Mann dafür zu sein. Ich war von Anfang an bereit, Ihnen zu trauen, aber Slattery warnte mich. Ich entschied, daß Sie es nicht wert seien, ein Reich zu riskieren.« Er legte eine Minidiskette ein und sah zu, wie das Bild auf dem Schirm sich veränderte. »Auf Slatterys Rat hin schickten wir Ihnen eine Todesrune, aber wie es scheint, hat Ihre Sekretärin sich das Band versehentlich angesehen und die Ihnen zugedachten Konsequenzen erlitten.«

Harry wollte ihm gerade erzählen, daß Eden nicht das einzige Opfer dieses Bandes war, aber er wußte, wenn er das sagte, hätte Carmody noch weniger Grund, ihm zu trauen. »Möglicherweise haben Sie nur zufällig überlebt«, räumte Carmody ein. »Sie sind hier; und Sie sind im Besitz eines großen Wissens. Sie haben die Macht der Runen am eigenen Leibe erfahren. Der ODAL-Satellit ist startklar. Unser New Yorker Kabelsender wird in zwei Tagen, also am Dienstagabend, seine ersten Testübertragungen starten. Ich glaube, Ihre Loyalität der Organisation gegenüber ist größer als die Loyalität gegenüber dem Vater, den Sie nicht liebten. Was meinen Sie? Bedeutet das, daß ich immer noch glaube, daß Sie der richtige Mann sind?«

»Ich denke ja, so wie Sie jetzt mit mir reden«, antwortete Harry zögernd.

Carmody starrte unverwandt auf den Bildschirm. »Wir brauchen einen Test. Kommen Sie her.«

Harry stand auf und stellte sich neben den Schreibtisch. Carmody hatte sich eine Reihe von Namen auf den Bildschirm geholt.

»Ich möchte, daß Sie sich die Namen ansehen«, erklärte er. »Das hier ist ODALs Schwarze Liste. Slattery hat sie für mich auf den neuesten Stand gebracht. Es sind die Namen der Leute, denen es gelungen ist, in den Zentralcomputer einzudringen. Das System ist zwar mit Runenminen übersät, aber manchmal gelingt es jemandem, hindurchzuschlüpfen.«

»Oder sie sind zufällig hineingeraten«, gab Harry zu bedenken.

»Das ist völlig unmöglich. Man muß über Runen Bescheid wissen, ehe man in eine dieser Dateien hineinkommt. Es gibt da auch noch ein paar spezielle Viren, mit denen alle ODAL-Informationen geschützt werden.« Er deutete mit einem seiner manikürten Finger auf den Bildschirm. »Die hier aufgelisteten Personen sind alle mittels Runen in verschlüsselte Programme eingedrungen. Wieviel haben sie über uns herausgefunden? Gehören sie einem Verein an?«

»Und was hat das alles mit mir zu tun?« fragte Harry.

»Bei unserem Expansionsprojekt geht es um viel Geld«, erwiderte Carmody. »Wir können uns keine Mitwisser leisten. Es muß aufgeräumt werden, und ich übertrage Ihnen die Verantwortung dafür. Und jetzt – gute Nacht.« Er betrachtete die Liste mit dem halben Dutzend Namen. »Ich möchte, daß Sie diese Leute für uns aus dem Weg räumen.«

»Feoh.« Kirkpatrick buchstabierte: »F-E-O-H. Dann *Wunjo.* W-U-N-J-O. Das war's.« Alle starrten auf den Bildschirm. Nichts geschah. Rufus lehnte sich mit schweißbedeckter Stirn zurück. »Könnte alles mögliche sein. Wir brauchen ein paar Nummern.«

»Warte mal. Jede Rune hat eine Nummer. *Feoh* die Nummer eins, *Wunjo* Nummer acht . . .«

»Fangen Sie noch einmal von vorne an, und zwar in der Reihenfolge des Runenalphabetes.« Rufus hieb auf die

Tasten, Kirkpatrick stand neben ihm und las die Nummern von seinem Notizbuch ab.

»Ich bin drin«, meinte Rufus gelassen. »Es will einen Namen haben, sonst läßt es mich nicht an die Information. Was für einen Namen soll ich eintippen?«

»Du kannst die Namen von jedem von uns eingeben«, bemerkte May. »Sie können die Spur ja doch zurückverfolgen. Gib den Namen unseres Vermißten ein. Buckingham. Harry Buckingham.«

Rufus tippte den Namen ein und lehnte sich zurück. Der Bildschirm veränderte sich.

»Jesus. Mann. Da ist aber eine starke Desinfo am Gange.«

»Was?« fragte Longbright.

»Desinformation, Ma'am. Sie schleusen infizierte Informationen in andere Systeme. So macht man die Konkurrenz kaputt. Wenn man so einen Virus im Computer hat, dann gute Nacht. Dann kann man nur noch die Reste vom Programm zusammensuchen.«

»Gibt es einen Weg, wie man dem entgehen kann?«

»Es gibt bestimmte Kommandos, die man eingeben kann. Aber vorher muß man wissen, mit was man es zu tun hat. Die Kommandos neutralisieren die Viren.«

»Talismane«, erklärte Kirkpatrick. »Um böse Flüche abzuwehren. Das ist eine moderne Version des Rachesystems, das uns seit Beginn der Zivilisation begleitet.«

»Kannst du mir verraten, wie weit diese ›Desinformation‹ sich ausbreiten kann?«

Rufus überlegte. »Ich schätze, mit einem entsprechend starken Signal kann man sie weltweit ausstrahlen. Man braucht es nur zeitlich mit einer Satellitenübertragung zu koppeln.«

»ODALs erster Kabelsender wird in ein paar Tagen seine Arbeit aufnehmen«, erklärte Longbright. »Die Zeitungen schreiben seit Wochen darüber. Wir müssen einen Weg finden, um den Konzern aufzuhalten.«

»Können wir eine gerichtliche Verfügung beantragen, um den Betrieb stillzulegen?«

»Das dauert zu lange, Arthur. Versuche herauszufinden, wann sie auf Sendung gehen.«

»Mann, so was hab' ich noch nie gesehen.« Sie drehten sich wie ein Mann nach Rufus um, der wie hypnotisiert vor dem Bildschirm saß. Der Schirm vibrierte und sendete in Höchstgeschwindigkeit Symbolreihen; es sah aus, als trieben elektronische Geister ihr Unwesen.

»Du hast eine Schutzvorrichtung ausgelöst«, sagte May. »Mach den Kasten aus!« Unfähig, an der Tastatur etwas zu finden, was im entferntesten einem Aus-Schalter ähnelte, versuchte Bryant den Stecker aus der Steckdose zu ziehen, doch ohne Erfolg. Schließlich warf Longbright den Bildschirm zu Boden, wo er mit lautem Knall zerbarst.

»Ich hoffe, wir haben es noch rechtzeitig geschafft. Was hast du gesehen, Rufus?« Longbright drehte den Jungen samt Stuhl herum und sah ihm in geweitete Pupillen.

»Weiß nicht. War echt stark. Bilder – ich glaube, aus der Bibel.« Er rieb sich die Augen. »Es wird schon schwächer. 'ne Art elektrischer Code, rast direkt in dein Unterbewußtsein. Ich würde den Kerl, der sich das ausgedacht hat, gern kennenlernen.«

»Man braucht Jahrhunderte, um so weit zu kommen«, erklärte Bryant.

»Eine interaktive, elektronische Sprache«, bemerkte Kirkpatrick beeindruckt. »Ich schätze, das ist der nächste logische Schritt. Kann man Epilepsie durch einen Röhrenblitz auslösen? Die Möglichkeiten sind . . .«

»Danke, Kirkpatrick, wir sind uns über die Möglichkeiten im klaren. Mich interessiert viel mehr, wie wir den

Betrieb stillegen können, bevor sie damit an die Öffentlichkeit gehen.«

»Und bevor sie uns erreichen«, fuhr Rufus fort.

»Was meinst du damit?«

»Wir haben die Warncodes ausgelöst«, sagte der Junge. »Sie wissen, daß wir in ihr System eingedrungen sind.«

»Es sollte nicht so schwierig sein«, bemerkte Carmody, stand auf und drehte dem Bildschirm den Rücken zu. »Morgen früh will ich jeden, der etwas von ODALs Runenkommandos gesehen oder gehört hat, auf der Liste haben.«

Harry studierte die Namen auf dem Bildschirm. Die sechs Hacker, denen es gelungen war, ODALs elektronische Mauern zu überwinden, waren zum Tode verurteilt. Harry wollte seine Aufmerksamkeit gerade wieder Carmody zuwenden, als ein neuer Name am Ende der Liste erschien:

HARRY BUCKINGHAM

Harry blieb fast das Herz stehen. Als Carmody sich dem Schreibtisch näherte, schob er sich vor den Bildschirm, um Carmody die Sicht zu nehmen.

»Wenn es Ihnen gelingt, die Operation mit etwas Feingefühl hinter sich zu bringen, werden wir das Verbindungsteam aufstellen und Sie als leitenden Werbeberater auf Vollzeitbasis einstellen. Nun, wie klingt das?«

»Oh. Großartig.« Harry versuchte, seine Stellung zwischen Carmody und dem Bildschirm zu halten, aber die Situation wurde allmählich unhaltbar.

»Sie brauchen noch die Adressen. Ich drucke sie aus.«

Carmody griff an ihm vorbei, drückte auf verschiedene Tasten und schaltete den Drucker an. Dann ging er zur anderen Seite des Schreibtisches und wartete auf den Ausdruck. Harry sah zu, wie die Maschine sein Todesurteil ausspie.

Carmody nahm den Computerbogen und studierte ihn genau. Sein Schweigen schien Stunden zu dauern. Schließlich nahm er den Telefonhörer ab und wählte eine zweistellige Nummer.

»Könnten Sie bitte für eine Minute herunterkommen, Slattery?«

In Harrys Kopf wirbelte alles durcheinander. »Oh – wegen des Namens«, stotterte er. »Wahrscheinlich ist mein Vater damit gemeint.«

Carmody sah auf. Sein eines Auge funkelte. »Ihr Vater ist tot.« Er hielt das Blatt hoch. »Hier steht ›Harry‹, und das bedeutet, daß Sie sich erst vor wenigen Minuten Zugang zum ODAL-System verschafft haben.«

»Wie sollte das möglich sein? Ich war doch die ganze Zeit hier.«

»Ganz einfach. Sie haben irgendwo ein Suchprogramm laufen.« Carmody beugte sich vor. Der Schein der Schreibtischlampe fiel auf sein Gesicht. »Wo haben Sie es versteckt?«

»Ich weiß nicht, wovon Sie reden«, versicherte Harry. Panik ergriff von ihm Besitz. »Ich habe nirgendwo etwas ›laufen‹.«

Carmodys Anwalt erschien in der Türöffnung. »Ah, Slattery. Es sieht so aus, als hätten Sie in allem recht gehabt. Leider muß ich gestehen, daß wir einen professionellen Hacker in unserer Mitte haben. Er ist raffinierter, als er aussieht.«

»Sie irren sich . . .«, begann Harry und machte einen Schritt nach vorne.

Carmody war sofort bei ihm und versetzte ihm einen Faustschlag, der ihn zusammenknicken und zu Boden gehen ließ.

»Die anderen dürfen nichts davon erfahren«, befahl er, während er seine Knöchel untersuchte. »Niemand darf die Verhandlungen gefährden. Wenn die Japaner Wind davon bekommen . . .« Er trat Harry in den Magen.

»Schließen Sie ihn in seinem Zimmer ein, während ich darüber nachdenke, was mit ihm geschehen soll. Das war einmal zuviel. Wir werden an ihm ein Exempel statuieren.«

Harry versuchte aufzustehen, aber die Schmerzen zwangen ihn, am Boden zu bleiben. Carmody baute sich über ihm auf und beobachtete ihn leidenschaftslos.

»Eigensinnigkeit scheint bei Ihnen in der Familie zu liegen«, zischte er. »Die Organisation hätte jemanden wie Sie gut gebrauchen können.« Seine Stimme wurde leiser »Das Spiel ist aus, Harry. Erinnern Sie sich noch an den *Poerth*? Nun, er war ein Nichts. Ich denke, wir werden unsere neuesten Runen an Ihnen ausprobieren. Morgen abend werden Sie uns auf Knien anflehen, Sie sterben zu lassen.«

44

Barrikaden

Die schwere Eichentür war verschlossen, und es schien Harry, als sei sie zusätzlich durch einen Riegel gesichert Er warf sich mit den Schultern gegen sie, doch sie gab nicht nach. Er war wieder in seinem Schlafzimmer, in das ihn Slattery begleitet hatte. Während er noch überlegte ob er kräftig genug sei, den Anwalt beiseite zu stoßen und davonzulaufen, waren sie bereits am Ziel. Sie hatten kein einziges Wort gewechselt. Sowie Harry hörte, daß abgeschlossen wurde, war er auch schon am Telefon, aber die Leitung war tot.

Er warf einen Blick auf die Kaminuhr. Noch drei Stunden bis Sonnenaufgang. Vor den Fenstern befanden sich schmiedeeiserne Gitter, die nicht nur der Zier, sondern auch der Sicherung dienten. Er hatte keine andere Wahl, als abzuwarten, was der Morgen bringen würde. Seine Glieder fühlten sich bleiern an. Er ließ sich vorsichtig auf die Bettkante nieder.

Plötzlich wurde der Fernseher neben ihm lebendig. Im statischen Nebel blitzten vereinzelt Runen auf. Die Geräusche aus dem Lautsprecher überschritten jede Dezibelgrenze. Carmody hatte sich also entschlossen, ihm den Fluch durch den hauseigenen Monitor zu schicken. Harry warf sich quer übers Bett, ergriff die Fernbedienung und drückte auf den POWER-Knopf, um ihn auszustellen, doch es tat sich nichts.

Aus der Rückwand des Fernsehers schlängelte sich ein dickes weißes Kabel und verschwand in der Fußleiste. Harry kniete nieder und zog mit aller Macht daran. Es bewegte sich keinen Zentimeter von der Stelle. Der Bildschirm bedeckte die Wände mit flackernden Lichtern.

Harry lief ins Bad. Auf dem Regal über dem Waschbecken stand ein Toilettenbeutel, in dem er eine Rasierklinge fand. Er hielt sie mit dem Nylonbeutel fest, um sich nicht zu verletzen, ging zum Fernseher zurück und begann, auf das Kabel einzuhacken. Die Pfeifgeräusche und Schreie aus dem Lautsprecher wirkten übelkeiterregend. Ein kurzer Blitz – sein Arm fühlte sich an, als sei er verbrannt. Die Geräusche und Bilder verschwanden, der Schirm wurde schwarz. Harry sank aufs Bett und hielt sich den versengten Ellbogen.

Ein schwaches Kratzen an der Tür ließ ihn auffahren. Celia Carmody trat ins Zimmer. Sie war schon jetzt, kurz nach Sonnenaufgang, vollständig angezogen. Sie trat ans Bett, kniete sich nieder und hielt den Finger an die Lippen. »Er wird bald hier sein. Sie müssen sofort verschwinden.«

Harry hielt sich an ihrem Arm fest. Ihre Haut war alabastern, kalt und glatt. »Können Sie mich hinauslassen?«

»Er hält die Türen über Nacht verschlossen. Nicht einmal ich habe Schlüssel. Sie werden durch den Wintergarten gehen müssen.«

Harry stand auf und stopfte seine Habseligkeiten in die Reisetasche.

»Lassen Sie alles hier. Vermutlich hat er etwas darin versteckt, wahrscheinlich im Futter. Sie dürfen meinen Mann nicht unterschätzen.« Ihr bleiches Gesicht wirkte verängstigt. Harry fragte sich, was geschehen würde, wenn Carmody entdeckte, daß sie ihm bei der Flucht geholfen hatte.

»Woher wissen Sie, was heute nacht passiert ist?« fragte er.

»Ich konnte nicht einschlafen. Dann hörte ich Daniel an meiner Tür vorübergehen und stand auf. Von der Treppe im westlichen Flügel aus hat man einen sehr guten Einblick ins Arbeitszimmer. Wir müssen uns beeilen.« Sie führte ihn den Flur entlang, wobei sie sorgsam darauf achtete, nicht auf die knarrenden Bretter zu treten. Er tat es ihr nach. Sie waren eben im Treppenhaus angelangt, als die Uhr fünf schlug. Sie zuckten zusammen. Dann liefen sie durch den Flur, der zum Wintergarten führte.

»Warum tun Sie das?« flüsterte er und warf einen Blick auf die schemenhafte Gestalt, die zwischen den bleichen

Lichtstreifen wandelte. Sie erschien ihm jetzt zarter und ätherischer als bei ihrem ersten Treffen.

»Weil Sie nicht so wie die anderen sind. Ich glaube, Sie haben noch eine Chance. Außerdem können *Sie* dieses Haus verlassen, ich nicht.« Er betrachtete ihr Gesicht. Sie hatte die Augen einer Frau, die keine Illusionen mehr hatte und schon lange der Liebe entbehrte. Celia nahm ihn bei der Hand und führte ihn durch eine Allee hochaufgeschossener großer, eingetopfter Palmen.

»Ich habe die Fenster geöffnet. Beeilen Sie sich. Lassen Sie den Wagen stehen. Wahrscheinlich hat er irgend etwas darin versteckt. Nehmen Sie den Weg, der zum anderen Ende des Gartens führt. Gehen Sie nicht durch den Wald. In knapp einer Stunde sind Sie im Dorf. Dort gibt es einen Bahnhof. Es wird noch eine Weile dauern, bis er aufsteht. Brauchen Sie Geld?«

Harry tastete nach seiner Brieftasche. »Ich habe genug dabei. Und was ist mit Ihnen?«

»Alles in Ordnung. Ich werde mir eine Geschichte ausdenken.«

Aus einem plötzlichen Impuls heraus trat er vom Fenster fort und nahm Celias Hand. »Sie könnten mitkommen.«

»Das hier ist mein Zuhause. Ich kann es nicht im Stich lassen. Irgendwann wird alles wieder gut.«

Er beugte sich vor und küßte sie zart. Celias Lippen teilten sich, als sei ihnen zum ersten Mal Zärtlichkeit zuteil geworden. Sie erwiderte den Kuß für einen flüchtigen Moment. Dann schob sie Harry in Richtung Fenster.

Er lief über den Rasen, an der aufgewühlten Stelle vorbei, wo er noch vor ein paar Stunden versucht hatte, sich zu töten. Als er sich durch die Hecke zwängte, um auf die

Straße zu gelangen, warf er einen letzten Blick auf das Haus und sah, daß sie ihm nachschaute.

Normalerweise war Dorothy Huxley schon früh auf den Beinen, aber als die Polizei am Sonntagmorgen bei ihr klingelte, lag sie noch im Bett. Sie bekämpfte die Nachwirkungen der Schlaftablette, die sie gestern abend genommen hatte, schob den Schlafzimmervorhang beiseite und spähte hinaus. Zwei Constables warteten geduldig vor der Tür. Sie wirkten viel zu jung, um eine Uniform zu tragen. Wahrscheinlich wollten sie weitere Fragen über Frank stellen. Während sie sich anzog, fragte sie sich, wie sie diese Burschen am besten hinhalten könnte.

Der Tod ihres Freundes war ein schrecklicher Schock für sie gewesen, aber er kam nicht überraschend. Sie hatte Frank am Freitagabend allein in der Bücherei zurückgelassen. Er war wie immer mit seinem Projekt beschäftigt gewesen und hatte vor dem Bildschirm gehockt. Er mußte irgendwie, auf welche Art auch immer, die Runen gesehen haben. Eine andere Erklärung gab es nicht. Er war unter Umständen zu Tode gekommen, die noch bizarrer waren als die der von ihm gesammelten Fälle. Und dort, in der Bücherei, war die Saat für seinen Tod gelegt worden, dessen war sie sicher.

Als sie gestern morgen dort angekommen war, hatten schon ein paar Journalisten vor dem Eingang auf sie gewartet. Einer von ihnen war ihr sogar bis zu ihrer Wohnung gefolgt und hatte Stunden damit verbracht, schreiend vor ihrem Fenster zu stehen und ihr Geld für ein Interview anzubieten.

Sie würde warten, bis die beiden Polizisten abzogen, und dann sofort in die Bücherei gehen, um in Franks Hinterlassenschaft nach dem Runenfluch zu suchen, bevor ein anderer auf die Idee kam. Es war zwar zu spät, um Frank zu schützen, aber vielleicht noch früh genug, andere vor seinem Schicksal zu bewahren.

Er rief Grace vom Bahnhof aus an. Sie hatte noch geschlafen. »Kannst du das bitte wiederholen?« bat sie mit verschlafener Stimme. »Wo bist du?«

»Auf dem Weg nach London. Der Zug wird jede Minute einlaufen.«

»Ich dachte, du hättest den Wagen genommen.«

»Ich habe jetzt keine Zeit, es dir zu erklären. Hör zu, ich kann nicht in meine Wohnung zurück. Carmody und seine Männer werden als erstes dort nachsehen.«

»Ich nehme an, die Mission war kein durchschlagender Erfolg.«

»Bleib, wo du bist. Ich komme zu dir. Geh nicht ans Telefon, bleib in der Wohnung. Stell weder Fernseher noch Radio an. Und öffne niemandem außer mir.«

»Ich nehme an, du weißt, was du tust.« Dann wurde es still. »Die Polizei war hier und wollte wissen, wo du bist. Ich habe gesagt, ich hätte dich seit Tagen nicht gesehen. Was ist falsch gelaufen?«

»Ich weiß es nicht genau. Jemand hat meinen Namen auf die Liste derjenigen gesetzt, denen es gelungen ist, in sein Computersystem einzubrechen, gerade als er sich entschlossen hatte, mir zu vertrauen.« Die Schienen vibrierten, als der Zug einfuhr. »Ich muß gehen.«

»Warte! Ich möchte wissen, was Carmody vorhat.«

Harry lächelte bitter, während der Zug langsam zum Stehen kam. »Nun, ich möchte es einmal so ausdrücken: Die Teufelsgebete werden bald an die Öffentlichkeit treten. Ich bin in zwei Stunden bei dir.«

Während der Bus sich der Bücherei näherte, suchte Dorothy in ihrer Handtasche nach den Schlüsseln. Falls nötig, könnte sie sich die Polizei und die Presse vom Leibe halten, während sie Franks Schreibtisch durchsuchte. Sie schob ihren alten Filzhut in die Stirn. Ein seniles Aussehen könnte ihre beste Verteidigung sein.

Nach einem kurzen regenlosen Zwischenspiel drängten sich die Wolken wieder um die Hochhäuser der Hauptstadt zusammen und bereiteten sich auf einen Sturm vor. Dorothy stand auf, knöpfte den Mantel zu und stellte zufrieden fest, daß es erst halb zehn war.

Die beiden Polizisten vor ihrer Haustür hatten noch ein paar Minuten gewartet, bevor sie das Funkgerät zu einem neuen Auftrag rief. Sobald sie außer Sicht waren, hatte Dorothy das Haus verlassen.

Eine kalte, feuchte, totenstille Bücherei erwartete sie. Dorothy fühlte sich ein wenig unbehaglich, als sie sich Franks Schreibtisch näherte. Sie konnte schon von weitem sehen, daß das Videogerät und der Fernseher noch immer angeschaltet waren. So hatte sich also das Böse auf eine Weise Zutritt verschafft, die sie am meisten fürchtete und am wenigsten verstand, durch das unsichtbare System elektronischer Partikel. Sie schätzte die geheime Komplexität einer bedruckten Seite, aber die moderne Technik war ihr immer ein Geheimnis geblieben.

Sie fürchtete sich davor, direkt auf den Bildschirm zu blicken. Aus den Augenwinkeln heraus stellte sie fest, daß nur die üblichen Testmuster zu sehen waren. Sie hatte zwar die Gebrauchsanweisung für das Videogerät gelesen, aber nicht ganz verstanden.

Während sie versuchte, dem Bildschirm nicht zu nahe zu kommen, untersuchte sie Franks Schreibtisch. Neben dem Videorecorder lag eine leere Hülle. Sie beugte sich vor und spähte in den Schlitz. Die dazugehörige Kassette steckte noch im Gerät. Frank hatte das Band durchlaufen lassen, aber vergessen, die Maschine auszuschalten. Sie drückte auf REWIND. Sobald das Band zurückgelaufen war, drückte sie PLAY. Dann hob sie langsam die Augen.

ODAL

Es folgte eine Warnung vor einer Verletzung des Copyrights. Danach wurde vor körperlichen Schäden gewarnt.

Das Ganze mußte auf Frank wie ein rotes Tuch auf einen Stier gewirkt haben. Sein Leben lang hatte Frank nach Beweisen für seine spektakulären Verschwörungstheorien gesucht, wie hätte er da widerstehen können? Er hatte die Kassette bis zum Schluß durchlaufen lassen und so den Runenfluch aktiviert. Sie drückte auf den EJECT-Knopf und steckte die Kassette in die Hülle zurück, bevor sie den Bildschirm ausschaltete. Jetzt hatte sie den Beweis, den sie brauchte.

War Frank vorsätzlich oder unabsichtlich ermordet worden? Jemand mußte etwas über sein Projekt erfahren haben. Sollte er bewußt getötet worden sein, hätte das Band ebensogut für sie bestimmt gewesen sein können! Das bedeutete, daß sie jetzt nicht mehr in ihre Wohnung zurück durfte. Wem konnte sie mitteilen, in welcher Gefahr sie schwebte? Wer glaubte schon einer verrückten, alten Bibliothekarin? Sie dachte kurz an den Camdener Hexensabbat, verwarf den Gedanken aber schnell wieder. Diese Gruppe konnte ihr nicht helfen.

Dorothy lief aufgeregt zum Haupteingang und verriegelte die Tür. Sie zwang sich nachzudenken. Der Kühlschrank im Ruheraum war bis oben hin mit Nahrungsmitteln vollgestopft. Was würde sie brauchen, falls sie sich wirklich hier verbarrikadieren sollte? Waschbecken.

Couch. Toilette. In einem der Schränke befanden sich frische Sachen zum Wechseln.

Hier gab es alles, was sie zum Überleben brauchte. Dorothy kramte in ihrer Handtasche nach der Nummer, die Arthur Bryant ihr für den Notfall gegeben hatte. Sie hatte kaum zu Ende gewählt, als auch schon abgenommen wurde.

»Tut mir leid. Mr. Bryant ist im Augenblick nicht erreichbar«, sagte eine freundliche, dunkle Frauenstimme.

»Es ist sehr wichtig. Ich bin eine gute Bekannte von ihm. Glauben Sie, daß ich ihn in seiner Wohnung erreichen kann?«

»Er hat einen Besuch im Krankenhaus gemacht und es erst in den frühen Morgenstunden verlassen, ist aber noch nicht zu Hause eingetroffen. Soll ich ihm sagen, er soll Sie zurückrufen?«

Dorothy wurde nervös. »Sie haben vermutlich noch andere Möglichkeiten, um mit ihm in Verbindung zu bleiben?«

»Wenn Sie eine gute Bekannte von Mr. Bryant sind, werden Sie wissen, daß er sich weigert, irgendeine Art technisches Gerät bei sich zu tragen. Wollen Sie mir ihren Namen geben, falls er anrufen sollte?«

»Dorothy Huxley. Und mit wem habe ich gesprochen?«

»Longbright. Sergeant Longbright.«

Dorothy hinterließ ihre Telefonnummer, dann kehrte sie, immer noch zitternd, zu ihrem Beweisstück zurück, um es zu schützen und auf Rettung zu warten.

Während der Zug in die Liverpool-Street-Station einlief, überlegte Harry, wie weit Carmodys Macht reichte. Wie schnell konnte er zum Vergeltungsschlag ausholen? Am besten wäre, das Schlimmste anzunehmen. Celia hatte recht: Carmodys Beziehungen machten es unmöglich, ihn zu unterschätzen.

Harry stieg aus und lief durch die fast menschenleere Bahnhofshalle zum U-Bahn-Eingang. Es war Sonntagmorgen und fast neun Uhr. Er beschloß, Grace nicht mehr anzurufen. Es war besser, wenn er sich geradewegs zu ihrer Wohnung begab und sich dort in Ruhe überlegte, wie er sich vor Carmody schützen konnte.

Als er an der Tür klingelte, streckte Grace den Kopf aus dem Fenster, um nachzusehen, wer da sei. Das erinnerte ihn an den Tag, an dem sie sich kennengelernt hatten. Um diese Tageszeit trug sie weder Make-up noch Gel im Haar, wodurch sie weiblicher wirkte. »Du kommst am besten hoch und erzählst mir alles!« rief sie und warf ihm die Schlüssel hinab. »Du siehst schrecklich aus.« Er nahm den Schlüsselbund und warf ihr ein entschuldigendes Lächeln zu, aber sie war schon verschwunden.

Harry beschrieb die Vorfälle des Wochenendes minuziös, angefangen bei seiner Ankunft in Carmodys Haus. Leider fehle seiner Geschichte ein befriedigender Schluß, meinte Grace.

»Unterbrich mich, wenn ich was Falsches sage«, fuhr sie fort. »Wie es aussieht, verdächtigt dich die Polizei des mehrfachen Mordes; einer der mächtigsten Konzerne dieses Landes trachtet dir nach dem Leben; du bist der Auslöser einer unaufhaltsamen, übernatürlichen Rache; und du bist ohne den geringsten Beweis zurückgekommen, daß überhaupt etwas passiert ist.«

»So könnte man es ausdrücken«, gab er zu, setzte sich aufs Sofa und schlang den Arm um ihre Taille. »Halt mich fest.«

»Carmody müßte jetzt schon wissen, daß du weg bist.« Grace rückte näher und legte ihren Kopf auf seine Brust.

»Welche Möglichkeiten außer Fernsehen, Telefon und Radio gibt es noch, Runen zu senden? Auf was müssen wir achten?«

»Das ist ja das Problem. Ich kenne nur die Möglichkeiten, die er mir verraten hat. Da er nicht auf den Kopf gefallen ist, wird er eine Methode anwenden, auf die ich nie käme. Während ich einen Angriff ausgefeilter Technik erwarte, könnte er mir ein Stück bedrucktes Papier unterschieben.«

»Er weiß nicht, daß du bei mir bist.«

»Ich glaube nicht, daß er lange braucht, um das herauszufinden. Wir dürfen nicht vergessen, daß er viele Möglichkeiten hat, sich an uns heranzumachen – durch Wurfsendungen, Zeitschriften, Zeitungen, Prospekte, Warenproben und so weiter.«

»Aber seine Methoden, an dich heranzukommen, sind begrenzt, da jeder andere, der die Runen zu Gesicht bekommt, auch sterben wird.«

»Entweder findet er einen Weg, die Runen auf mich zuzuschneiden, oder aber er stellt sicher, daß nur ich sie sehen kann. Wir müssen alle Möglichkeiten bedenken.«

»Es ist schon seltsam«, bemerkte Grace. »Es scheint, als würden die Mächte, für die du gearbeitet hast, jetzt gegen dich arbeiten. Niemand hat vorausgesagt, daß der Teufel als Geschäftsmann auf die Erde zurückkehrt. Was sollen wir tun?«

»Als erstes werden wir dich an einen sicheren Ort schaffen. Er ist hinter mir her, nicht hinter dir.«

»Frank ist tot, weil ich ihm das Runenvideo gegeben habe. Was immer auch geschehen mag, wir bleiben zusammen.«

»Gut. Carmody möchte noch einige andere aus dem Weg schaffen, bevor er mit der Satellitenübertragung beginnt.«

»Was genau will er senden?«

»Er plant, raffinierte Runen-Kommandos in Fernsehbildern einzubauen. Damit möchte er auf längere Sicht einen Wechsel im sozialen Verhalten seiner Zuschauer erreichen. Aber gestern nacht hat er etwas gesagt . . .«

»Was?«

»Ich glaube, er will bei seiner ersten Übertragung seine Rivalen ausschalten, obwohl ich mir nicht vorstellen kann, wie er das bewerkstelligen will, ohne jeden zu töten, der sich in das Netz einschaltet.«

»Vielleicht hat er eine Möglichkeit gefunden, die Flüche auf jeden persönlich zuzuschneiden. Wann soll die Übertragung stattfinden?«

»Es wurde kein Datum genannt«, antwortete Harry. »Aber ich kann mich erinnern, in der Zeitung vom vergangenen Sonntag etwas darüber gelesen zu haben.«

»Warte mal. Ich glaube, ich habe die Zeitungen von letzter Woche noch hier.« Grace griff hinter die Couch und förderte einen Stapel Zeitungen zutage. Dann nahm sie das Telefon vom Wandhaken und wählte eine Nummer. »Wir haben immer noch einen Beweis.«

»Wovon redest du?«

»Seit gestern versuche ich, die Bücherei zu erreichen, in der Frank gearbeitet hat. Die haben dort einen Videorecorder, also muß die Kassette auch da sein.« Grace hatte es jetzt fünfzehnmal läuten lassen, sie wollte schon aufgeben, als endlich jemand abhob. Anfangs schien es, als sei die Leitung tot, dann hörte Grace jemanden atmen.

»Hallo? Ist da jemand? Hier ist eine Freundin von Frank.«

Die Teilnehmerin am anderen Ende antwortete nach einer langen Pause. »Frank Drake ist tot.«

»Ich weiß. Mein Name ist Grace Crispian.«

»Grace.« Die Bibliothekarin schien ihren Namen schon gehört zu haben.

»Frag nach seinen Sachen«, flüsterte Harry. »Wir müssen die Kassette zurückhaben.«

»Ich kann nicht.«

»Du mußt. Sie ist unser einziger Beweis.«

»Sie müssen Dorothy sein«, sagte Grace schließlich. »Frank hat mir von Ihnen erzählt. Er sagte, Sie hätten ihn zu einer Séance mitgenommen.«

»Das stimmt. Ich habe ihm bei einem Projekt geholfen.«

»Wir auch. Es ist eine Schande, daß er sterben mußte, bevor er seine Entdeckungen veröffentlichen konnte.«

Es entstand eine weitere Pause. Sie teilten jetzt ein Geheimnis. Grace wußte, daß sie hier ansetzen konnte.

»Sie wissen über die Runen Bescheid, nicht wahr?« fuhr sie fort. Harry zuckte zusammen. »Sie wissen, daß die Runen jemanden töten und es wie einen Unfall aussehen lassen können, so wie es mit Frank passiert ist.«

»Ja, das weiß ich.«

»Können Sie uns helfen?«

»Vielleicht.«

»Können wir vorbeikommen?«

»Ich weiß nicht ...« Dorothys Stimme klang verängstigt.

»Bitte«, drängte Grace.

»Sie sagten ›wir‹?«

»Mein Freund und ich. Er weiß Bescheid. Er hat den Mann getroffen, der an allem schuld ist.«

»In Ordnung. Aber nehmen Sie die Hintertür. Ich habe den Vordereingang verriegelt.«

»Verstehe. Wir sind so schnell wie möglich bei Ihnen.« Als sie den Hörer auflegte, schob Harry ihr die Zeitung zu.

»Carmodys Satellit wird erst in ein paar Wochen voll einsatzbereit sein. Aber die Technik steht bereits. New York startet die erste Testsendung an diesem Montag um sieben Uhr abends. Die Sendung soll eine halbe Stunde dauern und wird um zwei Uhr nachts in England ausgestrahlt.«

»Und was sollen wir jetzt machen, Harry?« fragte Grace sarkastisch. »Den Sender stürmen, die Mannschaft gefangennehmen und das Gebäude in die Luft jagen? Du sprichst von einem Konzern mit unzähligen Mitarbeitern und anscheinend unerschöpflichen Mitteln. Ich meine, wir sollten der Polizei alles erzählen und sie den Rest erledigen lassen.«

»Nein. Bis wir jemanden davon überzeugt haben, daß wir die Wahrheit sagen, ist es zu spät. Es muß eine andere Möglichkeit geben.«

»Laß mich wissen, wenn dir etwas eingefallen ist«, sagte Grace, während sie sich den Mantel anzog. »Ich bin gespannt.«

»Ich mußte das Auto bei Carmody stehen lassen«, erklärte Harry, als sie auf die Straße traten. »Es hätte etwas darin versteckt sein können.«

Sie überquerten die Straße, wobei sie den schimmernden, schwarzen Mercedes übersahen, der an einer Ecke wenige hundert Meter hinter ihnen lauerte. Slattery wischte die beschlagene Windschutzscheibe mit einem Lederhandschuh frei und beugte sich vor.

»Ich könnte den Lastwagen vom Studio holen, aber das bedeutet einen Umweg. Wenn wir schnell dort sein wollen, müssen wir den Bus nehmen.« Grace hängte sich bei ihm ein. »Armer Harry, muß immer mit öffentlichen Verkehrsmitteln fahren. Ist nicht gerade das, was du gewöhnt bist, oder?«

»Das ist das geringste meiner Probleme«, brummte er.

»Ich kann nicht nach Hause, ohne eingesperrt zu werden. Ich kann nicht zur Agentur, weil dort bestimmt die Polizei auf mich wartet; nebenbei bemerkt glaube ich kaum, daß ich noch einen Job habe. Ich kann meinen Firmenausweis nicht mehr benutzen, weil bestimmt irgendwo ein Vermerk existiert. Ich kann noch nicht einmal meine Scheckkarte benutzen, weil alles über Computer läuft und Carmodys Männer Zeit und Ort der Auszahlung feststellen können. Selbst auf der Straße bin ich nicht sicher. Mir gehört nichts außer den Sachen, die ich am Leibe trage.«

»Und die sind voller Schlamm. Wir müssen was Frisches für dich auftreiben. Du fällst langsam auf.«

Als sie an der Bushaltestelle ankamen, fing es zu regnen an.

»Großartig«, höhnte Harry und sah blinzelnd zum Himmel. »Vielleicht kommt mir jetzt eine Erleuchtung.«

Als der Bus sich näherte, kramte Grace in ihrem Portemonnaie herum. »Ich glaube, ich habe nicht genug Geld dabei«, gestand sie. »Hast du noch was?«

»Das glaube ich einfach nicht.« Harry drehte gereizt die Taschen um. »Ich habe jeden Pfennig, den ich hatte, ausgegeben, um zu dir zu kommen. Und was jetzt?«

»Versuch, ein unschuldiges Gesicht zu machen«, riet Grace. »Heute kriegst du deine erste Lektion in Schwarzfahren.«

Der Eingang zur Bücherei lag im Schatten der Überführung. Sie gingen im strömenden Regen zur Rückseite des Gebäudes: Grace voran, Harry folgte. Die ältere Dame, die ihnen öffnete, wirkte müde und verängstigt. Nachdem man sich einander vorgestellt hatte, führte Dorothy sie durch den feuchten Flur zur großen Bücherhalle.

»Ich habe alles verriegelt, nachdem ich das Band fand, das Frank getötet hat«, erklärte sie. »Bis jetzt hat noch niemand versucht, hier einzudringen, aber es ist nur eine Frage der Zeit.«

Sie schob sie in den Ruheraum und schloß die Tür hinter sich. »Das Dach ist undicht. Hier ist es trocken. Ich wußte nicht, was ich tun sollte. Ich mußte mit jemandem reden, jemandem, der mir glaubt. Verstehen Sie?«

»Wir haben das gleiche Problem«, erklärte Harry. »Am besten, wir erzählen Ihnen alles, was wir wissen.«

In der nächsten halben Stunde sprachen sie über ihre momentane Lage und die Möglichkeiten, die ihnen geblieben waren. Dorothys dünne Stimme zeugte von einer ruhigen Autorität.

Harry fragte sich, was eine derartig unabhängige Frau zu einer einsamen Nachtwache in der Bücherei getrieben haben mochte. Sie wußte wenig von der Rolle, die die Runen in Carmodys Expansionsprogramm spielten, schien sich aber mit der Runensymbolik auszukennen.

Harry präsentierte einen haarsträubenden Plan, indem er vorschlug, die ODAL-Zentrale zu stürmen, und brachte es schließlich fertig, ein wenig Farbe auf die Wangen der Bibliothekarin zu zaubern.

»Es steht geschrieben, daß der Teufel durch seine unwissenden Anhänger an die Macht kommen soll«, erklärte sie. »Seine Jünger werden ihn wiedereinsetzen, ohne zu wissen, was sie tun. Ich bin sicher, sie würden gerne mit einem geladenen Gewehr die Büros stürmen, Mr. Buckingham, aber so kann man diesen Kampf nicht gewinnen. Hier handelt es sich um einen uralten Konflikt, um den ewigen Widerstreit zwischen Gut und Böse. Das einzige, was ein einzelner erreichen kann, ist ein kurzfristiger Triumph, und der kann nur auf geistiger Ebene erlangt werden.« Regen schlug gegen das Fenster. Dorothy zuckte zusammen.

»Gut.« Harry hob die Hand. »Ich schätze, das Ganze hat eine tiefere Bedeutung. Aber man kann Carmodys Methode auch als« – er suchte nach dem passenden Wort – »›aggressive Marketingtechnologie‹ verstehen.« Grace ließ ein verächtliches Schnauben hören. »Ich möchte die Pläne dieses Mannes begraben und seinen Konzern ausgelöscht sehen«, fuhr Harry fort. »Und die einzige Möglichkeit, das zu erreichen, ist, sie mit ihren eigenen Mitteln zu schlagen.«

»Es gibt noch einen anderen Weg. Bitte folgen Sie mir.« Dorothy erhob sich und führte sie in die große Halle. Der regenverhangene Himmel tauchte die Bücherregale in eine unheimlich wirkende Finsternis, doch Dorothy weigerte sich, die Lampen einzuschalten. Sie wollte vermeiden, daß jemand auf sie aufmerksam wurde.

Dorothy nahm das schwere, karmesinrote Seil vom Haken.

»Normalerweise nehme ich niemanden mit nach unten. Und Frank hat sich bis zuletzt standhaft geweigert.« Sie deutete mit ihrer mit Leberflecken übersäten Hand auf die schimmeligen Regale vor ihnen. »Hier sehen sie die eigentliche Bücherei«, erklärte sie mit sichtlichem Stolz. »Sie enthält alles, was von der Huxley-Sammlung übriggeblieben ist; eine der besten Okkultasammlungen der Welt und die letzte, die sich noch in Privatbesitz befindet.«

Grace sah sich mit großen Augen um. Das erste Buch, das sie herauszog, löste sich in seine Bestandteile auf.

»Warum übergeben Sie diese Sammlung nicht dem Staat?« fragte sie. »Er ist in der Lage, die Manuskripte zu retten, bevor sie endgültig verloren sind.«

»Möglicherweise«, stimmte Dorothy zu. »Aber er

würde sie auch dem Publikum vorenthalten, die Benutzung verbieten und niemandem, außer den Privilegierten, den Zugang erlauben. Diese Sammlung enthält Anstiftungen zum Aufruhr und viele Entschuldigungen für das Perverse. Diese Werke stellen die äußersten Grenzen der Redefreiheit dar. Viel zu viele davon haben das Böse zum Thema. Was würde die Regierung von Büchern halten, in denen von Göttlichkeit die Rede ist, die auch dem Teufel gewährt wird?«

»Im Fernsehen haben die einzelnen Parteien auch die gleiche Redezeit«, sagte Grace.

Dorothy lächelte. »Nein, ich ziehe es vor, die Sammlung denjenigen zugänglich zu machen, die den Glauben an die Macht des geschriebenen Wortes noch nicht verloren haben, ganz gleich, wie gefährlich es auch sein mag.« Sie nahm Grace das Buch aus der Hand und drückte vorsichtig den Deckel auf das Titelblatt, als wolle sie seine Wunden heilen.

»Oben in der Bücherei tauchen manchmal bestimmte Interessengruppen auf und versuchen, die Bücher, in denen Abtreibung bejaht wird, aus dem Verkehr zu ziehen. Ich brauche Ihnen wohl nicht zu sagen, daß sie noch nicht hier unten waren.« Sie schritt prüfend an den Regalen entlang, über die verschimmelten Seiten hinweg, die auf dem feuchten Boden klebten. »Es gibt etwas, das uns helfen kann. Wenn ich es nur finden könnte.«

»Na, großartig«, flüsterte Harry. »Jetzt gräbt sie ihr Zauberbuch aus.«

»Offensichtlich haben Sie an einer Halluzination gelitten, Mr. Buckingham«, schnappte Dorothy. Sie zog ein schweres, in brüchiges rotes Leder gebundenes Werk hervor und blätterte darin. »Visualisation ist der Schlüssel zu vielen magischen Ritualen; Hypnose läßt Bilder im Kopf entstehen. Bilder wiederum helfen uns, Information zu assimilieren.« Sie gab das Buch Harry, der sich mit Stichen konfrontiert sah, auf denen medizinisches Gerät zu sehen war, gefolgt von Seiten, auf denen ein Tudorhaus samt Tischen, Stühlen und Wandbehängen abgebildet war.

»Was ist das? Die erste Ausgabe von *Home and Gardens*?«

»Es sei Ihnen verziehen. Dem flüchtigen Beobachter bedeuten diese Bilder nichts.« Dorothy fuhr mit dem Finger über eine der Illustrationen, als wolle sie die Erhebungen prüfen. »Es wird Sie überraschen, zu erfahren, daß in diesen Stichen Runen verborgen sind.«

»Wie meinen Sie das?«

»Vergessen Sie nicht, daß wir es hier mit einem verbotenen Alphabet zu tun haben; mit einer Sprache, die von Kirche und Staat für gefährlich gehalten wurde. Die Sprache der Heiden, die im Laufe der Jahrhunderte wiederholt in den Untergrund tauchen mußte. Und doch gelang es ihr immer wieder, an die Oberfläche zu kommen. Wieso?«

Dorothy legte das Buch hin und winkte sie näher. »Ganz einfach«, fuhr sie fort. »Runen haben keine Kurven. In Zeiten der Unterdrückung verwandelte sich das Runenalphabet in einen Code. Die Buchstaben tauchten in Gegenständen des alltäglichen Lebens auf. In Tudorbalken, Gobelins, in den Mustern der Rückenlehne eines Stuhles. Runen wurden in Teppiche geknüpft, in Ledersättel geschnitten, auf die Wand gepinselt, ins hölzerne Kopfende eines Bettes geschnitzt, in Kleider gewebt. So wurden sie zu einem vertrauten Teil der uns umgebenden Welt.« Sie deutete auf die Illustration. »Sehen Sie hier? Der hölzerne Fußboden hat einen gemusterten Rand. Runen. So überlebten Sprache und Religion.«

»Halten Sie es für möglich, einen Runenfluch herzustellen und ihn Carmody zu schicken?« fragte Grace.

»Dazu müßten wir zuerst einmal einen seiner Flüche untersuchen«, erwiderte Dorothy. »Wir müßten herausfinden, welche Form er benutzt. Leider ist es nicht möglich, sie anzusehen, ohne von ihnen beeinflußt zu werden.«

»Was wäre, wenn wir drei uns nacheinander Franks Videokassette anschauten, und zwar jeder nur ein Teil, und dann aufschrieben, was wir gesehen haben?«

»Klingt nach einem angenehmen Tod«, bemerkte Harry, dem vor dem Gedanken an eine weitere Vision schauderte. »Aber mir fällt nichts Besseres ein.«

»Dann sollten wir es versuchen.«

Sie eilten zur Treppe.

45

Infektionen

An der *South East Greenwich Lending Library* schob ein Mann in einem grauen Plastikregenmantel einen Kabelschneider in das Leitungsgewirr, das von der Dachkante herunterhing, und unterbrach die Verbindung zur Außenwelt.

Im Raum darunter wies Harry seinem Team die Plätze vor dem Videogerät an. »Okay«, erklärte er. »Ich werde jetzt das Band starten. Gib mir deinen Finger.« Er nahm Graces Hand. »Sobald du das erste Bild siehst, drückst du hierauf.« Er deutete auf den STOP-Knopf. »Achtung – jetzt.«

Sekunden später drückte Grace auf STOP.

»Haben Sie etwas gesehen?«

»Es war überhaupt keine Rune. Eine Frau betrat ein Zimmer; da war ein riesiger Kamin . . .«

»Zeichnen Sie das Bild in groben Umrissen«, schlug Dorothy vor und reichte ihr Papier und Kugelschreiber. »Wahrscheinlich tauchen die Runen in verschlüsselter Form auf. Ihr Bewußtsein sieht nur die Schauspieler und die Szene. Es ist ihr Unterbewußtsein, das die Formen innerhalb der Szenen wahrnimmt und sie in Runen umwandelt.«

Grace zeichnete sorgfältig auf, was sie gesehen hatte. Dann war Dorothy an der Reihe.

Die alte Dame gab den STOP-Knopf frei und ließ das Band ein paar Sekunden weiterlaufen, bevor sie es anhielt. Dann nahm sie den Zeichenblock. Grace neigte lauschend den Kopf. »Habt ihr was gehört?« fragte sie. Dorothy und Harry horchten.

»Das Regenwasser läuft von der Schnellstraße aufs Dach der Bücherei und dann die Rückseite hinunter«, erklärte Dorothy. Jetzt war Harry an der Reihe.

Der ganze Film dauerte ungefähr drei Minuten. Wenn man die einzelnen Szenen durch drei teilte und mit den Skizzen verglich, war man in der Lage, sich eine vage Vorstellung vom Inhalt des Films zu machen. Dorothy breitete die bemalten Blätter auf dem Tisch aus und schickte sich an, die versteckten Runen herauszuarbeiten.

»Zum Beispiel hier«, erläuterte sie. »Was wie zwei Personen in einem Zimmer aussieht, ist in Wirklichkeit das Runenzeichen für einen heidnischen Menschen, *AS.* Hier in der Ecke erkennen wir die Zahl Vier. Die Zahl gehört zur Rune. Auch die Farbe des Hintergrunds – Purpur – steht in Beziehung zur Rune. Man könnte das Ganze für einen zwar farbenprächtigen, doch ein wenig amateurhaft wirkenden künstlerischen Film halten. Die Runen ergeben sich allein durch die Anordnung von Schauspieler und Szenerie.«

»Ich verstehe nicht, wie wir Carmody austricksen wollen, indem wir uns ein Video ansehen«, wandte Grace ein. »Er müßte doch verrückt sein, wenn er darauf reinfiele.«

Dann hörten sie im hinteren Teil der Bücherei einen dumpfen Schlag. Harry sprang auf. »Ihr bleibt hier.« Er lief durch den Mittelgang zu einer Abteilung, in der die Lampen staubbedeckt waren. Da war es schon wieder, dieses Geräusch. Jemand versuchte, ein Fenster zu öffnen.

Harry preßte sich mit klopfendem Herzen gegen die Wand und sah sich nach einer Waffe um, während er auf den Eindringling wartete. Das Regal vor ihm war voller schwergewichtiger Enzyklopädien. Harry zog einen Band heraus, genauer gesagt: *Band 24 Metaphysik – Norwegen.* Das sollte ausreichen.

Zuerst sah man einen Arm, dann ein Bein, schließlich erschien der Kopf. Harry kannte den jungen Mann. Es war Slatterys Assistent. Er ließ das Buch mit voller Wucht auf den Eindringling niedersausen, bevor dieser Gelegenheit hatte, den Kopf zu heben. Sein nasser Körper fiel vom Fenster auf den Parkettboden. Harry warf das Buch beiseite und stellte fest, daß sein Opfer bewußtlos war.

»Ich brauche ein Seil, Dorothy. Schnell.« Seine Stimme wurde dumpf von den Bücherregalen zurückgeworfen.

Grace erschien mit einer schweren Rolle Leinenband, wie man es für Buchbindearbeiten benutzt. Sie fesselten Slatterys Assistenten an Händen und Füßen. »Er kommt wieder zu sich«, sagte Grace. »Warum hast du nicht fester zugeschlagen?«

»Ich hatte Angst, ihm den Schädel einzuschlagen«, erklärte Harry. »Lernen ist gefährlich.«

Sie klebten ihm noch einen Streifen über den Mund und rollten ihn in eine Ecke, um seinem wütenden Blick zu entgehen. Es regnete auf den Boden. Als Harry das Fenster schließen wollte, gab der verfaulte Fenstersturz nach. Sie schoben ein Kinderbuchregal vor das Loch.

»Und was machen wir jetzt?« fragte Grace. »Wir können doch hier nicht übernachten.«

»Hier ist es noch am sichersten.« Harry stand auf und rieb sich die Stirn. »Dorothy kennt dieses Gebäude inund auswendig. Draußen warten bestimmt schon Carmodys Männer auf uns.« Er lehnte sich gegen ein Regal und kämpfte gegen das Schwindelgefühl an. »Hier können wir sie abfangen ...« Harry schüttelte den Kopf, »... wenn sie versuchen, einzubrechen ...«

Dann gaben seine Beine nach. Er stürzte zu Boden. Grace kniete sich neben ihn und packte seine wild um sich schlagenden Arme.

»Was ist los?« schrie sie. »Was ist passiert, Harry?

Er starrte in die Ferne. Während sie zusah, weiteten sich seine Pupillen. Grace rief Dorothy.

»Er ist einfach hingefallen. Er muß etwas gesehen haben.«

»Eine Rune. Er halluziniert.«

»Aber das ist doch unmöglich«, wandte Grace ein. »Er hat sich doch nur ein kleines Stückchen Film angesehen.«

»Die erste Vision hat ihn empfänglich dafür gemacht. Sehen Sie ihn sich an – das bißchen, das er gesehen hat, war genug, um seine Alpträume zu aktivieren.«

»Ich kann ihn nicht mehr länger halten.« Grace sprang zurück, als Harry schwankend auf die Füße kam, sie beiseite schob und zwischen den Regalen hindurchlief.

»Wenn wir ihn nicht aufhalten, wird er sich verletzen«, sagte Dorothy.

»Kann er nach draußen?«

»Die Haupteingänge sind verschlossen. Ich habe die Schlüssel.«

»Gut, dann wollen wir versuchen, ihn in die Ecke zu drängen.«

Sie schlichen durch die Halle und sahen in jedem Gang nach. In der Nachschlagewerke-Abteilung hörte Grace ein Geräusch am anderen Ende des Regales. »Sie warten hier«, befahl sie der Bibliothekarin, dann lief sie den Gang hinunter. Im Schatten des letzten Regales blieb sie lauschend stehen.

Sie hörte den Regen auf die Schieferziegel klatschen, das Knarren feuchten Holzes im Wind. Über ihr schaukelte ein dunkler Globus von einer Seite zur anderen. Sie spähte durch eine Lücke im Regal auf den halbdunklen Gang dahinter.

Mit einem fürchterlichen Schrei stürzte sich Harry auf Grace und legte ihr die Finger um den Hals. Seine abgerissenen Schreie riefen Dorothy herbei. Grace spürte, wie sie in die Luft gehoben wurde. Sie bekam keine Luft mehr.

»Um Himmels willen, lassen Sie sie sofort los!« schrie Dorothy.

Grace versuchte gegen seinen Griff anzukämpfen, aber die Halluzination verlieh Harry übermenschliche Kräfte. Ihre Füße fanden Halt in einem Regal. Sie stieß sich mit letzter Kraft ab.

Harry bewegte sich keinen Zentimeter. Wie ein Fels in der Brandung stand er da, mit Augen, so groß und bewegungslos wie die eines Toten. Plötzlich wurden seine Augen lebendig. Er fiel auf die Knie und gab sein Opfer frei.

Grace fuhr sich an die Kehle und schnappte nach Luft, unfähig, zu sprechen.

»Ich dachte, er sei zurückgekommen«, flüsterte er, während er verwundert an sich hinabsah.

»Wie fühlen Sie sich?« fragte Dorothy.

»Ich weiß nicht. Etwas mitgenommen. Bist du okay?« Er reichte Grace die Hand, die sie nach kurzem Zögern annahm.

»Mir geht's gut«, krächzte sie. »Und dir? Was ist, wenn es noch mal passiert?«

»Am besten, ihr sperrt mich ein. Wenn ich halluziniere, habe ich mich nicht mehr unter Kontrolle.«

»Wir brauchen Sie aber hier«, bemerkte Dorothy. »Sie müssen sich beobachten und uns warnen, wenn Sie glauben, es finge wieder an. Und was machen wir jetzt?«

»Ich weiß nicht«, gestand Harry. »Ich hatte gehofft, mir würde etwas einfallen, während ich mir das Band ansehe.«

»Am besten, wir verkriechen uns hier, bis einer von uns eine Idee hat«, schlug Grace vor. Dann wandte sie sich an Dorothy. »Es friert. Könnte man vielleicht die Heizung anstellen?«

»Nein, leider nicht. Am Wochenende bleibt sie kalt.«

»Haben Sie denn Decken da?«

»Ich glaube, im Lager gibt es noch ein paar von der Bibelgruppe. Die Kinder benutzen sie, um sich zu verkleiden.«

»Gut. Ich glaube, es wird eine lange Nacht.«

John May hatte dem Vorschlag nur zögernd zugestimmt.

Man wollte ihn am frühen Montagmorgen aus dem Krankenhaus entführen, wenn er versprach, den ganzen Tag im Rollstuhl sitzen zu bleiben. Sergeant Longbright hatte ihn gewarnt, sie sei durchaus in der Lage, ihm eine Spritze mit Valium zu verpassen, falls er sich aufregen solle, und May zweifelte nicht daran. So ließ er sich denn in den Rollstuhl hieven und durch den verlassenen Flur schieben.

Die dramatische Aktion war notwendig geworden, weil man bis jetzt zuviel Zeit mit der passiven Ergänzung der Berichte vertrödelt hatte. Jetzt mußten sie vorbeugende Maßnahmen ergreifen, bevor man ihnen den Fall entzog und einem anderen Team übergab. Selbst für den Fall, daß sie einen legitimen Grund zur Lahmlegung des Senders fanden, erwartete May Disziplinarverfahren, da sie nicht den üblichen Weg beschritten hatten.

Irgendwann im Laufe der vergangenen Nacht, wahrscheinlich zu der Zeit, als das Computerterminal seinen Geist aufgab, war es Bryant gelungen, sich aus dem Staub zu machen, ohne jemandem zu sagen, wohin er ging. Jetzt, wo er dringend gebraucht wurde, war er nirgendwo zu sehen.

Es war schon ein seltsames Team – Longbright, Rufus und Kirkpatrick –, aber sie schafften es, May aus seinem Krankenzimmer zu befreien. Sie rollten den Detective in den Frachtaufzug, von dort in einen wartenden Lieferwagen und fuhren mit ihm zur Polizeistation.

»Ich meine, wir sollten ein Virus in ODALs Computersystem einschleusen«, schlug Rufus vor. Nachdem er seine erste Pflicht getan hatte, beschloß er, als Berater zu fungieren. Das Runensystem, auf das er einen kurzen Blick hatte werfen können, faszinierte ihn und regte ihn zu einigen interessanten Ideen an. Er machte es sich im Einsatzraum der Station bequem und benahm sich, als sei er dort zu Hause. »Wir brauchen was, das stark genug ist, deren System auszuradieren.«

»Und wie?«

»Wir basteln uns selber ein paar codierte Runen. Wenn es uns gelingt, ein Infektionsprogramm zusammenzuschustern, können wir vielleicht reinkommen.«

»Du klingst nicht gerade optimistisch«, bemerkte Longbright.

»Bin ich auch nicht. Sie können unser Programm angreifen, wenn wir keinen Impfstoff dagegen entwickeln.«

»Was ist denn das?« fragte der zunehmend verwirrte Kirkpatrick.

»Wir lassen ihr System denken, daß unsere Dateien die infizierten sind, dann bleiben sie uns vom Leibe.«

»Aber das braucht Zeit, oder?«

»Klar. Und nicht zu vergessen, die Heinis von ODAL haben massenhaft Mittel, um sich was auszudenken. Zeit ist nur ein Problem. Wir haben weder die Geräte noch die Leute.«

»Nehmen wir einmal an, du hättest, was du brauchst«, sagte May, »wie würdest du vorgehen?«

»Ich würde die Runensprache des Computers in die kleinsten Komponenten zerlegen.«

»Ich bin zwar mit den meisten der großen Strukturen vertraut«, gestand Kirkpatrick, »aber ich muß zugeben, daß mein Wissen sich nicht auf den semantischen Aufbau, die Zusammensetzung der Runen, erstreckt.«

Rufus warf ihm einen kritischen Blick zu. »Wenigstens bin ich nicht das einzige Arschloch hier, das man nur schwer verstehen kann«, murmelte er.

»Also, was brauchen wir?« drängte May ungeduldig.

»Am besten jemanden, der sich mit Okkultem auskennt.«

»Wen hat Arthur neulich besucht?« May drehte sich herum. »Er wollte doch einen Experten besuchen, eine Frau. Nach seinem Geburtstag. Erinnern Sie sich?« Er stieß Longbright einen Kugelschreiber in die Rippen.

»Wenn Sie das noch einmal machen«, zischte Longbright, »montiere ich die Bremsen von Ihrem Rollstuhl ab. Sehen Sie doch in seinem Terminkalender nach.«

»Sie wissen sehr gut, daß Arthurs Büro ein Stockwerk

tiefer liegt. Nun stehen Sie schon auf und suchen die Nummer. Aber schnell.«

»Wie lang sind die Flüche normalerweise?« fragte Rufus. »Will sagen, über welche Art von Programm reden wir hier eigentlich?«

»Stärke und Feinheit hängen von ihrer Länge, besser gesagt, ihrer Dauer ab«, erwiderte Kirkpatrick. »Ich nehme an, wir brauchen wenigstens zwanzig oder dreißig Runen, die man endlos wiederholen lassen kann.«

»Nun, damit ist die Sache gestorben. Das schaffe ich bis heute abend nicht.« Rufus wirbelte auf seinem Stuhl herum. Seine Füße baumelten etwa einen halben Meter über dem Boden. »Wir müssen uns was anderes ausdenken.«

»Warum sich die Mühe machen, ihn auf technischem Weg zu bekämpfen? Einmal angenommen, wir schreiben einen Fluch und liefern ihn bei ODAL ab?« schlug May vor.

»Das ist doch Wahnsinn«, brauste Kirkpatrick auf. »Sie sind Polizeibeamter. Sie sollen Menschen retten und beschützen, nicht verstümmeln.«

»Kirkpatrick, wenn wir diesen Kerl nicht rechtzeitig stoppen, wird es bald ein paar Menschen weniger auf der Welt geben, die seinen Fortschritt verhindern können. Sagen Sie mir nur eins, glauben Sie, es funktioniert, wenn man Feuer mit Feuer bekämpft?«

»Sie meinen, wenn man Runen auf ein Blatt Papier malt und sie bei ODAL abgibt? Einmal abgesehen, daß die Idee moralisch verwerflich ist – ein Faktum, das Sie nicht zu kümmern scheint, wie ich hinzufügen möchte –, glaube ich nicht, daß es wirkt. Nein.«

»Und warum nicht?«

»Weil Runen das Unterbewußtsein ansprechen.«

»Wollen Sie damit sagen, daß sie unterschwellig funktionieren?«

»In gewisser Weise, ja. Gedruckte oder geschriebene Flüche scheinen unberechenbar zu sein. Wir haben einige der Runen, die die Ermordeten bei sich trugen, mit eigenen Augen gesehen, und uns ist nichts passiert. Ich nehme an, sie funktionieren nur, wenn man das Opfer gut kennt. Ihre Reichweite, Vielfalt und Raffinesse ist größer, als wir ahnen. Was die Kassette betrifft, nun, Sie haben einen Blick auf den Bildschirm werfen können, als Rufus die Schutzrunen auslöste. Was haben Sie gesehen?«

»Gekritzel«, antwortete May.

»Genau. Entweder sie laufen sehr schnell ab, oder sie tauchen getarnt auf. Dank der Videotechnik hat der ODAL-Konzern eine riesengroße Trickkiste, aus der er schöpfen kann.«

Sergeant Longbright betrat mit Bryants Terminkalender in der Hand das Zimmer. »Er traf sich mit einer Frau namens Dorothy Huxley.«

»Rufen Sie sie an.«

»Habe ich schon. Es meldet sich niemand.«

»Dann versuchen Sie es weiter«, befahl May. »Ich möchte, daß sich jemand so schnell wie möglich ins ODAL-Gebäude einschleicht. Wir müssen wissen, wo sich das Studio befindet, von dem aus die Sendung gestartet wird. Und versuchen Sie, alles über die Direktoren herauszufinden, ohne daß ODAL Verdacht schöpft. Eine Operation in dieser Größenordnung könnte ein riesiges PR-Manöver ins Rollen bringen, das sofort alles vertuscht. Sie sollen auch nicht im entferntesten ahnen, daß wir ihnen auf der Spur sind.«

»Es gibt da noch ein anderes Problem«, bemerkte Longbright. »Ich bin gerade über Ian Hargreave gestolpert. Als er hörte, daß Sie wieder hier sind, sagte er – ich zitiere: ›Wer, verdammt noch mal, hat meinen Männern erlaubt, illegale Nachforschungen auf Privatbesitz durchzuführen?‹ Ich nehme an, jemand von ODAL hat angerufen. Ich schätze, er wird uns in Kürze zu sich zitieren.«

»Vielen Dank für die Warnung.« May drückte ihre Hand. Er wußte, wie schwer es für Janice war, ihre persönliche Loyalität gegenüber Hargreave von der Untersuchung zu trennen.

»Ich denke, Ian wird über kurz oder lang doch alles erfahren. Ich glaube nicht, daß es hilfreich ist, ihm jetzt alles auf die Nase zu binden. Machen wir also weiter, bis er uns nach oben ruft.«

Der Regenschauer vom anderen Ende der Stadt hatte schließlich die Fenster des Einsatzraumes erreicht, und als das Team wieder ans Werk ging, versank das Gebäude in einem sich verdichtenden Gespinst aus Finsternis.

46

Video

Celia betrachtete ihr Gesicht im Spiegel der Frisierkommode und fragte sich, ob Make-up dieses Mal genügen würde. Der türkisfarbene Bluterguß verlief vom oberen Rand des linken Backenknochens bis zum geschwollenen Kiefer. Sie hatte immer noch keine Ahnung, weshalb Daniel ihr die Geschichte nicht abgenommen hatte.

Vielleicht hatte sie jemand dabei beobachtet, wie sie die Tür des Wintergartens für Harry Buckingham aufschloß? Vermutlich die Ratte Slattery, die momentan so etwas wie Daniels Homunkulus zu sein schien. Aber warum hatte er keinen Versuch unternommen, sie aufzuhalten?

Wahrscheinlicher war, daß Daniel ihre Mittäterschaft nur vermutete. Während sie den Schnitt am Hals vorsichtig mit einem antiseptischen Wattebausch betupfte, entschied sie sich, für eine Weile Blusen mit hohen Kragen zu tragen.

Es hatte nicht lange gedauert, bis sie ihre Heirat bereut hatte.

Als sie Daniel Carmody das erste Mal anläßlich eines Wohltätigkeitsessens begegnete, war sie von ihm entzückt gewesen. Er war das, was ihre Familie nicht war: frech und freimütig, aggressiv, aufregend *neu.* Die Vergangenheit barg für ihn weder bittere noch vergnügliche Erinnerungen. Daniel sah der Zukunft triumphierend entgegen und wartete auf seine Zeit.

Sie war von Eltern erzogen worden, die noch verschlossener als sie waren; Landbesitzer, die in beschränkten Verhältnissen und sehr zurückgezogen lebten. Daniel hatte ihr einen Weg nach draußen gezeigt. Zu spät war ihr klar geworden, daß dieser Weg auch die Zerstörung all dessen beinhaltete, was ihr lieb und teuer war. Doch damals hatte sie ihrem früheren Leben wenig Wert beigemessen.

Sie zuckte zusammen, als sie seine Schritte hörte. In letzter Zeit mußte sie sich beherrschen, um nicht aufzuschreien, wenn er sich ihr näherte. Er schränkte ihre Freiheit ein. Sie war faktisch eine Gefangene im eigenen Haus, doch in der Öffentlichkeit spielten sie das glückliche Paar.

Für die Presse schien sie ihre Rolle als kultivierte Gattin, den eleganten Widerschein des guten Geschmacks ihres Ehemannes, zu genießen. Sie war der Beweis, daß der Industriekapitän auch eine andere, private Seite hatte und im Herzen ein Liebhaber alles Englischen war. Sie konnte das Bild, das man sich von ihr machte, nur durch Alkohol aufrecht erhalten.

Daniel haßte jede Form von Schwäche. Das war seine größte Schwäche. Dieser Gedanke ließ sie lächeln, während sie sich mit dem Puderquast durchs Gesicht fuhr. Die Stärke, die sie einst an ihm bewundert hatte, schien ihr jetzt unerträglich. Sie hatte ihn geliebt, stürmisch und romantisch. Jetzt begegnete sie ihm nur noch distanziert und förmlich.

Sein Plan, die Welt zu verändern, hatte ihren Wunsch überflügelt, einfach nur glücklich zu sein. Sie stellte sich vor, er litte an einem Übel, das nur Männer in gehobenen Positionen befiel. Indem sie seinen Zustand als Krankheit deklarierte, konnte sie damit fertig werden.

Sie ließ den Quast sinken und starrte ihr hilfloses Spiegelbild an. Ich bin ein Teil seines Besitzes, dachte sie. Das einzige, was Daniel noch gefehlt hatte, war ein Stammbaum, und so hat er sich einen gekauft.

Möglicherweise würde er diesen Kauf noch einmal bereuen.

»Du weißt doch, daß wir beide heute abend im Studio sind?« fragte Daniel. Sie fuhr zusammen. Seine Gestalt füllte den Spiegel aus und verdrängte ihr Bild. Er beugte sich über den Rand der Kommode und hinderte sie so daran, an den Make-up-Beutel zu gelangen, in dem sie die silberne Flasche versteckt hatte.

Sein Gaultieranzug sah tadellos, aber eine Spur zu gestylt aus. Mit dem durch Gel in Form gehaltenen Pferdeschwanz, der sich auf dem Jackenkragen kringelte, wirkte er wie ein nichtssagendes Model aus einer Modezeitschrift.

»Nach der Sendung gibt es eine Liveübertragung via Satellit zwischen New York und England. Man erwartet von dir, daß du ein paar Fragen beantwortest.« Er nahm eine Nagelschere von der Kommode und spielte mit ihr. »Das Interview wird nicht lange dauern. Sie werden die üblichen Fragen stellen. Lieblingswohlfahrtseinrichtungen. Lieblingsspaziergänge. Hobbies und Zeitvertreib.« Er beugte sich vor und berührte ihr Kinn. Das Glasauge starrte durch sie hindurch. »Du wirst dir etwas einfallen lassen müssen. Der Pöbel soll nicht denken, du hättest keine weiterreichenden Interessen. Es wäre schon hilfreich, wenn du sie nicht in deine Handtasche schauen ließest.«

Dann lockerte sich seine finstere Miene auf, und er lächelte. »Der Wagen wird in wenigen Minuten vorfahren.« Er sah auf die Uhr. »Es ist jetzt vier Uhr vorbei. Wir sollten um sechs in der Stadt sein.«

»Warum müssen wir denn so früh fahren, Daniel?«

»Die Technik muß noch einen Durchlauf machen.« Er strich ihr mit dem Zeigefinger über den geschwollenen Kiefer. »Diesmal können wir uns keinen Fehler leisten. Oder wie unsere Freunde von Coca-Cola sagen würden: Das ist es.« Er stand auf und überprüfte den Sitz seiner Manschettenknöpfe. »Lächeln. Wenn es vorbei ist, werden wir ganz weit wegfahren, wohin du willst, denn dann wird die Welt ein besserer Ort sein.«

»Klar«, bemerkte Celia bitter. »Dort wird es niemanden geben, der dir in die Firmenpolitik reinredet.«

»So etwas wie Altruismus gibt es nicht mehr, Schatz. Das solltest du als Präsidentin der *Wildlife Aid Group* doch wissen. Du weißt doch genau, daß das alles nur ein sozialer Rahmen für deine aufgetakelten Tanten ist. Gäbe es keine Versammlungen und Essen mehr, würden sie den Tieren sagen, sie sollen verschwinden und sich selbst ins Knie ficken.«

Er kniff sie in die Wange. Sie zuckte zurück. »Wach auf, Celia. Wir beschreiten neue Wege. Wir verstellen uns nicht mehr. Nur so kann man die Neunziger überleben.«

»Jemand wird dich aufhalten.«

»Oh, wirklich? Und wer?« Er ließ sie los. Sie taumelte zurück. »Die Zeitungen lügen. Die Fernsehnachrichten sind zensiert . . . Wie wollen sie es anfangen? Warum gibt es keine Wachhunde der Freiheit? Ich werde es dir verraten: weil wir die Wachhunde der Freiheit sind.« Er klopfte sich auf die Brust. »*Wir.* Doch dieses *wir* existiert nicht mehr. Wir haben unsere Freiheit dem wachsenden Profit geopfert. Unsere große Nation drückt ein Auge zu, wenn der Preis stimmt.«

Die Fliege hing ihm locker um den Hals. »Du solltest noch ein wenig Make-up auflegen. Weißt du was? Du siehst wirklich zum Kotzen aus.« Er sah zu, wie sie sich so lange über Hals und Wange puderte, bis sie wie eine bemalte Puppe aussah.

»Perfekt.« Er nickte anerkennend. »So, jetzt laß uns gehen und die Welt mit einem ehrlichen Gesicht begrüßen.«

Harry wurde durch das Klopfen an der Vordertür aus seinem unruhigen Halbschlaf gerissen. Er schlug die Decke zurück, setzte sich auf und sah auf die Uhr. Es war sieben Uhr dreißig und Montagmorgen. Arme und Rücken taten höllisch weh. Er stand langsam auf und sah sich nach den anderen um.

Sie hatten gestern abend der Reihe nach Wache geschoben, aber wie es aussah, waren sie im Laufe der Nacht alle eingeschlafen. Auf dem Weg zur Tür traf er Dorothy. »Bleiben Sie hinter mir«, warnte er sie. »Wer immer dort draußen sein mag, er könnte versuchen, die Bibliothek zu stürmen.« Er holte tief Luft und entriegelte die Tür.

»Endlich. Ich dachte schon, es sei niemand zu Hause.«

Unter der tropfenden Dachrinne stand Arthur Bryant und schüttelte den Schirm aus. Sein Gesicht war hinter einem Schal verborgen, nur die Augen waren sichtbar.

»Unglaubliches Wetter, nicht wahr?« fuhr er fort. »Nun, was ist los, soll ich hier weiter wie eine Schneiderpuppe herumstehen, oder lassen Sie mich rein?«

Harry trat verwirrt zur Seite, während Bryant an ihm vorübereilte und Dorothy auf die Wange küßte. »Übrigens, man hat eure Telefonleitung gekappt, und ein gerissen aussehender Bursche beobachtet das Gebäude. Er sitzt in einem schwarzen Mercedes unter der Überführung und versucht nicht einmal, unverdächtig auszusehen. Und Sie sehen aus, als seien Sie die ganze Nacht wach gewesen. Einen Augenblick, ich muß mal telefonieren.« Er zog ein transportables Telefon aus der Tasche und schaltete es ein.

Dorothy war überrascht, Arthur mit neumodischer Technik herumhantieren zu sehen, aber noch mehr überraschte sie seine Ankunft. Bryant wiederum hatte sein Erscheinen sorgfältig geplant. Hinter seinem normalen Gehabe verbarg sich das Wissen über die Gefahr, in der sie schwebten.

»Also Sie sind Harry Buckingham.« Er beäugte den verwirrten jungen Mann. »Sie waren uns ein Pickel am Hintern. Sie hätten uns viel Zeit und Mühe sparen können, wenn Sie . . . Hallo?« Er schüttelte den Hörer. Dann schrie er: »Wären Sie bitte so freundlich, mich mit Detective Inspector John May zu verbinden? . . . Jetzt kommen Sie mir nicht so; ich weiß genau, daß er da ist.« Er legte die Hand auf den Hörer und wandte sich an Dorothy. »Ich nehme an, man muß erst im Sterben liegen, ehe einem hier eine Tasse Tee angeboten wird?«

Harry warf Grace einen ungläubigen Blick zu.

»Ah, *John*! Ich weiß, daß ich schreie. Die Verbindung ist schlecht. Ich spreche von einem dieser tragbaren Telefone aus. Nun, du hast doch immer wegen dem Piepse herumgejammert, und da ich ihn nicht finden konnte ... nein, wahrscheinlich steckt er im Wäschetrockner ... habe ich mir gedacht, etwas Ähnliches zu kaufen. Der Mann im Laden hat mir das Telefon vorgeschlagen. Ich werd' es auf die Spesenrechnung setzen ... Ja, ich bin in der Bücherei bei Dorothy. Genau das hatte ich vor, mein Lieber. Ich bin dir um Meilen voraus. Versuche dich zu entspannen, laß Dampf ab. Weißt du eigentlich, daß Daniel Carmody in ein paar Stunden auf Sendung geht? Überlaß es mir. Übrigens, wir werden beobachtet. Könntest du jemand Unauffälligen vorbeischicken? Nein, nicht ›Mad Dog‹ Bimsly, den wandelnden Alptraum. Ich rufe zurück, wenn ich dich brauche.« Er legte auf.

»Nun, da niemand eine Lösung gefunden hat, möchte ich meinen Plan erläutern. Harry, könnten Sie mir helfen, etwas aus dem Wagen zu holen? Junge Dame, halten Sie die Tür im Auge. Wir möchten niemand anderen hier sehen.«

Als sie sich in den Regen stürzten, sah Harry, wie Slattery sie vom Mercedes aus beobachtete. Bryant machte den Kofferraum auf und brachte einen großen Karton zum Vorschein. Sobald sie wieder in der Bücherei waren, zog er ein Schweizer Armeemesser hervor und schlitzte die Verpackung auf.

»Ich muß nur noch die Anweisungen lesen, dann kann es losgehen«, erklärte er, während er die Betacam-Videokamera aus der Styroporverpackung befreite. »Meine Kollegen sind der Meinung, es sei unmöglich, in der kurzen Zeit, die uns geblieben ist, ein Computerprogramm für einen Fluch-Virus zu entwickeln, aber ich denke, daß wir in der Lage sind, unser eigenes Runenvideo zu drehen.

Der Trick dabei ist, es auf ODALs Monitoren zu bekommen, damit Carmody es sieht. Wenn ich richtig verstanden habe, kann man auch bei wenig Licht drehen und das Ding zurückspulen, sobald es fertig ist. Stimmt das?« Harry nickte unsicher. Der Lauf zum Wagen hatte sein Gleichgewicht durcheinandergebracht. Er fragte sich, ob die Runen noch andere Nebenwirkungen hatten.

Dorothy setzte Bryant auf einen Stuhl und klärte ihn über die Schwierigkeiten auf, unterschwellige Bilder zu schaffen.

»Einmal angenommen, wir filmen einfache Szenen wie die auf der Kassette und stellen die Runen durch Bücher im Hintergrund dar?« Grace baute sich vor dem größten Regal auf und demonstrierte, was sie meinte. »Wir könnten die Einbände nach Breite und Farbe ordnen und in jeder Szene einen Teil des Fluchs verstecken. Könnten Sie sich einen tödlichen Runen-Code ausdenken, Dorothy?«

»Das ist nicht schwer«, erwiderte sie. »Ich könnte die Symbole für gewaltsamen Tod oder Unfälle nehmen; alles, wozu wir Zeit haben. Die meiste Zeit werden wir durch das Arrangieren der Buchrücken verlieren.«

Während der nächsten zweieinhalb Stunden leerten Grace, Bryant und Dorothy neun Regale und füllten sie systematisch wieder auf, wobei sie sich peinlich genau an die Darstellungen in den Runenbibeln der Huxley-Sammlung hielten. Harry testete die Kamera.

»Ich habe noch zwei Runen hinzugefügt«, erklärte Dorothy. »Die eine ist das Symbol für einen Mann, der durch die vergifteten Nadeln einer Eibe von der Unsterblichkeit ferngehalten wird. Die andere ist das Zeichen der Aufmerksamkeit. Theoretisch ist der Zuschauer nicht mehr in der Lage, seine Augen vom Bildschirm zu lösen, sobald das Band läuft.«

»Theoretisch«, brummte Grace. »Theoretisch sind wir verrückt.«

»Was sollen wir sonst machen?« erwiderte Bryant.

»Natürlich, wir könnten unsere Jungs dort hinschicken und die Sendung wegen eines ›berechtigten Verdachtes‹ unterbrechen . . .«

»Und warum tun Sie das nicht?«

»Der Verdacht betrifft nur Carmody. Wir können nicht alle Mitarbeiter einsperren.«

»Brauchen Sender nicht eine Lizenz?« fragte Grace. »Ließe sich da nichts Illegales finden?«

»Mein geschätzter Partner hat bereits alle Möglichkeiten durchgecheckt. ODAL ist in jeder Hinsicht abgesichert. Die waten förmlich durch Papier.«

»In der Zwischenzeit tickt die Uhr«, bemerkte Harry. »Wir müssen den Vordergrund arrangieren, um sie von den Runen im Hintergrund abzulenken. Los, auf die Plätze.«

»Der Mann hat Nerven«, kochte May. »Jahrelang weigert er sich, technischen Fortschritt anzuerkennen, dann entdeckt er ihn und dreht durch.« »Wenigstens wissen wir jetzt, wo er ist«, beruhigte Longbright ihn. »Ich habe einen Mann zur Bücherei geschickt. Und Arthur hat versprochen, wieder anzurufen. Wir müssen ihm vertrauen.«

»Das ist es ja, was mir Sorgen macht. Wenn er anruft, brauchen wir das ganze Team.«

Rufus und Kirkpatrik hatten die ganze Nacht gearbeitet. Es war ihnen gelungen, die Grundlage für ein einfaches Runen-Virus zu entwickeln, doch ein weiterer Fortschritt wurde durch die simple Tatsache verhindert, daß Rufus eingeschlafen war. Er schlummerte jetzt in Longbrights Büro unter ihrem Regenmantel. Rufus hatte zwar den Verstand eines erwachsenen Genius, aber den Körper eines Neunjährigen.

Als Longbright das Zimmer verließ, wendete May seinen Rollstuhl und starrte das Telefon an. »Komm, mach schon, Arthur«, flehte er. »Hol mich hier raus.«

Harry steckte die bespielte Kassette in die Hülle und gab sie Bryant. Es war ihnen gelungen, einen kurzen Streifen mit flackernden Farben und Lichtern zu drehen; bizarre Szenen, die im Unterbewußtsein des Zuschauers hoffentlich eine Halluzination erzeugen würden.

Der Film war gerade im Kasten, als Harry übel wurde. Der Anfall verlief anders als der vorangegangene. Dieses Mal schienen die Wände der Bücherei bedrohlich näher zu rücken; der Boden verwandelte sich in eine Schlammwüste, die es ihm schwer machte, sein Gleichgewicht zu wahren. Harry stürzte zu Boden und prellte sich die Hüfte. Der plötzliche Schmerz beendete den Anfall.

»Tut mir leid, Harry, aber du kannst nicht mitkommen.« Grace hakte sich bei Bryant ein. »Carmodys Leute haben dich im Visier. Mich kennt bei ODAL niemand. Mr. Bryant wird mich hinfahren. Ich werde rauskriegen, von wo die Sendung übertragen wird, und mir eine Methode ausdenken, wie ich das Band auf die Monitoren kriege.«

»Du hast nicht die geringste Chance, am Empfang vorbeizukommen, das weißt du ganz genau«, wandte Harry ein. »Wenn ich gehe, werden sie mich wenigstens mit Carmody sprechen lassen.«

»Und was ist, wenn du in der Zwischenzeit einen Rückfall kriegst? Glaubst du, Carmody hilft dir? Du hast selbst gesagt, er möchte dich tot sehen.«

»Aber bis jetzt hat er mich noch nicht getötet, oder? Ich komme mit. Schluß, aus.« Harry griff nach der Kassette und fiel nach vorne, als ihn eine neue Welle von Übelkeit überschwemmte.

»Passen Sie auf ihn auf, Dorothy«, sagte Grace. »Und verriegeln Sie die Türen, sobald wir draußen sind.« Sie sah auf die Uhr. Fast fünf Uhr nachmittags. Die Herstellung des Films hatte sie den ganzen Tag gekostet. »Nichts wie weg.«

»Übrigens«, bemerkte Bryant, »hat Sie schon jemand vor meinen Fahrkünsten gewarnt?«

47

Stillstand

Grace hatte noch nie einen derartigen Regen erlebt. Sie spähte durch die verschmierte Windschutzscheibe des Mini und versuchte die Straßenschilder zu entziffern. »Wäre nicht übel, wenn der Wagen Scheibenwischer hätte«, bemerkte sie, während sie die Scheibe mit einem Ärmel säuberte.

»Ich habe sie noch nie benutzt«, gestand Bryant. »Normalerweise lasse ich Henrietta bei Regen zu Hause.«

»Henrietta?« Grace klopfte auf das Armaturenbrett. »Hört sich gut an. Ist das der Name einer Freundin?«

»Könnte man sagen«, antwortete Bryant über das Steuer gebeugt. »Henrietta Durand-Deacon wurde 1949 Opfer eines Säuremörders. Ich konnte sie anhand ihres Gebisses identifizieren. Ein sehr interessanter Fall.«

»Aha.«

Der Verkehr war zum Erliegen gekommen. Die ODAL-Zentrale befand sich in Holborn. Der Mini steckte im Augenblick im Zentrum eines Verkehrskreisels südlich der Themse.

»Wo kommen nur all diese Menschen plötzlich her?«

brummte Bryant. »Normalerweise sind die Straßen Montag nachmittags nie so voll. Der Mini läuft heiß. Wir werden es nicht schaffen.«

»Vielleicht sollten Sie Ihren Freund anrufen«, schlug Grace vor. »Er könnte uns ein Motorrad schicken.«

»Ich kann nicht Motorrad fahren.«

»Aber ich. Rufen Sie ihn an.«

Bryant schaltete das Telefon an und wählte die Nummer der Polizeistation. »Klappt nicht«, erklärte er, »der Anruf kommt nicht durch. Ich muß raus.« Er öffnete die Wagentür und fügte damit dem brandneuen Porsche neben ihm eine tiefe Delle zu.

Der Mann hinter dem Steuer sah aus, als habe er soeben den Tod seines Erstgeborenen mitansehen müssen. »Was – zur – Hölle – machen Sie da?« brüllte er und schickte sich an, aus dem Wagen zu steigen. Der Verkehr schob sich ein paar Zentimeter weiter, aber Bryants Mini wurde durch den Porsche behindert.

»Sind Sie verrückt?« kreischte der vom Schlaganfall bedrohte Porschefahrer. »Sie Idiot! Wissen Sie eigentlich, wie teuer eine Reparatur an dem Wagen ist?«

Bryant lächelte Grace entschuldigend an. »Ich möchte Sie schon jetzt für das um Verzeihung bitten, was ich gleich tun werde. Es ist sonst nicht meine Art.« Er griff in das Fach unter dem Steuer und zog eine .38er Automatik hervor. Dann wirbelte er herum, hielt sie dem Porschefahrer an die Schläfe und spannte den Hahn.

»Steig aus, laß den Schlüssel stecken und verschwinde. Wenn du in drei Sekunden nicht weg bist, wird dir deine Brille gleich aus dem Arschloch sehen.« Der Fahrer riß die Augen auf, sprang aus dem Wagen und rannte, was das Zeug hielt.

»Die amerikanischen Fernsehserien sind manchmal recht lehrreich«, gestand Bryant mit verlegenem Schulterzucken. »Ich glaube, es geht weiter. Schnell, lassen Sie uns die Wagen wechseln.«

Sie stiegen in den soeben freigewordenen Porsche um. »Hübsche Maschine«, bemerkte Bryant mit einer Spur Eifersucht in der Stimme. »Ich möchte wissen, weshalb die Porschefahrer immer so ängstlich sind. Ah, da ist ja ein Autotelefon. Rufen Sie für mich an.« Er gab Grace einen Zettel, drehte den Zündschlüssel und legte den Gang ein. Der Wagen beschleunigte derart schnell, daß Bryant beinah die Kontrolle über ihn verlor.

»Sie haben recht«, sagte Bryant, während er mit zwei Rädern über den Bürgersteig fuhr, um dem Stau zu entkommen. »Wir brauchen jemanden, der uns hier rausholt. Ist hier irgendwo ein Fußballspiel? Ich habe noch nie ein solches Chaos gesehen.« Vor ihm standen zwei Gemüselaster. Bryant schätzte die Lücke per Hand ab.

»Da kommen Sie nie durch«, erklärte Grace.

»Wird schon gehen.« Bryant gab Gas.

Ein schreckliches Schleifgeräusch gab kund, daß der Porsche soeben neue Seitenstreifen bekommen hatte. Das Auto, das vor den Lastern auftauchte, war erheblich weniger wert als das, das in die Lücke eingetaucht war.

»Meine Schuld«, gestand Bryant. »Ich habe vergessen, daß ein Porsche breiter ist als ein Mini.«

Grace starrte aus dem Seitenfenster, das Telefon unters Kinn geklemmt. »Es meldet sich niemand.« Der Rückspiegel an Bryants Seite zerbarst mit lautem Knall, als sie einen Laternenpfahl streiften. Sie blieben stehen. Der Verkehr vor ihnen war zum Stillstand gekommen.

»Merkwürdig. An dem Telefon gibt es eine Taste, die den Anruf auf die erste freie Leitung umstellt. Bleiben Sie dran.« Er kurbelte das Seitenfenster herunter und lehnte sich hinaus. »Mein Gott, die Waterloo Bridge ist voll.

Sieht so aus, als hätte sich jeder Autofahrer in der Stadt plötzlich entschlossen, ins Auto zu springen.«

»Halten Sie es für möglich, daß ODAL dahintersteckt?«

»Ich könnte mir vorstellen, daß sie sich an den Computerkontrollen des Ampelnetzes zu schaffen gemacht haben, obwohl ich nicht weiß, wie.« Bryant steuerte den Wagen in Richtung Bürgersteig und kam geräuschvoll zwischen einem Geschäft und einem Kasten mit Kies zum Stehen.

»Das meine ich nicht. Was ich meine, ist, wenn sie Menschen töten und es wie einen Unfall aussehen lassen können, dann können sie bestimmt auch ein Verkehrschaos verursachen.«

»Die Wahrscheinlichkeitsgesetze haben eine höher gesetzte Grenze«, erklärte Bryant, während er sich widerstrebend in den lärmenden Stau vor der Brücke einordnete. »Nehmen wir das berühmte Beispiel von den Schimpansen und den Schreibmaschinen, das besagt, daß eine unbegrenzte Zahl Affen, die jahrhundertelang auf ihren Schreibmaschinen herumhämmerten, wahrscheinlich einmal Shakespeares gesammelte Werke hervorbringen würden. Das ist kompletter Blödsinn.«

»Und warum?«

»Überlegen Sie doch mal. Die Möglichkeit, daß ein Schimpanse einen bestimmten Buchstaben trifft, steht eins zu sechsundzwanzig, die Möglichkeit, daß er beim zweiten Mal richtig trifft, sechsundzwanzig hoch zwei, die Möglichkeit, beim dritten Mal die richtige Taste zu treffen, ist sechsundzwanzig hoch drei und so weiter. Nun treten aber in der englischen Sprache einige Buchstaben häufiger auf als andere, zum Beispiel das *E*.

Die Wahrscheinlichkeitsgesetze treffen hierfür keine Vorkehrungen. Sie gehen davon aus, daß die Schimpansen in zufälliger Regelmäßigkeit immer die gleiche Anzahl von Vokalen und Konsonanten tippen. Selbst wenn sie bis in alle Ewigkeit auf ihren Schreibmaschinen herumhämmerten, könnte man von Glück sagen, wenn sie einen einfachen Monolog zustande brächten.«

Bryant schaltete den Motor aus und zog den Zündschlüssel ab. »Das gefällt mir nicht«, erklärte er. »Besser, wir gehen zu Fuß weiter. Nehmen Sie das Telefon mit.«

Als sie mitten auf der Brücke waren, begann es so stark zu regnen, daß sie kaum noch etwas erkennen konnten. Der Fluß brodelte.

»Wir müssen uns irgendwo unterstellen!« schrie Grace. »Ich bekomme kaum noch Luft.«

Bryant deutete auf die Treppe, die unter die Brücke führte. »Da hinunter!« schrie er.

»Dann versuchen wir noch einmal, John anzurufen.«

Sergeant Longbright kam in den Einsatzraum gelaufen und rüttelte John Mays Schultern. »Sie hatten recht. Das ganze Computerverkehrsnetz ist im Eimer.«

»Das ist unmöglich«, wandte einer der Anwesenden ein. »Wir haben ein Notsystem, das sich sofort einschaltet, wenn die elektrische Spannung unter einen bestimmten Level fällt.«

»Nicht mehr. Könnte die Anlage überflutet sein?«

»Hier handelt es sich nicht um ein Versagen der Stromzufuhr«, erklärte May. »Bei ODAL weiß man genau, daß sie bei einer Polizeiinvasion auf den Satellitensender geliefert wären. Sie versuchen, es zu verhindern.«

»Glauben Sie wirklich, daß sie das können?«

»Wenn wir von Carmodys Macht überzeugt sind, sollten wir die Idee nicht von der Hand weisen.«

May wußte, daß die Zeit gekommen war, das Schweigen zu brechen, selbst wenn er sich dabei lächerlich machen sollte. »Janice«, fuhr er fort, »am besten, Sie gehen hoch und informieren Ian Hargreave. Wir können es nicht länger zurückhalten.«

Detective Superintendent Ian Hargreave war zwar kein Computerfachmann, aber er hatte eine Reihe revolutionärer Techniken entwickelt, die im Polizeigebrauch bereits selbstverständlich geworden waren. Er sah, was geschehen war, weigerte sich aber, es zu glauben. »Die Datenspeicher sind leer.« Aufgeregt marschierte er zwischen den Computern hin und her. Der Geräuschpegel im Raum war ohrenbetäubend. »Es ist, als seien alle Daten in ein anderes Netz geflossen. Sind sie aber nicht. Meiner Meinung nach haben wir keinen Zugang mehr.«

Longbright hielt einen respektvollen Abstand zu dem kräftig gebauten Detective, der die Angewohnheit hatte, während des Gehens mit den Armen herumzufuchteln. Sie hatte ihn über die mögliche Quelle des Verkehrsstillstandes informiert, aber im Augenblick kümmerte ihn nur der Zusammenbruch des Computernetzes.

»Sie haben es in einem Hausprogramm versteckt. Wenn das irgend etwas mit deinen Freunden ein Stockwerk tiefer zu tun haben sollte, wenn sie das Ganze unabsichtlich ausgelöst haben sollten, werde ich sie töten.« Er zupfte sich verwirrt am Schnurrbart. »Es ist verdammt ungewöhnlich, daß unser Detektionssystem gerade in dem Augenblick zusammenbricht, in dem die Verkehrscomputer ihren Geist aufgeben. Ich habe Bryant und May viel zu lange gedeckt.«

»Jede interne Strafmaßnahme kostet nur Zeit«, versuchte Longbright ihn umzustimmen. »Gib ihnen noch ein paar Stunden.«

Hargreave war sich bewußt, daß seine Stardetectives in ernsthaften Schwierigkeiten steckten, aber ohne ihre uneingeschränkte Zusammenarbeit war er nicht in der Lage, ihnen zu helfen.

Im Augenblick hatte er andere Sorgen. Der Verkehr in London war zum Stillstand gekommen, und die Schuld schien beim stadteigenen Verkehrssystem zu liegen. Bald würden die ersten Meldungen eintreffen. So war es immer. Die erste Auswirkung einer Krise war eine Steigerung der Verbrechensrate. Doch ohne funktionierende Telefone und Computer waren auch die Polizisten hilflos und konnten nichts weiter tun, als sich zurückzulehnen und Däumchen zu drehen.

Hargreave war wütender auf sich selbst als auf seine Mitarbeiter. »Wenn ich sie gezwungen hätte, mich von Anfang an zu informieren, könnte ich jetzt vielleicht etwas unternehmen.«

»Dann gib ihnen, was sie verlangen, und stell bis heute abend acht Uhr keine Fragen.«

Hargreave seufzte. »Wie könnte ich dir etwas abschlagen, Janice?« fragte er.

»Die Telefonzentrale ist tot.«

»Mein Gott, die Anrufe«, stöhnte May. »Gibt es einen Weg, sie umzuleiten?«

»Sie arbeiten gerade daran.«

Er dachte kurz nach und traf dann eine Entscheidung. »Ich möchte, daß eine Überwachungseinheit zum ODAL-Gebäude geschickt wird. Die nächste ist in der Bow Street. Ein Teil soll zu Fuß, der andere per Auto kommen. Sie sollen das Gebäude erst stürmen, wenn ich den Befehl dazu gebe.«

»Wir brauchen Fahrräder, um da durchzukommen.«

»Was, zur Hölle, ist los?« May hämmerte auf den Armlehnen seines Rollstuhles herum. »Selbst *er* kann den Regen nicht kontrollieren.« Er wandte sich an einen jungen Beamten. »Versuchen Sie zu Bryant durchzukommen, und finden Sie heraus, wo er steckt und was er macht. Wir haben einen Mann zur Bücherei geschickt – stellen Sie fest, was mit ihm passiert ist.«

»Sergeant Longbright sagte, die Telefonzentrale sei tot.«

»Dann gehen Sie zur nächsten Telefonzelle, verdammt noch mal!«

»Ja, Sir.« Der junge Mann eilte aus dem Zimmer.

»Setzen Sie sich, John.« Longbright drückte ihn in den Rollstuhl. »Sie sind viel zu aufgeregt. Sie sollten zwei von Ihren Tabletten nehmen.«

»Vielleicht haben Sie recht. Könnten Sie mir ein Glas Wasser holen, Janice?«

Als er sicher war, daß Longbright ihn nicht mehr sehen konnte, stand er auf, schlüpfte in seinen Regenmantel und machte sich auf den Weg zum Hinterausgang.

Hinter einem silbernen Regenvorhang am Fuße der Brücke verborgen, kauerte Grace über dem tragbaren Telefon und drückte auf die Tasten. Zuerst wählte sie die Nummer des Einsatzraums, dann versuchte sie es mit John Mays Nummer. Jedesmal hörte sie das gleiche, elektronische Summen.

»Klingt gar nicht gut. Man kommt nirgendwo durch.« Sie wrang ein Stück Ärmel aus. »Ich kann auch Dorothy und Harry nicht erreichen. Selbst wenn wir es noch rechtzeitig schaffen, wird uns niemand ohne Empfehlungsschreiben oder Termin in die Studios lassen, so wie wir aussehen. Es ist hoffnungslos.«

»Hier ist eine Macht am Werk«, erwiderte Bryant ernst,

»die uns alle in Schach hält. Langsam glaube ich, daß wir sie nicht aufhalten können, selbst wenn es uns gelingt, hineinzukommen. Vielleicht soll es nicht sein.« Er sah erst auf die Uhr, dann auf den schäumenden Fluß. »Carmody wird in weniger als siebzig Minuten mit der Übertragung beginnen und benutzt die Stadt dazu, uns aufzuhalten.« Er warf einen Blick auf die Runen-Kassette, die nutzlos zwischen ihnen lag. »Wir haben versagt«, gestand er traurig. »Und was das Schlimmste ist, wir haben London im Stich gelassen.«

48

Erschlagt den Teufel

Slattery hatte es satt, die Drecksarbeit für Carmody zu erledigen. Es war schon schlimm genug, daß man ihn wie einen Botenjungen ausgeschickt hatte, um Harry Buckingham zu beobachten, aber dann befahl man ihm auch noch, im Wagen zu bleiben, während sein Assistent die Bücherei ausspionieren durfte.

Da dieser von seinem Erkundungsgang noch nicht zurückgekehrt war, bat Slattery den Tycoon per Funk um Hilfe. Carmody war unzufrieden und meinte, das habe man nur seiner, Slatterys, Inkompetenz zu verdanken. Zur Strafe verdammte er ihn dazu, die Nacht im Mercedes zu verbringen und auf Lebenszeichen aus der Bücherei zu achten.

Im Augenblick wartete Slattery auf weitere Instruktionen, unfähig, sich vom Platz zu bewegen, obwohl er sein Opfer auf dem Rücksitz eines Polizeimotorrads gesichtet hatte.

Carmodys Stimme tönte durch den Lautsprecher und ließ ihn zusammenzucken. Sofort griff er nach dem Handmikrophon.

»Ich frage mich, was ich hier machen soll, Daniel«, beklagte er sich. »Sie wissen, daß Harry fort ist. Soll ich nicht versuchen, ihm zu folgen?«

»Er ist auf dem Weg hierher«, erwiderte Carmody. »Das ist doch offensichtlich.« Im Hintergrund hörte man Stimmen. Carmody schien im Studio im obersten Teil des ODAL-Gebäudes zu sein. »Er wird versuchen, die Sendung zu stoppen. Aber das macht mir keine Sorgen. Was mir Kummer bereitet, sind die anderen. Bei dem alten Mann und dem Mädchen warten wir ab, bis sie sich getrennt haben, bevor wir sie uns vornehmen. Kein Problem. Sie müssen sich um die Bibliothekarin kümmern. Ist sie immer noch in der Bücherei?«

»Ich habe sie noch nicht herauskommen sehen.«

»Gut. Ich brauche jetzt jeden Mann hier. Werden Sie allein mit ihr fertig?«

»Daniel, Sie wissen genau, daß ich diese Art von ›Handarbeit‹ nicht mehr mache.«

»Das weiß ich, aber wir alle müssen Opfer bringen, wenn heute abend alles glatt über die Bühne gehen soll. Natürlich wird man Sie entsprechend belohnen. Und sehen Sie sich noch einmal nach belastenden Beweisen um, wenn Sie es hinter sich haben. Danach kommen Sie so schnell wie möglich hierher.«

Slattery erwiderte seufzend, er habe verstanden, und hängte das Funkmikrophon in die Halterung zurück, dann griff er hinter sich und fischte nach seinen Lieblingshandschuhen. Seine entzündeten Augen glühten förmlich, als er seine Aufmerksamkeit auf die Bücherei richtete. Gott, dachte er, was ich alles für die Firma mache.

Dorothy wanderte durch die dunklen Gänge und inspizierte das Regal vor dem zerbrochenen Fenster. Auf dem Parkettboden war eine große Pfütze entstanden, von der aus Rinnsale zwischen den Stapeln hindurchliefen. Es ist unmöglich, das Böse in Schach zu halten, dachte sie; ebenso unmöglich, wie dem Regen Einhalt zu gebieten.

Das Böse ist eine natürliche Kraft, die fällt und steigt wie Ebbe und Flut, und wir können nur hoffen, sie zu hindern oder durch Schmeicheleien umzustimmen.

Durch einen Spalt zwischen Regal und Fenster beobachtete Dorothy, wie Carmodys Anwalt seinen Mercedes verließ und auf die Rückseite des Gebäudes zuging. Sie geriet in Panik. Es gab nichts, womit sie sich schützen konnte, nur ein stumpfes Messer im Ruheraum. Das Gefährlichste im ganzen Gebäude waren die Bücher im Keller.

Sie war gerade bei der Treppe angekommen, als Slattery sich mit voller Wucht gegen das Buchregal warf. Als das Holz sich weigerte, nachzugeben, hämmerte er wild darauf ein. Dorothy wußte, daß es seinen Schlägen nicht lange standhalten würde.

Im Keller schob sie mit den Füßen ein paar schimmelige Bücherstapel beiseite und schloß die Kellertür, was sie seit Jahren nicht mehr getan hatte. Die Tür zu schließen bedeutete, die Bücher der Feuchtigkeit, dem Gestank und Zerfall auszusetzen.

Ein graues Spinnennest zerbrach vor ihren Füßen. In Sekundenschnelle waren ihre Schuhe von einem braunen Gewirr ineinander verhakter Spinnenbeine bedeckt. Angeekelt wich sie einen Schritt zurück, wobei sie beinahe auf ein paar Spinnen ausgeglitten wäre, und verriegelte die Tür, deren Scharniere locker in der feuchten Wand hingen. Sie hoffte, sie würden so lange halten, daß sie ihr Vorhaben beenden konnte.

Dazu benötigte sie vier ganz spezielle Bücher. Zwei davon fand sie im feuchtesten Regal in der hintersten Kellerecke.

Über sich hörte sie zerbrechendes Glas und einen Aufprall. Der Eindringling wanderte hin und her, er schien sie zu suchen. Sie fragte sich, wie lange es wohl dauern würde, bis er auf die Idee käme, hier unten nachzusehen. Das dritte und vierte Buch fand sie in einem Regal auf der anderen Seite.

Es war unbedingt notwendig, diese Runen-Werke voneinander getrennt zu halten. Dorothy wußte um deren tödliches Wirken. Menschen waren gestorben, um diese Werke zu vollenden, die völlig harmlos waren, bis man sie zu einem Quadrat legte, woraufhin sich die unvollständigen Bilder eines jeden Buches zu einer einzigen, nahtlosen Beschwörung der Teufelsmächte vereinten; zu einem Möbiusband des Bösen, das den Beschwörer schützen und den Angreifer verdammen würde.

Bis jetzt hatte sie den Mythos noch nie einem Test unterworfen. Ihre Mutter hatte sie zu einer Gläubigen erzogen. Aber jetzt wollte sie den gefährlichen Geist beschwören. Natürlich barg das Gefahren. Einmal erschienen, würde man das Wesen nicht mit leeren Händen fortschicken können.

Sie zündete zwei Kerzen an und drückte sie in geschmolzenes rotes Wachs mitten auf den Steinboden. Mit schmerzenden Knien öffnete sie jedes der Bücher an der richtigen Stelle und legte sie in die richtige Position. Einer der Wälzer war schon arg mitgenommen. Der Schimmel hatte den Bindeleim zersetzt und die farbigen Seiten gebleicht.

Die Schritte über ihr verharrten. Der Eindringling hatte die Kellertür entdeckt. Der schimmelige Bücheraltar zeigte keinerlei Wirkung. Sie brauchte etwas, um die

Mächte der Finsternis auf sich aufmerksam zu machen. Sie stand auf, nahm ein Papiermesser vom Arbeitstisch, stach sich in den Arm und ließ das Blut auf die Bücher tropfen.

Jemand rüttelte an der Türklinke. Natürlich, der Geruch der brennenden Kerzen hatte sie verraten. Dorothy kniete sich vor den Bücheraltar und rezitierte mit leiser Stimme. Die Flammen flackerten bei jeder Veränderung des Tonfalls. Dann hielt sie ihren Arm der Reihe nach über alle vier Bücher, die das Blut gierig aufsaugten.

Mit einem lauten Knall lösten sich die lockeren Scharniere. Die Tür gab in einem feuchtfauligen Mörtelhagel nach, und Slattery erschien. Er entdeckte die zwischen den Kerzen kniende Dorothy und hielt inne. Bevor er etwas sagen konnte, sah sie, wie sich in der klammen, schweren Kellerluft vor ihr etwas formte.

Die Gestalt schien direkt aus den Regalen gekrochen zu sein. Sie war kleiner und schmächtiger als ein normaler Mensch, aber beunruhigender als jedes menschliche Wesen. Aus seinem Schädel ragten über dem Haaransatz drei Hornspitzen. Unter der Nase hatte er ein breites Katzenmaul, aus dem eine Zunge ragte, die zu groß für den Mund zu sein schien. An Brust und Knien und in der Leistengegend starrten bleiche kleine tote Gesichter, die bei jeder Bewegung faltig wurden. Dorothy hatte die Kreatur schon einmal in der Bibliothèque Nationale in Paris gesehen, in einem Manuskript aus dem fünfzehnten Jahrhundert. Es war ein Geschöpf, das man auch in den vier vor ihr liegenden Büchern fand; es entsprach der typisch mittelalterlichen Vorstellung vom Teufel. Das Wesen beobachtete die alte Frau, die murmelnd vor ihm kniete, dann richtete es seine Aufmerksamkeit auf den Mann an der Tür.

Dorothy wandte den Kopf ab, als die Kreatur an der Wand entlang huschte, wobei sie die Nägel über den Stein schleifen ließ, und den überraschten Slattery bei der Kehle packte, ihn in die Höhe hob und seinen Kopf auf ein Horn spießte. Sie ignorierte Slatterys Schreie und drückte immer stärker, bis sie am Ende zwei Köpfe zu haben schien. Dann näherte sie sich schnaufend der alten Frau.

Sie sah gebannt zu, wie die Kreatur Slatterys Schädel von seinem gräßlichen Spieß drehte, den Körper achtlos beiseite warf und befriedigt in ihr dunkles Gefängnis zurückkehrte. Dann begann sie zu schreien.

49

Empire

Evening Standard
Montag, den 4. Mai

VERKEHRSSTILLSTAND IN LONDON

Stadt im Stau, als Verkehrssystem ausfiel

Fachleute meinten zwar, so etwas könne nie passieren, doch heute abend kam es in der Hauptstadt zu einem Stillstand, als alle Hauptverkehrsstraßen blockiert waren – und alles nur, weil das sogenannte ›unfehlbare‹ computerisierte Verkehrssystem seinen Geist aufgab.

Das System, das das Transportministerium vom französischen Hersteller gekauft hatte, enthielt ein Virus, ähnlich dem, der erst kürzlich wieder das amerikanische Internet infizierte.

KLEINE KINDER WEGEN VERKEHRSCHAOS VERBRANNT

Selbst Krankenwagen, die zu Notfällen gerufen worden waren, blieben im Stau stecken. In Tufnell Park starben zwei kleine Kinder in den Flammen, weil es der Feuerwehr unmöglich war, durch die verstopften Straßen zu kommen. Als die Kühler kochten und die Autofahrer ihrem Unmut Luft machten, versuchten Verkehrspolizisten vergeblich, den Verkehr umzuleiten.

UNBERECHENBARE UMSTÄNDE

Die Polizei gab neben dem Versagen des Verkehrscomputersystems auch dem unberechenbaren Umstand die Schuld, daß zu dieser Zeit so viele Menschen auf den Straßen waren. Strömender Regen behinderte die Bemühungen der Polizei, die an die Fahrer appellierten, die Wagen nicht zu verlassen. Der Automobilklub verzeichnete gestern einen Rekord an Anrufen.

Durch die Überfüllung der U-Bahnen sahen sich einige Stationen dazu gezwungen, die Bahnsteige abzusperren, und nur wie um zu beweisen, daß es in manchen Gegenden ›so wie immer lief‹, kam die Strecke nach Norden zum Erliegen, als Mitarbeiter streikten.

Heute abend kam der Verkehr langsam wieder ins Rollen, aber es wird noch Tage dauern, bis das städtische Verkehrssystem von der tödlichen neuen Wanze gereinigt worden ist, deren Quelle man noch finden muß.

Der Transportminister hat seine Ferien auf den Seychellen abgebrochen, um eine Untersuchung über den Zusammenbruch des Systems zu leiten.

**Tragödie um verbrannte Kinder* – Siehe Seite 2
**Abgeordneter des Unterhauses fordert Subventionen für englische Computersysteme*

Harry Buckingham stieg vom Rücksitz des Motorrades und starrte das riesige Stahlgebäude empor. Die Spitzen der glänzenden Türme, die genauso kühl und kompromißlos waren wie der Mann, der sie hatte bauen lassen, versanken in dunklen Wolken. Harry holte tief Luft. Carmody würde in weniger als dreißig Minuten grünes Licht für die Übertragung seiner ersten Sendung geben.

Harry vergewisserte sich noch einmal, daß sich die zweite, insgeheim von ihm kopierte Videokassette an ihrem Platz unter dem Regenmantel befand, und strebte dem Eingang zu, wobei er immer zwei Stufen auf einmal nahm.

Harry hatte es gar nicht gefallen, Dorothy allein zurückzulassen, doch als der Polizist auf dem Motorrad in der Bücherei aufgetaucht war und sie gefragt hatte, ob er ihnen helfen könne, war ihm eine Idee gekommen.

Seine Hauptsorge war gewesen, daß Grace und Bryant nicht vorgelassen würden. Carmody würde eher ihm als ihnen Zugang zu seinen Gemächern erlauben.

Bei seinem ersten Erkundungsgang war er in der Bücherei auf einen zweiten, staubbedeckten Videorecorder gestoßen, der anscheinend der Bibelgruppe gehörte. Es war ganz einfach gewesen, sich von den anderen abzusetzen und die beiden Geräte miteinander zu verbinden.

Grace würde sehr wütend werden, wenn sie erfuhr, daß er sich mit einer Kopie auf den Weg gemacht hatte.

Er hatte die ganze Zeit darum gebetet, er möge sein Ziel ohne Schwierigkeiten erreichen. Doch als er sich jetzt den uniformierten Wachen näherte, die im Foyer patrouillierten, wurde seine Angst durch das Problem wiederbelebt, wie er sich Zugang verschaffen sollte.

An der gegenüberliegenden Seite der kreisförmigen Marmorhalle saß ein extravagant uniformierter Portier, der mit glänzenden Augen auf einen kleinen Fernseher starrte und auf die erste Sendung seines Bosses wartete. Auf der Theke neben ihm verkündeten Stapel glänzender Broschüren eine großartige Zukunft mit *Hemisphere Television.* Die Wache löste ihren Blick widerwillig vom Bildschirm und musterte Harry abschätzend.

»Ja?« Soviel Überheblichkeit in einem einzigen Wort. Harry trug noch immer dieselben Sachen, mit denen er aus Carmodys Haus geflohen war. Glücklicherweise war ihm gerade noch rechtzeitig eingefallen, den Polizisten um seinen Regenmantel zu bitten.

»Ich habe einen Termin mit Daniel Carmody.«

Der Sicherheitsbeamte bedachte ihn mit einem skeptischen Blick. »Das glaube ich nicht«, antwortete er langsam. »Mr. Carmody möchte nicht gestört werden. Er hat im Augenblick Wichtigeres zu tun.«

Harry hatte mit dieser Antwort gerechnet. Er erinnerte sich an seine frühere Inkarnation als arroganter Werbefachmann, legte die Hände auf die Theke, beugte sich vor und schnarrte: »In Ihrer Stellenbeschreibung steht nichts von Diskussionen. Schnappen Sie sich gefälligst das Telefon und sagen Sie Daniel Carmody, Harry Buckingham sei hier.«

Nach anfänglicher Verwirrung fand die Wache zu ihrer früheren Gelassenheit zurück. »Mr. Carmody hat gleich eine Sendung. Er hat die strikte Anweisung hinterlassen, ihn auf keinen Fall zu stören.«

Harry warf einen Blick auf die Uhr hinter dem Portier. Noch zwanzig Minuten. Dann wandte er seine Aufmerksamkeit wieder der Wache zu. Er bleckte die Zähne, zog einen Kugelschreiber aus der Tasche und malte eine Kurve auf einen Notizblock, der zwischen ihnen lag. Der Mann beobachtete ihn sichtlich verwirrt.

»Das hier«, verkündete Harry, »ist Ihre Karrierekurve. Dort befand sie sich noch vor wenigen Minuten«, er tippte auf die Spitze, »und momentan befindet sie sich hier.« Er zog eine Linie bis zum Ende des Blattes, wobei er so fest aufdrückte, daß der Kugelschreiber zerbrach und das Blatt zerriß. Er warf die Stücke in den Papierkorb. »Und dort werden Sie auch enden, wenn Sie sich nicht umgehend das Telefon schnappen!« brüllte er.

Dem Portier schien es, als sei der Mann verrückt genug, um eine bedeutende Persönlichkeit zu sein. Das arrogante Verhalten erinnerte ihn an seinen Vorgesetzten. Zögernd wählte er eine Nummer.

Im obersten Stockwerk des ODAL-Gebäudes ging es hektisch, aber geordnet zu. Für die heutige Sendung war eine »Einschalt«-Zeremonie für die Presse vorgesehen – da es in Wirklichkeit nichts zum Einschalten gab, hatte man den Star einer beliebten Seifenoper gebeten, an einer mit Bändern geschmückten Schalterattrappe zu drehen – und ein bereits aufgezeichnetes, halbstündiges Werbevideo über ODALs neuestes Produkt.

Danach würde ein zweites Band folgen, das zwar nur drei Minuten dauerte, dessen Auswirkungen aber länger vorhalten würden. Zufrieden lächelnd zündete sich der Tycoon eine Zigarre an.

Nach der heutigen Übertragung würde der neue Sender wieder geschlossen, bis er in einem Monat so ausgerüstet war, daß man auf volle Sendung gehen konnte. Für den Rest des Abends würden Daniel Carmody und seine Gattin bei Cocktails und Kanapees für Fernseh- und Zeitungsinterviews zur Verfügung stehen.

Carmody nahm den Anruf seiner Sekretärin mit breitem Grinsen entgegen. Heute abend konnte er es sich leisten, großzügig zu sein. »Ja, ich erwarte Mr. Buckingham«, antwortete er. »Bitte führen Sie ihn herauf.« Dann schickte er Assistenten und Techniker aus dem Zimmer und lehnte sich zurück.

Während sich die Aufzugtüren hinter ihm schweigend schlossen, fand sich Harry in einem mit Videomonitoren bestückten Korridor aus schwarzem Marmor wieder. Am Ende des Ganges befand sich eine kreisrunde Rezeption, die der dreißig Stockwerke tiefer gelegenen ähnelte. Hier gab es nur einen riesigen Raum, dessen Tür angelehnt war. Harry trat ein.

Wie üblich hatte Carmody seine langen Beine unter einem Schreibtisch verstaut. Dieser hier war aus einer einzigen Platte grüngeäderten Marmors geschnitten und ließ den Tycoon wie einen Priester erscheinen, der an einer Opferzeremonie teilnahm.

»Harry«, rief er aus und erhob sich, »welch ein unerwartetes Vergnügen!« Er lachte in sich hinein. »Ich ahnte, daß Sie unserer kleinen Eröffnungsfeier nicht widerstehen konnten.«

Harry näherte sich ihm mit ausgestreckter Hand. In dieser makellosen Umgebung wirkte er auffallend schmutzig. Carmody lehnte die angebotene Hand ab. »Ich würde es vorziehen, wenn Sie in der Mitte des Zimmers blieben, wo ich Sie im Auge behalten kann.« Er grinste. »Das wollte ich immer schon mal sagen: ›Tut mir leid, Sie werden dieses Gebäude nicht lebend verlassen.‹ Ein wunderbares Klischee, aber wann kann man es heutzutage noch anwenden? Die Sprache des modernen Geschäftsmannes steckt voller Euphemismen.«

Er blies verstreute Zigarrenasche in seine Hand und leerte sie über dem Papierkorb aus. Harrys Finger schlossen sich um die verborgene Kassette.

»Um ehrlich zu sein, Sie stellen keine große Gefahr mehr für uns dar«, fuhr Carmody fort. »Niemand würde Ihrer Geschichte Glauben schenken – aber das ist wieder ein neues Klischee, nicht wahr?« Carmody stand auf und ging um den Schreibtisch herum. »Momentan scheinen wir uns in einem billigen Comic zu befinden. Aber soll ich Ihnen etwas verraten, Harry? Sie interessieren mich noch immer.«

Er neigte den Kopf und blies den Zigarrenrauch aus. »Warum stellen Sie sich gegen den Lauf der Dinge? Warum bekämpfen Sie eine neue Idee derart verbissen? Wäre es nicht besser, abzuwarten und zu sehen, was geschieht? Ich könnte mir vorstellen, daß unser Plan Sie auf längere Sicht überraschen wird. Die meisten unserer zukünftigen Partner sind vernünftige, über jeden moralischen Zweifel erhabene Männer und Frauen.«

»Eine Menge Leute hielten auch die Nazi-Bewegung für eine gute Idee.«

»Ich wußte, daß das kommen würde. Natürlich war der Nationalsozialismus keine gute Idee, das sieht doch jeder, der richtig von falsch unterscheiden kann. Warum wird eigentlich jeder Mann mit Voraussicht, der die Gesellschaft verändern möchte, automatisch mit Hitler verglichen? Was ich möchte, ist nur eine Haaresbreite von dem entfernt, was Sie möchten. Ich bin nur nicht so sentimental wie Sie.« Er sah auf die Uhr. »Und jetzt entschuldigen Sie mich bitte, ich muß gehen und sehen, wie diese gräßliche Frau an dem Schalter dreht, mit dem sie eine neue Ära im Geschäftsgebaren einläutet.« Er grinste und ging zur Tür.

»Warten Sie!« rief Harry. »Möchten Sie nicht sehen, was ich Ihnen mitgebracht habe?«

»Nein. Wenn Sie eine Waffe dabei hätten, wären Sie nicht an den Sicherheitssensoren vorbeigekommen.«

Eine beunruhigt aussehende Sekretärin stöckelte auf Carmody zu und flüsterte ihm etwas ins Ohr. Carmodys Lächeln verschwand, als sie aus dem Raum ging.

»Sieht so aus, als könnte ich Ihnen noch ein paar Minuten Gesellschaft leisten«, verkündete er mit aufgesetzter Herzlichkeit.

»Warum?« fragte Harry. »Sollten Sie jetzt nicht auf Sendung sein?«

»Es gibt eine kurze Verzögerung. Ein kleines technisches Problem, wegen des ungünstigen Wetters. Keine Angst, es wird nicht mehr lange dauern.«

Jetzt oder nie, sagte sich Harry. Als er die Videokassette aus der Tasche zog und Carmody zeigte, spürte er, wie eine Seite des Tycoons seine Zähigkeit bewunderte. Der Magnat hatte etwas dagegen, einen erfinderischen Mann zu verlieren. Ein Teil von Daniel wollte ihm vertrauen.

»Sehen Sie sich das an. Ich glaube, das Video wird selbst Sie überraschen.« Er ließ die Kassette wie einen Fehdehandschuh auf den Schreibtisch fallen. Carmody musterte Harrys Gesicht, dann drückte er die Gegensprechanlage. »Sagen Sie Bescheid, wenn es soweit ist. Ich bin oben.«

Harry folgte Carmody zum Lift. Im Aufzug brachte der Magnat einen kleinen Stahlschlüssel zum Vorschein und steckte ihn in ein Schloß über dem Knopfpaneel. Der Aufzug fuhr ein Stockwerk höher und brachte sie zu einer Privatsuite, die in den kalten ODAL-Farben dekoriert war – Schwarz, Grün und Silber. Eine Wand bestand nur aus Glas. Von dort aus hatte man eine beeindruckende Aussicht auf die regennasse Stadt. Carmody nahm die Kassette aus der Hülle und steckte sie in ein glänzend schwarzes Videogerät.

Harry konnte sein Glück kaum fassen. Daniel wollte sich das Band ansehen! Er würde den Blick abwenden, sobald das Video lief ...

Carmody nahm sich eine der unzähligen Fernbedienungen und drückte auf PLAY. Harry sah noch, wie Grace und Dorothy vor den Regalen posierten, dann wandte er den Blick ab. Eine Minute verstrich, eine Szene folgte der anderen.

Harry starrte immer noch durch die Glaswand auf die Stadt, als er hinter sich jemanden kichern hörte. Er wirbelte herum.

»Tut mir leid«, entschuldigte sich Carmody, rieb sich die Nase und versuchte, nicht mehr zu lachen, »aber war das alles? Ist das Ihre einzige Waffe? Ich dachte, Sie würden versuchen, mir das Band unterzuschieben, das Sie bei Instant Image gestohlen haben, aber ich wußte sofort, als ich die Kassette sah, daß es keine von unseren ist.«

Er sah sich das Video noch eine Weile an, dann drückte er den EJECT-Knopf. »Ehrlich gesagt, ich hatte etwas Anspruchsvolleres erwartet.« Er ging kopfschüttelnd zur Bar und goß sich einen Drink ein. »Wir haben Sie den ganzen Tag in Ruhe gelassen, und das ist alles, was Sie mir anbieten können? Entzückend. Ich werde es als Souvenir behalten.« Er brach mit einem kleinen Eispickel Stücke aus dem Eis in einem Silberkübel und ließ sie in die Drinks fallen.

»Ich verstehe nicht . . .«, stotterte Harry.

»Sie sind wirklich naiv. Runen-Videos sind unsere Stärke. Ich kann es einfach nicht fassen, daß Sie versucht haben, sich unserer Stärke zu bedienen; sie gleichsam als Achillessehne zu benutzen. Schlechte Strategie. Vielleicht ist es ganz gut, daß Sie nicht mehr im Werbegeschäft sind.« Er reichte Harry ein großes, bereiftes Glas und setzte sich so dicht neben ihn, daß er sich unbehaglich zu fühlen begann.

Er beäugte den Drink mißtrauisch.

»Es ist nur Gin mit Tonic«, beruhigte ihn Carmody amüsiert. »Die einzige Art, sich damit zu schädigen, ist, wenn man viele Jahre lang zuviel davon trinkt.«

Harry nahm einen Schluck. »Und weshalb hat das Band nicht funktioniert?« fragte er, wobei er sich den Anschein gab, als frage er aus rein beruflichem Interesse.

»Harry . . .« Carmody schüttelte mit gespielter Enttäuschung den Kopf. »Diese Bänder sind nichts, was man locker aus dem Handgelenk schütteln kann. Es ist nicht so leicht, wie Sie es sich vorgestellt haben. Jedes unserer Videos stellt eine äußerst komprimierte, verschlüsselte Mikroform dar, die mit unterschwelligen Symbolen versetzt ist. Wissen Sie eigentlich, wie hoch die Herstellungskosten sind? Jedes Band hat uns ungefähr eine halbe Million Pfund gekostet! Weshalb, glauben Sie, haben wir alles getan, um unsere Lieferung zurückzubekommen? Sobald die Fließbandproduktion beginnt, werden die Kosten natürlich niedriger. Aber in der Lieferung waren unsere Prototypen. Sehen Sie sich das einmal an.«

Carmody griff sich eine andere Fernbedienung und drückte eine sechsstellige Nummer. Die schwarze Videowand vor ihnen zog sich zurück und enthüllte Reihen funkelnder, bernsteinfarbener Mikrotechnik, die bis zur Decke reichten. Inmitten dieser geometrischen Windungen pulsierte es millionenfach zwischen den Verbindungen wie bei einem neutralen Prozeß.

»Das habe ich in die Firma eingebracht«, verkündete Carmody voller Stolz. »Dafür haben sie bluten müssen.«

Harry sprang auf, überrascht von der Schönheit und Komplexität des Ganzen. »Was Sie hier vor sich sehen, ist nur ein Teil des Codierungssystems, mit dem man computerisierte Runenzeichen in jeder gewünschten elektronischen Form erzeugen kann. Das Verfahren ist mittlerweile so raffiniert, daß die Geräte nicht länger in einem einzigen Stockwerk untergebracht werden können. Die Entwicklung dauerte zehn Jahre. Man brauchte drei Monate, um es herzustellen. Hübsch, nicht wahr?«

Er sah auf die Uhr, dann auf den Regen, der gegen die Glaswand schlug.

»Übrigens, Sie haben Ihren letzten Test nicht bestanden. Jetzt muß ich mir, glaube ich, einen anderen Mann für den Job suchen. Doch möglicherweise können Sie ODAL in einer untergeordneten Position von Nutzen sein. Als Versuchskaninchen. Würden Sie mir bitte noch einen Drink einschütten?«

Harry nahm Carmodys Glas und stand auf. Er war entlassen, auf den Status eines Dieners reduziert. Die Entscheidung stand bevor. Der kleine Eispickel lag noch immer dort, wo Carmody ihn zurückgelassen hatte. Während er einen Klumpen Eis in Carmodys Glas tat, ließ er den Eispickel in seinen Ärmel gleiten.

Donner ließ die Fenster des Penthauses vibrieren. Während er zum Sofa zurückging, spürte Harry, wie sein Herz klopfte. Er würde es tun, wenn er Carmody den Drink gab. Als könne er Gedanken lesen, streckte Carmody mit einem süffisanten Lächeln die Hand aus, um das Glas in Empfang zu nehmen.

Harry ließ den Eispickel so weit aus dem Ärmel glei

ten, daß die Spitze auf seiner Handfläche ruhte. Während er mit einer Hand Carmody das Glas reichte, fuhr er ihm mit der anderen an die Kehle. Es dauerte einige Sekunden, bis Harry merkte, daß auf ihn geschossen worden war. Seine rechte Schulter brannte; rote Blüten öffneten sich auf seinem Hemd.

»Alle Achtung, Harry. Sie haben sich also für den Eispickel entschieden. Ich bin beeindruckt. Wie Sie sehen, braucht es nicht viel, um Ihre natürlichen Instinkte an die Oberfläche zu locken. Leider muß ich mein erstes Angebot zurückziehen. Ich glaube nicht, daß ich Ihnen je wieder trauen kann.« Carmody ließ den Revolver in die Jackentasche gleiten. Dann zog er den Eispickel aus dem Sofa und schleuderte ihn über den Marmorboden.

Obwohl die Schmerzen in der Schulter schwächer geworden waren, merkte Harry, wie die Füße unter ihm nachgaben. Während er zu Boden glitt, fragte er sich, ob das auf den Schock zurückzuführen war.

»Keine Angst«, hörte er eine entfernte Stimme sagen, »Sie werden nur eine Narbe zurückbehalten. Ich habe nicht auf Ihr Herz gezielt. Die Kugel hat nur Knochen und Nerven getroffen.« Dann zerriß jemand sein Hemd und untersuchte die Eintrittswunde. Der Schmerz schreckte Harry auf. Hinter ihm summte die Gegensprechanlage. Carmody meldete sich, während Harry versuchte, sich aufzusetzen.

»Offensichtlich sind sie startbereit«, sagte Carmody. »Ich bin gleich unten.« Er ließ den Hörer sinken, dann riß er ihn wieder hoch. »Was? Sagen Sie ihr, im Fernsehen eine Ziege zu spielen, würde sie noch lange nicht dazu berechtigen, aus der Rolle zu fallen. Nein, besser Sie sagen Celia, sie soll sie beruhigen.« Er wandte sich an Harry. »Die Tussie aus der Seifenoper macht Theater wegen der Verspätung. Würden Sie gerne mitkommen und uns Gesellschaft leisten?« Dann sah er Harrys blutiges Hemd und das bleiche Gesicht.

»Nein, ich habe eine bessere Idee.« Er wählte eine Nummer und rief seinen Produzenten an. »Ich werde mir die Sendung von hier aus ansehen, Jim. Was soll ich im Studio, da stehe ich nur im Weg. Aber ja, natürlich vertraue ich Ihnen. Lassen Sie es über den Hauptmonitor laufen. Ja, den ED17. Nein, ich weiß, wie man es macht. Bleiben Sie in der Nähe, ich werde noch einmal anrufen. Gut.«

Dann kehrte er zu Harry zurück, griff ihm unter die Arme und schleppte ihn zu einer Couch, von der aus man den Bildschirm sehen konnte. »Das wird Sie interessieren«, sagte Carmody, während er den richtigen Kanal einstellte. »Das nächste Band ist das fortschrittlichste, das wir jemals entwickelt haben. Es ist auf das Gehirnmuster einer Handvoll Leute zugeschnitten. Einmal abgesehen von der Entwicklung der Technologie war es am schwierigsten, an die medizinischen Daten von ODALs Feinden zu kommen.«

Der statische Nebel auf dem Bildschirm verzog sich und gab den Blick auf das Studio einen Stockwerk tiefer frei.

»Keine Angst, wir sind sicher. Aber Sie können sich wahrscheinlich vorstellen, welche Auswirkungen es auf die sieben Direktoren hat, die uns von der anderen Seite des Atlantiks aus zusehen.«

Der Star der Seifenoper erschien auf dem Schirm. Eine Maskenbildnerin legte letzte Hand an.

»Sie sieht alt aus«, bemerkte Carmody. »Wir hätten eine Jüngere nehmen sollen. Wie fühlen Sie sich, Harry?«

»Schlecht. Ich verliere Blut.«

»Stimmt genau. Die Kugel war mit einem Antigerinnungsenzym imprägniert. Es ist zwar nur eine kleine

Wunde, aber sie muß schnellstens genäht werden, wenn Sie am Leben bleiben wollen. Je mehr Sie sich bewegen, desto stärker bluten Sie.«

»Ich dachte, Sie wollten mich als Versuchskaninchen behalten.«

»Nun, ja – es ist nicht so wichtig.«

»Ich will nicht . . .«

»Was?«

»Ich will nicht sterben.«

»Daran hätten Sie früher denken sollen.«

Jubel tönte aus den Lautsprechern, als die Schauspielerin das Band zerschnitt und die Schalterattrappe drehte. ODALs schwarz, grün und silbernes *Hemisphere TV*-Logo nahm den gesamten Bildschirm ein. Der Tycoon beugte sich hingerissen vor. Harry senkte den Blick. Was er dann sah, entsetzte ihn.

Sein Hemd war blutdurchtränkt, selbst die Couch war dort, wo er saß, voller Blut. Die Wunde heilte nicht. Harry starrte auf den Bildschirm und stellte fest, daß seine Konzentration nachließ. Die schillernde Wand hinter dem Bildschirm begann zu funkeln, während Partikel durch das elektronische Labyrinth jagten und Befehle ausführten, die sich jede Millisekunde änderten.

Harry wußte, daß er sterben würde. Es ging jetzt nicht mehr darum, wie, sondern wie lange er leben würde. Alles, was er getan hatte, war vorhersehbar gewesen. Er war in die kühlen Arme Carmodys zurückgekehrt, nur um sein letztes Vorstellungsgespräch wegen seiner Position als Verbindungsoffizier zu einer Neuen Welt zu verkorksen. Das Spiel war aus.

Es war ihm nicht gelungen, irgend jemanden oder irgend etwas zu beeinflussen. Grace und Bryant waren irgendwo in der Stadt gestrandet. Dorothy hatte er allein und unbewaffnet in der düsteren Bücherei zurückgelassen. Nichts war so, wie es sein sollte. Er glitt auf seinem eigenen Blut zu Boden, während der Jubel der Menge aus dem Lautsprecher drang.

Plötzlich verschwamm das Bild auf dem Monitor und wurde durch ein anderes ersetzt. Carmody starrte verwirrt auf die Fernbedienung. Als Harry den Kopf hob, spürte er ein wohlbekanntes Prickeln im Kopf. Das ODAL-Logo war durch ein äußerst gefährliches Runensignal ersetzt worden. Er riß den Kopf zur Seite und betete darum, die Botschaft möge keinen neuen Anfall auslösen. Carmody starrte mit aufgerissenem Mund auf den Monitor.

Die Aufzugtüren öffneten sich, und Celia Carmody erschien.

»Hat die Sendung schon angefangen?« fragte sie, während sie sich der Couch näherte. Sie war für das Interview zurechtgemacht, tadellos frisiert und gekleidet und bewegte sich wie eine aufgezogene Puppe. Ihr zartes Gesicht war derart mit Make-up vollgekleistert, daß es wie aus fleischfarbenem Plastikmaterial geformt aussah. Sie blieb neben Harry stehen, ohne dessen mißliche Lage zur Kenntnis zu nehmen, und starrte ihren Mann an.

Statische Geräusche erfüllten den Raum. Wenn man genauer hinhörte, konnte man menschenähnliche Stimmen hören, die wie das Geschnatter kleiner Teufel klangen. Seltsames ging vor. Carmody starrte unverwandt auf den Bildschirm, der explosionsartig überbelichtete Farben an die Wand warf. Der Tycoon machte den Eindruck, als stünde er unter schwerer Narkose.

Harry versuchte, aufzustehen und sich dem Geräusch- und Lichtsog zu entziehen, aber vergebens. Celias Lippen berührten sein Ohr. »Sehen Sie nicht hin«, warnte sie. »Wir müssen verschwinden. Er kann mir nicht mehr weh tun, er wird mir nie mehr weh tun können.« Erst als sie seine Hand nahm, sah sie, wieviel Blut er verloren hatte.

»Er hat eine Pistole«, lallte Harry mit schwerer Zunge.

Carmody schrie, stand auf und stolperte auf die Computerwand zu. Offensichtlich sah er dort etwas, eine schreckliche Vision, die niemand auf der Welt mit ihm teilen konnte . . . Als ihn eine neue Welle von Übelkeit überschwemmte, wurde Harry gewahr, daß er Carmodys Halluzination auch sehen konnte.

Er preßte die Augen zusammen und hob die Hände an die Schläfen. Der kurze Blick auf den Bildschirm hatte genügt, um sein empfängliches Unterbewußtsein zu aktivieren. Als er Stahl über Marmor knirschen hörte, öffnete er vorsichtig die Augen und sah sich ein zweites Mal mit seinen kopfgeborenen Dämonen konfrontiert.

Doch diesmal gab es keine unvorstellbare heidnische Gottheit, gegen die man kämpfen mußte. Nein, die funkelnden Drähte schienen plötzlich zum Leben zu erwachen und näherten sich dem Tycoon. Peitschende, rasiermesserfeine Silberdrähte schlitzten seine Wangen, die schützend erhobenen Hände auf. Carmody zerrte an seiner Jacke, zog den Revolver hervor und schwenkte ihn wild.

»Was sieht er?« stammelte Celia. »Da ist doch gar nichts.«

Der erste Schuß explodierte im labyrinthischen Drahtgewirr. Der nächste prallte von einer Platte ab und schlug ein Loch in die Glaswand auf der gegenüberliegenden Seite. Das Glas zerbarst in tausend Stücke. Wütende Wolken stürmten über den dunklen Himmel.

Harry wandte seine Aufmerksamkeit wieder Carmody zu. Die funkelnden Schaltungen hatten ihn vollkommen eingehüllt, die Drähte bogen sich wie angreifende Schlangen zurück, um unvermittelt zuzustoßen und sich tief in Gesicht und Arme einzugraben.

Carmody schien ein Teil des Systems geworden zu sein; die Lebensadern des Computers verbanden sich mit seinen, bis es unmöglich war, zu sagen, wo der Mensch endete und die Maschine begann.

Harry spürte eine Hand an seinem Ärmel. Celia hatte erkannt, daß er an derselben Halluzination wie ihr Mann litt, und versuchte ihn zum Aufzug zu zerren.

Die Rune auf dem Monitor verschwand. Die Übertragung endete abrupt, als jemand im Stockwerk unter ihnen einen Stecker aus der Steckdose zog.

»Harry, wir müssen nach unten, bevor sie das richtige Band einlegen.« Harry zwang sich aufzustehen. Gemeinsam stolperten sie zum Aufzug. Während Celia auf den Knopf drückte, warf Harry einen Blick hinter sich. Es war Carmody gelungen, seinen geschundenen, von einem silbernen Strahlenkranz umhüllten Körper in ihre Richtung zu drehen, und er feuerte auf sie. Die Kugel fuhr einen Fingerbreit an Harrys Gesicht vorbei in die Aufzugtür. Celia schrie auf und hämmerte auf den Knopf, aber nichts rührte sich. Harry grub die Finger in den Gummi und versuchte mit aller Macht, die Türen beiseite zu schieben, wodurch sich die Wunde wieder öffnete. Blut schoß heraus. Harry taumelte.

Er blickte hoch und sah gerade noch, wie Carmody wild um sich schlagend auf sie zugestürzt kam. Bevor Harry wußte, was geschah, hatte Daniel seine Frau an der Hand gepackt und mit sich gezerrt.

Celia schrie auf, als Carmody sie auf den regennassen Boden zwischen sich und der zerbrochenen Fensterwand warf. Sie versuchte aufzustehen, aber Carmody trat mit dem ihm verbliebenen freien Bein nach ihr. Sie fiel in die Scherben zurück.

Die Aufzugtür öffnete sich. Celia, die wieder auf die Füße gekommen war, schrie entsetzt auf, als sie sah, wie ihr Mann, immer noch im Griff der Runen-Psychose, seinen gequälten Körper zwischen die Schaltungen zwängte.

Als sie versuchte, zu Harry zu fliehen, packte Carmody sie beim Handgelenk, schlang ihr die Arme um die Taille und schleuderte sie gegen die zersprungene Glaswand.

Harry stürzte auf sie zu und erwischte gerade noch einen Arm. Während sie auf der schmalen Fensterbank balancierte, sah es einen Moment lang so aus, als würde der Sturm selbst ihr zur Hilfe kommen. Auf dem Boden hatten sich Pfützen aus Blut und Wasser gebildet. Harry glitt aus und fiel hin. Celias Arm löste sich aus seinem Griff. Der Sturm wirbelte sie wie eine Stoffpuppe durch den ungestümen Himmel. Dann verschluckten sie die Wolken.

Harry stand auf. Blut floß ihm über die Brust. Carmody steckte in seiner Maschine, deren feine Drähte in seinen Augen, im Zahnfleisch, in den Ohren und in seinem Schädel verschwanden. Als sie sich um seinen Hals legten, um einen einzigen, breiten Schnitt zu hinterlassen, schlug er wild um sich.

Während Blut aus der Wunde spritzte, schrie er: »Es ist noch nicht zu Ende! Warten Sie nur ab. Der Teufel, den man kennt, ist besser als der, den man nicht kennt«, während elektrischer Strom durch die Leitungen floß.

Hoch über der verregneten Stadt, im Penthaus der ODAL-Zentrale, spritzte Blut an die Wand, als die überladenen Leitungen in Daniel Carmodys Runen-Computersystem weiß aufglühten und eine Explosion die Organe des Industriellen zu einem extravaganten, entsetzlichen Bild elektrischer Verbrennung anordnete.

Daniel Carmody war eins mit seinem Geschöpf geworden.

50

Gedenken

Als Harry das Bewußtsein wiedererlangte, fand er sich auf einer Couch in der winzigen Krankenabteilung innerhalb des ODAL-Studios wieder. Er berührte vorsichtig die Wunde. Jemand hatte sie gewaschen, genäht und mit einem dicken Heftpflaster versehen.

Er versuchte sich aufzusetzen, aber sein schmerzender Kopf zwang ihn, den Versuch rasch wieder aufzugeben. Aus dem Augenwinkel heraus konnte er die Monitoren am Ende der Halle erkennen. Keiner von ihnen schien in Betrieb zu sein.

»Wie schön, Sie sind wach.« Arthur Bryants Gesicht schwebte über ihm. Der alte Herr knuffte ihm in den Arm, was nicht besonders nett war. »Wahrscheinlich fühlen Sie sich noch ein wenig schwach.«

Harry hatte einen trockenen Hals. »Wo ist Grace?« krächzte er.

»Sie wartet unten auf Sie. Wir wollen nicht so viele Leute hier oben haben, bis wir sicher sind, daß alles klar ist. Vielleicht freut es Sie, zu hören, daß die Sendung nicht beendet wurde.«

»Warum – was ist passiert? Wer hat sie unterbrochen?«

»John May«, verkündete Bryant mit einer Spur Stolz. »Sie stürzten, zur Überraschung dieser schrecklichen lauten Frau, die meint, sie sei ein Star, aus dem Aufzug ins Studio. May traf in dem Augenblick hier ein, als Carmodys Frau auf den Bürgersteig schlug.«

»Daniel war in den Computer geklettert.«

»Davon weiß ich nichts. Ich weiß nur, daß im obersten Stock ein Feuer ausgebrochen ist, das sich durch die Lüftungsschächte ausbreitete und die Übertragung der Sendung ernstlich beeinträchtigte. Die Techniker konnten ihren Boß nicht auftreiben und versuchten gerade, Ordnung ins Chaos zu bringen, als May eintraf und die Kontrolle übernahm. Das Gebäude steht unter Polizeischutz, und das wird so bleiben, bis wir hier alles untersucht haben. Was war da oben los? Haben wir den ganzen Schlamassel Ihnen zu verdanken?«

»Nein.« Harry setzte sich unter Schmerzen auf. »Celia Carmody hat die Bänder vertauscht. Was ich nicht verstehe, ist, weshalb er ein Video besaß, das ihm schaden konnte. Er hätte seinen Technikern nie erlaubt, etwas Derartiges zu entwickeln. Und Celia kann es sich unmöglich ausgedacht haben.«

»Über technische Fragen müssen Sie sich mit meinem Partner unterhalten«, seufzte Bryant, »was leider momentan nicht einfach ist.«

»Und warum nicht?«

»Weil die Anstrengung ihn wieder ins Krankenhaus gebracht hat. Ein Glück, daß er es geschafft hat, überhaupt bis hierher zu kommen. Sie haben ja nur ein Chaos angerichtet, sich anschießen und den Hauptverdächtigen Selbstmord begehen lassen.«

Harry beschloß, den Mund zu halten. Er wußte, weshalb Celia so gehandelt hatte. Es lag an dem, was am vergangenen Wochenende zwischen ihnen passiert war. Bryant verschwand für einen Augenblick und kehrte mit einem Becher dampfenden Tees wieder.

»Und wie geht es jetzt weiter?« fragte Harry, der den Becher dankend annahm.

»Nun, Sie werden jetzt auf einer Tragbahre die Treppen hinuntergebracht, während ich als ältere, gebrechlichere Person den Aufzug nehmen muß, den Sie so verschwenderisch mit Ihrem Blut verziert haben.«

Harry sah Bryant nach, der brummend durch den Flur marschierte und nervös mit seinem Stock gegen die Wände schlug.

Das Gelände um die Sternwarte im Greenwich Park wird seltsamerweise beständig ignoriert. Über eine grasbewachsene Anhöhe gelangt man zu einem Steingarten, durch den sich überwachsene Pfade schlängeln. Obwohl klein, so ist er so angelegt, daß er, wenn die Bäume Blätter tragen, nur noch von der mit Grünspan geschmückten kupfernen Kuppel des Observatoriums überragt wird.

Zwischen den abgezirkelten Blumenbeeten im hinteren Teil des Gartens befindet sich eine Schutzhütte mit einer hölzernen Bank. Seit sie zum ersten Mal mit ihrer Mutter hierher gekommen war, ist dieser Ort Dorothys Lieblingsplatz geblieben.

Sie lehnte sich zurück und atmete die kühle, erdige Luft ein, während die Schatten immer länger wurden und Eichhörnchen durch die Lavendelhecken flitzten.

Die Ereignisse nach Slatterys Tod im Keller der Bibliothek hätten sich zu einem permanenten Alptraum entwickelt, wenn Arthur und sein Partner nicht so freundlich gewesen wären. Als es Dorothy endlich gelungen war, einen Constable auf sich aufmerksam zu machen, hatte der verschreckte, junge Polizist einen ausführlichen Bericht über den Zustand des Verstorbenen geschrieben.

Er hatte Slattery auf einem eisernen Leuchter aufgespießt gefunden. Für die anderen sah es so aus, als hätte sich der Anwalt bei dem Versuch, die Tür zum Bücherlager zu öffnen, selbst durchbohrt.

Dorothy hatte mit niemandem darüber gesprochen. Nicht einmal mit Arthur. Sie sah auf die Uhr, schaute zum Geländer und begann sich zu fragen, ob ihren Gästen etwas zugestoßen war.

»Da sind Sie ja! Wir haben überall nach Ihnen gesucht.« Bryant zwängte sich durch die Rhododendronhecke und wischte sich die Blütenblätter vom Revers. »Ich konnte das Haupttor nicht finden, deshalb sind wir über das Geländer geklettert. Erinnert mich an meine Jugend. John, sie ist hier! Hätten wir uns nicht an einem weniger versteckten Ort treffen können?«

May kam auf sie zu. »Als Bryant mir sagte, Sie hätten uns zu einem Essen eingeladen, hatte ich keine Ahnung, daß es sich um ein Picknick handelt«, erklärte er. »Hübsches Fleckchen.«

»Sind Sie mit dem Wagen gekommen?« fragte Dorothy.

»Ja, leider. Mit Bryants. Wir haben ihn bei der General-Wolf-Statue geparkt.«

Während das Trio durch das feuchte Gras in Richtung Sternwarte kletterte, bestrich die sinkende Sonne die wenigen Wolken mit blaßrosa Farbe.

»Ich liebe London, wenn es so ist wie jetzt; wenn nach dem Regen die Luft so klar ist«, sagte Dorothy. Sie drehte sich um und warf einen Blick auf die Allee, die zum Marinemuseum führte, auf den viereckigen Gebäudekomplex des *Royal Naval College* und den nebelverhangenen Fluß dahinter. »Das alles wird es bald nicht mehr geben. Sehen Sie sich nur diese Kräne an. Sie bauen an der Nordseite der Themse immer mehr Hochhäuser für Banken – als ob es nicht schon genug davon gäbe. Das hier ist ein uralter Aussichtspunkt, den zahllose Generationen unangetastet ließen.

Ein paar von uns haben gegen die Bauvorhaben Einspruch erhoben. Offensichtlich hält man uns für verrückt. Man kann ihre Gedanken förmlich sehen: Landschaft, gut und schön, aber wer *braucht* sie?«

»Und was wird aus der Bücherei?« fragte Bryant.

»Was soll ich machen? Ich werde dableiben und gegen Stadtrat und Stadtplaner kämpfen. Die Sammlung muß geschützt werden. Sie darf nicht in falsche Hände fallen.«

Sie waren bei der Statue angelangt. »Und was passiert mit ODAL?« fragte Dorothy.

May bedachte sie mit einem zynischen Lächeln. »Haben Sie es noch nicht gehört? Der Sendebetrieb wurde nur für kurze Zeit unterbrochen, bis wir die Bücher durchgesehen hatten. Es gibt nichts, weswegen wir sie belangen könnten, außer einer Handvoll steuerlicher Spitzfindigkeiten. Sieht so aus, als hätten sich alle belastenden Disketten, Videos oder andere infizierte Produkte in Luft aufgelöst, als die Polizei das ODAL-Gebäude stürmte. Keiner weiß, wohin die Sachen verschwunden sind.«

»Aber Sie haben doch bestimmt einen Verdacht.«

»John und ich haben mehr als nur einen Verdacht«, erklärte Bryant. »Ihnen ist es zu verdanken, daß wir auch eine Videokassette hatten.«

»Sie benutzen die falsche Zeitform . . .«

»Nun, als ich sie auf der Polizeistation aus dem Schrank mit den Beweisen nahm, mußte ich leider feststellen, daß jemand sie durch einen Magnet gelöscht hat. Und das ist nur ein Teil der Geschichte. Man hat Hargreave zu verstehen gegeben, der Fall läge nicht mehr im Zuständigkeitsbereich seiner Mitarbeiter und eine offizielle interne Untersuchung sei anberaumt.«

»Hört sich wie eine von Franks Verschwörungstheorien an.«

»Bevor der Fall abgegeben wurde, konnte ich einen Blick auf die Verteilung der Geschäftsanteile des Konzerns werfen, wobei ich feststellte, daß die Regierung Ihrer Majestät den größten Anteil besitzt. Führende Minister sind in Geschäfte mit ODAL verwickelt, hauptsächlich vom Verteidigungsministerium unterzeichnete Verträge, deren Details vermutlich in einem düsteren Whitehall-Büro hinter Schloß und Riegel liegen.«

»Wir hätten von Anfang an wissen müssen, daß das Ganze politisch sanktioniert war«, bemerkte May, »aber wir haben uns wie sture Polizeibeamte benommen und vor lauter Leichen nichts anderes mehr gesehen. Erst als Carmody starb . . .«

». . . wurde es offensichtlich«, fuhr Bryant fort, öffnete die Wagentür und ließ Dorothy einsteigen. »Auf eine perverse Art war Daniel Carmody ein Mann mit Weitblick. Er würde auch nie eine Kassette in Auftrag gegeben haben, die ihn hätte töten können. Jemand muß ihn kontrolliert haben. Ich nehme an, das Verteidigungsministerium hat die Produktion des Videos veranlaßt, möglicherweise sogar bei Carmodys eigenen Leuten, als Vorsichtsmaßnahme für den Fall, daß sich ihr Protegé entschloß, in die Hand zu beißen, die ihn fütterte.«

»Und seine Frau fand es heraus«, ergänzte May.

»Vielleicht hat man es ihr sogar gesagt. Wir werden nie erfahren, was sie letztendlich bewogen hat, das Video zu benutzen. Ob ODAL je wieder ins Geschäft kommen wird?« fragte Dorothy.

»Sie können es ja versuchen«, meinte Bryant grinsend, während er einen Gang einlegte.

»Was ist denn daran so lustig?« fragte Dorothy.

»Wir haben einem unserer Freunde zu einem neuen Hobby verholfen«, antwortete May.

Während dieser Worte arbeiteten am anderen Ende der Stadt Rufus und Kirkpatrick am Polizeicomputer an einer Runen-Viren-Reihe, die ODALs gesamtes Computernetz infizieren würde, sobald es seine Arbeit wieder aufnahm. Vielleicht weil sie beide begnadete Außenseiter waren, bereitete ihnen die Zusammenarbeit mittlerweile viel Vergnügen.

»Natürlich werden sie wieder ins Geschäft kommen«, sagte Bryant, während er mit einer Wagenseite über ein Blumenbeet fuhr, »aber das nächste Mal wissen wir Bescheid.«

»Ich dachte, du willst dich zurückziehen?« bemerkte May. »Ich denke, die heutigen Verbrechen seien dir zu schmutzig. Hast du nicht gesagt, du wolltest die letzten Jahre deines Lebens in deinem Schrebergarten verbringen und Mohrrüben ernten?«

»Wie kannst du es wagen! Ich habe gar keinen Schrebergarten«, entrüstete sich Bryant. »Also wirklich – Mohrrüben. Wenn du deinen geschwächten Verstand einmal anstrengen würdest, fiele dir vielleicht auf, daß Instant Image Coltis nicht alle Kassetten abgekauft hat, was bedeutet, daß noch ungefähr hundert davon im Umlauf sein müssen. Jemand muß ein Auge darauf haben. Im übrigen warst du jetzt schon zweimal im Krankenhaus. Beim nächsten aufregenden Fall könntest du den Löffel abgeben. Ich kann dich doch jetzt nicht allein lassen.«

May warf Dorothy einen Blick zu. »Dann bleibst du also?«

Bryant schnaubte und starrte auf die Straße. »Ich glaube, ja.« Der kleine Wagen umkreiste zweimal den Blackheath-Kreisel, bis Bryant die richtige Ausfahrt gefunden hatte und in Richtung Stadt steuerte.

»Wir sollten versuchen, ein Restaurant zu finden, bevor die Sonne untergeht«, schlug Bryant vor, »ich glaube, die Scheinwerfer funktionieren nicht.«

Der *Independent*
15. Juni

ODAL-VORSITZENDER STARB AUF MYSTERIÖSE ART

Die Leiche, die spielende Kinder vor zwei Tagen in einem Südlondoner Abwasserkanal fanden, wurde als Samuel Harwood, 71, identifiziert, der erst vor kurzem angeklagte Vorsitzende der ODAL-Gruppe, eines multinationalen Kommunikationskonzerns, der augenblicklich Gegenstand einer polizeilichen Untersuchung ist. Gerichtsmediziner stehen bezüglich der Todesumstände vor einem Rätsel. Es sieht so aus, als sei Harwood nachts in den Kanal gestolpert und dort während eines plötzlichen Regengusses ertrunken.

Wochen vor seinem Verschwinden hatte er beredte Kritik an der Gesellschaft geübt, die aufzubauen er mitgeholfen hatte, und seine Mitdirektoren mehrmals öffentlich angegriffen. Kollegen äußerten den Verdacht, der ehemalige Vorsitzende habe an einer mentalen Aphasie gelitten.

Anfang des Jahres war der leitende Direktor der ODAL-Gruppe mit seiner Frau bei einem Feuer umgekommen, das das gesamte obere Stockwerk der ODAL-Zentrale zerstörte.

Weiter Seite 6

**Weshalb gefährliche Abwasserkanäle gesperrt werden müssen*

– Abgeordneter des Unterhauses. Siehe Seite 8

»Das ist er.« Harry deutete auf die Fotografie des Vorsitzenden. »Das ist der Mann, der in meiner Halluzination in Stücke gerissen wurde.«

»Carmody wußte genau, daß er erst angefangen hatte, die Macht der Runen anzuzapfen. Ich frage mich, ob er wußte, wieviel wir noch darüber lernen müssen.« Grace lehnte sich über die Reling am Heck der Fähre und sah zu, wie sich die Entfernung zum Westminster Pier vergrößerte.

Die Wolken hatten sich verzogen, der Abend war kalt und klar. Graces strenger Haarschnitt war einem weiblicheren gewichen, aber sie ließ es sich immer noch nicht nehmen, Regenmantel und Stiefel zu tragen. Harry reichte ihr einen dampfenden Styroporbecher.

»Warum trinken wir Engländer eigentlich so viel Tee?« fragte sie, während sie den Zucker mit einem Plastiklöffel umrührte.

»Er hilft uns beim Denken.«

»Vermißt du deine Wohnung?«

Harry dachte kurz darüber nach. »Nur die Aussicht«, erwiderte er. Er hatte die Wohnung zum Verkauf angeboten, nachdem sie dreimal während seiner Abwesenheit durchsucht worden war. Er vermutete, daß das neue ODAL-Regime ihn im Auge behielt, obwohl er keine Beweise für seine Vermutung hatte. »Übrigens, ich hatte noch ein anderes Vorstellungsgespräch.«

»Bei wem?«

»Beim Vorstand von *Consumer Research.* Die passen auf, was die Industrie anstellt. Eine Art Wachhund. In dem Job kenne ich mich aus.« Als die Fähre unter der Blackfriars Bridge hindurchfuhr, legte Harry den Arm um Graces Taille. »Ich habe über den Teufel nachgedacht.«

»Ja? Was ist mit ihm?«

»Ich glaube, daß er wirklich auf die Erde gekommen ist. Und ich denke, er wurde von einer Handvoll Menschen aufgehalten, die von etwas mehr als nur einer List des Schicksals zusammengeführt wurden.«

»Ich dachte immer, du wärst in solchen Dingen ganz cool.«

»Bin ich normalerweise auch. Aber überleg mal: du kanntest Frank Drake. Er arbeitete mit Dorothy Huxley zusammen, die wiederum kannte Bryant, der May kannte, der diesen Jungen kannte, der dabei ist, ein Anti-Runen-Virus zu entwickeln. Wenn nur ein Glied in der Kette gefehlt haben würde, hätten wir ODAL nicht aufhalten können.«

»Du hast das Wichtigste vergessen. Wenn du nicht so nett zu Carmodys Frau gewesen wärst, einfach nur, indem du mit ihr geredet hast, hätte sie nie den Mut gehabt, seine Methode gegen ihn zu benutzen.«

Harry erinnerte sich an sein letztes Bild von Carmody, an Blut und Schaltungen. Ihn schauderte.

»Bist du bereit?«

»Ich bin bereit.«

Grace öffnete ihre Tasche und zog zwei Rosen hervor. Als die Fähre sich aus dem Brückenschatten löste, warf sie die erste Rose in das träge, graue Wasser. Der Wind wehte ihr die Haare in die Stirn.

»Für Frank«, sagte sie und fuhr sich mit der Hand übers Gesicht.

Harry hielt die Rose, die Grace ihm gegeben hatte, noch eine Weile nachdenklich fest. Dann warf er sie in hohem Bogen von sich, so daß sich einen winzigen Augenblick lang ihre Silhouette vor der Abendsonne abzeichnete.

»Für Willie Buckingham«, sagte er leise, während er zusah, wie die Rose ins Wasser fiel. Die Schrauben ließen das Wasser aufschäumen, während die Fähre ihre abendliche Fahrt über den See fortsetzte.

»Verdammte Scheiße, Mann.« Rufus lehnte sich in seinem Stuhl zurück und studierte den Bildschirm. Dann winkte er Kirkpatrick zu sich. »Jedesmal, wenn ich die Runen-Kette eingebe, blockt sie jemand ab und schickt das verdammte Ding wieder zurück.«

»Wie ist das möglich?« Kirkpatrick rieb sich die müden Augen. »Du hast doch gesagt, dieser Teil wäre eine Sackgasse im ODAL-System, die stillzulegen kinderleicht wäre.«

»Hab' ich gedacht, aber irgend etwas versteckt sich da drin. Passen Sie auf, ich versuch's noch mal.« Seine Finger flogen über die Tastatur, sein Daumen drückte ENTER.

Bitte identifizieren. Mitarbeiter der ODAL Inc. J/N?

Rufus gab ein J ein und drückte die RETURN-Taste. Die Schrift verschwand, und der Bildschirm füllte sich mit Zahlen, die ein einziges, großes Netz bildeten. Dann klärte sich das Bild, bis nur noch ein paar deutlich lesbare Worte übrigblieben.

DER TEUFEL, DEN DU NICHT KENNST

»Was soll das sein? Eine Art Code?« fragte Kirkpatrick.

»Ich geb's auf.« Rufus kratzte sich verwirrt den Rücken. »Sieht aus, als hätten wir hier ein Programm mit einer Identitätskrise.« Er ließ die Seite weiterlaufen. Es folgte ein einziges Wort in leuchtend grünen Buchstaben:

Er erinnerte sich an das, was Harry ihm über Carmodys Tod erzählt hatte. Blut und Schaltungen.

»Er steckt im System!« rief Rufus.

ENDE

Band 13 545

Garry D. Kilworth

Feuerengel

Deutsche Erstveröffentlichung

Dave Peters, ein Cop aus San Francisco, hat bei einer Feuersbrunst Frau und Kind verloren – aber ihm bleibt keine Zeit, sich von dieser Tragödie zu erholen. Bei einem weiteren Großbrand macht er eine schreckliche Beobachtung: Ein Fremder schreitet scheinbar seelenruhig aus dem flammenden Inferno heraus, allem Anschein nach völlig unversehrt von Hitze und Rauch.
Für Dave Peters steht fest: Dieser seltsame Feuerengel, der zu allem Überfluß auch noch von einer auffälligen Schönheit ist, muß der Brandstifter sein. Kann Dave auch das Geheimnis der vielen anderen Brandanschläge lüften, die das Land terrorisieren? Kaum daß er die Jagd nach dem Feuerengel eröffnet hat, sieht er sich in einen Kampf mit dämonischen Wesen verstrickt, die alle seine bisherigen Vorstellungen von übersinnlichen Wesen über den Haufen werfen.

BASTEI LÜBBE

Sie erhalten diesen Band im Buchhandel, bei Ihrem Zeitschriftenhändler sowie im Bahnhofsbuchhandel.

Band 13 528

Graham Masterton

Black Angel

Deutsche Erstveröffentlichung

Ein Killer ist unterwegs in den Straßen von San Francisco, ein Killer von satanischer Brutalität. Vor jedem seiner bizarren Morde schickt er der Polizei eine Botschaft, in der er sich in wirren Worten auf eine alte übersinnliche Macht beruft. Alle spüren, daß man diesem Ritualmörder mit den üblichen Ermittlungsmethoden nicht beikommen kann, aber nur einer ist mutig genug, neue Wege einzuschlagen: der junge Lieutenant Foggia.
Foggia läßt sich auf jene spiritistischen Sitzungen ein, an denen seine Mutter schon lange teilnimmt, seit dem rätselhaften Tod ihres Mannes nämlich, der ebenfalls ein Cop war. Und ganz allmählich glaubt der junge Foggia einen haarsträubenden Sinn hinter den brutalen Ritualmorden zu entdecken – einen Sinn, der zu furchtbar ist, um ihn auszusprechen . . .

BASTEI LÜBBE

Sie erhalten diesen Band im Buchhandel, bei Ihrem Zeitschriftenhändler sowie im Bahnhofsbuchhandel.